정신
자살

변호사
고진
series

정신
자살

도진기 장편소설

황금가지

차례

1

귀갓길은 황천길처럼 쓸쓸하다.

인적은커녕 풀벌레 울음소리 한 조각 들리지 않는다. 살아 있는 건 숨죽인 식물뿐인 것 같다. 끈 떨어진 연처럼 외딴집이다. 누군가에게 내 집 위치를 설명한다면, 양평을 가르는 6번 국도에서 갈라져 341번 지방도를 타다가 다시 옆구리로 뻗은 비포장 숲길 안을 한참 더듬어서…… 뭐 이렇게 되겠지만. 한 번도 남에게 집 위치를 설명해 본 적은 없다. 이 집을 만난 건 미대를 나온 아내의 센스 덕분이었다. 황혼처럼 적막하지만 받아들이기에 따라서는 세상과 동떨어진 이상향이다. 한때는 그랬었다.

웅성거리는 잎사귀 소리만이 해 질 녘 어둠 속에서 나를 맞이했다. 집 뒤 공터에 차를 세우고, 잡초가 듬성듬성 자란 뜰을 다시 돌아 나와 현관으로 향했다. 열쇠를 꺼내 현관문을 열자, 센서로 켜지는 등이 딸깍하며 창백한 빛을 뿜었다. 내 귀가를 반기는 유일한 것이다. 아내가 떠난 뒤 너무 썰렁해서 일부러 달아 놓았다. 개 키우기? 내 한 몸 굴려가기도 귀찮은 판에 다른 동물을 먹이고 씻기고……. 생각해 보지 않았다.

잠시 후, 센서가 꺼지고 집 안은 다시 어둠에 짓눌렸다. 문득 선글라스를 여전히 쓰고 있다는 걸 깨달았다. 어느새 외출할 때마다 검

7

은색 레이밴 선글라스를 착용하는 버릇이 들어 버렸다. 검은 선글라스에 검은 코트. 강렬하고 멋있게 보는 사람도 있을지 모르겠다. 실상은 한없는 도피 중인데. 갈수록 사람을 피하고 싶다. 내가 세상을 보는 눈, 세상이 나를 보는 눈 어느 쪽도 느끼고 싶지 않다.

나는 코트를 벗어 선글라스와 같이 식탁 위에 대충 올려놓고, 거실과 부엌, 안방의 스위치를 차례차례 올렸다. 어둠은 걷혔지만 나아진 건 별반 없다. 멍하니 식탁의자에 앉았다. 집 안에 떠도는 초겨울의 썰렁한 한기가 도무지 사라지질 않는다.

오늘 저녁은 뭐로 하지.

깜빡하고 대책 없이 들어와 버렸다. 해 먹는다는 건 생각도 하기 싫고 시켜 먹는 것도 질렸다. 이곳까지의 배달에 순순히 응하는 데도 많지 않다. 무리해서 시켰다가는 불만에 찬 배달꾼의 침으로 조리된 음식을 먹게 될지도 모른다.

햄버거라도 포장해 올걸.

귀찮은데 오늘도 건너뛸까.

아내 한다미는 1년 전 돌연 가출했다. 아내의 예쁘고 독특한 필체로 간단한 메모만을 남겼다. 그 편지의 의미를 난 아직 알지 못한다.

'미안해. 나를 찾지 마. ─ 다미가.'

아내는 외모는 수수했지만 싹싹한 성격이 모두의 호감을 사는 여자였다. 그러면서도 예술가다운 섬세한 감성으로 빚어낸 자신만의 독특한 개성이 있었다. 아내는 왜 나를 좋아했을까? 나중에야 알았지만 아내는 보기보다 상처를 많이 받았다고 한다. 사람마다 끌리는 유형이 있듯이 끄는 유형의 인간도 대개 정해져 있다. 아내는 주로 거친 남자들이 좋아했다. 그들은 늘 밝아 보이는 아내에게 무신경하게 상처를 내곤 했다. 하지만 내게 아내의 발랄함은 편안함이 아니라 동경이었다. 아내는 자신이 틈을 보였음에도 조심하고 예의를 갖추는 내가 마음에 들었다고 했다. 난 선물 공세도, 사랑 고백도 하지 않았는데. 무례한 놈들 덕분에 내 소심함이 매너로 포장돼 아내를 거저 얻었다. 때론 아무것도 않는 것도 하나의 방법이라면 내 경우를 '무위의 프러포즈'라고 이름 붙여도 무방할 듯싶다.

내 직업?

없다…… 한때는 있었지만.

호리호리하고 자그마한 체구지만 중학교 시절까지는 육상부 스프린터로 기대를 한 몸에 받기도 했다. 자신감의 터럭이라도 남아 있던 건 그때까지였던 것 같다. 경영학과를 졸업한 뒤에는 외제 운동기구 수입상을 해 보았다. 집에서 하는 인터넷 쇼핑몰이었다. 애써 봤지만 몸부림만으로는 따라잡을 수 없는 정글의 강자들이 있었다. 곳곳에 덫이 있었고 얼마 안 가 거덜이 났다.

아내는 사교적이지 못한 내게 가장 친한 친구이자 연인이었고, 상담자이기도 했다. 어느 날 아내도 나처럼 세상과 사람에 지쳤는지 양평 전원 지대에 좋은 집이 났다며 옮겨 살자고 제안했다. 그곳을 아틀리에 삼아 조용히 그림을 그리며 살고 싶다고 했다. 나는 대찬성이었다.

아내도 나도 돈은 좀 물려받아 갖고 있었다. 서른 초반의 젊은 나이에 세상에서 잠시 물러앉아 있어도 될 만큼은 되었다. 언젠가는 바닥나겠지만 그건 그때 가서 생각하기로 했다. 양평으로 이사한 때가 2년쯤 전이다. 아등바등하는 인생에서 멀어진 한동안은 만족이 찾아왔다. 심장이 고동치는 즐거움은 없었지만, 정적과 편안함이 살포시 찾아들었다.

그러던 어느 날 아내가 사라졌다. 말다툼도 없었고, 예고도 없었다. 메모 한 장만을 남겼다. 그제야 깨달았다. 그 '만족 비슷한 상태'는 어디까지나 아내가 옆에 있어서였다는 것을.

아내가 가출한 때는 슬슬 서울로 나가 볼까 하는 생각이 고개를 쳐들 무렵이었다. 아무것도 하지 않음으로써 안전한 일상. 그런 것도 몸에 익으니 하찮게 보였다. 세상에 한 자리 끼여 보려 부대끼는 것도 부질없지만 이렇게 식물처럼 사는 인생 또한 덧없다는 기분이 슬금슬금 밀려왔다. 그건 역시 오만이었다. 그보다 더 덧없는 인생이 있었던 것이다. 아내가 없는 인생.

아내가 없어지고 난 뒤 생활은 추락했고, 인생의 의미는 엷어졌다. 생활의 실감이 사라졌다. 주위의 익숙한 사물과 서서히 헤어지는 기분이 들었다. 손때 묻은 세간붙이는 쳐다보기도 싫었다. 어디에도 아내가 남긴 환각이 어른거렸다.

새 여자를 만날 생각은 없다. 내 분수는 잘 안다. 아내 정도 되는 여자가 나를 좋아해 주는 기적은 더 이상 없다. 로또는 평생 한 번 타는 것이다.

티브이도 켜지 않고 소파에 멍하니 앉았다. 며칠간 간헐천처럼 때때로 분출하던 충동이 새삼 고개를 내민다. 나는 티브이 장 아래서랍을 열었다. 그 안에 얼마 전 할인마트에서 사 온 면도칼이 있다. 그걸 오른손에 집어 들고 왼 손목에 대 보았다.

콱 힘을 쥐 버릴까.

죽을까.

누군가는 욕할 것이다. 나보다 힘든 처지의 사람들이 씩씩하게 잘 살고 있는 걸 안다. 독거노인, 노숙자, 소년소녀 가장……. 하지만 그런 비교로 자신의 인생이 위로가 되는 단순한 산술이 통하지 않는 것이 사람의 마음이다. 자살한 정치가, 재벌, 배우……. 그들 인생이 기준치 이하라서 죽음을 택한 것인가. 돈 있는데 왜 죽어? 그런 말을 들으면 그냥 입을 닫고 싶어진다. 목구멍에 무언가 넘어간다고 만족하는 건 말미잘도 마찬가지다.

아내마저 사라진 내게는 희망이 없다는 것이 문제다. 이제 겨우 서른 남짓 살았고, 그냥 대충 살면 산 것의 곱절 이상을 살 수 있겠지만, 남은 건 짚신벌레가 꿈틀거리는 수준의 인생밖에 없다. 내리막뿐이다. 브레이크 없는 자전거에 올라타 죽어라고 아래로 내달리는 것이다. 죽음을 향한 다운힐 레이스.

높은 곳에 올라가면 저 멀리 시멘트 바닥이 다가와 눈앞에서 손짓하듯 아른거렸다. 어느 순간 뛰어내리고 있는 나 자신을 느낄 때도 있다. 정신을 차려 보면 두 다리는 여전히 땅을 딛고 있긴 하지만. 차량이 질주하는 도롯가에서는 휙 뛰어들고픈 유혹도 인다. 음주 운전하는 녀석을 골라서 이 한 몸 던져 볼까. 쓴웃음을 짓다가 고개를 젓고 만다. 물에 뛰어드는 것, 극약을 들이켜는 것도 많이들 택하는 방법 같다. 하지만 시간이 늘어지는 이런 죽음은 좀 두렵다. 쓸데없는 고통은 피하고 싶다. 닥쳐 보지 못한 생사의 기로에 선 내 모습에 자신이 없기도 하다. 독이 온몸에 퍼지고 있는데 불현듯 생의 미련이 나를 붙든다면? 겨울 바다에 몸을 던졌는데 죽기보다 싫은 추위에 몸서리치며 따끈한 구들장이 그리워진다면? 끔찍하다기보다 그건 코미디 아닌가. 그러고 보면 목을 매다는 게 방법 중에는 제일 나아 보이기는 하는데…….

사실은 나는 자살 따위 못 할 거라는 걸 잘 안다. 삶의 본능이라는 단단한 울타리를 깨는 데에는 막대한 음(陰)의 에너지가 필요하다. 내게는 그런 정도의 의욕도 없다. 아이러니하지만 그래서 살아 있다. 그래도 정말 더 이상 별로 살고 싶지는 않다.

면도칼을 집어던졌다.

다른 사람들은 어떻게 할까. 자살자들은 쏟아져 나온다. 우리나라 자살이 폭증하고 있다는 뉴스를 본 적이 있다. 오르고 내리는 굴곡도 없이 꾸준히 증가일로라던데. 산 정상에 오르는 사람이 있는가 하면 능선까지 갔다가 돌아오는 사람도 있듯이, 눈에 보이는 자살자들이 늘어 간다는 건 자살에 도달은 못 해도 그 언저리에서 서성거리는 사람도 그만큼 많다는 이야기가 아닐까. 나처럼 살 욕심도 없고 존재 자체가 괴로운데 차마 자살은 못 하는 어중간한 사람들, 삶과 죽음의 중간지대에서 오도 가도 못하고 갇혀 버린 사람들, 삼도천(三途川)을 앞에 두고 망설이는 반망자(半亡者)들…….

그들은 죽은 사람이 부러우리라. 그러면서도 차마 선택하지 못한다. 투신, 면도칼, 밧줄, 독. 한 번씩 생각을 해 보겠지만 끝내는 머리를 젓고 만다. 결국은 두려운 것이다. 생에 대한 미련이라기보다는 유기체의 본능이다. 그것이 죽음에의 강한 방어막을 치고 있다. 내 내면을 들여다보면서 짐작해 본다.

거울에는 반쯤 넋이 나간 남자가 나를 보고 있다. 아내가 그렇게 타박을 주어도 깎지 않았던 긴 머리카락이 부스스 흉하게 부풀어 있다. 푹 꺼진 뺨에 퀭한 눈. 검은 옷. 한때는 존 레논처럼 보일까 싶었지만 지금 저 모습은 파락호에 불과하다.

들여다보기를 그만두었다.

나는 노트북을 들고 와서 전원을 켜고, 자판을 두드렸다. 오랜만에 인터넷 접속을 해 보았다.

자살.

이 검색어에 수많은 페이지가 달려 나왔다. 자살에 대한 관심이 은밀하지만 열렬하다는 증거일 거다. 페이지를 아무 생각 없이 죽죽 내려 보았다. 끝없이 다음 페이지, 다음 페이지로.

불현듯 어떤 제목이 내 시선을 끌었다. 그 페이지가 무심한 클릭으로 휙 지나가 버렸기에 백스페이스키를 눌러 되돌아와 제목을 유심히 들여다보았다.

정신자살연구소에 오신 것을 환영합니다.

예사롭지 않은 문구. 묘하게 마음이 반응했다. 혼탁한 머릿속에 어떤 신호가 깜빡하고 켜진 느낌이었다. 정신자살? 난생 처음 들어보는 용어다.

클릭해 들어갔다. 홈페이지는 극히 단순하고 조잡했다. 사진이나 그림 한 장 없이 큼직한 문자로 인사말만이 쓰여 있었다.

인생에 힘겨워하는 분들에게.

여기까지 찾아 들어오신 여러분은 분명 자살을 진지하게 생각해 보신 분들일 것입니다. 삶이 무거워 방황했고, 이제는 그만 내려놓아 버릴까, 고민의 시간을 보냈을 겁니다. 인생 80년. 세상사 뜬구름. 억지로 이어 가지 말아야 할 이유는 수백 가지도 더 있습니다. 사랑, 미움, 돈, 증오, 허무……. 그 어떤 이유든 살아야 할 이유만큼이나 무겁습니다. 희망의 그림자조차 만질 수 없습니다. 이 세상은 더 이상 나에겐 맞지 않습니다. 자신의 뜻과 무관하게 우연의 산물로 주어진 삶, 의지로 끝장내서 차라리 통쾌하게 복수하고 싶습니다. 죽기보다 살기가 힘듭니다. 무덤 안에서 안식을 찾은 이들이 부럽습니다. '그래도 살아야 한다.'라며 함부로 말하는 생각 없는 사람들에게는 충분히 시달렸습니다. 가도 가도 끝이 없는 인생길은 어디로 이어져 있는 것일까. 이제는 그만 끝내고 싶다…….

우리는 그런 귀하의 고귀한 선택을 백분 존중합니다. 당신을 위에서 내려다보며 무의미한 삶에서 의미를 만들려는 무의미한 시도를 배격합니다. 당신과 같은 높이에서, 당신에게 무한한 이해의 시선을 보냅니다. 당신이 부정한 생의 의미를 굳이 찾으려 들지 않고, 그것과는 다른 생을 찾는 방법은 없을까, 우리는 연구했습니다.

자살은 어렵습니다. 삶의 남은 유일한 선택, 자살. 그런데 정말 두렵고 또 무섭습니다. 가련한 유기체의 본능입니다. 그래서 또 무기력하게 괴로움을 이어 가야 하는 마리오네트 같은 인생입니다.

이미 스스로 목숨을 끊는다는 고도의 정신노동을 마치신 분들은 저희가 관여할 필요도 없습니다. 하지만.

생을 진정으로 끝내고 싶지만 단지 모른다는 이유에서 비롯한 두려움으로, 혹은 삶을 움켜쥐려는 원시 본능의 간섭으로 긴 고통을 강요당하는 분들이 분명히 있습니다. 그들에게 저희 연구소는 새로운 개념을 제시합니다.

고통의 근원이 무엇일까요? 육체의 병으로 고통받는 분들을 제외한다면, 그 발원지는 마음입니다. 인간의 정신입니다. 우리를 인간으로 살게 한 정신이 인간으로서의 존재를 끝내라고 인도하고 있습니다. 이 정신은 자신이 발을 디딘 모순을 들여다보려 하지만 그 모순을 풀 수는 없습니다. 자신이 그 위에 성립하고 있기 때문입니다. 아무리 팔 힘이 강해도 자신의 손바닥 위에 올라설 수 없는 이치입니다. 안타깝게도 우리는 그 정신을 치료할 수는 없습니다. 인간의 정신을 깨끗이 치료하는 기술은 인류가 아직 갖고 있지 못합니다. 하지만 생명 없는 물건도 마찬가지이듯이, 치유는 어렵고 더디나 파괴는 쉽고 한순간입니다. 그렇습니다. 우리는 정신을 파괴해서 생을 치유하고자 합니다. 물을 빨아들이는 솜처럼, 삶에 무게를 더하고 더해 종내는 더 이상 짊어지고 갈 수 없게끔 만들어 버리는 이 거추장스럽고 불편한 마음. 정립과 반정립을 수없이 거치지만 결국 종합에 이르지 못하고 다시금 대립으로 분열되고 마는 고장 난 정신. 그것을 파괴하는 방법을 우리는 가지고 있습니다. 육체의 죽음은 두렵고 또 두렵습니다. 하지만 고통의 모든 원인, 인생고의 총 사령관이자 지휘자인 정신만 없앤다면, 정신을 스스로 살해한다면 이 고통은 끝이 납니다. 바로 정신의 자살입니다.

맑은 정신에 고통이 깃들 뿐이라면 차라리 이 정신을 망가뜨리고 싶다!

우리는 도와 드릴 수 있고, 준비되어 있습니다. 삶과 죽음의 담벼락 위에서 끝없이 고뇌를 연장할 것이냐, 아니면 정신을 파괴한 삶 안에서 미지의 새로운 세상을 만날 것이냐. 이제 당신이 선택할 차례입니다.

그 아래에 전화번호도 없이 사무실 주소만 간략히 적혀 있었다. 서울 종로 어디였다. 더 이상 글이 적힌 페이지도 없었다. 대문만 달랑 있는 홈페이지였다.

정신자살연구소라…….

이건 무슨 장난일까? 홈페이지 모양새를 봐서는 장난일 가능성도 있다. 그래도 장난으로 치부하기에는 문구가 가슴에 와 닿았다. 진정성이 전해졌다고 하면 내가 우스꽝스러운 걸까? 적어도 사무실 주소는 버젓이 기재되어 있지 않은가.

이 간단한 웹페이지가 나를 짙은 당혹감에 휩싸이게 했다. 정신을 파괴해서 육체의 생을 치유한다…….괴이한 발상이었지만, 생사의 경계선에 있는 나 같은 사람을 혹하게 만드는 부분이 있었다. 정신적 고통에 그만 도를 넘어 미쳐 버린 사람들이 있다. 소위 광인들. 아이처럼 칭얼대며 주위를 생각 않고 마음껏 울기도, 웃기도 한다. 사람들은 그 모습에 혀를 차기도 하지만 과연 그들이 그만큼 불행할까? 이토록 고통받을 바에야 광인으로 사는 게 낫지 않을까. 차라리 미쳐 버리면 모든 것을 잊든지, 아니면 인생을 다른 감각으로 받아들이든지 해서 미친 세계 나름의 질서 안에서 살아갈 수 있지 않을까. 그들의 머릿속에서는 세파의 소음 대신 소나타가 울리고 있는 건 아닐까. 변질된 해탈? 거기엔 미치지 못한다 해도 자살이라는 최악의 선택에 비해 하다못해 육체라도, 이 생명이라도 보존하지 않는가. 인위적으로 정신을 말살시킨다는 정신자살연구소의 발상은 사회에 받아들여지기 힘든 미친 생각이지만 자살이 두려운 사람들에게는 솔깃함을 넘어선 유혹이 있었다.

육체를 보존한 '정신'만의 '자살'이라…….

나는 고민하기 시작했다.

과연 이들이 정말 인간의 정신을 한순간에 무너뜨릴 수 있는 방법을 갖고 있을까. 의사일까. 의사라면 왜 병원이 아닌 이런 사무실을 열고 있나. 혹시 사기? 사기라고 보기엔 너무 소박한데. 사기라면 달콤한 홍보가 우선일 텐데 전화번호 하나 없이 숨기듯 웹페이지를 만들어 놓은 게 오히려 더 진실해 보이지 않나. 서울 종로라고 했지…….

망설임이 없어진 건 찾아가서 이야기 한번 들어 보는 데야 어떤 해로운 일이 없지 않겠나 하는 생각이 들어서이기도 했지만, 결정적으로는 분명 그 말이 틀리지 않았다는 것 때문이었다. 왜냐하면.

미친 사람에겐 지옥도 없기 때문이다.

2

염상우는 전날 밤에 대한 밀려드는 후회로 주먹을 불끈 말아 쥐었다. 도의적인 종류의 회한은 아니었다.

'제기랄! 그때 자취방에 들르지 않고 튀었어야 했는데.'

일확천금을 눈앞에 두고 체포당한 통한이었다. 하지만 자신을 상대로 피의자신문조서를 받고 있는 경찰 앞에서 하기엔 뒤늦은 후회다. 바쁜 경찰은 입술을 깨물고 있는 염상우에게 더 이상 되돌아볼 시간을 주지 않았다. 마치 염상우의 생각을 들여다본 듯 두 손가락을 자판 위에 올려놓은 채 버럭 소리를 질렀다.

"그러게 고3이 공부는 안 하고 왜 도둑질을 해!"

"……."

"어디 보자, 절도 전과도 몇 번 있지? 성범죄, 폭력사건도 있고, 가지가지 했네. 예전에는 다 소년사건으로 선처를 받았구먼. 이번에는 제대로 좀 가야겠는데. 나이도 곧 스물에 동종전력도 있겠다, 게다가 금액이 좀 커야 말이지. 훔친 물건이 다 합치면 거의 3억을 호가해."

"어제 잡혔으니까 미수 아닙니까?"

염상우는 고개를 쳐들고 거친 어투로 물었다. 포승줄만 아니라면 덩치나 완력으로는 맞은편 경찰을 압도하고 있었다. 염상우는 표독

한 눈빛으로 경찰을 쏘아보았다. 안타깝게도 논리적으로 자기의 입장을 유리하게 만들 머리는 없었다. 경찰 앞에서 목청을 높여 뻗대보는 일이 고작이었다.

"멍청한 놈. 물건 훔쳐서 네 자취방까지 들고 갔잖아! 자취방에서 검거됐고. 그럼 기수지. 절도 기수. 야간에 둘이 했으니까 특수절도고. 아, 절도 전력이 많으니까 잘하면 상습절도로 갈 수도 있겠군. 어떻게든 가중처벌 대상이야."

염상우가 경찰을 노려보는 눈빛에서 독기가 뿜어져 나왔다.

"그 눈알 좀 치우지. 어떻게 된 녀석이 반성하는 빛이 없어. 쯧쯧."

경찰이 어이없다는 듯 혀를 찼다.

"이야기해 봐. 어떻게 그 집에 들어가게 됐어?"

염상우는 당첨된 로또를 은행에 들고 가다 하수구에 빠뜨린 기분이었다. 곧 큰 거 한탕 한다는 며칠간의 설렘과 도둑질에 성공했다가 검거되기까지의 짧았던 환희, 모든 것이 한겨울 밤의 꿈이었다. 그는 목소리를 낮추었다.

"……저하고 같이 잡힌 우리 반 류동희 있죠? 걔한테 들었어요. 비리비리한 녀석이긴 한데 정보를 물어 오는 재주가 있거든요. 보석상인데 집 안에도 보석을 엄청 많이 갖고 있다고. 그 집안사람들이 어제 해외여행 떠나서 훔치기 좋은 기회라고 꼬시데요. 담만 넘으면 된다고. 그 녀석이 주도한 거죠. 전 그냥 도와줬고."

경찰이 눈을 치켜뜨며 고함을 쳤다.

"말 똑바로 해, 인마! 경찰을 바보로 알아? 너희 반 애들하고 류동희 진술도 다 들었어. 류동희는 너한테 평소에 얻어터지고 돈 뺏기던 녀석이야. 너하고 범죄를 의논하고 자시고 할 사이가 못 돼. 네가 주도했고 류동희는 꼬붕이었어. 망보는 역할 정도였잖아!"

"제길, 그래도 정보는 동희한테서 얻었어요!"

염상우가 맞받아 목청을 높였다. 경찰은 황당한 표정을 지었다. 열아홉 살짜리가 검거돼 오면 고개를 숙이고 아무 말도 못 하는 게 보통이다. 이 녀석은 그 나이치고는 참으로 대담한 피의자다. 제대로 구치소 맛을 보지 못한 탓이다. 경찰은 그렇게 단정하고 피식 웃고 말았다.

"그 정보는 네가 두들겨 패서 짜낸 거지."

"……."

염상우는 류동희를 대등한 친구로 생각한 적은 없었다. 길쭉한 몸에 하얀 얼굴. 염상우가 보기엔 약해 빠진 낯짝에 불과하다. 공부도 한참 뒤쪽. 클럽이나 다니는 흔한 날라리. 관심의 대상조차 못 되었던 류동희에게 눈길이 간 건, 의외로 녀석이 여자애들에게 인기가 있단 걸 알게 되면서부터였다. 핫바지 같은 녀석이 왜? 용납할 수 없는 기분이었다. 몸이든 마음이든 거칠수록 남자답다고 믿는 염상우는 여자애들이 자신을 꺼려하는 게 '틀렸다'고 믿었다. 곱상한 외모의 류동희가 가진 인기는 불공평하다고 여겼다. 여자들에게만 비치는 류동희의 매력을 염상우가 알 리 없었다. 남자는 덩치와 주먹이라고 믿는 염상우였다. 내가 부족한 게 아니라 세상이 틀린 것이다. 그리고 류동희는 그 틀린 세상에서 반칙으로 기생하는 놈이다. 그렇게 믿었다. 마침 우연히 같이 놀던 어느 여자아이가 코웃음을 얹어 던진 말이 염상우의 염장을 질렀다.

"동희하고 너하곤 레벨이 다르거든."

그날 이후 류동희를 향한 적개심이 활활 불타올랐다. 염상우는 그 적개심의 정체를 성찰하며 다스리는 종류의 인간이 아니었다. 염상우는 미움이 이끄는 대로 류동희를 툭툭 건드렸다. 그러다가 곧 좋은 먹잇감이라는 걸 깨달았다. 류동희는 부모 없이 누나와 살고 있었다. 그건 이를 부러뜨리거나 코피를 터뜨려도 야구방망이를 들고 찾아오는 부모가 없다는 얘기였다. 털면 털수록 돈이 나왔다. 갈수록 재미를 느꼈다. 두드려 맞고 돈을 뜯기는 류동희의 얼굴에서 울분을 참는 악다문 표정을 볼 때마다 쾌감이 느껴졌다. 여자애한테 통하는 인기 따위가 다 뭐냐. 녀석은 내 주먹 아래 벌벌 떨며 돈을 갖다 바치는데. 류동희는 염상우의 샌드백이자 돈줄로 전락해 갔다.

이번 일에도 류동희는 호구였다. 얼핏 이런 말이 들려왔다.

"야, 동희 새끼 말이야, 요번에 꽤 좋은 건수가 있는 모양이더라."

우연히 '기회'란 것이 얻어걸리는 수가 있다. 류동희도 어차피 공부와는 담 쌓은 녀석이다. 염상우에 비하면 한참 '마이너'지만 나름 뒷길을 어슬렁거려 본 녀석이다. 뭘 물었을까. 당장 류동희를 교사(校舍) 뒤쪽으로 불렀다.

"털어놔, 새꺄."

먼저 배를 몇 대 내지르고 시작했다. 헉, 가쁜 호흡을 몰아쉬며 류동희는 쓰러졌다. 이런 녀석에겐 먼저 말로 구슬리는 것도 귀찮다. 그게 염상우가 터득한 효율적인 방법이었다. 류동희는 의외로 꽤 저항했지만 염상우의 철권 앞에 무너지는 건 시간문제였다. 염상우는 저항할 의지를 상실하고 쭈그려 앉은 류동희에게 불붙인 담배를 물려 주었다. 류동희의 입은 담배 연기와 함께 열렸다.

"……건너건너 좀 아는 집이야. 금은방 하는데 집 안에도 보석이 많아. 보석을 둔 곳도 내가 알고. 닷새 뒤에 가족이 해외여행 떠난다는 것도……."

"이 새끼 보게. 네가 그런 걸 어떻게 알아?"

"그 집 아들하고 같이 술 먹다가 우연히 들었어……."

염상우의 눈에서 탐욕의 불꽃이 튀었다. 이건 찜질방이나 여관을 돌면서 힘들여 겨우 몇십만 원 훔치는 짓하곤 차원이 다른 건수다. 잘하면 종잣돈이 될 수 있다. 당장 그날부터 류동희를 옆에 두고 범행 계획을 세웠다. 정보를 가진 류동희는 절도 범행에서 필수 인물이다.

"새꺄, 잘되면 너도 좀 나눠 줄 거니까 협조 좀 제대로 해 봐."

염상우는 물론 나눠 줄 마음이 없었다. 류동희도 제대로 분배받을 수 있을지 의심하는 눈치였지만 당장 눈앞에 있는 건 염상우의 철권이었다. 사실 별다른 계획은 없었다. 보안업체나 CCTV 카메라가 걱정되었지만 직접 찾아가 주변을 어슬렁거려 본 결과 의외로 아무것도 없었다. 보안 불감증에라도 걸린 모양이었다. 류동희의 정보만 맞아 들어간다면 분명 쉬운 돈벌이였다.

전날 밤이 결행일이었다. 가족들은 모두 새벽 비행기로 푸껫으로 떠난 상태였다. 불 꺼진 역삼동의 빈집. 김찬국이라는 문패가 보였다. 장갑을 끼고 담을 넘은 두 사람은 곧장 집 안으로 침입했다. 절도 기술 쪽은 수차례 전력이 있는 염상우가 훨씬 위였다. 도구를 이용해 창문을 조용히 잘라 낸 다음 팔을 안으로 넣어 자물쇠를 풀고 안으로 들어갔다. 류동희가 가리킨 곳에서 빛나는 보석을 발견했을 때 염상우의 입안에는 침이 가득 고였다. 준비한 손수건에 급히 싸서 들고 나왔다. 밖으로 나온 염상우는 류동희에게 위협을 담아 말했다.

"넌 집으로 가. 보석은 일단 내 자취방에 숨겨 둔다. 분배는 차차 할 거니까 기다려."

거액이 걸린 문제이니만큼 일개 먹잇감에 불과했던 류동희도 드디어 발끈했다.

"아무리 그래도 그건 안 되지. 물건도 확인해야 하고. 일단은 네 자취방으로 같이 가자."

아무리 상대가 만만한 류동희라 하더라도 방금 물건을 훔치고 나온 길거리에서 소란을 떨거나 주먹질을 할 수는 없었다. '자취방에 가면 넌 죽었어.'라고 염상우는 속으로 이를 갈며 류동희와 같이 택시를 타고 신림동의 자취방으로 향했다.

자취방에 돌아와 손수건을 풀고 보석을 확인했다. 보석에 대해 잘 모르는 염상우지만 감격스러웠다. 팥알만 한 다이아몬드와 오팔, 사파이어, 루비가 자취방의 형광등 빛을 받아 영롱한 자태를 드러냈다. 인생을 비추어 줄 빛나는 돌. 침을 꿀꺽 삼키고, 이제 막 볼일 없어진 류동희를 윽박질러 돌려보내려는 찰나였다. 문이 쾅쾅 울렸다. 문틈 사이로 눈을 대 보니 경찰 제복이 비쳤다. 급히 자취방 창문으로 튀었지만 창 바로 아래에는 또 다른 경찰이 기다리고 있었다.

둘은 그날 밤 바로 준현행범으로 전격 체포되었다.

염상우에게 전날 밤은 천당과 지옥을 오간 롤러코스터의 밤이었고, 한참을 웃기다가 주인공의 갑작스러운 죽음으로 끝난 어이없는 코미디극이었다. 염상우의 크지만 나쁜 뇌는 놓쳐 버린 눈앞의 보석에 대해 아쉬워할 뿐, 어째서 경찰이 그렇게 빨리 자신들의 범행을 눈치채고 들이닥쳤는지에 대해서는 '불운'이라는 해석 외에 다른 의문을 품어 보지 못하고 있었다.

강남경찰서 안은 시끄러웠다. 경찰뿐 아니라 이리저리 피의자들과 참고인들이 끝없이 들락거렸다. 조사 경찰관의 말로는 집주인 김찬국이 집이 털렸다는 급보를 받고 태국 여행을 취소하고 급히 귀국했다고 한다. 타타타 하며 키보드를 두드리는 소리가 단조롭게 울렸다. 경찰은 횡설수설하는 염상우의 진술을 말이 맞게 정리하느라 고생하고 있었다. 고개를 숙인 채 주변을 곁눈질하던 염상우는 눈이 튀어나올 것 같은 장면을 목격했다.

"류동희, 저 새끼가!"

자신도 모르게 소리를 내질렀다. 염상우가 앉은 곳에서 조금 떨어진 통로 쪽에 류동희가 늘어선 책상 사이로 걸어 나가는 모습이 보였다. 포승줄도, 계호하는 경찰관도 없었다. 얼굴에는 가는 웃음마저 띠고 있다. 분명 자유인으로서 경찰서를 나가고 있는 것이었다!

염상우는 머리털이 쭈뼛 설 정도로 화가 났다. 거의 혼이 나갈 지경이었다. 물론 자신이 범행을 주도하고 진두지휘했다. 하지만 어쨌든 류동희는 어엿한 공범이다. 3억 원어치의 물품을 훔쳤는데 어떻게 한 놈은 태연히 걸어 나간단 말인가. 혹시 나 혼자 모든 걸 뒤집어쓰게 된 건가? 류동희가 도대체 무슨 수작을 부리고 어떤 진술을 해서 빠져나간 거지?

조금 전까지 염상우의 마음에는 실처럼 가는 한 가닥의 위안이 있었다. 공범자인 류동희도 같이 감방에 들어간다는 사실. 그런데 지금 그 마지막 보루가 사라지고 있다. 그 충격은 컸다. 혼자 교도소 가기 싫어서, 혼자 죽기 싫어서 없는 공범을 만들어 물고 늘어지는 자들도 있다. 저승길이라도 동료가 있다면 작은 위안이 되는 것이 사람의 마음이다. 염상우는 물귀신처럼 류동희를 끌고 들어가고 싶었다. 자신과 류동희가 공동으로 기획하고 실행한 절도극이며, 둘은 같은 비중을 가진 주연이라고 경찰에 주장했다. 그런데 류동희만이 사건에서 빠져 버렸다. 혹시 이런 게 바로 유전무죄, 무전유죄인 걸까? 그건 아무래도 이상하다. 부모도 없고 나한테 몇 푼 뺏기고도 하소연할 데가 없었던 녀석이 무슨 배경과 돈이 있어 경찰서를 걸어 나간단 말인가. 물경 3억 원어치를 훔치고도 말이다…….

사정은 됐다. 어쨌든 이건 참을 수 없는 일이다.

"형사님, 저건 뭡니까! 동희 녀석이 왜 나가고 있는 겁니까!"

"응? 아, 그거."

경찰은 타이핑에 바쁜지 그 말을 끝으로 다시 눈길을 모니터로 향했다. 손가락은 여전히 분주하다.

"형사님! 저 녀석은 분명히 나하고 같이 물건을 훔친 녀석이에요. 3억이란 말입니다, 3억. 왜 동희를 풀어 주고 나만 잡아 두는 겁니까. 이건 도대체 무슨 경우입니까!"

"거 녀석 정말 시끄럽네. 에라, 이 무식한 놈아!"

"뭐라고요? 무식하다고요? 여기서 유식 무식이 왜 나와요! 분명히 동희한테서 뭔가 수작이 있는 거 아닙니까? 대한민국 경찰이 이

딴 식으로……."

경찰은 더 들을 값어치가 없다는 듯 흥분한 염상우의 말을 잘랐다.

"이 자식, 조용히 안 해? 피해자 김찬국 씨가 조카 처벌을 원하지 않는다는 서면을 냈으니까 그런 거 아냐!"

"조카라고요?"

염상우는 적잖이 놀랐다.

"김찬국 씨는 류동희 외삼촌이야. 평소에 거의 왕래는 없었던 모양이지만 그래도 조카라고 처벌은 원치 않는대. 류동희가 너한테는 쪽팔려서 차마 친척 집을 턴다고는 미리 말 못 했다고 그러더라."

염상우의 머리가 빙빙 돌았다. 류동희가 처음에 했던 말이 퍼뜩 떠올랐다.

'건너건너 아는 집……. 그 집 아들하고 술 먹다가…….'

왕래가 뜸한 친척이라서 그런 식으로 말했던 건가. 사촌과 술 마시다가 내부 사정을 들었던 거였나. 그건 그렇다 해도 하여튼 이건 부당하다.

"아무리 외삼촌, 조카라도요, 법은 법 아닙니까. 물건을 훔쳤으면 벌을 받아야죠. 3억이란 말입니다! 외삼촌 합의서 한 장으로 저렇게 나갈 수 있습니까? 나만 낙동강 오리알 만들고? 법원에 가서 재판받기도 전에 경찰이 무슨 권리로 석방합니까?"

염상우가 그간 구치소 출입을 하고 소년법정을 들락거리면서 쌓은 실전 지식과 경험으로는 도저히 납득할 수 없는 처사였다.

"참 답답한 녀석일세. 친족상도례 몰라?"

"친족…… 뭐요?"

"친족상도례라고. 일정한 범위의 친족끼리는 재산범죄를 처벌할수 없어. 외삼촌과 조카 사이라면 외삼촌의 고소 없이는 아예 기소할 수도 없고. 김찬국 씨가 오늘 친족관계를 증명하는 가족관계 서류하고 처벌불원서를 제출했어. 그러니 쟤는 자유의 몸인 거지. 3억이든 30억이든 관계없어. 사건 자체가 안 돼."

"그럼 나는요?"

염상우가 거친 숨을 몰아쉬었다.

"친족 간에만 적용된다니깐. 네가 조카냐!"

경찰이 소리를 버럭 질렀다. 염상우의 얼굴은 즈믄달처럼 이지러졌다. 헤 벌어진 입에서는 더 이상 말이 흘러나오지 않았다.

경찰서를 빠져나온 류동희 앞에는 한 아리따운 여성이 기다리고있었다.

"누나. 왔네."

"그래. 고생 많았어."

둘은 가볍게 포옹했다. 웃는 얼굴이었다.

"이 친구 또 늦는군. 오늘 경감 진급 축하주 한잔 사 줄랬더니만."

고진은 술잔의 얼음을 이리저리 돌려 대며 투덜거렸다. 하지만 얼굴에 짜증의 흔적은 보이지 않는다. 감색 슈트에 흰색 와이셔츠, 노타이 차림으로 30대 젊음의 끝자락에 아슬아슬하게 선 남자의 자화상이라도 연출하듯 스툴 위에 비스듬히 앉아 있다. 쌍꺼풀 없는 가는 눈에 홀쭉한 뺨, 검은 얼굴 위에는 비뚤어져 냉소적으로 보이는 입매가 엷은 미소와 함께 새겨져 있다. 푸르스름한 조명 아래 술잔이 놓인 바의 카운터는 검은 대리석처럼 번들거렸다. 그 건너편에는 한 여성이 서 있다.

"이 경위님하고 약속하셨군요."

"응, 바쁜가 봐. 참, 승진했으니 이젠 이 경감이지. 그래도 난 도저히 저 생활 못 할 거야. 이런 절세미녀가 곁에 있는 것도 아니고."

미녀라 불린 여자는 가볍게 웃으면서 큰 눈을 요염하게 흘겼다. 올림머리에 파스텔 톤의 화사한 피부. 새하얀 목덜미 위에 메탈 목걸이가 은은히 빛을 발했다. 미녀란 말은 그녀에게 '안녕하세요' 정도의 인사말에 불과할 것이다.

바 '압상트'의 문이 덜커덕하고 힘차게 열렸다.

"안 봐도 알겠어. 문이 열린 파워를 보아하니 이 반장이군. 남의 가게 문 다 부수겠네."

서초경찰서 강력팀장 이유현은 성큼성큼 돌진하듯 다가와서는 고진의 옆 스툴에 털썩 걸터앉았다. 검은색 가죽점퍼 차림의 건장한 몸은 마치 바람을 일고 다니는 듯했다. 실내의 고요하던 공기가 술렁였고, 그 기운에 호리호리한 고진의 몸이 휘청거리는 듯 보였다.

"미안합니다, 형님! 일이 좀 있어서요."

큰 소리로 외치듯 말하는 이유현의 윤곽이 뚜렷한 얼굴에서 굵은 눈썹이 꿈틀거렸다.

"괜찮아, 경찰관의 고충은 내가 알지. 덕분에 이런 미인하고 시간을 더 보냈잖아."

이유현은 카운터 건너편 마담을 힐끔 보며, "여기 위스키 온더록스 한 잔……." 하다가 자신이 온더록이 된 듯 얼어붙어 버렸다. 여자가 절정의 미녀이긴 했지만 그 때문만은 아니었다.

"이분은…… 그 '엘라가발루스'의!"

여자는 이유현을 향해 찡긋 눈웃음을 지었다. 룸살롱 '엘라가발루스'의 전 마담, 류경아였다. 정유미 사건 때의 인연이 여기까지……이유현은 경이에 찬 눈빛으로 두 사람을 번갈아 쳐다보았다.

"안녕하세요. 이 경위님 오랜만이에요. 아 참, 이 경감님."

"깜짝 놀랐습니다. 여기다 가게를 오픈하셨네요."

"네, 그리됐어요. 유미 일 옆에서 겪고 보니 저도 느끼는 바도 많고 해서요, 수수하지만 제 가게를 열었어요. 앞으로 잘 부탁드려요."

류경아는 명함을 두 손으로 받쳐 건네주며 허리를 60도 정도 정중하게 구부렸다. 이유현도 앉은 채로 엉거주춤 고개를 숙이며 명함을 받아 들었다.

류경아는 1년 전까지만 해도 '엘라가발루스'라는 유명한 룸살롱의 마담이었다. 그녀는 자신이 데리고 있던 정유미가 피살당한 사건을 인연으로 고진, 이유현 두 사람을 알게 되었다. 엽기적인 그 사건에서 느낀 바가 있던 그녀는 일을 그만두고 청담동 강남구청역 한적한 뒷길에 조그만 자신의 가게를 오픈했고, 시끌벅적하지 않게 단골 위주의 영업을 이어 오고 있다. 고진은 처음부터 줄창 출퇴근하는 수준의 단골이었다.

고진은 개업식 때 사전트의 「마담 X」복제화를 낑낑대며 들고 찾아왔다.

"류 마담 줄려고 중국 심천에 있는 유화촌까지 가서 사 왔지. 경아 씨가 바로 한국의 고트로 부인 아니겠어?"

류경아는 조그맣게 웃으며 그림을 받았지만 속으로는 꽤 좋았던 모양이다. 복제된 영원의 아름다움, 19세기 프랑스 사교계의 슈퍼스타 고트로 부인은 지금도 정면 한가운데에서 이들을 차분히 내려다보고 있다.

고진이 이유현에게 물었다.

"지난번 소개받은 여자하고는 어때? 몇 번 만나는 것 같던데."

"얼마 전부터 연락이 안 돼요."

"왜, 무슨 일 있었어?"

"2주 전에 점심시간에 잠깐 만난 적이 있거든요. 얼굴이 부었기에 익사체 같아 보인다고 했더니만 왜 그런지 그 뒤로 연락이 안 되네요."

그 말을 하며 이유현은 무심한 얼굴로 위스키를 들이켰다. 고진은 어깨를 으쓱하며 맥 빠진 표정을 내비쳤고, 어이없어진 류경아는 무슨 말을 하려다 입을 다물어 버렸다.

고진이 류경아에게 시선을 돌리며 말했다.

"동희는 요즘 좀 괜찮아졌어?"

"덕분에 이제 좀 안심하고 마음을 잡은 모양이에요. 염상우한테 괴롭힘을 당하다 못해 손목까지 그었을 때는 정말 누나로서 맘이 많이 아팠어요."

사근사근한 말투에서 동생 류동희를 걱정하는 마음이 묻어났다.

"이젠 괜찮아. 아마 염상우는 한동안은 못 나올걸. 동희는 내년 봄에 졸업하면 이젠 착실한 일을 찾아야지."

"평소에 왕래가 없던 외삼촌 일가한테 찾아가서 부탁드리는 게 힘들었어요. 하루 동안 일부러 집을 비워 줘야 하고, 또 도둑이 들어와서 집 안을 마구 뒤진다는 것도 껄끄러웠을 테고. 동희가 염상우 때문에 자살 기도까지 했다고 손목의 상처를 보여 드리니 승낙해 주셨어요."

"그러고 보면 경아 씨도 정의의 사도 부류는 아니야."

"훗, 고 변호사님이 다 만들어 놓고 그런 얘기 하긴가요? 염상우를 학교 폭력으로 고소해 봤자 유야무야되었겠죠. 경고, 훈방? 법이란 게 그 정도죠. 전 고 변호사님의 방식이 맘에 들어요."

류경아는 고진에게 화사한 미소를 던졌다. 고진은 입꼬리를 말아 올리며 씩 웃었다.

"그 미소를 한 번 더 보고 싶었어."

이유현은 위스키 잔을 내려다보며 둘의 대화를 듣다가 끼어들었다.

"형님이 또 뭔가 일을 꾸미셨군요. 이젠 좀 사무실도 열고 정상적인 법조인으로 살아갈 때도 됐건만."

고진은 4년 전 돌연 판사직을 그만두고 법정 주변에서 사라졌다. 그 후로 변호사 사무실을 열지 않고 법정에도 나가지 않으며 오직 뒷길에서만 사건 의뢰를 받아 왔다. 정공법보다는 법률의 맹점을 이용해 제멋대로의 사건 해결을 꾀하는 그의 변칙적인 행태 때문에 은밀한 의뢰인들 사이에서는 '어둠의 변호사'라는 별명으로 꽤 알려진 인물이 되어 있었다.

이유현이 고진을 알게 된 건 그가 판사를 그만두기 전, '어떤 사건'에 같이 휘말리면서였다. 두 사람의 기질은 록과 트로트의 조합만큼이나 안 어울리는 듯했지만 기묘한 앙상블을 만들어 냈다. 고진이 법원을 그만둔 뒤 일체의 연락이 끊겼다가, 1년여 전 우연히 두 사람은 재회했다. 이유현은 4년 전의 그 사건이 고진의 신경을 휘저은 내막을 안다. 이유현은 뒷길을 걷는 고진을 탓하면서도 불가사의한 사건에서 발휘되는 그의 직관력을 인정하고 답답한 사건의 내막을 털어놓기도 했다. 어떻게 보면 동료보다 많은 것을 공유한 기묘한 관계였다.

"제 동생이 너무 힘들어해서 고 변호사님한테 도움을 얻었어요."

류경아가 변호하듯 말했다.

"고등학교 졸업이 얼마 안 남았는데 못된 애한테 시달리다가 많이 괴로웠던 모양이에요. 동생이 날라리긴 해도 마음이 보기보다 여린 애거든요. 자살 기도까지 했을 정도니까요."

"음, 저런."

이유현은 약간 놀랐다.

"노련한 류 마담의 동생치곤 좀 어리바리한데요."

"온실에서 크다가 밖에 나온 거죠."

"거친 생활에 익숙하지는 못했다는 말?"

"갑자기 집이 기울고 부모님도 돌아가셨어요. 저야 그때만 해도 벌써 대학을 마쳤지만 어린 동생은 힘들었을 거예요."

마치 남 일 이야기하듯 담담하다. 덕분에 이유현도 안타까운 표정을 만들어 내지 않아도 되었다.

"지금은 지난 일이라 가볍게 얘기해요. 지도 자살까지 생각했다는 건 멋쩍은 모양이에요. 원래 죽고 싶을 땐 딴게 안 보여도 지나고 나면 우스운 일도 있잖아요. 아직 애니까."

"그래도 다행이네요. 자칫 잘못했으면 큰일 날 뻔했어. 자살이라니."

이유현의 위로에 류경아는 무심하게 말했다.

"당시엔 많이 힘들었나 봐요. 인터넷에서 자살 카페도 가입해 보고."

"허어."

"바보 같아요. 순간의 감정에 휩쓸린 거겠죠. 자살은 뭐 아무나 하나요? 그러다 별 웃기는 짓도 다 했어요. 자살 기도까지 하고도 모자라 인터넷을 뒤지다가 별 이상한 델 다 가 봤대요. 정신자살연구소라나 뭐래더라."

"정신자살?"

고진과 이유현은 거의 동시에 말을 되받았다.

"육체가 아닌 정신만의 자살을 도와준대나요? 동희가 애는 착한데 좀 현실감각이 없어요. 하긴 안쓰럽기도 해요. 얼마나 힘들었으면 그런 델 다 찾아갔을까 싶은 게."

류경아는 그 일을 떠올리는 것만으로 기가 막히는 모양이다.

"그래서?"

고진이 몸을 앞으로 바싹 내밀며 물었다.

"사무실은 종로 뒷골목에 있었대요. 장소부터가 고등학생한텐 겁나지 않겠어요? 쭈뼛쭈뼛 들어갔다가는 금세 도망치듯 나와 버렸대요."

"소심하기는."

"소장실 문이 벌컥 열리면서 머리가 허옇게 센 중년 남자가 나오더래요. 의학박사라고 자신을 소개했다는데 어차피 거짓말 아니겠어요? 그 남자한테 꽤 주눅 들고 놀랐나 봐요. 내가 올 곳이 아니구나 싶어서 달아난 거죠. 그래도 그런 일 있고 한동안은 자살 생각을

33

안 했다니 다행이에요."

"오호."

"음⋯⋯."

고진과 이유현 두 사람 모두 어느새 표정이 변해 있었다. 고진의 얼굴에서는 강한 흥미가 번져 나왔고, 유현은 질린다는 낯빛이었다. 류경아는 두 사람의 빈 술잔을 채우려다가 문득 변한 분위기를 깨달았다.

침묵 속에 짧은 시간이 흘렀다.

이유현이 먼저 고진을 향해 입을 뗐다.

"그 사람 본인일까요?"

"난 왠지 꼭 그럴 것 같은데."

"그래도⋯⋯ 백발인 남자가 한둘도 아니고."

"의학박사인 백발 남자는 몇 안 되겠지. 후후, 분명히 이탁오 박사야. 그 박사다운 등장이야. 정신자살이니 뭐니 하는 듣도 보도 못한 개념을 들고 나와서 일을 벌일 사람이 몇이나 될 것 같아? 박사의 브랜드가 느껴져."

"박사는 뭘 하려는 걸까요."

"그 일 이후로 병원을 다시 여는 데에는 싫증을 느낀 것 같아. 우리 때문에 귀찮게 될 수도 있고. 하여간 늘 재미있는 일을 만드는 양반이야. 역시나 남다른 돈벌이를 꾸미려는 게 아닐까? 역시 그 괴상한 박사답지 않아?"

"돈벌이라고요? 의외의 해석인데요. 박사는 실제로 뭔가 연구를 하고 있는 걸지도 모르죠."

"연구를 위한 연구? 쳇, 1세기 전의 일이야. 프랑켄슈타인 박사도 아니고, 현대의 모든 괴이한 움직임엔 돈이 바닥에 흐른다고 봐야지. 사이코패스도 절반은 돈을 위해 사람을 죽여. 나머지 절반은 성욕이 결부되어 있고."

건너편에 비스듬하게 앉아 있던 류경아가 화제에 끼어들었다.

"그 이탁오 박사란 분은 어떤 분이기에 그러세요?"

고진은 류경아를 보며 음침하게 웃었다.

"후후, 재미있는 사람이지."

"이름부터가 참 특이하네요."

"원래 다른 이름이었는데 개명을 한 거야. 그 양반은 이름 만들어 붙이는 취미가 있었지. 원래 이름은 나도 몰라. 이탁오(李卓吾)란 이름은 명나라 때 유학자 이름에서 따온 거야. 전통의 권위를 거부한 이단아였지. 공자, 맹자를 다 가짜라고 하면서 유학자들을 앞의 개를 따라 짖는 개 정도로 치부한 인물이야. 박사는 그 인물이 마음에 들었던가 봐."

"멋지게 들리는데요. 우리 가게에 한번 오시라 그러세요."

"하하하, 그럴까? 무서운 인물인데. 우리 둘 앞에서 사라질 땐 명백한 살인인데도 체포할 수 없었어. 벌써 4년 전 일이군."

"어머, 살인이라고요? 으스스하네. 그럼 우리 가게엔 안 왔으면 좋겠어요."

코끝을 찡그리는 류경아의 어리광스러운 말투에 고진은 웃음을 터뜨렸다. 두 손님의 대화가 심각해질 무렵 흐름을 깨지 않으면서 가볍게 방향을 트는 류경아의 노련한 화술이었다.

"그런데 그 이타오 박사란 무서운 분하고 고 변호사님하고는 어떻게 아시는 사이예요?"

"그게 말이야……."

고진은 희미한 웃음을 흘리며 4년 전을 떠올렸다.

서울중앙지방법원에 늦게 출근하는 길이었다. 겨울을 넘기면 판사 생활도 5년을 채우게 되는 해였다. 몸살기가 있어 오전에 병가를 내고 병원에 들렀다가 느지막이 전철에 올랐다. 2호선 전철 차량의 규칙적인 진동이 약의 순환을 촉진시켜 시야가 흐리멍덩했다.

몽롱한 상태에 빠져들 무렵, 멀리서 구슬픈 음악 소리가 들려왔다. 소리는 점차 커졌다. 옆 차량에서 새카만 선글라스를 낀 장님이 이쪽으로 건너오고 있었다.

구부정한 몸에 너덜너덜한 점퍼를 걸치고 있다. 전철 안에는 더운 김이 나오고 있지만 걸인은 추워 보였다. 허리춤에는 음악을 트는 조그마한 카세트레코더가 매여 있었다. 그는 빨간 띠를 두른 흰 막대를 안테나 삼아 바닥을 토닥토닥 짚어 가며 천천히 걸어왔다. 막대를 들지 않은 한 손에는 돈을 받는 파란 소쿠리를 들었다. 승객들이 건네준 동전 몇 개가 그 안에 들어 있었다. 고진의 대각선에 앉은 중년여성은 지갑을 열어 1000원짜리 한 장을 소쿠리에 넣어 주었다. 장님은 앞을 보고 고개를 꾸벅하더니 지폐를 만져 보고 호주머니에 집어넣었다. 동전은 몰라도 지폐를 소쿠리에 그대로 넣어 두기엔 위험할 것이다. 장님 돈을 훔치는 녀석도 없지는 않을 테니까. 그런데 그런 자보다 더 흉악한 자도 있는 모양이다.

고진의 맞은편에 앉아 있던 백발의 신사가 갑자기 발을 쑥 내밀어 버린 것이다. 엇, 위험한데, 생각한 순간 장님은 그 발에 걸려 고꾸라졌다.

철퍼덕.

장님은 보기 흉하게 넘어졌고, 소쿠리에서 동전이 이리저리 튀어나갔다. 고진을 비롯한 승객들 모두가 놀랐다.

어머, 저런. 조그마한 탄식이 일제히 여기저기서 울렸다. 음악을 울리며 가운데를 가로지르는 맹인이 시선을 한데 모으고 있었기에 대부분의 승객이 그 장면을 목격했다. 고진은 바로 코앞에서 그 장면을 보았다. 실수로는 생각할 수 없었다. 분명히 맹인이 앞을 지나가는 때를 노려 다리를 내민 것이었다. 성한 사람이라도 걸려 넘어질 수밖에 없었을 것이다. 승객들이 다리를 건 남자에게 막 비난의 시선을 보내려는 찰나, 맹인이 벌떡 일어섰다.

"뭐야, 이 자식!"

소쿠리는 발치에 떨어진 채였다. 그는 홧김에 선글라스를 한 손에 벗어 들고는 자신의 다리를 건 백발의 남자를 노려보았다. 보통 사람보다 더 해맑고 건강한 까만 눈동자로.

승객들이 다시 웅성거렸다. 어머, 눈이 멀쩡하잖아, 가짜였어?

맹인, 아니 맹인 행세를 했던 남자는 울컥했던 일순간이 지나자 한 몸에 쏟아지는 승객들의 따가운 시선을 깨달았다. 그는 황급히 옆 칸으로 뛰듯이 모습을 감추어 버렸다. 푸른 소쿠리와 몇 푼의 동전이 전철 바닥에 그대로 굴러다니고 있었다. 승객들은 사라진 그의 뒤를 향해 비난조의 몇 마디를 던졌다. 조금 전 지폐를 주었던 여성은 낯빛이 나빠졌다. 저 가짜 맹인의 진짜 죄는 돈 몇 푼의 비럭질이 아니다. 저 여성의 배반당한 선의는 장래에는 소멸할지 모른다.

고진은 다리를 걸었던 백발 남자를 유심히 쳐다보았다. 머리색과 달리 나이는 백발만큼은 아닌 것 같았다. 쉰 살 가까이 되었을까? 붉은빛이 돌 정도로 혈색 좋은 얼굴에 건강하고 탄탄한 몸이었다. 은색의 슈트와 푸른빛 나염 넥타이, 번쩍번쩍 빛나는 갈색 구두는 1세기 전의 패션처럼 보였지만 백발의 남자에게 잘 어울렸다. 어울리지 않는 건 웃음이었다. 히죽히죽. 마치 나쁜 장난에 성공한 10대 악동 같은 모습이었다.

고진은 한동안 남자를 관찰했다. 고진의 병적인 호기심은 그 대상이 사람이라도 예외가 아니었다. 백발남은 그를 몹시 궁금하게 만들었다. 어떤 사람일까.

백발남은 반포에서 내렸다. 고진은 내려야 할 교대역을 지나쳐 백발남을 따라 반포에서 내렸다. 개찰구를 통과한 백발남을 조심스레 불러 세웠다.

"저, 실례합니다."

"어허, 이 양반 따라오기까지 했구먼. 아까부터 유심히 사람을 관찰하더니. 뭐요?"

백발남은 고진이 자신을 보고 있었다는 걸 이미 알고 있었다. 고진은 잠시 이야기를 청했다. 남자는 의외로 시원하게 응해 주었다. 두 사람은 전철역 구내 의자에 앉았다.

"선생님은 어떻게 그 사람이 가짜 맹인인 걸 아셨습니까?"

"흐흐, 우리 칸에 건너올 때 봤지요."

"뭘 말씀입니까?"

"손목시계를 말이오. 점퍼 소매 밑으로 언뜻언뜻 보였어요. 맹인용 점자시계나 진동시계가 아니었어요. 번쩍번쩍하는 불로바더군. 맹인이 손목시계가 왜 필요하겠습니까. 게다가 완전히 새카만 선글라스를 썼더군요. 적선을 받으려면 사람들에게 장님인 걸 알려야 하기 때문에 눈이 전혀 안 들여다보이는 그런 건 쓰지 않지요."

"아하, 그렇군요. 대단한 관찰력입니다."

"저런 가짜들 때문에 진짜 힘든 사람들이 손해를 봐요."

"맞는 말씀입니다. 저런 사람들이 불신을 만들고 있죠."

백발남은 이탁오 박사였다. 그는 당시 반포에서 정신과를 개원하고 있었다. 고진은 이탁오 박사에게 깊은 인간적 흥미를 느꼈다.

다리를 건 행동에도 감탄했다.

그때는 그가 도의적 동기에서 그랬다고 믿었다……

3

    정신자살연구소 사무실은 종로3가 피카디리 극장 뒷골목 안 낡은 건물 3층에 있었다. 명색이 서울의 중심부인데, 지지리도 후줄근한 건물이었다. 입구가 어두웠다. 계단을 걸어 올라가자 휑하고 지저분한 복도가 나타났다. 구석에는 신문지가 몇 장 버려져 있다. 밑을 들추면 쥐 시체 같은 것이 있지 않을까. 사무실은 복도 맨 끝 304호였다. 자살을 생각하는 와중에도 망설임은 들었다. 그래도 양평에서 종로까지 나온 발품의 값어치는 해야 한다는 마음이 앞섰다. 일단 들어가 보기까지만.

    똑똑. 가볍게 두드렸고, 이어 "네." 하는 여자의 가는 음성이 들렸다. 조심스럽게 문을 열고 들어갔다.

    허전한 사무실이었다. 입구 오른쪽 책상에 조금 전 "네." 하고 대답한 여자가 앉아 있었다. 음침했던 목소리와는 다르게 나를 향해 따뜻한 미소를 보였다. 밤색 뿔테 안경을 쓴 작고 마른 여자였는데, 얼굴은 갸름한 미인형이었다. 사무실 전면에는 낮은 테이블과 몇 개의 소파가 비치되어 있고, 구석에는 작은 물빛 냉장고가 들어차 있다. 그것이 공간 안에 있는 전부였다. 좋게 포장하면 미니멀리즘의 극치라고 해 줄 수 있겠다. 옆에는 방이 하나 더 있었고, 그 방문은 닫혀 있었다. 소장실쯤 되는 모양이었다. 아무리 봐도 연구소라는 명칭은 너무 과했다. 하지만 적어도 피라미드 업체의 사무실 같지는 않다는 점에 오히려 안도가 되었다.

소장실 문이 삐걱하고 열리며 한 남자가 걸어 나왔다. 눈을 뒤집어쓴 것 같은 백발이 시선을 잡아끌었다. 그 아래 머리카락만큼은 늙지 않은 얼굴이 있었다. 50대 초반? 탱탱하고 붉은 피부의 백발 남자는 나를 보기도 전에 환하게 웃으며 방을 나오고 있었다. 회색 양복과 반짝이는 갈색 구두가 눈에 들어왔다. 흰 가운 따위는 입고 있지 않았다. 나는 그만 주눅이 들어 선글라스를 벗고, 먼저 자기소개를 하고 말았다.

"안녕하세요……. 전…… 길영인이라고 합니다……."

자신 없는 내 말투에 백발 남자와 여자는 마주 보며 잠시 묘한 웃음을 교환했다. 좋은 먹잇감이 걸려들었다는 신호 같아 보여 슬그머니 기분이 나빠졌다. 의심이 모락모락 피어올랐다. 이 사무실은 거미줄일까. 난 제 발로 사지에 뛰어든 곤충? 흠. 그래 봤자 내 호주머니에서 돈이 나가기 전엔 아무 일도 없는 거다. 그리고 그건 아주 어려울 거다. 얘길 들어 보고 사기꾼 냄새가 나면 난 주저 없이 떠난다. 죽음까지 생각한 내가 아쉽고 겁날 일은 없다. 그들은 웃기만 할 뿐 한동안 말이 없었다. 고객에게 자꾸 말을 시키는 건 도대체 무슨 매너인가. 참다 못한 내가 또다시 입을 열었다.

"여기가 정신자살연구소 맞습니까? 인터넷에서 봤는데……."

"아, 네, 맞습니다, 어서 오세요!"

백발 남자는 갑작스럽게 과장된 웃음을 보이며 그제야 나를 손님, 아니 환자로 맞이했다. 자신을 이탁오 박사라고 밝혔다. 무슨 종류의 박사인지는 묻지 않았다.

소장실로 안내되었다. 역시 바깥쪽 방과 다를 바 없이 무미건조했다. 책상과 테이블, 몇 개의 의자, 옷걸이가 전부였다. 테이블 옆에 크고 푹신한 1인용 소파가 눈에 띄었다. 난 책상 맞은편 조그만 의자에 앉았다. 곧 여자가 들어와 차를 두 잔 가져다 놓고는 방을 나갔다. 박사는 차를 한 모금 음미한 다음 책상 너머로 나를 건너다보며 말했다.

"인터넷으로 보고 여기까지 찾아오셨다니 서론은 생략하겠습니다. 확실하게 자살할 의지를 가지신 분이군요."

"아뇨, 딱히 그렇다고는……. 자살할 용기가 없어서 찾아왔어요."

"물론, 이해합니다. 저희 연구소는 그런 사각지대의 분들을 위한 겁니다."

"네……. 실은 아내가 1년 전 집을 나갔습니다. 한다미라고, 미술을 전공한 멋진 여자였죠. 저한텐 너무 과분했어요. 부끄럽지만 아내가 없어지고 나니 아무런 삶의 의욕도 없고, 죽고만 싶습니다."

내 말이 채 끝나기도 전에 박사가 커다란 목소리로 말했다.

"부끄러운 게 아닙니다. 배우자의 상실은 자살의 주요한 원인 중의 하나입니다. 클레오파트라가 남편 안토니우스의 죽음 뒤에 옥타비아누스의 견제를 뚫고 기어이 자결한 일을 부끄러워해야 합니까? 히틀러 같은 희대의 악당을 얻지 못해 자살한 여자도 둘이나 됩니다. 아, 에바 브라운까지 포함하면 셋이군요."

박사의 말은 어딘가 극적이고 현실감이 떨어지는 감을 지울 수 없었다.

"네……. 그런데 죽는 게 쉽지는 않네요. 용기가 없습니다. 이것저 것 생각도 해 봤지만 다 무서운 방법들이고. 남들은 비웃겠죠. 죽을 생각을 한 놈이 고작 밧줄이 무서워 망설이냐고."

"아닙니다. 당연한 일입니다. 그게 어떻게 보면 누구보다 정상이 고, 인간적인 겁니다. 자살 기도를 한 번도 해 보지 않은 사람들과 앞으로도 결코 자살을 시도하지 않을 사람들은 절대로 모르는 부분 입니다."

단호한 박사의 말투가 은근히 위안이 되었다. 나는 다소 가벼운 기분이 되어 질문을 던졌다.

"근데, ……이 사무실이 연구소의 전부입니까? 연구소면 연구원 들 같은 분들은……."

"아, 네. 제가 소장이자 연구원입니다. 1인 연구 시스템이라고나 할까요? 의심을 가지실 필요는 없어요. 저는 의학박사입니다. '정신 자살'이란 제가 처음 만들고 주창한 개념이고, 아시다시피 대중화되 기엔 부적절한 면도 있지요. 그래서 다소 은밀하게 프로젝트가 진행 될 수밖에 없습니다. 저는 본 연구에 뜻이 있어 병원에 적을 두지 않 고 개별 연구를 진행 중인 상태입니다. 어느 정도 임상적인 성과도 거두었고, 이제는 고통받는 분들을 위해 실제적인 치료, 아 치료보 다는 시술이라 표현하는 게 맞겠네요. 시술에 나서게 된 겁니다."

"글자 그대로 정신…… 을 파괴하는 시술인 겁니까?"

박사는 표현을 다듬어 조심스럽게 던진 내 질문에 인자하게 웃었 다. 뜬금없이 잘 웃는 사람이다. 하지만 그 웃음은 자주 오싹하게 느 껴졌다.

"그렇습니다. 정확히 이해하신 듯합니다. 괴로움의 근원은 마음이죠. 아무 이유도 없는 강박증, 분열장애, 이런 고통은 겪어 보지 않은 사람은 모릅니다. 그런 병적인 상태를 떠나서라도 사랑하는 사람을 잃는다든지, 혹은 굴욕, 명예, 희생, 저항, 전쟁의 패배, 미신 등으로도 죽을 수 있습니다. 자살의 발원지는 섣불리 카테고리를 지을 수도 없습니다. 예외적인 경우겠지만 실제적인 고통이 아닌 오로지 관념적인 이유로 죽는 사람도 있습니다. 엠페도클레스는 화산활동에 대해 설명할 수 없다는 절망감에 에트나 분화구에 몸을 던졌습니다. 1세기 전 일본의 철학 청년 후지무라는 게곤 폭포에서 '만유(萬有)의 진상은 불가해(不可解).'라는 메모를 남기고 투신했습니다. 자살의 다양한 이유는 인류가 사회를 만들어 살아가는 한 사라지지 않을 겁니다.

사람들은 하기 편한 말로 한마디씩 던집니다. 죽을 용기로 살지 그랬어, 가족을 생각해야지……. 참 피상적인 참견이죠. 자살자들은 영원한 침묵이라는 단 하나의 구원만을 추구한 사람들입니다. 그보다 고독한 사람이 있을까요. 자기 손으로 묘혈을 파는 사람들의 운명적인 의지의 깊이에 대해 다른 사람들은 도저히 생각할 여유가 없는 것입니다. 하지만 국외자로서 이런저런 말을 감히 할 수는 없었지만 저에게도 그들의 짧은 생은 너무나 안타까웠습니다. 기적보다 더 낮은 확률로 부여받은 생명이지 않습니까? 생물학적으로는 부모의 그 무수한 정자와 난자의 순열조합 중에 우연히 얻어걸린 생명입니다. 아버지가 만약 그날 회식이라도 있어 늦게 들어왔다면 성립할수 없었던 인생입니다. 그 부모의 부모, 조조부모 세대, 그 이상까지

거슬러 올라가면, 또 그 부모의 사랑과 만남의 확률론까지 계산하면 그 생명은 한 우주의 탄생과도 맞먹는 압도적인 기적입니다. 물론 그렇게 세상에 태어난 생명이야 무수히 많습니다. 하지만 '나'로부터 역산해 보면, 다른 사람이 아닌 하필 '내'가 태어날 확률은 원숭이에게 타이프라이터를 던져 주었을 때 브리태니커 백과사전을 두드려 낼 확률 이하입니다. 로또 따위는 비교도 안 되는 행운, 그 생명의 한 방울을 그리도 허무하게 소멸시키다니요. 의사들은 환자의 몸에 난 종기 하나를 고쳐 내기 위해 백날을 고전했는데, 정작 그 환자는 20층 빌딩 꼭대기에서 훨훨 몸을 던져 버린다면 얼마나 허무하겠습니까.

전 그런 안타까운 희생에 관심을 두었습니다. 마음이 아팠죠. 한 개인의 문제로만 치부해서 혹은 사회의 탓으로 돌리면서 원인을 분석한다 한들 수치로 드러나는 자살자는 조금도 줄지 않고 있습니다. 인류는 동굴 시대 이후로 비약적인 경제와 문화, 정치 시스템의 발전을 이루었지만, 과연 자살이 줄었을까요? 과거의 통계는 모르겠습니다만 현대에서 자살률은 증가일로에 있습니다. 돈을 좀 더 갖게 되었다고, 혹서를 피할 수 있는 에어컨, 냉장고가 있었고, 한겨울에 히터를 틀 수 있다고 해서, 티브이라는 강력한 엔터테인먼트 공급원이 생겼다고 하여 자살이 줄었다는 따위의 말을 들은 적이 없으시겠죠. 인류는 과연 자살을 통제할 연구를 진행할 능력이 있기나 한 것일까요? 자살을 앞에 둔 극히 개인적인 실존적 고뇌 앞에 그런 정신병리학적, 사회학적 연구는 양쪽 다 아무 쓸모가 없었다고 감히 단언할 수 있습니다.

자살이 꾸준히 있어 온 만큼 그걸 막으려는 시도도 많았습니다. 1세기 전만 해도 정신과 의사들은 몸의 피를 조금씩 뽑아내면 자살하려는 마음을 꺾을 수 있다고 믿었습니다. 어떤 학자는 오랜 시간 목욕을 할 것을 권하기도 했고, 결혼을 통해 자살을 방지할 수 있다고 믿기도 했죠. 뒤마는 절제와 인내를 가져야 자살을 피할 수 있다고 제시했고, 베이컨은 수학에 몰두하라고, 디드로는 여러 가지 위험한 장난을 해 보라고 제안했습니다. 자기가 사는 이유가 다른 사람의 자살을 막을 수 있다고 착각한 거지요. 그 결론이 어떤지는 길영인 씨도 잘 알 겁니다. 자살자는 조금도 감소하지 않았어요. 요샌 네트워크가 발달하니까 클럽을 만들어 서로 자살 의지를 북돋우기까지 하잖습니까? 자살은 나쁜 거다, 긍정적으로 생각해라, 그런 말을 높은 데서 읊어 봤자 반항기의 10대에게 부모님 말씀 잘 들으란 말과 같은 클리셰에 불과합니다. 목욕을 해라, 결혼을 해라? 오히려 목욕탕에서 손목을 긋고 결혼에 더욱 절망해 자살을 택합니다. 그런 훌륭한 말씀만으로는 자살을 막을 수 없단 거지요.

저는 그런 발상에서 방향을 틀었습니다. 일종의 사고의 전환입니다. 히포크라테스의 후예로서의 맹세를 깨뜨린 아픔을 딛고 서서 사물을 다시 보았습니다. 아픔의 근원인 마음, 그 마음을 고칠 수 없다면, 마음을 파괴해 버린다면 되지 않느냐고. 모든 인생고의 근원, 모든 선과 악의 뿌리이면서 또한 고뇌의 뿌리이기도 한 이 마음. 부처님과 히말라야의 온갖 성자들, 인류를 초극한 위대한 분들도 눈에 보이지 않는 그것 하나를 정복하기 위해 일생을 바쳤습니다. 길영인 씨 같은 분이 자신만의 고뇌 끝에 마침내는 스스로 자신의 생을 부정하게 만드는 이 미쳐 버린 프로그램. 그 껍질 안에서는 결코 밖을 볼 수도 빠져나갈 수도 없습니다. 사고와 감각기능을 파괴하고, 제어되지 않는 기능을 노출시켰을 때 오히려 구원이 찾아올 수 있습니다. 물건도 자연도 사람도, 건설하고 유지하는 게 어렵지, 부수자고 들면 한순간입니다. 수십 년간 건강식품을 먹어 봤자, 독약 한 방울이면 쓰러지는 것이 육체입니다. 마음 역시 마찬가지 이치가 통합니다. 마음을 고치기는 어렵지만, 망가뜨리는 건 쉽습니다. 크리스털보다도 깨지기 쉬운 것이 정신입니다. 마음을 죽임으로써 고통도 사멸한다. 이 단순하지만 유효한 발상을 아직까지 아무도 하지 않고 있었던 겁니다. 왜냐, 의사라는 직함이 붙은 사람들은 고치고, 낫고, 되돌리는 것에만 관심을 두었을 뿐, 아무리 궁극의 구제를 위함이라 하더라도 '파괴'나 '감염' 같은 것은 차마 생각할 수 없었기 때문입니다. 그래서 전⋯⋯."

박사의 연설은 끝없이 이어질 것 같았다. 도저히 견딜 수 없었다. 티브이 토론 프로그램을 제일 싫어하는 나다. 박사의 연구 결과를 발표하는 세미나장의 1인 관객이 된 기분이었다. 내가 잘하지 못하는 일이지만, 도중에 말을 잘랐다.

"저기, 박사님의 연구 취지에 대해서는 그 정도로 알겠습니다. 제가 찾아온 이유는⋯⋯."

박사는 일순 백발이 흔들릴 정도로 웃어 젖혔다.

"하하하하하, 알겠습니다. 추상적인 얘기는 이쯤에서 관두고, 좀 더 구체적인 시술에 대해 말씀드리죠. 길영인 씨께서 정신의 자살을 택했다면, 방법은 육체적 자살보다 훨씬 쉽고, 고통 또한 없습니다.

물론, 정신자살 자체가 고통으로부터 벗어나기 위한 방책이기도 하고요. 외과적인 수술은 아닙니다. 고뇌의 원인은 다양한데, 뇌의 어느 특정 부위를 잘라 내거나 손을 본다고 하여 끝낼 수 있는 게 아니죠. 잘못 건드리면 뇌의 기능이 정지하거나, 저능아를 양산해 낼 수도 있습니다. 우리의 목적은 정신의 파괴이지 바보의 제조가 아니니까요. 또 여기 사무실 안을 보면 아시겠지만 외과적인 장비 따위는 일절 없습니다. 우리는 기본적으로 최면요법을 사용합니다."

"아, 네, 그렇군요."

나는 박사의 말에 점차 끌려 들어가던 차에 안도감을 느꼈다.

인터넷에서 접했을 때, 정신자살이란 것이 나에게는 꽤 매력적으로 비쳤었다. 하지만 뇌에 칼이 들어온다면 좀 걱정이 될 수밖에 없다. 자아가 뒤틀린 광인과 자아가 아예 없는 몬스터는 다르다. 죽음이 두렵진 않지만, 괴물로 여생을 보내고 싶진 않다. 그런데 최면요법 정도라니 다행이지 않나. 최면에 대해서 잘은 모르지만 아무런 고통이 없지 않은가. 잠자는 것과 비슷한 정도? 한숨 푹 자고 일어나면 나만의 신세계가 펼쳐져 있지 않을까. 박사의 말은 이어졌다.

"약 한 달에 걸쳐 이곳에서 최면요법을 실시할 겁니다. 일주일에 한 번 정기적으로 방문해서 치료를 받으십시오. 그리고 고뇌에서 영원히 탈출하는 겁니다."

물론 두려움은 있었다. 죽음에 대한 두려움이 아니라, 박사의 말대로 최면요법이 어느 정도 효과가 있다면 그 이후의 내가 무엇이 되어 있을지가 두려웠다. 알고 있는 참혹한 미래가 알 수 없는 미래보단 덜 불안하다.

마음 한구석에서 피어나는 안도감은 한 달에 걸친 요법이라는 점 때문이었다. 정신자살이라는 것은 일순간에 예전 마음이 사라지고 미지의 정신체가 태어나는 게 아니라, 한 달이라는 비교적 긴 기간에 걸친 점진적인 과정인 모양이다. 그렇다면 원치 않는 이상 징후를 느꼈을 때 중단할 기회도 충분히 있다는 얘기다. 물론 그런 점 역시 박사가 안심시키기 위해 깔아 놓은 덫일 수도 있겠지만, 어차피 의심의 끝에는 답이 아니라 미궁만이 기다릴 뿐이다. 어느 선에서 결단할 수밖에는 없다.

"박사님의 뜻을 알겠습니다. 한번 해 보죠. 그러면 진료비라고 할까요? 얼마 정도……?"

난 과감하게 돈 문제를 물었다. 여기서 결정적으로 사기성과 신뢰성의 판가름이 날 것이다. 박사는 즉답을 않고 엉뚱한 소리를 했다.

"거기에 대해서는 먼저 밖에 나가서 조수인 신재인 씨와 몇 가지 상담을 해 주시기 바랍니다."

나는 소장실 밖으로 나왔다. 이 부분은 미리 정해진 시스템인 듯 신재인은 나를 보자마자 몇 가지 질문을 했다. 이름, 주소 등 기본적인 신상 정보를 물었는데 여기까지는 정상적이다. 뒤이은 질문이 어이없었다. 내 부동산, 현금, 유가증권 따위의 재산 상황을 묻는 거였다. 따지고 들기도 우습고 해서 적당히 대답했더니, 신재인은 노트에 그걸 받아 적었다. 그러고는 다시 소장실로 나를 데리고 들어가, 그 노트를 박사에게 건네주고는 나에게 정겨운 눈웃음을 흘리며 문을 닫고 나가 버렸다.

내 간이 재산 내역을 찬찬히 들여다본 박사의 대답은 날 놀라게 했다.

"시술비는 3000만 원입니다."

"네엣!"

난 농담인가 싶어서 박사의 눈을 이리저리 살폈지만 그의 눈동자는 전혀 흔들림이 없었다. 박사는 재차 입을 열었다.

"비교적 고액이어서 놀라시는군요. 여기에는 두 가지 이유가 있습니다."

"······어떤 이유입니까?"

"첫째는, 저희 연구소의 재정적인 사정입니다. 아시다시피 광고를 할 수도, 대대적인 홍보를 할 수도 없는 형편입니다. 유일하게 환자를 받는 방법은, 이렇게 허름하지만 연구소를 열어 놓고, 인터넷 구석에 조그맣게 홈페이지를 띄워 찾아오도록 하는 겁니다. 이렇게 하면 장난이나 단순한 호기심에서가 아닌, 진정으로 죽음을 택하고 싶은데 차마 용기가 없어 의미 없이 생을 연장하고 계신 분들만이 찾아오실 거라고 생각했기 때문입니다. 결국엔 커뮤니케이션 문제겠죠. 그런 분들이 저희 연구소와 연결되는 방법이 제한적인 만큼 찾아오시는 분도 적습니다. 연구 경비와 연구소 유지 비용 등을 고려하면 다소 고액이 부과될 수밖에 없습니다."

"또 하나의 이유는요?"

"실은 두 번째 이유가 더 중요합니다. 첫 번째 이유라면 이 정도의 금액을 요할 것까진 없어요. 3000만 원이라는 거액이 제시된 이유는 환자를 위해서입니다."

"환자를 위해서라고요?"

사기꾼, 다단계풍의 냄새가 났다. 사기꾼들의 레퍼토리, 바로 '당신을 위한 것'이라는. 제길, 어디 한번 들어나 볼까. 박사의 말은 물처럼 흘러나왔다.

"진정 정신자살이 필요한 환자를 가려내기 위해서입니다. 또한 정신자살이라는 극단적인 선택으로 발을 내딛기에 앞서 다시금 생활로 돌아갈 의지와 기회를 부여하기 위해서입니다. 정말 죽음이 간절할 정도의 사람이라면 생이 끝나는 지점에서 3000만 원이라는 금액의 다과는 전혀 문제가 되지 않습니다. 3000만 원은 미리 정해진 금액은 아닙니다. 요금을 말씀드리기에 앞서 환자분의 재산 상태를 개략적으로 파악한 다음, 이 정도 금액이면 자살의 간절함과 진정성을 수긍할 수 있겠다 싶은 금액을 제가 임의로 제시하는 겁니다. 즉 3000만 원은 길영인 씨의 재산 상태를 고려해서 제가 적절히 정한 액수입니다. 이 돈이 아까워 돌아갈 사람이면, 돈이 아까워 정신자살 시술을 피할 사람이면, 애당초 자살의 진정성은 없다고 보는 거죠. 또, 마찬가지로 환자에게도 마지막 기회를 부여하려는 겁니다. 환자 중에는 자신이 얼마만큼 죽음을 원하고 있는지 잘못 측정하고 오시는 분도 있습니다. 일시적인 충동은 아닌지, 타인을 심리적으로 통제하려는 자살 망상은 아닌지 가려내야 하는 겁니다. 그런 환자들은 3000만 원이라는 현실의 금액 앞에 무릎을 꿇고서 깨닫게 되죠. '내가 이만큼 진심으로 죽음을 원했던 건 아니구나.'라고 말이죠. 돌이킬 수 없는 세계로 건너가기 전에 그런 기회를 드리려는 겁니다."

궤변 같긴 한데, 그럴듯하기도 했다. 묘하게도 맞는 말이란 쪽으로 자꾸 심정이 기울었다. 내가 경제적 여유가 있다 해도 3000만 원은 물론 큰돈이다. 하지만 정신적 자살이라는 탈출구가 없어 죽을 작정이었다면? 그 지경에서는 돈은 아무것도 아니다. 내 힘으로는 요단강을 건너지 못한다. 이 미련투성이 육체를 보존하면서 지금의 거추장스러운 정신이 사라질 수만 있다면. 이 돈은 일단 지불해 볼 만하다. 시술이 거짓이어서 최면 전후에 아무런 차이가 없다면, 그 멀쩡한 정신으로 다그쳐 도로 반환받으면 그만이다. 뒷골목에 몰래 사무실을 차린 박사인 만큼 시술 실패로 인한 반환 요구를 그때 가서 거절하지는 못하리라. 제대로 원래의 정신이 망가진다면 돈 따위를 돌려달라고 요구할 정신이 남아 있지 않을 테니 그것대로 괜찮다. 정말 그리된다면 지금으로서도 3000만 원은 아깝지 않다. 살아 있는 대가라고 생각하면.

얄팍한 계산과 고민 끝에 나는 받아들였다.

4

이날따라 줄지은 손님 탓에 류경아는 다소 분주했다. '압상트'의 푸르스름한 불빛 아래 이유현과 같이 술잔을 기울이던 고진은 류경아와 눈이 마주치자 가볍게 손을 들었다. 류경아는 마치 그제야 그들을 처음 발견한 양 눈웃음을 지으며 다가왔다.

"고 변호사님, 이 경감님. 언제 오셨어요?"

"어제 왔어."

"근데 왜 술은 이것밖에 안 드셨을까?"

류경아는 고진의 비뚤어진 말에 응대하면서 고진과 이유현의 반대편 카운터에 제대로 자리를 잡았다. 가슴골이 살짝 파인 에메랄드 그린 블라우스가 푸른 조명과 어우러졌고, 그 위로 윤기 흐르는 머리칼이 풍성하게 흘러내려 있다. 고진이 작은 눈을 빛내며 다짜고짜 물었다.

"동희한테 연구소 위치는 물어봤어?"

류동희가 정신자살연구소란 희한한 데를 찾았다는 이야기를 류경아로부터 전해 들은 사흘 후였다. 고진은 류동희에게 물어보라고 당부해 놓았던 것이다.

"그게…… 정확한 위치를 기억 못 한대요. 인터넷에서 주소만 적어서 그대로 찾아갔는데. 종로 어딘가 뒷골목이란 것밖에는. 동희는 종로 쪽 지리가 어둡거든요."

류경아는 자신이 괜히 미안한 듯 말했다. 고진 옆에 앉은 이유현
이 말했다.

"소장은 어떤 사람이라던가요?"

"그것도 제대로 기억나는 게 없대요. 워낙 잠깐이었고, 그나마도
애가 주눅이 들어서 내내 고개를 숙이고 있었나 봐요."

고진은 식은 표정으로 담배를 한 개비 꺼내 들며 말했다.

"아무래도 직접 찾아내야겠군."

이유현은 고진만큼은 흥미가 없는 듯 입을 다물고 있었다. 류경아
가 말했다.

"고 변호사님은 그 이탁오 박사란 분하고 인연이 깊으신가 봐요.
이만큼 사람한테 관심을 보인 걸 본 적이 없어요."

"형님하고는 풀어야 할 오래된 숙제가 있지요."

옆에서 이유현이 말했다. 말투에서 박사에 대한 못마땅함이 내비
쳤다.

"지난번 얘기로는 괜찮은 분 같아 보이기도 하던데. 지하철에서
가짜 맹인을 혼내 주었다면서요. 관찰력도 대단하지만, 요즘은 다 못
본 척 지나치지 그렇게 도덕적인 행동에 나서는 분은 드물잖아요."

"후후후……."

고진은 음침하게 웃더니 찰칵하고 지포라이터로 담뱃불을 붙였다.

"박사의 도덕은 종류가 완전히 다른 것이었어."

고진은 회상에 젖은 눈빛이었다.

"나중에야 깨닫게 되었지. 맹인 흉내 내는 놈 자빠뜨린 건 정의의

응징 따위가 아니라 박사의 단순한 유희심이었어."

"유희라고요?"

"응, 박사의 가벼운 놀이랄까."

"그래요? 뭔가 재미있는 분 같네요."

"박사는 누구나 좋아할 수 있는 인물은 아니었어. 아마 다큐멘터리를 좋아하는 사람은 박사를 좋아하지 않을걸. 박사는 그만이 가진 묘한 매력이 있지. 어떨 땐 1세기 전의 인물 같다가도 다른 땐 진화한 인류처럼 보여."

"지난번엔 그분이 무슨 살인을 했다고 하지 않았나요? 그건 무슨 말씀이에요?"

류경아는 한 손으로 턱을 괴고 눈을 반짝이며 물었다. 살인이라는 단어를 버젓이 입에 올렸지만 그 자태만은 목석을 뒤흔들고도 남았다. 고진은 만지지 못하는 미술품에 대한 안타까움 비슷한 것을 느끼며 위스키를 목구멍으로 흘려 넣었다.

"약간의 사연이 있지. 살인을 이야기하려면 처음 만난 날부터 시작해야 해. 내가 박사에게 인간적인 매력을 느끼고 친해지면서 우연히 알게 된 사실이니까. 첫 만남부터 난 그 괴상한 박사에게 빠져들었지. 급행열차를 탄 듯 말이야."

"왜 그러셨을까?"

"지금 생각해 보면 체질에 맞지 않는 법원조직에 따분해하던 무렵이라 더 끌렸던 것 같아. 상식의 틀을 벗어난 박사의 행동, 광오하고 도무지 벽이 없는 사고. 그 뒤로 가끔 저녁 무렵 박사의 진료실에 들르게 되었지……."

'테티스' 신경정신과.

명칭부터가 고개를 갸우뚱거리게 했다. 테티스는 그리스 신화 속의 여성이다. 어린 아킬레스를 불사신으로 만들려고 스틱스 강에 발뒤꿈치를 잡은 채로 그의 몸을 담갔지만 손에 잡힌 발뒤꿈치만은 물이 닿지 않아 아킬레스의 약점이 되어 버렸다는 이야기. 이게 신경정신과와 무슨 관련이 있을까. 박사의 취향은 장난기와 모호함투성이였다.

구반포역 앞길 도롯가에 위치한 병원의 진료 시간은 오후 7시까지였다. 고진이 퇴근 후에 전철을 타고 서초동에서 반포로 찾아가면 박사는 마지막 진료를 남겨 둔 상태이거나 막 진료를 마쳤거나 했다.

그날도 마지막 진료가 남아 있었다. 간판이 다닥다닥 붙은 길쭉한 3층짜리 건물의 2층에 숨은 듯 위치한 병원의 외관은 소박했다. 형형색색의 학원 간판에 밀려 간판마저 보일락 말락 했다. 인테리어도 외관만큼 수수했다. 그 무렵 화려한 병원들이 경쟁하며 들어섰던 것에 비해, 이 병원은 보호색을 띤 곤충처럼 오히려 눈에 띄지 않기 위해 몸을 움츠리고 있었다. 오로지 찾아오는 사람만을 상대한다, '환자 모집'은 하지 않겠다는 표현인가.

고진은 대기실에서 비치된 잡지를 뒤적이며 기다렸다. 신간 사진 잡지부터 사냥을 주제로 한 일본 잡지, 1980년대 발간된 《월간팝송》, 나노기술 잡지 따위가 뒤섞여 있고, 보르네오 오랑우탄 투어 팸플릿도 있다. 도무지 일관된 취향도 없고 정신과에 비치해 놓기에 적합한지도 의문이 드는 책들이다. 황학동 중고서점에서 대충 집어 들고 온 걸까. 하여간에 자신의 이야기를 좀처럼 하지 않는 사람이야. 오늘은 박사하고 소주나 한잔해 볼까. 이런 생각을 하는 고진이었지만, 이탁오 박사 역시 고진이라는 희한한 인간을 살피느라 자신의 이야기를 풀어놓을 틈이 없었음을 그는 알지 못했다.

잠시 후, 진료실 문이 열리며 상담을 마친 환자가 나왔다. 두 사람이었고, 젊은 부부였다. 이들은 고진과도 안면이 있다. 고진은 일찍 업무가 끝나는 화요일에 주로 방문했고, 이 부부의 상담도 매주 화요일이어서 그때마다 마주쳤던 것이다. 남편의 퇴근 시간 이후로 상담 일정을 잡은 모양으로 항상 마지막 진료였다. 그 탓에 이날처럼 진료가 늘어지는 때가 있었다. 늘 단정치 못한 모습의 여자는 창백하고 어두운 인상에 살찐 몸매였고, 남자는 흐트러짐 없는 슈트 차림이 잘 어울리는 전형적인 회사원으로, 각진 턱과 단단한 어깨에서는 야성의 냄새가 풍겼다.

고진은 그들과 인사하고는 교대하듯 진료실로 들어갔다. 박사는 "오오." 하고 가볍게 알은체를 했지만, 몸은 뒤돌아선 채로 벽에 있는 큰 패널을 내리고 있었다. 패널은 가볍게 못에 걸쳐 있었다. 박사는 벽에서 걸어 낸 패널을 앞면이 보이지 않게 뒤로 돌려 벽에 기대어 놓았다. 박사는 그제야 돌아보며 이를 드러내며 웃었다.

"고 판사, 어서 오게. 막 배고프던 참인데 저녁이나 먹으러 가지."

고진은 박사의 태도에서 약간의 위화감을 느꼈다. 진료 상담을 마친 부부가 나가자마자 박사는 굳이 벽에 걸린 패널을 내렸다. 들어오는 고진을 맞이하고서 천천히 해도 무방할 것 같은 행동이지만 서둘러 패널을 내렸고, 또 고진 쪽에서는 보이지 않도록 뒤로 돌려놓았다. 고진에게 보여 주고 싶지 않은 패널의 앞면. 무슨 연유일까.

"그 패널은 뭡니까? 혹시 금방 나간 부부의 진료와 관련 있는 겁니까?"

"하여튼 저 호기심병은. 신경 끄게."

고진은 박사의 책상 옆으로 다가서는 척하다가 재빨리 벽으로 몸을 기울여 패널을 잡았다.

"아니면 박사님이 좋아하시는 제인 버킨의 누드 사진이라도 숨겨 놓으신 거 아닙니까? 그런 건 같이 보셔야죠."

고진은 박사를 마주 보며 이가 드러나도록 씩 웃었다. 박사는 도리 없다는 듯 어깨를 으쓱했다.

패널을 돌려서 앞면을 본 고진은 실망했다. 놀라운 그림도 참신한 사진도 아니었다. 해돋이 사진이었다. 다만 사진의 문외한인 고진이 보기에도 무척 멋진 광경이었다. 바다에 가까운 산봉우리에서 바라본 일출의 순간을 포착한 사진인데, 하늘과 바다를 먼 배경으로 주변 경관과 떠오르는 해의 묘한 구도가 어우러진 앵글이었다. 화면 아래쪽으로는 촬영자가 발을 디딘 특이한 모양의 암벽이 보였다. 태양이 대자연에 막 축복을 내리기 시작하는 때의 장엄함과, 빛을 쏟아 내기 전 천변만화하는 자연의 모습이 순간으로 못 박힌 오묘한 색감이 감탄을 자아냈다.

"굉장하군요. 아마추어가 보기에도 거의 종교적인 경건함이 느껴지는데요. 뭐 그래도 제인 버킨의 누드보단 못하지만요."

"그 점은 동감일세."

"지금 나간 부부는 매주 오던데 무슨 문제가 있습니까?"

고진은 어떤 의문을 갖고 있는 건 아니라는 걸 내보이는 가벼운 어조로 물었다.

"어허, 부부 사이에 갈등이 없다면 정신과까지 찾을 필요가 없겠지. 더 자세한 건 환자의 비밀이야."

박사는 얼버무렸다. 고진도 그걸로 끝이었다. 더 캐내야 할 만한 호기심도, 이유도 없었다. 하지만 고진은 이 부부의 갈등에 더 진지한 관심을 가져야 할 운명이었다. 그 부부의 운명 또한 결코 예사롭지 않았다.

고진은 그 뒤로 야근의 연속이라 박사의 병원에 들르지 못했다.

거의 보름 뒤 한낮의 사무실, 기록 더미 사이에서 고전하고 있던 고진은 뜻밖의 기관으로부터 뜻밖의 인물의 전화를 받게 된다.

"고진 판사님이십니까?"

굵고 씩씩한 남자의 목소리였다.

"누구십니까?"

"저는 서초경찰서 강력팀 형사 이유현 경위라고 합니다."

"서초서 강력팀에서 무슨 일이신가요. 혹시 제가 처리하는 사건과 관련 있습니까?"

고진은 자신이 담당한 형사사건 관계로 경찰이 법원에 업무상 전화를 건 것이라 생각했다. 그래서 더 의문이 들었다. 사건을 수사한 경찰이 판사에게 직접 전화를 걸 일은 전혀 없다. 하지만 역시 용건은 그게 아니었다.

"담당하신 사건 때문이 아닙니다. 실은 판사님에게 어떤 사건에 관해서 참고인 진술을 좀 듣고 싶어서입니다."

"참고인 진술이라고요? 흠, 내가 무슨 사건을 목격한 건 없는 것 같은데……."

"네, 사건을 목격하신 건 아닌데요. 피해자의 주변 조사 때문에 그
냥 이런저런 말씀을 좀 들어 보고 싶어서요."

서초경찰서에서 서울중앙지방법원까지는 길 건너 대검찰청만 가
로지르면 되는 지근거리다. 수화기를 놓은 지 30분 만에 이유현은
고진의 방으로 찾아왔다.

그때의 이유현은 경찰대를 갓 졸업하고 강력팀에 배속된 파릇파
릇한 형사였다. 고진보다 몇 살 아래로 보였는데, 당당한 체격에 무
사의 얼굴을 한 호남형이었다. 목소리는 굵으면서도 청춘의 활기가
깃든 밝은 음색이었다. 심성질이나 투사형의 양극단 인물을 그다지
좋아하지 않는 고진은 그 중간형이라 할 수 있는 이유현이 첫눈에
마음에 들었다. 호방하면서도 한편으로는 상대방의 정서에 공감할
수 있는 섬세함을 겸비한 인물이란 느낌을 받았다. 지성, 야성, 감성
의 능력치가 적절히 배분되어 있는 게임의 주인공감 캐릭터라고나
할까.

혹시 번지수를 잘못 짚은 게 아닐까 싶었던 이유현의 이야기는 다
소 충격이었다.

"박재성이라는 남자가 산에서 추락사했습니다. 일단은 자살 아니
면 사고로 보이긴 합니다만, 아무래도 경찰로서는 의혹이 있으면 성
급하게 결론 내릴 순 없으니까요. 몇 가지 확인하고 싶어서 이렇게
찾아뵙게 됐습니다."

"박재성이라는 사람은 제가 모릅니다만."

"이탁오 박사는 아시죠?"

"네."

"이탁오 박사에게 화요일 저녁마다 상담을 받던 부부의 남편 쪽입니다."

"아, 알 것 같습니다."

"네, 그래서 찾아왔습니다. 박재성 씨 아내는 우호선 씨라고 하고요. 일종의 부부 클리닉이었죠. 아무래도 이 부부가 무슨 정신적인 문제나 갈등이 있어 상담을 받은 모양입니다. 남편이 갑자기 산에서 추락했다니 아무래도 그런 쪽 사정도 조사해 봐야 할 것 같아서요. 유언도 없고……. 주변을 다 뒤졌는데 별로 나온 게 없어요. 담당 의사인 이탁오 박사는 부부간에 성적인 갈등이 있었다고만 얘기할 뿐입니다."

"성적인 갈등이라고요?"

"네. 박사는 더 구체적인 건 환자의 비밀이라며 굴처럼 입을 닫고는 협조를 안 하고 있습니다. 할 수 없이 부부에 관해 알 만한 사람을 지금 찾아다녀 보고 있는 중입니다. 간호사 얘길 들어 보니 고 판사님이 박사와 부부 양쪽을 다 잘 아실 거라 그래서 한번 찾아와 봤습니다."

간호사는 고진이 그 부부와 친하다고 오해한 모양이다. 얕은 안면밖에 없던 박재성의 죽음에 고진이 슬픔을 가질 이유는 없었다. 하지만 바로 얼마 전에 인사를 나눴던 사람의 돌연한 추락사와 고진 사이에는 이탁오 박사의 진료실이라는 공통분모가 도사리고 있었기에 짙은 호기심이 일었다.

"으음, 그런 일이 있었군요. ……자세히 좀 이야기해 주실까요? 내

61

막을 알고 나면 뭔가 도움 되는 이야기를 해 드릴 수 있을지 모릅니다. 관련이 있을 성싶은 기억을 한번 떠올려 보게요."

"사건 자체는 간단합니다. 박재성 씨는 닷새 전 설악산 공룡능선 초입에서 떨어져 죽었어요. 부부가 같이 산행을 한 모양입니다. 둘이 전날 근처 산장에서 자고 새벽에 일어나 서둘러 같이 나갔답니다. 산장에 묵었던 다른 등산객들의 증언입니다. 결국 아내만이 돌아왔죠. 남편은 추락사했고. 아내인 우호선 씨 진술을 들어 보면 아직 어둑어둑한 시간에 공룡능선의 위험한 바위 위를 무리해서 내딛다가 앗 하는 순간 실족사한 거랍니다. 아까 말씀드렸다시피 유언도 없어요. 산장에서 만난 다른 등산객들 말로는 전날에 좋은 일이 있는 듯 기분이 좋아 보였다고도 그러고요. 자살은 아닌 게 확실합니다. 사체의 모양이나 사고 경위를 보면 실족사로 보이기는 합니다. 아니면……."

"아니면?"

"살인이거나. 둘 중의 하나겠죠. 살인이라면 당연히 실족할 때 옆에 있었던 아내가 범인일 거고요. 그렇지만 남달리 건장한 남편을 자그마한 체구의 아내가 쉽사리 실족사로 위장해 살해했다고 보기도 어렵죠. 애매한 상황입니다. 그래서 일단 현장은 제쳐 놓고 동기가 있는지부터 조사해 가는 중입니다. 박재성 씨 직장 동료나 가족들 증언을 다 들었습니다. 부부간 문제라 그런지 남들은 잘 모르더군요. 정신과를 같이 다닌 걸 보면 남이 모르는 내밀한 갈등이 있었던 모양입니다만 정신과 의사가 저렇게 입을 닫고 있으니 조금이라도 그 부부에 대해 말해 줄 만한 사람을 찾아다니는 중입니다."

"그랬군요……."

고진은 잠시 무언가를 생각하는 듯했다. 이유현은 쓸모 있는 진술이 나올까 하는 기대감을 안고 기다렸다. 이윽고 고진이 고개를 들어 말했다.

"실은 전 아는 게 없습니다."

"네?"

"그 부부는 마주치면 목례 정도만 하는 사이였고요, 그나마 자주 보지도 못했어요. 이탁오 박사님도 자주 뵙기는 했지만 안 지 얼마 안 되었고요. 그 부부 사이의 문제 같은 건 전 당연히 모르죠."

이유현은 황당하다는 표정으로 고진을 마주 보았다. '아는 게 없으면 진작 얘길 할 것이지 사건 얘기는 왜 꼬치꼬치 캐물었나?' 하는 비난이 담겨 있었다. 고진은 뜬금없이 흰 이를 보이며 환한 웃음을 지었다.

이유현은 아무런 기대감 없이 의례적인 명함만을 남겨 놓고 객쩍게 돌아갔다.

방문이 닫히자, 고진의 웃음은 사라졌다. 그는 곧 컴퓨터 앞에 앉아 자판을 두드리기 시작했다.

"첫 만남에서 형님 인상은 참 안 좋았어요."

이유현은 투덜거리듯 말했다.

"사건에 대해 아는 것도 없으면서 괜한 호기심에 이것저것 물어보고. 참 일생에 도움 안 될 사람이다 싶었죠."

"그럼 지금은 인상이 좋아?"

"술값 낼 때만요."

류경아는 두 사내의 아이들 같은 대화에 꺄르르 웃고는 고진에게 물었다.

"고 변호사님은 그 담에 뭐 하셨는데요?"

"공룡능선. 일출. 뭐 그런 단어들을 한번 찾아봤지."

"사건 얘기를 듣고 뭔가 감이 오셨나 봐."

"그 정도까진 아니었어, 그냥 이 반장 얘기를 듣고 나니깐 내가 박사의 진료실에서 본 장면들이 오버랩 되면서 어떤 의문이 들었거든."

찰칵하며 고진은 담배에 불을 붙였다.

바로 다음 날 이유현은 첫인상이 썩 좋지 못했던 고진으로부터 전화를 받았다. '명함을 괜히 남겼나.' 이유현은 달갑지 않았지만 속는 셈 치고 진솔하게 응대했다. 고진이 대뜸 물었다.

"박재성의 옷차림은 어땠습니까?"

"사체는 그냥 평범한 등산복 차림이었어요."

"박재성의 시체가 있던 곳 일대를 샅샅이 수색했습니까? 다른 거 뭐 발견된 건 없었나요?"

이미 고진이라는 사람에게 불신감이 든 터였다. 뜬금없는 질문에 이유현은 뜨뜻미지근하게 대할 수밖에 없었다.

"그런 건 왜 물으십니까? 혹시 뭐 짚이는 거라도……."

"아뇨, 짚일 리가 있나요. 그냥 괜히 추락했다는 게 좀 이상해서요."

"시체 발굴하는 일만 해도 무척 힘들었다고 합니다. 공룡능선 일대가 얼마나 험한지 아시죠? 말이 능선이지, 사람이 간신히 서기도 힘든 아찔한 암벽이 끝없이 늘어선 곳이잖습니까. 죽은 사람 주소지가 여기라서 서초경찰서에서 수사하고 있지만 정작 고생은 현장 관할서하고 소방서가 엄청 했죠. 사체 말고 다른 곳까지 수색할 여력은 없었을 겁니다."

"좀 더 범위를 넓혀 수색해 보도록 하면 어떨까요. 박재성이 갖고 있던 물건이 추락하면서 멀리 날아가 버렸을 수도 있으니까."

"뭐 안 그래도 수색은 한 번 더 샅샅이 하려고 합니다. 경찰이 그렇게 대충 하지는 않으니까요."

"그런가요? 그럼 무언가 나오면 좀 알려 주시지 않겠습니까?"

빈정이 상한 이유현의 말투에도 아랑곳 않고 고진이 부탁하듯 말했다.

이틀 뒤 이유현은 현지 경찰로부터 보고를 받았다. 추락사 현장에서 좀 떨어진 곳에서 카메라와 안경, 모자 따위가 발견되었다는 것이었다. 산산이 부서진 카메라는 전문가급의 고가품이었다. 우호선은 남편의 물건임을 확인해 주었다.

'이것 봐라?' 하는 생각이 들었다. 설악산에 가는 사람이라면 으레 가지고 갈 물건이긴 하지만 어쨌든 고진의 말대로 시체 부근에서 '무언가'가 발견되지 않았는가. 이 사람은 역시 사건에 관해 뭔가를 알고 있는 것 아닐까.

이유현은 고진에게 추락사 현장 부근에서 고급 카메라와 안경, 모자 따위가 발견된 사실을 전했다. 그 얘기를 전해 들은 고진은 이유현에게 돌연 "저녁에 술 한잔합시다." 했다.

이유현은 꺼림칙했다. 고진이 별 쓸모없는 참고인이라는 선입견도 여전했고, 먼저 돌진하는 데만 익숙한 터라 수박 쳐 보듯이 이곳 저곳 두드려 대며 다가오는 상대방이 익숙지 않기도 했다. 하지만 사건에 대해 고진만이 아는 무언가가 있는 듯한 느낌이 결국 그 제의를 수락하게 만들었다.

그날 밤 교대역 뒷골목.

고진은 지글거리는 곱창 위에서 소주잔을 부딪친 다음 입을 열었다.

"실은 이 경위님한테 말 안 한 게 좀 있어요. 당최 맘에 걸려서."

"뭡니까? 지금이라도 말씀해 주시면 감사하죠, 전."

"사고 나기 전 박사가 그 부부를 아마 마지막으로 진료한 때였을 거예요. 내가 그때 병원에 갔다가 우연히 마주쳤죠. 박사는 방에 큰 사진을 걸어 놓고 있었어요. 내가 들어가니 내려 버리더군요. 전에는 없던 사진이었어요. 아주 멋진 해돋이를 찍은 사진이었습니다."

"그래서요?"

"……내가 아는 건 그게 다입니다."

이유현은 또 당했다는 기분이 들었다. 이 사람은 바쁜 경찰과 장난치려 하나? 판사 업무가 많이 한가한 건가…….

이유현은 일어서고 싶었다. 고진은 빙긋이 웃으며 말했다.

"그 해돋이가 설악산 공룡능선에서 찍은 사진이라면요?"

"응? 네?"

"공룡능선, 혹은 설악산 해돋이 사진을 인터넷에서 한번 찾아봤더니요, 그날 이탁오 박사의 진료실에서 본 사진과 엇비슷했어요. 특히 촬영 장소 부근의 특이한 암벽 모양이 거의 같더군요."

"그래서요?"

"웃기게 들릴지 모르지만, 어떤 상상을 한번 해 봤습니다. 한번 들어 보시겠습니까?"

"상상요? 한번 말씀해 보세요."

"박재성이 말입니다, 그 정도로 고가인 카메라를 들고 산에 오를 정도면 전업 작가는 아니더라도 열렬한 사진 애호가가 아니겠습니까. 원래 한 분야의 애호가들에게는 남들이 상상하기 어려운 열정이 있죠. 한번 꽂히면 눈에 불을 켜고 달려듭니다. 수집가들은 희귀한 아이템을 구하러 비행기를 타고, 가산을 팔아 치우기도 합니다. 프로보다 열정만은 더 뜨거울지도 몰라요. 만약 박재성이 열렬한 사진광이라면요, 박사의 그 일출 사진은 상당한 유인이 될 수 있겠다는 생각이 들었어요. 관심 없는 내가 봐도 멋진 사진이었어요. 저런 사진을 나도 찍어 보고 싶다는 생각, 박재성에겐 충분히 들 수 있겠죠. 여기서, 이탁오 박사가 박재성의 아내인 우호선과 손을 잡은 공범이라면요? 이 박사는 사진을 보여 주면서 그랬을 수도 있어요. 설악산 공룡능선 초입 몇 번째 바위에서 찍으면 이 앵글이 나온다. 의사로서 과제를 주겠다. 이런 멋진 사진도 찍을 겸해서 부부가 같이 등산을 해 보라. 남편의 취미에 아내가 동참하면서 갈등도 해소될 수 있고, 남편도 아내에 대한 애정이 되살아날 수 있다…… 이런 식으로요. 부부간의 갈등 때문에 상담하러 올 정도의 애살은 있는 두 사람입니다. 박사의 이런 제안에 흔쾌히 응했을 겁니다. 남편 쪽은 탐나는 사진도 찍을 수 있겠다, 당연히 더 솔깃했을 거고요."

"재미있는 생각이군요. 그래서요?"

곱창을 태우는 불꽃을 받아 이유현의 눈동자가 빛났다.

"그런 상황은 범죄에 이용하려면 완전범죄에 가장 가까운 유형이 되겠죠. 인적 없는 새벽의 설악산 공룡능선. 해가 막 떠오르는 어슴푸레함 속 아슬아슬한 바위 위에서 뷰파인더를 들여다보며 정신없는 미운 남편. 팔 한 번만 쭉 뻗으면 감쪽같이 완전범죄죠. 우호선은 키는 작지만 살집도 있고 힘이 좋아 보이던데, 그 정도쯤은 쉽지 않을까요?"

이유현이 듣기에도 솔깃한 추리였다. 이 사람 보기보다 재미있는 사람이네…….

그날 저녁 두 사람은 고 판사와 이 경위에서 형님, 동생이 되었다.

이유현은 곧 박재성의 아내인 우호선을 소환했다.

증거는 없다. 동기도 약했다. 남편은 흔한 생명보험도 가입하지 않았고, 그녀에겐 남편을 죽여 급히 유산을 챙겨야 할 금전적인 문제도 없었다. 동기가 있다면 이탁오 박사와 상담했던 부부간의 그 갈등일 텐데, 적당한 말로 발뺌한다면 의심스럽겠지만 부부간의 성문제를 내세우니 오히려 더 캐물어 보기가 곤란했다. 묻기 곤란하도록 성문제라고 둘러댔을 거라는 의심이 강하게 들었지만, 박재성이 죽음으로 입을 다문 지금, 두 사람이 공통의 이해관계로 구축한 변명이니 어쩔 도리가 없었다. 범죄의 유일한 증거라면 남편이 카메라를 들고 공룡능선에 갔다는 얘길 굳이 왜 안 했냐는 거였는데, 살인으로 몰기에는 턱도 없는 정황증거에 불과했다.

우호선의 자백 없이는 일체의 수사가 무력했다. 물론 그녀는 자백

하지 않았다. 거짓말탐지기 조사를 제의했지만, 우호선은 일언지하에 거절했다.

"그런 혐의를 받는 것만도 불쾌해요. 응하지 않겠어요."

궁해진 이유현은 고진의 추리에 따르면 범행을 사주한 배후 인물일 수밖에 없는 이탁오 박사를 소환했다. 이유현은 둘러서 말하지 않았다. 고진이 진료실에서 공룡능선에서 찍은 해돋이 사진을 보았다는 사실과 그의 추리를 그대로 전했다.

"그런 완전범죄 상황을 만들어 놓고 우호선 씨에게 범행을 하도록 사주한 것 아닙니까?"

이탁오 박사는 껄껄껄 웃을 뿐이었다.

"고진 판사가 내 방에 걸린 해돋이 사진 한 장을 가지고 황당한 상상을 했군. 그 친구다워. 덕분에 참 재미있는 얘길 다 들어 보오."

"재미있는 얘기일 뿐입니까? 그럼 하필 왜 공룡능선 일출 사진을 걸어 놓으셨던 겁니까?"

"일방적인 논리요. 내 사진을 보고는 박재성이 공룡능선에 가 보고 싶어졌다. 거기서 사고가 났다. 그렇게는 보이지 않는 거요?"

"그렇게 보이게끔 하신 거겠죠. 일이 그렇게 된 거라면 남편이 공룡능선에 사진 찍으러 갔다는 말을 우호선이 왜 처음부터 안 했을까요. 사진에 몰두한 상황이 범행에 이용되었기 때문에 숨긴 거라고 해석할 수밖에 없겠지요."

"그럼 거짓말탐지기 검사를 한번 해 볼까요. 내가 살인을 사주했는지 아닌지."

이유현은 놀랐다. 먼저 거짓말탐지기 조사를 자처하고 나오는 이

69

탁오 박사의 자신감이 의아했다.

거짓말탐지기란 물건은 수사에서 참으로 묘한 위치에 있다. 한편으론 강력하면서 한편으론 취약하기 그지없다. 심리적으론 전자고, 법률적으로는 후자다. 신뢰성은 높다고 검증되어 있지만 100퍼센트가 아니기에 법률적으로는 당사자가 동의하지 않으면 증거가 못 된다. 간혹 거짓말을 연발하는 피의자에게 "거짓말탐지기 검사를 하자."라고 하면 찔끔하면서도 당장은 결백을 가장하기 위해 "합시다." 하며 응해 오는 것이 보통이다. 그랬다가 우연히 검사 결과가 '진실'로 나오면 봉 잡는 거고, '거짓'으로 나오면 그때 가서 기계의 오류라고 태도를 뒤집거나, 증거동의를 않으며 뻗댄다. 하지만 지금까지 이탁오 박사처럼 혐의가 짙은 용의자가 먼저 거짓말탐지기 검사를 하자고 나온 경우는 한 번도 없었다.

먼저 검사를 제안함으로써 '이 사람 정말 깨끗한가 보다.' 하는 인상을 주려는 모양인데, 지나친 오버액션 아닌가. 원래 지식층은 자신의 능력을 과신하는 경향이 있다. 정신과 전문의인 박사는 거짓말탐지기를 속일 수 있다고 착각하는 모양이다. 자율신경계의 반응을 자신의 의지로 왜곡할 수 있다고 믿는 건가? 이론적으로 정통했다 하여 기계의 검증을 피할 수 있는 건 아니다. 거짓말탐지기 검사의 정확도는 95퍼센트 이상이라고 알려져 있다. 물론 검사한 당사자가 동의하지 않는 한 재판에서 증거로 사용될 수 없다는 약점이 있지만, 경찰로서는 일단은 범인을 심리적으로 무너뜨릴 수 있고, 판사와 배심원들 역시 거짓말탐지기에 대한 은근한 신뢰가 있어 다른 증거가 적당히 갖추어진다면 유죄의 심증 형성에 상당한 기여를 할 수 있다. 그렇다면……. 역시 이탁오 박사는 만약 검사 결과가 '거짓'으로 나오면 증거동의를 않으면 그만이라고 생각한 모양이군. 그렇다면 폐기될 게 뻔한 이런 검사는 아무런 의미가 없는데.

딜레마에 처한 이유현은 고진에게 이야기해 보았다. 고진도 박사의 제의가 상당히 의외인 모양이었다. 그는 잠깐 생각하더니 의미심장하게 웃으며 말했다.

"그래도 검사해 봐."

"거짓으로 판명되어 봤자 박사는 증거동의를 않겠다며 태도를 바꿀 게 뻔해요. 법정에 증거로 낼 수가 없어요."

"형사소송법상으로야 그렇지."

"그럼 어떻게 하시려고요?"

"사실상의 증거로 내는 거야."

"무슨 얘깁니까?"

"법정에서 검사가 실수한 척 '거짓말탐지기 검사 결과가 거짓으로 나왔습니다.'라는 말을 흘리면 돼."

"그래 봤자 소송법상 증거로 채택 못 되지 않습니까. 판사에 따라서는 화를 낼 텐데요."

"그딴 건 의미 없어. 증거로서 재판기록에는 오르지 못한다 해도 이미 뱉은 말이야. 판사나 배심원의 판단에 작용하는 효과는 마찬가지야. 증거목록에서야 물론 삭제하겠지. 하지만 증거목록에서 지워진다고 마음에서 지워지지는 않거든. 이미 마음에 찍힌 낙인은 되돌리지 못해. 다른 실체증거만 있으면 유죄심증으로 가게 되어 있어."

'이게 판사의 입에서 나올 말인가.'

이유현은 이탁오 박사에 이어 고진 때문에 한 번 더 놀랐다.

음성적인 절차위반이지만 사실 이유현으로서도 악의 징벌을 위해서라면 그 정도의 전술적 왜곡에는 동의하고픈 마음이 일었다. 공판검사와 의기투합하면 얼마든지 가능한 일이다. 물론 검사 결과가 '거짓'으로 나온다면 말이다.

거짓말탐지기 검사, 즉 심리생리검사는 "네." 또는 "아니요."로 대답할 수 있는 단답형의 질문으로 진행된다. 첫 번째로 이유현이 준비한 두 질문은 이것이었다.

"박재성을 살해했습니까?"

"박재성 살인을 사주했습니까?"

거두절미하고 직접 묻는 것이 가장 효과적이다. 그러나 이 질문은 이탁오 박사가 범행을 직접 실행하거나 주도했을 때만 확실히 답을 얻을 수 있다. 만약 우호선이 살인을 주도했고, 박사가 단순히 살인을 도와준 관계에 불과하다면 "아니요."라는 답이 진실로 판명될 위험이 있다. 그래서 이유현은 한 가지 질문을 더 준비했다.

"우호선의 박재성 살인을 도왔습니까?"

박사가 어떤 형태로든 이 범행을 도와주었다면 이 질문에서 걸리게 된다. 단순한 세 가지 질문이지만 범인이 절대 빠져나갈 수 없는 투망이었다. 박사가 주범이든, 범행을 사주한 교사범 혹은 간접정범이든, 범행을 도운 방조범이든 반드시 이 그물에 걸리고야 말 것이었다.

이탁오 박사는 심장과 손가락에 기계로 연결되는 몇 개의 선을 연결한 채 여유 있게 답했다.

"아니요."

그 답변에 폴리그래프의 바늘은 주가 그래프 같은 파형을 그려 냈다.

"과연 아닐까요?"

분석관이 검사지를 기계에서 회수하는 모습을 보며 이유현은 의미심장하게 웃었다. 자신이 있었다. 이유현은 잔뜩 기대를 품고 판정 결과가 나오기를 기다렸다.

보통의 경우보다 분석관의 판정에 시간이 더 걸렸고, 그 결과는 기다린 만큼 뒤통수를 치는 것이었다.

'진실'이었다.

박사는 살인을 하지도, 사주하지도 않았고, 우호선과 공범도 아니라는 것. 그것이 '진실'이라고 기계는 진단했다. 말문이 막혔다.

이탁오 박사는 유유히 경찰서를 걸어 나갔다. 백발이 흔들릴 만큼 커다란 웃음을 등 뒤에 남긴 채.

실망감에 이유현의 얼굴은 수심이 깊어졌다. 하지만 증거가 없는 만큼 이상하게 더 확신이 들었다. 박재성의 추락사는 이탁오 박사와 우호선의 합작품이라고.

이유현은 고진을 만나 간략히 경과를 전했다.

"살인이야……."

고진 역시 살인이라고 확신했다.

"아니라면 왜 박사는 하필 그날 그 사진을 준비했다가 내가 들어가니까 곧바로 치우는 행동을 했을까, 그리고 우호선은 왜 남편이 공룡능선에 카메라를 들고 갔다는 얘기를 숨겼겠어."

그러나 고진 역시 풀리지 않는 사건의 실체에 얼이 빠져 버린 듯했다. 이유현이 오히려 위로했다.

"기계란 항상 오류가 있으니까요. 거짓말탐지기도 5퍼센트에서 10퍼센트 정도는 에러가 난다고 그러잖아요. 박사가 운이 좋았던 거죠."

"그렇지 않아. 우연히 기계의 오류로 그런 답이 나온 게 아니야. 이탁오 박사는 확률에 승부를 거는 도박사도 아니고, 거짓말탐지기를 속일 수 있다고 덤비는 무모한 애송이도 아니야. 내가 잘 알지. 박사는 거짓말탐지기 검사 결과를 회피할 자신이 분명히 있었어. 그래서 먼저 검사를 하자고 제의한 거야. 경찰의 귀찮은 혐의를 빨리 벗어던지도록 말이야……."

"그럼 도대체 어떻게 된 걸까요? 박사가 무슨 특수 훈련을 받은 요원 출신도 아니고."

"……."

대답 대신 고진의 미간에 의혹 깊은 주름이 잡힐 뿐이었다.

둘만의 새벽 산행.

벼랑 끝에서 사진에 홀린 남자.

손 한 번 뻗으면 가능한 완벽한 살인.

그러나 이탁오 박사나 우호선을 체포하는 것은 불가능했다. 증거 나부랭이라고는 그림자조차 없었다.

약간의 성과라면, 이탁오 박사는 그 사건을 계기로 소문이 좋지 않게 나, 병원을 계속하기 곤란하게 되었다는 것 정도였다. 상담을 받던 부부의 남편 쪽이 죽고, 아내는 살인으로 조사를 받는 처지가 된 데다가, 심지어 의사마저 경찰에서 조사했다는 소문은 금세 업계에서 발을 달고 내달렸다. 이탁오 박사는 훌훌 병원을 접었다. 그러고는 홀연히 의학계에서 사라져 버렸다.

　고진 쪽에서도 변화는 있었다. 살인을 했다고 확신했던 이탁오라는 인물이 법을 비웃고 유유히 떠나간 사건은 법원조직에서 외줄타기를 하고 있던 정신의 균형을 완전히 무너뜨려 버렸다. 이탁오 박사의 불가사의한 연출력 앞에 추리도 법률도 힘을 쓰지 못했다. 박사는 완전한 살인이 법의 허점과 결합하면 얼마나 무서울 수 있는지를, 상식적 사고의 영역 밖에 있는 인물에게는 법률이 얼마나 무기력한지를 처절할 정도로 보여 주었다. 고진의 내면에서는 딱히 허탈감이라든지 하는 한 종류의 감정만으로는 설명할 수 없는 아이러니한 화학반응이 일어났다. 그 역시 돌연 사직서를 냈다. 그러고는 법조계의 표면에서 영원히 사라져 버렸다.

　그 무렵 고진의 정신 상태에 대해 이유현은 언젠가 이렇게 평했다.

　"형님의 정신은 권태의 늪을 천천히 나아가던 중이었어요. 이탁오 박사의 출현으로 시간을 단축한 것뿐입니다. 일순간에 임계점에 도달해서는 뻥 터져 날아가 버린 거죠."

　그때부터 고진은 무리에서 벗어난 늑대 같은 이단의 존재로 법률의 뒷길을 걸어가게 된다. 하지만 그의 마음속에서 이탁오 박사의 존재는 미늘이 달린 가시처럼 오랫동안 뽑히지 않고 있었다.

5

이탁오 박사는 시술비 3000만 원을 현금으로 원했다. 정확히는 박사와 상담을 끝내고 나온 뒤 비서인 신재인이 말한 거지만, 어차피 그녀는 박사의 수족이다. 은밀히 운영되는 곳인 만큼 현금 거래가 여러모로 편리하겠지. 금액만 같다면 내가 신경 쓸 문제는 아니다.

아내와의 공동통장에는 3000만 원은 훨씬 넘는 금액이 들어 있다. 5만 원 권으로 인출해 박사에게 건넸다.

의심이 완전히 걷힌 건 아니었다. 정체불명의 인물에게 실낱같은 희망만으로 거액을 건넨 내 행동이 우스꽝스럽지 않은가. 혹시 난 첫 방문 때 알게 모르게 박사의 최면에 걸려들어 버린 건 아닐까. 그래서 얼토당토않은 말에 현혹되어 돈을 헛되이 낭비하고 있는 건 아닐까. 정신의 소멸이라는 극단을 택한 이후부터 의심이 부쩍 늘어나 자신의 행동과 사고를 항상 돌아보게 된다. 그래도 역시 내 정신은 정상임이 분명하다. 이 기록을 쓰고, 다시금 읽어 봐도 그 안에서는 분명 이성과 합리성이 있다.

한 달 동안 네 번.

첫날엔 꽤 두근거렸지만 유별난 치료는 없었고 특별한 변화도 느끼지 못했다. 박사의 방에는 시술용으로 구비된 폭신한 1인용 소파가 있다. 거기에 몸을 묻고 눈을 감은 채 몇 마디 박사의 나직하고 울림이 깊은 목소리를 듣다 보면 나도 모르게 잠에 빠져들었다. 깨어나 보면 감각이 얼얼해져 얼마의 시간이 지났는지도 알기 힘들었다.

과연 나라는 존재가 얼마나, 어떻게 바뀌었을까?

깨어난 뒤에는 항상 의식을 곤두세워 나를 의식해 보려 했지만 쓸데없는 일이었다. 내 인식이 이미 다른 존재로 변해 과거의 내가 소멸되었다면 변화의 인식도 어차피 불가능하다. 죽는 순간 죽음이 무언지 알게 되지만 동시에 인식도 소멸하는 것처럼.

연구소를 방문할 때는 한 번도 다른 환자와 마주친 적이 없었다. 고객이 없긴 한 모양이다. 연구소 경영을 위해 거액을 불렀다는 솔직한 발언도 이해가 되었다. 희소성 있는 고객인 만큼 친절했다. 갈때마다 독특한 풍미의 차와 다과를 대접받았고, 최면 시술 전후로 박사, 신재인과 같이 꽤 많은 대화를 하며 시간을 보냈다.

"최면 시술이 끝나면 전 어떤 인간으로 되는 겁니까?"

"그건 알 수 없습니다. 분명한 것은 지금의 고민이 더 이상 고민이 아니게 된다는 것뿐입니다. 망가진 정신이 어디로 향할지, 어떤 인물이 태어날지는 알 수 없어요. 주물공장에서처럼 인간의 정신을 만들고 예측할 수는 없습니다. 초콜릿 상자에 손을 넣었을 때 어떤 초콜릿이 손에 잡힐지 모르는 것처럼요. 하지만 불안해하실 필요는 없습니다. 무책임하게 망상증 환자를 양산해 내는 것이 아니니까요. 더구나 이 치료는 바로 소생, 이탁오 박사가 하는 것이니까요, 하하하하하하."

불안의 그림자가 스며들 때마다 호탕한 웃음을 곁들인 박사의 호

언장담은 묘하게 마음을 안정시켜 주었다. 이 박사라면 어떻게든 해 주지 않을까 하는 기분.

어쨌든 최면의 직접적인 효과는 즉각 체감하지 못한 반면, 오히려 그들과의 대화를 통해 많이 마음이 안정되는 것을 느꼈다. 그 역시 시술의 한 과정인지는 모르겠지만.

박사와 신재인은 소장과 조수 이상의 관계 같았다. 남녀 사이는 아니었다. 신재인은 박사를 단순한 고용주 이상으로 존경하는 것처럼 보였고, 박사 역시 신재인을 딸처럼 아낀다는 느낌이 들었다. 한 가지 신경 쓰이는 점은 있었다. 신재인은 나를 볼 때마다 볼에 홍조를 띠었다. 내가 무심코 신재인 쪽으로 시선을 옮기다 보면 어느샌가 나를 보고 있다가 당황해서 눈길을 피하는 모습을 발견하게 된다. 짧은 순간이지만 그 눈길은 감정이 담긴 그윽한 것이었다. 혹시 부끄러워서일까? 원래부터 말수가 적고 수줍음을 타는 여자인 것 같긴 하다. 그래도 고객에게 그렇게까지 부끄러워할 필요는 없을 텐데.

나도 눈치가 없지는 않다. 신재인은 충분히 아름답고 매력적인 여성이다. 가녀린 몸에 뭔가 얇지 않은 자신만의 분위기도 지니고 있다. 하지만 그렇다 해도 별 도리가 없다. 내겐 여전히 아내의 존재가 크다. 아직 내 정신이 완전히 망가진 건 아닌가 보다. 아내에 대한 그리움이 내 의식 속에서 통 지워지지 않는다…….

응?

그런데, 이토록 여전히 못 견디게 아내가 그립다면, 내 정신에 무슨 변화가 있는 것일까? 그간 자살까지 생각하던 마음의 격통은 다소 안정되었다. 하지만 최면요법은 결국 소용없었다는 얘기 아닌가.

3000만 원을 날려 버린 건가. 대화 몇 번의 대가로? 유달리 친절하게 대해 주며 인간적인 얘기까지 나누었던 건 나중에 반환 요구를 하기 힘들도록 끈끈함을 깔아 놓으려는 사전포석은 아니었을까?

불현듯 등줄기에 벼락을 맞은 듯한 충격이 내달렸다. 시술비 3000만 원을 찾을 때 난 현금카드 기능이 있는 내 신용카드를 이용했다. 사람 많은 장소를 피하는 난 은행도 가기 싫어 현금지급기를 상대로 끙끙대며 며칠에 걸쳐 5만 원 권으로 3000만 원을 인출했다. 그리고 그 신용카드를 넣어 놓은 수납장 서랍에는 아내의 신용카드도 같이 들어 있었다는 사실이 기억났던 것이다. 자살 요법에만 몰두했던 때는 그 의미에 생각이 미치지 못했었는데 지금에야 그것이 얼마나 이상한 일인지를 깨달았다. 그 신용카드는 아내가 쓰는 유일한 카드였다. 아내는 하나뿐인 신용카드를 놓아두고 가출한 것이다.

혹시 하는 생각에 한동안 들여다보지 않았던 아내의 화장대 서랍을 열어 보았다. 흰색의 네모난 기계가 눈에 들어왔다. 그 조그만 기계 뭉치는 오랫동안 사용하지 않은 것 같았다.

아내의 휴대폰이었다.

6

종로3가 피카디리 극장 뒷골목은 말하자면 1980년대의 정취가 남아 있는 곳이다. 행인들도 소속이 있는 건지, 구역 하나를 사이에 두고 대로변의 10대, 20대와는 세대를 건너뛴 오래된 사람들뿐이다. 반면 약간의 무질서와 낡음이 오히려 편안한 느낌을 주고 있다.

짙은 재색 슈트 위에 외투를 걸치고 주소를 메모한 종이를 들고 주위를 두리번거리는 고진이 골목에 모습을 드러냈다. 마침내 제대로 찾은 모양이었다. 정신자살연구소.

그는 류경아로부터 우연히 전해 들은 그곳이 못내 마음에 걸렸다. 사무실을 찾아갔던 류동희에게 물어보았지만 워낙 잠깐이었고 고개를 푹 숙이고 있어 사람을 제대로 보지 못했다고 했다. 하지만 고진은 그 인물이 바로 이탁오 박사가 아닐까 하는 강한 느낌이 들었고, 그 기분은 어느새 확신으로 변했다. 그 괴이한 인물은 4년 전의 자신에게 어떤 계기를 만들어 주었다. 솔직히 말하면 고진은 패배했고, 그 진상은 아직까지 알지 못한다. 박사는 그에게 일생의 과제를 던져 준 출제 위원이자 극복해야 할 정신의 라이벌이었다. 박사는 고진에게 미련이 없지만, 고진 쪽에서는 아쉬운 것이다.

인터넷에서 정신자살연구소 웹사이트를 힘겹게 찾아냈다. '자살'이라는 검색어로는 찾기가 힘들었다. 수십 페이지를 넘기고 또 넘겨서야 겨우 발견했다. 애당초 '정신자살'이라고 검색했으면 쉬웠으련만. 웹사이트에 남겨진 글을 읽어 보니 더 호기심에 불이 붙었다. 그는 기어이 주소를 적어 들고 종로3가 뒷골목으로 발길을 향했다.

"드디어 찾았군."

고진은 특징 없는 낡은 건물을 올려다보며 감개무량한 듯 중얼거렸다.

스산한 계단을 성큼성큼 걸어 올라갔다. 어두운 3층 복도에 늘어선 몇 개의 사무실을 하나하나 확인하며 걷다 보니 복도 끝에 다다랐다. 맨 끝 사무실 문에는 304호라고 새겨진 조그만 아크릴판이 달려 있을 뿐 연구소니 뭐니 하는 명판은 없었다.

문을 두드리고는 대답도 기다리지 않고 손잡이를 막 열고 들어가려는데, 안에서 먼저 문이 벌컥 열렸다. 열린 문 사이로, "길영인 씨, 안녕히 가세요." 하는 젊은 여자의 가는 목소리가 들렸다. 동시에 중키에 덥수룩한 머리를 한 어두운 인상의 인물이 밖으로 나왔다. 검은 선글라스 아래 꽉 다문 입술이 눈에 들어왔다. 서로 엇갈리며 잠시 눈빛을 나누었으나, 찰나의 순간이었다. 자살 운운하는 장소 탓일까. 고진에게는 묘하게 강한 인상이 남았다. 검은색 계통의 구김이 많이 간 트렌치코트는 한층 우울한 느낌을 남겼다. 고진은 자살은 결국 우울증이라는 병질과 밀접한 관련이 있는 게 아닐까 하는 생각을 되새기며 안으로 발을 옮겼다.

비서로 보이는 여자는 고객이 나간 다음 바로 다른 손님이 들어오자 약간은 놀란 모양이었다. 더구나 만면에 미소를 띠며 들어온 고진의 얼굴이 자살 따위와는 도저히 친할 수 없을 거라는 첫인상을 주었던지 여자는 머뭇거렸다.

고진은 자신도 모르게 여자를 유심히 보았다. 여자의 창백한 얼굴 어딘가에서 별세계를 헤매는 것 같은 몽롱한 인상이 전해졌다. 고진이 먼저 자신의 이름을 밝혔다.

"전 고진이라고 합니다. 이 연구소에 인연이 좀 있어 찾아왔습니다만."

"네에……."

여자는 경계심을 보였다. 짧은 순간에 고진을 쫙 훑어보는 눈길이 느껴졌다.

"소장님을 잠깐 뵐 수 있을까요?"

고진은 여자의 옆에 있는 또 다른 문을 힐긋 쳐다보며 물었다.

"소장님요?"

물론 소장님이라고 분명히 얘기했다. 되물을 필요가 없다. 생각할 시간을 벌기 위함이 아니라면. 그런데 여자는 역시 생각할 시간이 필요했던 모양이다.

"……소장님은 지금 안 계세요. 자리를 비우셨어요."

"조금 전에 길영인이라는 남자분이 상담을 하고 나가신 것 같던데요?"

여자는 일순 당황하는 눈치였다.

"아, 그분도 상담 못 하셨어요. 그냥 돌아가신 거였어요."

그건 명백히 의심스러웠다. 닫힌 소장실 방문을 벌컥 열고 들어갈 수도 있겠지만 그건 부적절했다. 지금은 수사관이 악당의 아지트를 급습하는 장면이 아니다. 상대방이 만남을 거부했다면 억지로 얼굴을 대면한다고 하여 이쪽이 얻고자 하는 걸 얻을 순 없다.

"알겠습니다."

고진은 내심과 달리 순순히 받아들였다.

"비서신가요?"

"네."

"성함이……?"

"저요? 신재인이라고 합니다만……."

여자는 고진이 갑자기 이름을 묻자 말끝을 흐렸다.

"이탁오 박사님이 혹시 여기 소장님 아니십니까?"

"아뇨. 아닙니다."

신재인이 표정을 딱딱하게 굳히며 말했다.

고진은 사무실을 물러 나오며 한마디를 남겼다.

"다음에 또 오죠."

고진은 한 눈을 찡긋하고는 문을 닫았다.

"이탁오 박사가 틀림없다고 생각해."

그날 저녁 고진은 어김없이 '압상트'에서 카운터를 사이에 두고 류경아를 마주해 잔을 기울이고 있었다.

"틀림없다고 '생각'한다고요? 어머, 못 만나셨어요?"

"응. 신재인이라는 비서가 있는데 날 보자마자 딱 잡아뗐어. 소장님 안 계신다고."

"정말 소장이 없었을 수도 있지 않나?"

"내가 막 들어가려고 하니깐 어떤 남자가 나왔어. 비서는 분명히

'길영인 씨, 안녕히 가세요.'라고 인사를 했고."

"그래서요?"

"바로 앞에 들른 그 길영인이라고 하는 손님인지 환자인지가 말이야, 오늘 나처럼 지나가다 처음 들른 거라면 '길영인 씨'라고 이름까지 붙여 인사를 하지는 않았을 거야. 아마 몇 번 방문해서 안면이 있는 환자겠지. 손님이 드문 그런 사무실이라면 당연히 정해진 시간에 예약을 하고 방문할 거고. 그런데 치료를 해야 할 소장이 자리에 없다는 건 좀처럼 없는 일이지 않겠어? 천재지변이나 돌발 상황이 생긴다면 그럴 수도 있겠지만, 그런 건 아닌 것 같고, 비서도 그런 사정 설명 없이 그냥 소장님은 안 계신다고만 말했어. 그 여비서는 거짓말을 했다, 따라서 소장은 방 안에 있었던 거지."

"고 변호사님이라서 거절한 걸까요?"

"분명 나를 거절한 거야. 이탁오 박사 이름을 대니 아예 모르는 척하더군. 비서는 내 이름을 듣자마자 장막을 쳤어. 용건도 들어 보기 전에 말이지. 내가 가면 미리 거절하도록 프로그래밍 되어 있었던 거야. 소장이 나와 연관이 있는 거란 반증이지 않겠어? 그렇다면 내가 아는 그 이탁오 박사가 틀림없겠지. 만약 안에 없었다고 해도 적어도 내 이름이나 용무를 알아보는 게 우선일 텐데, 그런 건 묻지도 않았어."

"고 변호사님 이름을 대면 없다고 하라고 시켜 놓았던가 보네요. 하긴 이탁오 박사란 분은 예전에 고 변호사님 때문에 의심을 사고 병원까지 접게 됐으니."

"그런가 봐……. 그런데 아무래도 이상해."

고진은 모르겠다는 표정으로 고개를 모로 꼬며 중얼거리듯 말했다.

"왜요."

"이탁오 박사는 그런 일로 날 피할 사람이 아니거든."

7

 일단 집 안을 샅샅이 뒤져 보기로 했다. 아내가 사라지기 전 1년 가까이 산 집이다. 가출이든 증발이든 연유를 알려 줄 만한 흔적이 어딘가에 숨어 있을 것이다. 일단 화장대부터 시작했다. 다음은 아내가 아틀리에로 썼던 볕이 잘 드는 작은 방. 그리고 주방. 구석진 곳까지 들추어 보았지만 역시 있어야 할 것이 있을 뿐, 눈길을 끌 만한 것이 없다.

 최후로 남은 건 휴대폰과 컴퓨터다.

 휴대폰을 재충전하고 나서 전원을 켜 보았다. 온통 잠금장치가 되어 있어 통화 내역이나 메시지함, 전화번호부까지 열어 볼 수가 없었다. 어지간히 비밀스럽게 살았군. 난 어차피 들여다볼 생각도 없었는데. 이렇게까지 비밀로 할 필요가 있었나?

 노트북을 들고 왔다. 컴퓨터도 오랜만에 만져 본다. 지난번 자살 사이트를 찾아본 이후로 처음인 것 같다. 외부 세계에 관심이 없으니 인터넷도 멀리하게 된다. 컴퓨터 쪽도 상황은 마찬가지였다. 아내의 아이디는 알고 있다. 하나 비밀번호를 모른다. 그리고 난 어떤 단서도 갖고 있지 못하다.

 아내가 주로 이용하던 포털사이트에 로그인을 시도했다. 비밀번호에 괜히 4444라고 넣어 보았다. 당연히 실패.

비밀번호 찾기를 눌러 보았다. 질문이 떴다. 미리 설정된 질문에 입력해 놓았던 답을 똑같이 써 넣으면 비밀번호를 알려 주도록 세팅되어 있다. 제길, 어렵다. 질문도 골라야 하고 답도 골라야 한다. 아내의 메일로 비밀번호를 재발급받을 수 있도록 되어 있지만 비밀번호를 모르니 아내의 메일에 들어가 볼 수 없다. 아내의 휴대폰으로 비밀번호를 전송받아도 소용이 없다. 휴대폰은 완벽하게 잠겨 있어볼 수 없다.

분명 뭔가 방법이 있을 텐데…….

결국 그중 제일 가능성 있는 방법을 택하기로 했다. 시간은 걸리겠지만 어차피 내게 시간은 값어치가 없다. 얼마 전까지만 해도 주어진 한정된 시간조차 앞당기려 밧줄과 투신을 저울질하지 않았던가.

본인 확인을 위한 '질문'과 '대답'을 하나하나 맞혀 보기로 했다. 난 아내 다음으로 아내에 대해서 잘 아는 사람이다. 적어도 그렇게 믿고 싶다. 신상이나 취향 위주의 그 질문들에 어느 정도는 맞는 답을 댈 수 있을지 모른다.

'가장 아쉬웠던 순간은?'

'어린 시절의 꿈은?'

'나의 보물 제1호는?'

…….

대부분 자신 있게 답할 수 없었다. 아니면 처음부터 세팅되어 있지 않은 조합이든지. 어쨌든 생각만큼 아내에 대해 그리 잘 알고 있지 못했던 것 같다.

거의 기계적으로 다음 질문, 그다음 질문으로 클릭해서 답을 넣어 보았다. 다음 질문은⋯⋯.

'가장 좋아하는 화가는?'

비교적 쉬운 거였다. 미술을 전공한 아내는 그림에 대해서 자신만
의 확고한 취향이 있었다. 아마 중세 이탈리아 미술 쪽으로 석사 논
문도 썼었지? 하지만 좋아하는 화가는 엉뚱한 미국 사람이었던 걸
로 기억한다.

'에드워드 호퍼.'

그림에서 전해 오는 고독이 좋다나. 딱 한 번인가 지나치듯 들었
는데, 오스트리아 출신 키다리 축구선수 마이어호퍼가 하필 연상되
었는지 기억에 남았다. 아내는 예술에 문외한인 내가 기억하고 있을
거라곤 생각지 못했으리라. 답을 써 넣어 보았다.

빙고!

비밀의 문이 열렸다. 자동으로 생성된 비밀번호가 화면에 떴고,
난 아내의 아이디로 로그인했다. 메일을 열어 보았다.

아내의 가출인지 실종인지 모르지만, 그 '부재'에 대한 어떤 실마
리가 있지 않을까. 신용카드와 휴대폰까지 두고 나갔으니 단순히 가
출이라고 보기도 어렵지만, '미안해⋯⋯.' 운운하는 자필 메모를 남
긴 걸 보면 사고를 당한 거라고 생각하기도 어렵다. 1년 전 그 무렵
의 메일에 아내의 내면에서 파동 쳤을 방황과 망설임의 조각 같은
것이 남아 있지 않을까.

화면을 들여다보던 난 말문이 턱 막혔다. 메일이 있었다. 그것도
아주 많이.

스팸메일과 결제알림메일 따위를 제외하면 개인적으로 메일을 교

환한 사람은 세 명 정도였다.

김도열, 태정우 그리고 '프리버드'라는 닉네임만 있는 자.

그중에서 압도적으로 높은 비중은 태정우라는 남자였다. 성형외과 의사인 모양이다. 몽땅 연서였다! 메일을 찬찬히 읽어 내려간 나는 경악할 수밖에 없었다. 태정우는 아내의 동창이자 절친한 친구인 천나영의 남편이었다. 천나영은 나도 잘 알고 있다. 그 남편이 태정우라는 작자인 것까지는 몰랐지만.

태정우로부터 온 메일을 보니 프로 플레이보이 냄새가 났다. 편지는 달작지근한 말들로 넘쳐흘렀다.

'당신은 내 마음의 엘도라도.'

'만 년 동안 당신을 사랑하겠어.'

영화와 만화, 노래 따위에서 베낀 글귀였다. 10대들도 치를 떨 유치한 짓에 어항처럼 속이 훤히 들여다보였다. 하긴, 받는 입장에서는 달리 보일지도 모른다. 몸에 나쁘지만 맛있는 정크 푸드처럼 서서히 중독될 수도 있으리라.

메일은 시간 순서대로 양과 질 양면에서 발전해 왔다. 내용으로 미루어 보아 육체관계의 선을 넘어선 모양이었다. 분통 터지는 건 태정우가 2년 전부터 적극적으로 아내에게 끈질기게 구애의 편지를 보내온 데서 모든 게 시작되었다는 점이었다. 태정우는 제 아내의 친구에게 먼저 연심을 품고 끈적한 촉수를 뻗은 것이다. 아내는 태정우와 만나면서도 자책감에 꽤 갈등한 흔적이 보였다. 다급해진 태정우는 급기야 자기 아내, 천나영을 버리겠다는 말까지 서슴없이 하고 있었다. 바람 속에 흩어지는 연기보다 가벼운 이 말들을 아내는 믿었단 말인가.

　태정우 때문에 뻗친 열을 식혀 주는 사람도 있었으니 김도열이라는 남자였다. 김도열은 '이안(泥眼)'이라고 하는 북촌의 자그마한 갤러리 관장이었다. 아내의 그림을 전시하는 문제로 역시 2년 전부터 메일이 교환되기 시작했다. 아내는 젊은 화가가 주축이 되어 만든 온라인 모임인 '바스티아니니'라는 그룹에 속해 있었다. 위작자로 유명한 바스티아니니는 잘난 척하는 미술 평론가들에게 한 방 먹이기 위해 가짜 그림을 그려 루브르 박물관에 팔아먹은 인물이라고 한다. '바스티아니니'는 중세 유럽 미술을 현대풍으로 부활, 복원하자는 특별한 취지로 모인 젊은 화가들이 주축이 된 모임이었다. 2년 전 갤러리 '이안'에서 이 모임에 관심을 가져 '바스티아니니'의 기획전을 벌인 모양이다. 거기에 아내의 그림이 몇 점 걸리게 되었고, 그 일로 김도열과의 서신 교환이 비롯된 모양이었다.

　메일의 내용으로 보아 그는 꽤 믿을 만한 사람으로 보였다. 아내도 그에 대한 신뢰가 상당했다. 심지어는 접근해 오는 태정우 때문에 갈등하는 심정을 그에게 상담까지 할 정도였다. 그 대답은 뻗친 열을 다소나마 식혀 주었다.

　'태정우와는 일시적인 감정일 뿐이야. 순간의 도피 때문에 영원한 상처를 남길 수 있어. 남편에게 충실해.'

　내용은 길었지만 요약하면 대략 그런 결론이었다. 그래도 아내가 마음을 잡지 못하자 거의 화를 내고 있었다. 그의 편지는 항상 도덕, 신의, 인내같이 현세에 사멸해 가는 가치를 누누이 강조하고 있었다. 얼굴도 모르지만 참 고마운 사람이다. 아내는 그에 대한 정신적 의존이 깊어 보였다. 종내에는 태정우를 향한 욕망이 그걸 넘어서 버렸지만. 그래도 난 그 결과 때문에 아내를 탓하고 싶은 마음은 들지 않았다. 그녀는 갈등하고, 노력했다. 욕망으로 기우는 건 그녀가 사람이기 때문이다. 도의 때문에 욕망을 포기한 사람을 난 아직까지 보지 못했다. 더구나 그 '도의'가 겉으로 보이지 않는 거라면 욕망을 이길 가능성은 제로다. 비록 그녀가 결론이 정해진 선택을 하기 전에 '고민했다'라고 자신을 납득시키고 위무할 도덕적 보루가 필요해서였다 하더라도 난 만족이다. 이걸로 됐다고 생각한다. 난 타격의 대상이 누군지 정도는 정확히 안다. 도둑맞은 사람을 나무라서는 안 된다. 나쁜 놈은 도둑이다. 여기서 나쁜 놈은 태정우다.

프리버드는 온라인에서 만난 친구 같았다. 같은 '바스티아니니'의 회원인 모양인데, 거의 만나지 않고 메일만 교환하는 동성 친구였다. 1년 전쯤 한 번 만나자는 메일이 오가긴 했지만. 익명성 때문에 서로 은밀한 이야기가 오간 것 같았다. 아내는 프리버드에게도 태정우의 일을 이야기했다. 여자는 역시 여자 편이었다. '감정에 충실하라.'는 둥 뻔하고 닳은 이야기를 해 댔다.

'그러지 말아야 할 이유가 있을까?'

'누구를 위해, 무엇을 위해 참아야 할까?'

묘하게 아내를 자극하고 있었다. 아내는 듣고 싶은 이야기만 들었을 것이다.

'나 같으면 태정우뿐 아니라 될 수 있는 한 여러 남자를 만나겠어.'

제길, 아무런 책임 없는 말들. 미혼인 여자로서 자유로운 만남의 환상을 그리는 건 이해가 간다. 하지만 왜 아내더러 그 환상에 동참

하라고 부추기나. 말리는 시누이가 더 밉다지만, 프리버드는 싸움을 부채질하기까지 했다…… 프리버드는 제일 좋아하는 곡이라며 레너드 스키너드의 「프리버드」 엠피스리 파일을 아내에게 보내오기도 했다. 자유로운 영혼을 꼭 섹스에서 펼쳐야 하나? 명곡을 더럽히지 마라!

그래도 제일 나쁜 놈은 여전히 태정우다. 그 태정우와의 메일은 1년 전이 피크이자 마지막이었다. 물론 김도열, 프리버드 역시 마찬가지였다. 아내가 가출한 때 이후로는 메일은 거의 끊어져 있었다. 그렇게 열렬하던 두 사람이 어느 날부턴가 무 자르듯 연락하지 않게 된 일이란 무얼까? 변심, 이별? 흔한 일이다. 불륜 커플 사이에서는 더더욱 그렇다. 둘은 가정이 있는 처지이니 언제든 필요하면 미련 없이 작별의 손을 흔들었을 것이다. 그래도 역시 단순한 헤어짐으로는 말끔하게 설명되지 않는다. 아내가 사라진 때와 시기적으로 몹시 가깝게 겹치기 때문이다. 역시 어떤 '사고'가 있었다고 생각하는 것이 자연스럽지 않을까?

1년 전 아내의 가출 혹은 실종에 태정우는 분명 관련이 있다.

난 그렇게 결론을 내렸다.

다짜고짜 태정우를 찾아가는 건 서투른 짓일 거다. 먼저 처제를 찾아가 봐야겠다. 부모가 비교적 일찍 돌아가신 아내에게 유일한 혈육이다. 아내가 태정우와의 관계로 갈등하면서도 내밀한 유혹에 이끌렸다면 동생에게 일부라도 털어놓지 않았을까. 처제, 한초록은 영민하고 예민한 여자다. 설사 아내가 동생에게 모든 걸 말하지 않았다 하더라도, 동생은 언니의 흔들림을 보았을 수 있다.

처제는 잡지에 르포기사를 파는 프리랜서 기자로 일하고 있다. 난 그녀의 전화번호를 모른다. 새삼 아내한테 미안해진다. 아내와 둘만의 생활에 아무도 개입시키고 싶지 않았고, 아내도 그 점은 마찬가지였지만, 처제는 그래도 아내의 친동생 아닌가. 낯가리는 나 때문에 동생하고도 그리 살갑게 지내지 못한 건 아니었을까. 하긴 처제도 가족끼리 정을 나누고 사는 종류의 인간형은 아니었다. 냉랭하고 새침한 면이 있었다. 결혼 이후에 자주 만나지는 않았다. 아내와 같이 양평 전원주택으로 이사 올 때도 처제를 부르지 않았고, 처제 역시 와 보지 않았다.

처제가 사는 집은 다행히 알고 있다. 구의동의 중산층 아파트. 그리로 이사 들어갈 때 짐정리를 도와주었다. 그때는 그래도 남자로서 형부의 효용을 내심 인정하지 않았을까?

처제도 요즘 꽤 바쁠 시기겠지만 그래도 주로 집에 있는 일인 게 다행이었다. 벨을 눌렀더니 곧 문을 열어 주었다.

처제는 날 보더니 깜짝 놀랐다. 내가 집에까지 불쑥 찾아오리라곤 생각을 못 했으리라.

처제, 한초록. 늘 생각하는 거지만 아내를 무척이나 닮았다. 늘 단발인 아내와 달리 긴 생머리를 선호하고, 턱이 좀 더 날렵하고, 좀 더 글래머라는 점을 제외하면 쌍둥이라고 해도 통할 성싶다. 외모에 비하면 둘의 성격은 많이 다르다. 감정의 기복이 있는 아내에 비해 처제는 늘 차가운 우뭇가사리 같다.

"아니…… 근데 도대체 무슨 일……?"

도도한 우뭇가사리치고는 퍽이나 격한 반응이었다.

"처제, 갑자기 와서 놀랐지? 잘 지내? 다미가 사라진, 아니 가출한 지도 벌써 1년이네."

난 일부러 성큼성큼 안으로 들어가 선글라스를 벗으며 거실 소파에 털썩 주저앉았다. 처제는 거실 의자를 버려두고 굳이 주방 쪽에서 의자를 하나 가져와 비스듬히 걸터앉았다. 심란한 듯도 하고 한심해하는 듯도 하다.

생각보다 말이 조리 있게 나오지 않았다.

"실은 물어볼 말이 있어서 왔어. 1년 전 다미가 나갈 무렵 말이야, 처제한테 무슨 얘기 없었어? 아니면 가출한 뒤에도 무슨 연락 없었어?"

처제는 물음에 답하지 않고 의자에 앉아 나를 빤히 쳐다보았다. 아내가 집을 나간 뒤로 반복되는 내 질문이 지겨워진 건가. 하지만 오늘은 좀 다를 것이다. 태정우의 존재를 알게 된 것이다. 질문에 대답은 않고 도자기를 감정하는 듯한 시선으로 사람을 평가하고 있는 처제에게 기분이 불쾌해졌다. 사고뭉치 아이를 보는 선생의 시선 같은 것이 느껴졌다. 형부한테 한 수 높은 척하는 자세는 좀 부적절하지 않나? 처제는 결혼 전부터 나를 썩 그리 높이 평가하고 있지는 않았다. 처제는 고개를 천천히 가로저었다.

"아무리 그래도 이런 식으로는……."

"아무리 연락 없이 찾아왔기로서니 형부한테 그게 무슨 말이야. 난 다미의 행방이 궁금해서 왔을 뿐인데."

어수선한 내 물음이 좀 저돌적이었던 것 같기도 하다. 이번에는 달래듯이 말해 보았다. 태도를 한층 가라앉히고 처제의 대답을 기다렸다. 한동안의 시간이 흐른 후 처제는 체념한 빛을 띠고는 간명한 어조로 말을 받았다.

"……없었어요. 전혀."

"가출할 무렵에 만나지 않았어?"

"아뇨."

영 대답이 단답형이다. 귀찮아하는 기색이 뚜렷하다.

"태정우 알지?"

난 기습적으로 물었다. 처제의 안색이 급변했다.

"역시 처제는 아는군. 실은 말이야……."

난 내 생각을 말했다. 아내의 가출은 단순한 게 아닌 것 같다. 휴대전화, 신용카드를 집에 놔두고 나가는 사람이 어디 있겠는가. 우연히 알게 된 아내의 메일 내역에서 태정우의 존재를 찾아냈다. 깊은 관계에 있었다는 것도. 지금 아내의 불륜을 새삼스레 뒤져 내려는 게 아니다. 아내의 돌연한 실종에 태정우가 관련이 있는 것 같다. 태정우가 아내를 유혹했고, 갈등하게 했다. 그런 그가 아내의 가출에 책임이 있다고 생각하는 건 하등 이상하지 않다…….

내 이야기를 들어 가며 처제의 얼굴은 점차 무섭게 일그러졌다. 급기야 눈물까지 글썽였다.

역시 처제는 아내의 불륜을 알고 있었던 게 분명했다.

태정우의 이름을 꺼냈을 때의 반응도 그렇고, 내 얘기를 들으면서도 전혀 놀라지 않는 걸 봐도 그렇다. 오히려 깊은 애수와 슬픔이 내비치고 있다. 언니가 다른 남자를 두고 있었다는 데에 대한 책망보다는 자매로서 애틋한 마음이 앞설 것이다. 처제가 그리 살갑지도 않았던 내 편을 들며 화를 내는 척을 해 주길 바란 건 아니었다. 그렇다 해도 뒤이은 처제의 말은 놀라웠다.

"언니는 그냥 사는 게 힘들어서 나간 거예요, 태정우 씨와는 관계 없어요. 제발 그만 언니 일은 잊어요. 그냥 형부 인생을 찾아가세요."

내가 처제로부터 얻을 거라 예상했던 대답 어느 것도 아니었다. 난 한참 열을 올리던 이야기를 끊고 천천히 처제의 얼굴을 들여다보았다. 어이없는 대답이었지만, 왠지 모를 진정성이 느껴졌다.

"처제는 분명 아는 게 있군."

"아뇨, 없어요. 그래도 1년 전에 형부 싫다고 간 사람, 미련 둬서 뭐 하겠어요. 그게 언니가 택한 길인걸요. 저도 언니 일은 잊어버리고 살아요. 원래 남이었잖아요. 언니 같은 사람, 처음부터 몰랐던 사람이라고 생각하세요."

나지막하지만 확고한 어조였다. 처제는 글을 쓰는 사람인만큼 고집이 상당했다. 한번 말하지 않겠다고 마음먹으면 그걸로 끝인 성격이었다. 나는 나오기 전 한 번 더 툭 던져 보았다.

"역시…… 태정우 때문이지?"

처제는 영정 사진 같은 얼굴을 하고서는 말없이 고개를 저었다.

문득 측은한 생각이 들었다. 늘 저온동물 같던 처제도 오늘은 따뜻한 피를 나눠 가진 사람이었다.

태정우의 병원은 신사역 사거리 큰길가에 있었다. 오랜만의 번화가 나들이였다. 완연히 겨울로 접어들어 길거리의 바람은 차갑고 매연은 불쾌했다. 평소의 나 같으면 질색했을 장소지만 의혹을 풀어야 한다는 의지 앞에서는 문제 되지 않았다.

5층에 있는 병원은 로비의 인테리어부터가 남달랐다. 엘리베이터를 내리자마자 유리로 된 병원 출입문이었다. 오목조목한 화이트 계열의 벽돌과 미끈한 원목으로 마감된 벽이 눈을 어지럽게 했다. 커다란 샹들리에 세 개가 천장에서 찬연하게 빛을 뿜어내고 있었다. 밝고 아름다운 인테리어는 여성들에게 희망의 메시지를 전할 수 있으리라. 연기자 대기실에라도 들어온 걸까. 로비의 고객들은 이미 성형을 완성한 여자들이 아닐까 싶을 만큼 아름다웠다. 한눈에도 '잘되는 병원'이라는 인상이 들었다. 핑크색 옷을 입은 간호사들이 상냥한 표정으로 맞이했다. '코디네이터'라는 명찰을 단 도도한 표정의 여자도 보였다. 복도 안쪽으로 몇 개의 진료실이 늘어선 걸로 보아 태정우 말고도 몇 명의 의사가 더 있는 것 같았다.

"길영인이라고 합니다. 태정우 선생님 좀 뵈러 왔는데요, 개인적인 용무로요."

좀 긴장했는지 목소리가 유독 쉬어 나왔다. 간호사가 곧 안쪽 복도로 종종걸음을 했다. 잠시 후 간호사가 들어간 방에서 여성 환자가 나오고, 뒤이어 간호사가 나오더니 나를 불렀다. 허겁지겁 환자까지 내보내고 조용히 맞으려는 걸 보니 '길영인'이라는 이름이 그에게 꽤 충격을 주었나 보다. 태정우, 걱정하지 않아도 될 거야. 리비도가 이끄는 대로 내달렸던 너보다는 내가 훨씬 이성적인 사람이니까.

진료실 문을 열고 들어갔다. 정면과 직각으로 책상이 놓여 있고, 그 뒤로 굳은 표정의 남자가 앉아 있었다. 흰 가운에 대비된 검푸른 얼굴이 눈에 들어왔다. 그 얼굴은 불빛 아래에서 점차 혈색이 좋은 스포츠맨 같은 인상으로 변모했다. 각진 얼굴, 굵게 웨이브 진 머리카락, 단단한 체격. 훌륭한 '수컷'의 냄새가 풍겼다. 아내는 잠깐의 위안을 얻었던 나에게서 떠나 여성의 영원한 로망인 '강한 남자'의 품을 찾아간 것인가.

태정우는 상당히 긴장해 있었다. 아무리 강한 인간도 견딜 수 없는 상황이 있다. 사회에서 뿌리가 뽑히는 순간이다. 일터로 찾아온 애인의 남편. 이보다 위태로운 일이 몇이나 있을까. 내 행동 여하에 따라서는 한순간에 도시의 매력남에서 개차반 신세로 전락한다. 실은 나 역시 아쉬운 처지다. 아내의 실종에 대해서는 그만이 알고 나는 모르는 무언가가 분명히 있고, 그건 쉽게 입을 열 종류는 아닌 것 같기 때문이다. 불륜의 추궁보다는 아내의 행방이 우선이다. 일단은 감정을 죽이고, 내 유리한 위치를 이용해 최대한 그로부터 정보를 털어 내야 한다.

"길영인이라고 합니다. 한다미의 남편이고요."

차갑게 한마디를 던져 놓고 그의 반응을 보았다. 얼굴에서 핏기가 가셔 있었다.

"……."

"서로 다 아는 긴 이야기는 생략하겠습니다. 아내는 지금 어디 있습니까?"

태정우는 의자에서 벌떡 일어섰다. 당황해서 벌컥 치미는 게 있는 모양이다. 일어서서 크게 한숨을 쉬더니 다시 털썩 자리에 앉았다. 외모만큼이나 열이 많고 모션이 큰 남자다. 태정우의 입가가 파르르 떨리는 걸 난 놓치지 않았다. 그가 흔들릴수록 난 차분해졌다. 그를 노려보며 말했다.

"예전에 아내와 만났던 일 다 알고 있습니다. 물론 절대 그냥 지나칠 순 없겠지요. 하지만 오늘은 안심하십시오. 오늘 용건은 한 가지입니다. 잘 알다시피 아내가 1년 전 사라졌어요. 그리고 아내가 사라진 일은 분명 당신과 관련이 있죠. 다 알고 있습니다. 아내가 어디로 갔는지, 어떻게 된 건지만 말하세요. 그럼 오늘은 여기서 물러가겠습니다."

"……전 할 말이 없습니다. 아무것도 모르고요."

굵은 저음의 목소리가 살짝 떨려 나왔다. 터프한 인상이지만 그의 태도는 정중했다. 그럴 수밖에 없을 테지만.

"아내가 사라진 무렵 당신과 아내의 메일도 끊겼더군요. 그게 뭘 의미하는 걸까요?"

나는 더 다그쳤지만, 그는 더 입을 다물었다.

"아무것도 모릅니다. 조용히 돌아가 주십시오."

태정우는 아예 내게로부터 시선을 돌려 버렸다. 내 용건, 다미의 안부에는 일말의 관심도 주지 않고 오로지 병원 안에서의 자신의 입장만을 생각하고 있다. 내가 큰 소리를 내 자신의 추한 행각이 들통날까 봐 전전긍긍할 뿐이다. 말투와 낯빛은 정중했지만 그건 나를 자극하지 않기 위함이다. 거절에서 오는 불쾌감을 덮을 순 없었다.

그를 더 몰아붙일 증거가 없다는 게 답답했다. 한편으로는 그가 전혀 말도 안 되는 이야기를 들은 양 깨끗하게 잡아떼고 있으니 슬그머니 회의도 들었다. 하긴, 아내가 아무리 태정우가 좋았다 해도 신용카드나 휴대폰을 버리고 집을 나섰다는 건 좀 이상하다. 어느 순간 내가 제대로 짚고 있는 건가, 짙은 의구심에 휩싸였다. 하지만 내 다음 행동은 의혹을 덮어 버리려는 무의식의 반동에서였는지 내 심과는 달리 거칠게 이어졌다. 난 발로 책상을 쾅 걷어찼다. 태정우는 갑작스러운 난동에 앉은자리에서 몸을 털썩할 정도로 놀랐다.

"이 자식아, 그게 남의 아내를 뺏은 놈의 태도야!"

낮고 쉰 목소리로 말했지만 언성은 일부러 높이지 않았다. 여기서 바깥에까지 들릴 만큼 소란을 피우게 되면 태정우의 체면은 땅에 떨어진다. 그건 태정우가 지켜야 할 마지막 보루가 무너진다는 얘기고, 지킬 게 없어진 태정우는 오히려 뻔뻔한 존재로 돌변할 수 있다. 그가 비빌 언덕을 남겨 두어야 한다, 그래야 내가 계속 우위를 점하고 그를 밀어붙일 수 있다. 역시나 태정우는 내 과격한 행동에 낯빛이 새하얗게 질려 아무 말도 못 하고 밀랍인형처럼 굳어 버렸다.

"일단은 그냥 가겠어. 하지만 다음번엔 오늘과 같은 대답으론 안 될 거야."

나는 품은 의혹을 숨기고 그의 마음을 불편하게 만들 한마디를 던져 놓았다. 진료실을 나올 때 힐긋 보니 태정우는 영혼이 빠져 버린 멍한 시선으로 목석이 되어 있었다.

아내의 실종은 역시, 사고일까?

아니면…….

범죄일까?

8

"와우, 이 정도면 프런트 직원이 거짓말한 건 아닌데."

고진은 펜션 방에 들어서며 감탄사를 내뱉었다. 뒤따르던 류경아도 동의의 뜻으로 고개를 끄덕였다.

직원이 호언장담할 만큼 펜션 안은 쾌적했다. '집처럼 편안히'라는 모토에 걸맞게 투숙객이 편안함을 느끼도록 섬세한 부분까지 고루 손길이 미쳐 있다. 카펫이 깔린 복도에서부터 느낌이 좋았다. 복도에 늘어선 빈 호실의 문은 환기와 나쁜 냄새 배출을 위해서인 듯모두 조금씩 열려 있었다. 겨울이라 창문을 여는 대신 문을 열어 둔모양이다.

현관을 들어서면 오른쪽에 욕실이 있고, 왼쪽은 작은 방이다. 그 안쪽으로는 거실 겸 부엌과 침실이 있다. 단순한 구조인 데다, 각 유닛의 사이즈가 커서 답답함이 없었다. 가장 마음에 드는 건 거실 전면의 커다란 창이었다. 손질이 잘된 뜰이 창문 너머로 점점이 켜진아스라한 불빛 아래 추억의 한 장면처럼 건너다보였다. 숲을 배경삼아 한눈에도 질 좋아 보이는 잔디가 넓게 깔려 있다. 겨울인 탓에더 이상 초록은 아니지만 그리 쓸쓸한 느낌이 없다. 펜션의 늘어선방들이 공유하는 전망이다. 숲이 병풍처럼 따뜻하게 뜰과 펜션 건물을 감싸 안는 형세여서인지 묘하게 오붓한 정취를 풍겼다. 창문의 흰 커튼은 옆으로 걷어져 있었다. 창을 열면 바로 뜰로 나갈 수 있다.

냉장고에는 생수가 두 통 구비되어 있고, 부엌 이곳저곳을 열어 보니 주방기구도 충실하다. 수저, 각종 조리 기구뿐 아니라 휴지, 나무젓가락, 비닐장갑, 이쑤시개, 앞치마, 비닐 랩 같은 것도 갖추어져 있어 마치 어느 가정집 주방에 들른 느낌이었다. 투숙객이 낭비하거나 들고 갈 수 있어 좀처럼 비치해 놓지 않는 것들이지만, 한편으로는 적은 지출로 고객에게 충실한 느낌을 줄 수 있는 유효한 소품이다. 손님은 음식 재료만 사 들고 오면 된다. '집처럼 편안히'가 운영 방침인 펜션다웠다.

내부를 찬찬히 둘러보던 고진이 너스레를 떨었다.

"이거 죄송해서 몸 둘 바를 모르겠군. 방은 맘에 들지만 숙녀를 나하고 같은 숙소에 모셔도 될까."

"괜찮아요. 괜히 따로 방 잡아서 헛돈 쓸 일 있나요. 1등칸 인생도, 3등칸 인생도 나름대로 다 매력이 있어요."

"여기서 나하고 같이 묵는 건 3등칸 인생이란 거야?"

"로맨스 때문은 아니니까요."

고진과 류경아는 이날 불가피하게 펜션에 투숙했지만 남녀의 용건은 아니었다. 류경아는 염상우의 마수에서 벗어난 동생 류동희를 겨울방학 동안 속초에 있는 친척 집에 맡기기로 했다. 혼자가 익숙지 않은 류경아는 에스코트를 해 줄 남자를 '골랐다'. 여왕벌을 숭배하는 무리 가운데 류경아가 택한 일벌은 고진이었다. 남자라면 이런 문제는 자신에게 편리하도록 생각해 열광하는 경향이 있지만, 고진이 딱히 오해하지는 않은 듯하다. 고진은 시간이 자유롭다. 게다가 류동희의 사정을 알고 도움을 준 남자다. 이런 사정이 없었다면 다른 해석이 가능했을지도 모른다.

아무튼 매력적인 여성을 위해 봉사한다는 건 즐거운 일이다. 고진은 열심히 운전했다. 당연한 이야기지만, 원래 1박은 예정에 없었다.

속초까지 가서 동희를 맡기는 데까지는 예상보다 빨리 진행되었다.

"역시 드라이브하려면 국도나 지방도지."

돌아오는 여정의 끝 무렵, 서울춘천 고속도로를 두고도 풍류를 즐긴다며 느긋하게 국도를 택한 것이 화근이었다. 돌아오는 길에 고진의 차가 퍼져 버렸다. 가평의 어디쯤이었다. 계기판 경고등이 깜빡거리더니 기름 게이지가 갑자기 0으로 떨어졌다. 길가 움푹 들어간 쪽에 차를 세우니 계기판이 난리를 치다가 시동이 꺼지고 말았다.

"아아, 제너레이터가 나간 것 같아."

고진은 기지개를 켜며 태평하게 중얼거렸다. 완전히 어두워진 밤 시간의 으슥한 지방도로 변이었다.

"외제차도 덩치만 크지 별수 없네요."

류경아가 치미는 부아를 참으며 말했다.

"외제긴한데…… 20년 다 된 뷰익을 600만 원 주고 산 거야. 이럴 때가 되긴 했지."

고진이 차에서 내려 보니 시커먼 어둠 속에 도로 양쪽으로 구덩이처럼 숲이 우거져 있었다. 추위를 예고하는 매서운 바람이 사정없이 불어제쳤다. 환청이겠지만 짐승이 우는 듯한 소리도 섞여서 들려왔다. 야생의 어둠과 모진 추위 안에서 무언가를 할 엄두가 나지 않았다. 이 밤에, 이런 곳에서 보험회사나 레커차를 불러 법석을 떨기도 막막했다. 꼬박 하루를 봉사했지만 마무리가 이 지경이어서야 류경 아에게 낯이 서지 않는다. 조수석 차창 너머 류경아를 힐끔 보니 팔 짱을 끼고 어떻게 할 거냐는 도발적인 눈빛으로 주시하고 있다.

자동차 불빛에 작고 허름한 간판이 하나 비쳤다. '오가르' 펜션이 길에서 50미터 안쪽에 있다는 걸 알리는 작은 광고판이었다. '오가 르(Hogar)'는 스페인어로 아궁이, 집이란 의미다. 산기슭의 추위에 떨던 그에게 이름만으로 따뜻한 환상을 불어넣었다.

"질렸어. 차가 속을 썩일 줄이야. 차라리 여기 펜션에서 하룻밤 쉬 고 차는 아침에 정비할까."

고진은 슬쩍 곁눈질로 제의했다. 유혹 따위 한 점도 묻어 있지 않 은 무미건조하고 무심한 말투. 지친 류경아도 고개를 끄덕였다.

두 사람은 그 길로 동굴을 찾는 빙하기 동물처럼 펜션을 향해 무 작정 걸었다. 준비 안 된 한밤의 도보길은 고달팠다. 가로로 길쭉한 펜션 건물 안으로 들어섰을 때는 살았다는 안도감뿐이었다. 기대 이 상으로 따뜻하게 준비된 방은 심신을 녹여 주었다.

"로맨스가 아니니깐 방을 따로 잡자고 할 줄 알았는데."

"설마 고 변호사님이 침대에서 자려는 건 아니겠죠? 잠만 푹 잘 수 있으면 여인숙이라도 괜찮아요."

고진은 과장되게 양팔을 벌리고 어깨를 으쓱했다.

"놀랐는걸. 푸아그라와 부르고뉴 와인만이 어울리는 여자라 생각 했어."

"돼지껍데기와 소주가 더 좋아요. 선입견 땜에 그런 걸 사 주려는 남자가 없었을 뿐이지."

샤워를 마친 류경아는 예비로 가방에 넣어 두었던 핑크색 쥬쉬꾸 뛰르 트레이닝복으로 갈아입고 안방 침대에 누웠다. 고진은 뒤이어 샤워를 하고는 다시금 양복바지와 와이셔츠에 상의까지 갖춰 입고는 베란다 창문을 열고 뜰로 나갔다.

"어디 가세요?"

류경아가 묻자 고진이 담뱃갑을 들어 보였다. 류경아는 못 말리겠다는 표정을 하고는 침대에 다시 드러누웠다.

잔디는 누렇게 숨죽이고 겨울을 맞이하고 있었다. 뜰은 그윽한 정취를 자아냈다. 찬바람에 목덜미가 서늘해진 고진은 한기를 떨쳐 내듯 담배를 든 채로 몇 번이나 양팔을 감싸 쥐었다가 풀었다. 뜰에 서서 펜션 건물 쪽을 보았더니, 고진이 든 105호를 제외하고는 대부분 불이 꺼져 있다. 1층 중에는 103호의 침실 쪽만 불이 켜져 있을 뿐이다. 완연한 비수기였다.

고진 자신은 자동차 고장이라는 사연을 안고 왔지만 103호의 객은 어떤 사연으로 이 추운 날씨에 바다도 산도 아닌 어정쩡한 이 펜션에 묵었을까? 고진이 추위에 덜덜 떨면서도 쓸데없는 호기심에 마음을 기울이며 두 개비째의 담배에 불을 붙였을 때, 멀리서 여종업원이 관리실 쪽문에서 나와 걸어오는 것이 보였다. 체크인 할 때 로비에서 근무하던 아가씨였다. 고진은 가볍게 눈인사를 한 후 담배를 한 모금 빨아들였다.

여종업원은 빗자루와 커다란 쓰레기봉투를 들고 있었다. 그녀는 103호 앞뜰에 멈춰서 두리번거렸다. 허리를 굽혀 무언가를 주워 올리더니 고개를 설레설레 젓고는 쓰레기봉투에 집어넣었다. 그러다 문득 여종업원은 무언가에 놀란 모양이었다. 그녀는 103호 침실 창문 쪽을 멍하니 바라보았다. 딱히 시선 둘 데가 없어 그녀의 움직임을 무심한 시선으로 따르고 있던 고진도 멀리서 그녀를 따라 103호의 침실 창문으로 시선을 돌렸다.

자그마한 103호 침실 창문에는 하얗고 얇은 속 커튼이 쳐져 있어 일견 오붓해 보였다. 거기에 두 사람의 그림자가 비쳤다. 한 명은 우락부락한 남자 같았고, 다른 한 명은 호리호리한 여자 같았다. 남자는 묵묵히 앉아 있었고, 여자는 그 앞에 서서 팔을 휘저으며 격렬히 화를 내고 있었다. 여자는 분노한 끝에 유리창마저 툭툭 건드리고 있었다.

멍하니 그 장면을 바라보던 여종업원은 고진의 시선을 느끼고 돌아보았다. 고진과 눈이 마주쳤다. 괜히 엿보다가 들킨 기분이 들게

펜션 단면도

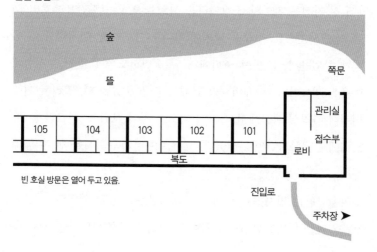

펜션 방의 단면도

하는 상황이다. 고진은 다시 가볍게 눈인사를 하고는 반도 더 남은 담배를 비벼 끄고 베란다 창을 열고 105호 안으로 들어와 버렸다.

"참나. 담배 피우다가 남의 집 사랑싸움하는 걸 보고 왔어."

고진이 푸념하자 침대에 있던 류경아가 하, 하, 감정 없이 웃었다.

고진은 거실 바닥에 이불 하나를 깔고 홑이불을 덮개용으로 준비해 따로 누웠다. 여전히 정장바지와 흰 와이셔츠 차림이었다.

"잠자리에 웬 양복?"

"경아 씨 앞에서 속옷 차림으로 자고 싶진 않아."

"여기서 고 변호사님이 남자인 걸 의식하는 건 고 변호사님밖에 없어요."

"난 일개미에 불과하단 건가."

고진은 짐짓 울상을 지어 보였다.

"거실 바닥이 맘에 들길 바랄게요."

"잠자리는 괜찮아. 다만 오늘 밤 경아 씨의 미모가 내 자제심을 무너뜨리지 않기만을 바랄 뿐이야. 방문 꼭 잠가줘."

류경아는 침대에 누워 아직 열린 방문을 통해 고진에게 짓궂은 웃음을 보냈다.

"후훗, 그런 건 생각 안 해 봤어요?"

"뭘?"

"내가 여기서 옷을 찢고 비명을 지르며 뛰쳐나간다면? 꼼짝없을 텐데요. 1억 정도론 합의금에 턱도 없을걸요."

"그럴 일은 없을 거야."

"어째서요? 날 그렇게 믿나요?"

"그런 걸 대비해서 아까 들어올 때 프런트에서 시간 끌면서 여종업원하고 괜한 농지거리를 했지. 확실한 기억과 인상을 남겨 놓았단 말이야. 억지로 데리고 들어오지 않았다, 웃으며 들어왔다. 그 직원이 증인이자 보험이야."

"좀 귀여워지려다가도 이래서 정나미가 떨어진다니깐. 고진 변호사."

류경아는 입을 삐죽거리며 돌아누웠다. 문을 닫고 불을 끄자, 자제심 폭발을 걱정하던 거실의 고진은 5분도 안 돼 잠에 곯아떨어져 단조로운 숨소리를 내기 시작했다.

그 소리가 류경아의 자존심에 상처를 입힌 것일까. 류경아는 방문을 타고 들어오는 소음에 뒤척이다가 고진이 누운 거실의 어둠을 향해 조그맣게 "칫." 하고 혀를 차고는 이불을 얼굴 끝까지 끌어 올렸다.

고진 일행이 돌발적인 차 고장으로 펜션에 들기 얼마 전.

'오가르' 펜션 야간 근무자 이영아는 지루한 나머지 거의 손톱을 물어뜬을 지경에 이르렀을 때 약간은 눈에 띄는 손님을 맞이하게 된다.

밤 9시쯤 되었을까. 30대 초반으로 보이는 여성 한 명이 프런트로 성큼성큼 다가왔다. 날씬한 몸매에 자신 있는 걸음걸이였다. 그만큼 도도해 보이는 인상이기도 했다.

"빈방 있나요? 예약은 안 했어요."

목소리에서 미끈한 여유가 흘렀다. 멋들어진 패션 안경 사이로 흘러내린 단발의 머릿결은 윤기 나는 겨울 외투와 잘 어울렸다. 하지만, 왼 어깨에 걸친 세련된 백과 대조적으로, 1박을 하려고 단단히 준비한 듯 쌀과 반찬거리, 채소, 과일 따위가 잔뜩 든 비닐봉지가 오른손에 들려 있는 모습을 보니 주부일 거라는 생각이 들었다.

어차피 비성수기의 평일 방은 텅텅 비어 있다. 이영아는 천나영이라고 밝힌 그 여자에게 1층 103호 방 키를 주었다. 일자 형태로 길게 뻗은 펜션 건물의 가운데쯤에 있어 거실의 창을 통해 뜰 한가운데가 내다보이는 전망이 가장 좋은 방이었다. 뜰은 이 펜션의 자랑이다. 천연의 숲을 장막처럼 두르고, 질 좋은 금잔디로 뜰을 완성시켰다. 겨울에 금잔디는 실제로 금갈색이 된다. 1층은 거실 창을 열면 바로 뜰로 나갈 수 있는 개방된 구조여서, 가운데 103호는 이 펜션에서 가장 좋은 방이라고 해도 무방했다.

"혼자 묵으실 건가요?"

이영아는 천나영의 어깨 너머 뒤쪽을 보았다. 여자 혼자서 오지는 않는 곳이기에 동행이 누구인지 확인하려는 것이다. 천나영이 대답했다.

"아뇨, 일행이 한 명 더 있는데 지금 주차하고 있어요."

주차장은 펜션 건물에서 꽤 떨어져 있어 손님들의 주요 불평 사항이 되고 있다. 특히 이날처럼 찬바람이 들이붓기 시작한 초겨울의 숲 속 펜션에서는 주차장에서 건물까지 걸어오는 일이 곤욕스럽기 마련이다. 기능성보다는 전망과 운치를 중시하는 사장의 경영 원칙 때문에 당분간 개선의 전망은 없었다.

천나영은 103호 키를 받아 들더니 로비 한구석 의자에 걸터앉았다. 주차 중인 일행을 기다리려는 모양이었다. 고개를 숙이고 있어 눈빛은 볼 수 없었지만, 놀러 왔다는 즐거움은 한 조각도 떠 있지 않은 무표정한 마스크였다.

주부 같은데, 주부치고는 세련된 차림이다. 보통 가족과 같이 오는 주부는 저렇게 치장을 않는데. 늦은 시간에 예약도 없이 들렀다. 그렇다면 불륜 커플이 아닐까. 이영아는 괜한 호기심이 생겼다. 20대 처녀의 귀여운 호기심이었다. 묘한 존재감을 뿌리는 천나영을 두고 혼자 이리저리 생각을 굴려 보았다.

이영아는 천나영의 파트너 얼굴이 궁금했지만 결국 보지 못했다. 프런트 뒤쪽 관리실에 잠깐 들어갔다 나왔더니 그새 천나영의 모습이 사라지고 없었던 것이다. 주차를 마친 동행과 합류하여 입실해 버린 모양이다.

그러고는 한동안 손님이 없었다.

티브이에서 뉴스가 끝나고 연속극이 시작될 무렵 겨울 벌판을 헤매다 온 듯 새빨간 볼에 입술이 보랏빛인 남녀가 불쑥 찾아왔다. 밤 10시 반이 거의 다 된 시각이었다.

갑자기 추워져서 그런가, 오늘따라 예약 없는 손님이 많네. 여자

쪽이 많이 아까워. 남자가 돈이 많은 모양이지? 이영아는 이 둘 역시 불륜 커플일 거라 지레짐작했다. 실실 웃는 남자는 유독 객담이 많았다. 고진이라고 이름을 밝힌 남자에게 105호 키를 주었다.

밤 11시 20분쯤 프런트의 벨이 울렸다.

103호였다. 낭랑한 여자 목소리가 들려왔다.

"뜰에 동물 시체 같은 게 있어요. 원 더러워서. 어서 좀 치워 줘요."

"동물의 시체요? 그럴 리가요."

이영아는 깜짝 놀라 되물었다. 뜰은 이 펜션의 자랑이다. 관리를 얼마나 열심히 하는데. 시간제로 일하는 청소부 아주머니가 있지만 이영아도 오늘 저녁에 출근하자마자 한 번 둘러보았다. 깨끗했다.

"뜰에 와서 보면 될 거 아니에요."

여자는 다소 신경질적으로 말하고 인터폰을 끊었다.

혹시 쥐일까. 청소부 아주머니는 지금 없다. 이영아는 빗자루와 쓰레기봉투를 들고 관리실 쪽문을 통해 뜰로 향했다. 카디건을 걸쳤지만 따뜻한 데에 있다가 바깥에 나가니 적응 안 된 몸에 추위가 더 사무쳤다.

105호 앞쪽에서 담배를 피우고 있는 남자가 보였다. 조금 전 체크인 할 때 쓸데없는 말을 많이 해서 인상에 남았던 남자였다. 성이 고 씨였지, 아마? 이영아는 그와 가볍게 눈을 마주치고는 103호 뜰 앞에 멈춰 서서 땅을 살폈다. 쥐 시체 따위는 없었다. 대신 뜰에 검은 비닐봉지에 쓰레기가 담긴 채 버려져 있었다. 아마 이걸 어둠 속에서 쥐로 착각한 모양이었다. 좀 잘 보고 얘기할 것이지. 체크인 할 때의 인상만큼이나 역시 까다로운 손님이야. 이영아는 혀를 차며 비닐봉지를 주워 들어 쓰레기봉투에 담았다.

그때 103호 쪽 유리창에 쿵 하며 무언가 둔탁하게 부딪히는 소리가 났다. 놀라 힐긋 103호 쪽을 보았다. 거실의 큰 창은 이미 불이 꺼져 있고, 고요했다. 소리가 난 쪽은 침실 창문이었다. 허리 높이의 창문턱 너머 하얗고 얇은 속 커튼이 드리워져 있었다. 커튼 때문에 안이 보이지는 않았지만 투숙객의 그림자가 오래된 흑백필름처럼 비쳤다.

침실에는 물론 안쪽으로 침대가 있지만, 창가에는 조그마한 티 테이블과 의자가 마련되어 있다. 한 명은 그 의자에 앉아 테이블 쪽으로 몸을 숙이고 있고, 한 명은 그 맞은편에 서서 왔다 갔다 하고 있었다. 서 있는 건 여자 쪽이었다. 기세가 대단했다. 여자는 흥분해 서성거리면서 마구 팔을 휘젓고 있다. 맞은편에 앉은 상대방은 험상궂게 생긴 남자였다. 삐죽삐죽 뻗은 머리칼, 튀어나온 광대뼈의 잔영이 눈에 들어왔다. 남자는 묵묵히 앉아 여자의 흥분을 받아 냈다.

하긴, 커튼에 비친 모습만으로는 진중하게 여자의 화가 녹기를 기다리고 있는지, 아니면 분노를 억누르고 있는지 알 수 없었다. 조금 전 쿵 하는 소리는 여자가 팔을 휘젓다가 유리창을 때려 난 소음인 모양이었다. 여자가 무어라고 외치는 모양인데 말소리는 잘 들리지 않았다. 겹유리 창을 타고 "네가 어떻게 그럴 수가⋯⋯." 하는 금속성의 말소리가 간간이 들렸다. 불륜 커플의 사랑싸움인가. 여자가 여러모로 만만치 않아 보이긴 했지.

문득 뒤돌아보았더니 105호의 고씨 남자 역시 담배를 꼬나물고 물끄러미 이쪽을 바라보고 있다. 이영아는 103호에서 벌어진 한밤의 대결에 호기심이 일었지만 105호의 남자 때문에 머쓱해지기도 했고, 추운 날씨에 이곳에 오래 있어 봐야 별로 좋은 일이 없겠다는 생각에 조용히 프런트로 돌아와 버렸다.

새벽 1시 30분.

이영아는 프런트에서 컴퓨터 자판을 토닥이며 시간을 보내고 있었다.

펜션 방이 늘어선 복도 쪽에서 인기척이 났다. 이영아는 고개를 들어 쳐다보았다.

한 남자가 복도에서 바쁜 걸음으로 걸어 나왔다. 그는 로비를 거쳐 펜션 현관을 쑥 빠져나가 버렸다. 혹시라도 이영아가 부를까 봐 겁내는 것마냥 프런트 쪽에는 눈길 한 번 주지 않았다. 굵은 웨이브의 파마머리에 툭 불거진 광대뼈, 굳은 턱이 두드러져 보이는 강한 인상의 남자였다. 분명 체크인 할 때는 보지 못했다. 이날 체크인 할 때 이영아가 보지 못했던 손님은 한 사람밖에 없다. 그리고 침실 창에 비쳤던 남자의 실루엣.

'103호에 묵은 남자였어.'

하지만 잠시 머물렀던 이영아의 관심은 곧 인터넷 세계로 되돌아갔다.

다음 날 바로 그 103호에서 난리법석이 났다.

아침에 청소부 아주머니가 뜰을 쓸다가 거실 창 너머로 식탁 뒤쪽 바닥에 피를 흘리며 쓰러져 있는 여자를 발견한 것이다. 거실 창 커튼이 열려 있어 안이 훤히 들여다보였다. 여자의 배에 부엌칼이 박혀 있었고, 마루에는 피가 흥건했다.

"아악!"

예사롭지 않은 비명을 들은 직원들이 청소부에게 달려갔고, 그녀로부터 사정을 듣고는 다시 103호로 몰려갔다. 문이 잠겨 있었다. 닫으면 저절로 잠기는 문이다. 거실 쪽 창도 잠겨 있어 뜰 쪽에서도 들어갈 수 없었다. 마스터키를 가져와 현관문을 열고 들어갔다.

여자는 싱크대 쪽 바닥에 쓰러져 있었다. 천장을 향해 눈을 희번덕 뜨고는 몸을 일그러뜨린 채 자신의 피 위에 누워 있었다. 그 참상은 보는 이들의 입을 다물지 못하게 했다. 역시 거실과 침실의 창문은 모두 안에서 잠겨 있었다. 이쪽은 밖에서 잠글 수 없다. 현관문은 닫으면 저절로 잠기도록 되어 있다. 그렇다면 범인은 여자를 찌르고 현관을 통해 나간 게 틀림없었다. 103호 안에는 원래 펜션의 것이 아닌 거라고는 여자의 시체 외에 아무것도 남아 있지 않았다. 소지품도, 범인도 모두 사라졌다.

신고를 받은 경찰이 곧 도착했고, 시체의 신원을 확인하기 위해 전날 야간 근무자였던 이영아가 호출되었다. 졸린 눈을 비비며 103호로 들어간 이영아는 기겁했다. 덜덜 떨면서도 경찰이 시키는 대로 시체의 얼굴을 들여다보았다.

"어젯밤 체크인 했던 천나영 씨예요……."

이영아는 꽉 막혀 버린 목을 겨우 쥐어짜 말했다. 비록 잠깐의 대면이었지만 아무것도 겁날 것 없이 자신만만해 보였던 그녀가 하룻밤 만에 사체로 변신한 모습은 경악 이상이었다. 그녀의 도도한 태도에 약간의 불쾌감도 없지는 않았지만, 정작 시체가 된 그녀를 보자 그녀가 받아서는 안 될 대접을 받는 것 같아 마음이 안타깝고 불편했다. 이영아는 고개를 돌릴 수밖에 없었다.

105호의 아침도 소음과 함께 밝았다.

현관문을 탕탕 세차게 두드리는 소리가 들렸다. 눈도 거의 뜨지 못한 채 문을 연 고진과 류경아는 의외의 방문객에 놀랐다. 아침의 불청객은 경찰이었다.

"혹시 어젯밤 이상한 소리 들으신 것 없습니까?"

경찰의 첫마디였다.

"무슨 일이죠?"

"어제 103호에 투숙했던 여자분이 칼에 찔려 피살되었습니다."

현지 경찰은 아무리 봐도 부부 같아 보이지 않는 고진과 류경아에게 애매한 눈길을 던지며 말했다. 류경아는 곤혹스러운 얼굴을 했고, 고진이 나서서 단정적으로 이야기했다.

"그거 참 안됐군요. 하지만 우리는 거의 도움이 안 되겠네요. 밤중에 차가 고장이 나서 여기에 묵었을 뿐입니다. 10시 30분쯤에 체크인 해서는 얼마 안 돼 잠자리에 들었거든요."

"아무 소리도 못 들으셨습니까? 다투는 소리라든가."

"들은 건 없지만 본 건 있죠."

고진은 지난밤 103호 침실 창문을 통해 목격한 남녀의 사랑싸움을 경찰에게 이야기했다. 경찰은 별 신통치 않다는 반응이었다. 이미 더 가까이서 생생하게 목격한 이영아에게 들은 이야기이기 때문이다.

류경아는 마음이 편치 않았다. 정유미 사건 때도 살인을 간접적으로 겪었지만 이번에는 바로 근처에서 살인사건을 만났다. 이번엔 죽은 사람과 아무런 관련이 없다는 차이점은 있지만, 기분이 착잡했다.

그러게 어젯밤에 무리해서라도 차를 고쳐서 서울로 돌아갔어야지. 원망스럽게 바라보는 류경아의 눈길에 고진은 뒤통수가 뜨끔했다.

경찰의 통제로 103호에 들어가 볼 수는 없었지만, 어차피 방 구조는 105호와 똑같다. 시체의 위치라든가 대강의 정황은 흘러나온 말을 들어 보니 알 것 같았다.

경찰은 펜션 진입로에서 고장 난 채 겨울밤을 샌 뷰익을 확인하고, 고진과 류경아의 인적 사항을 받아 적었다. 피살자와의 연관성이 없고, 고장 난 차량을 확인했기에 경찰은 그들에게 별다른 관심을 두지 않았다.

고진은 호출한 레커차와 택시가 도착했다는 전갈이 오자 류경아와 같이 펜션을 나섰다. 마침 로비에서 이영아와 마주쳤다.

"103호 투숙객이 살해당했다면서요?"

"네에……. 소란스럽게 되어 죄송합니다."

이영아는 몸에 밴 서비스정신으로 이유 없는 사과부터 했다.

"아뇨, 나쁜 놈은 범인이죠. 어젠 손님의 살아 있는 얼굴을 보았을 텐데 오늘 죽은 채 발견됐으니 영아 씨가 많이 놀랐겠습니다."

고진은 이영아의 가슴께에 달린 명찰을 보며 말을 건넸다. 이영아는 놀란 가슴에 따뜻한 말을 듣자 울컥한 모양이었다.

"네, 정말. 너무 놀랐어요. 어젠 좀 괜히 안 좋은 마음도 품고 했는데, 그런 게 괜히 미안해요."

"죽은 사람은 어떤 손님이었어요?"

"세련된 도회지 여자분이었어요. 뭐 여기 오는 손님이 다 도시 사람이긴 하지만, 좀 눈에 띄더라고요. 그래도 전 한눈에 가정주부인 걸 알았죠. 제가 눈썰미가 좀 있거든요."

"오호라, 한눈에 가정주부인 걸 알아보았다고요? 어떻게요?"

"옷차림이랑 안 어울리게 쌀이랑 찬거리, 채소, 과일 같은 게 잔뜩 든 비닐봉지를 허리가 휠 정도로 바리바리 들고 왔더라고요. 주부 버릇은 못 버려요. 미스들은 그렇게 안 오거든요. 가볍게 오지."

"예리한데요. 여자분이 혼자 오진 않았겠죠?"

"그야 남자하고 왔죠."

"남자라면 남편?"

"글쎄요. 남편하고 그런 식으로 예약도 없이 펜션에 오나? 어젯밤엔 불륜인 줄 알았는데…… 모르겠어요."

마치 불륜 커플이어야 한다는 투였다.

"남자는 어떤 사람이던가요?"

"뭐랄까, 좀 멋있게 우락부락한? 그런 생김새였어요. 새벽에 종종 걸음으로 혼자 나가는 걸 봤어요."

"그렇군요. 그럼 혹시 사랑싸움하다가 남자가 찌른 건가……?"

"네, 틀림없어요!"

이영아는 신이 난 듯 맞장구를 쳤다.

"어젯밤에 쥐를, 아니 비닐봉지를 치우다가 봤거든요. 손님께서 어젯밤 뜰에서 담배 피우실 때, 그때요. 혹시 보시지 못했나요? 안방에서 둘이 심하게 싸우고 있더라고요. 남자는 그때는 가만히 참고만 있었는데…… 그 뒤 장면은 못 봤지만, 그러다가 푹, 찌른 거겠죠. 남자가 한 성격 하게 생겼거든요."

이영아는 목격자이자 탐정 역할까지 하고 있었다.

살인사건 자체에 대한 고진의 호기심이 완연히 꺾여 버렸다. 하필 자신이 묵은 방 옆에서 살인이 일어났다는 건 놀랍지만 남녀 간 다툼 끝에 일어난 우발적 살인이라면 신문에서 질리도록 접하는 사건이다. 전혀 특별하지 않다. 백화점 쇼윈도처럼 투명한 사건이다. 같이 온 남자가 사건 직후 펜션에서 도망쳤다지 않는가. 용의자는 이미 정해졌다.

살인사건에 대한 관심보다는 괜히 귀찮게 되었다는 생각이 앞서기 시작했다.

하지만 천나영 살인사건은 의지를 가진 생물체마냥 고진의 식어 버린 흥미에 아랑곳 않고 끈질기게 그를 끌어들이게 될 운명이었다. 고진과 이유현의 인연 또한 질겼다. 피살자 천나영의 주소지는 서울 서초동이었고, 관할이 서초경찰서로 넘어간 것이다.

서초경찰서 강력팀장 이유현은 사건의 참고인 목록을 훑어보다가 고진과 류경아의 이름을 발견하고는 깜짝 놀랐다. 살인사건의 참고인이라는 것도 그렇지만 둘이 한 방에 묵었다는 것도 적잖이 놀라웠다. '이 형님이 아직 남자로서 먹히나?' 이유현의 입가에 야릇한 웃음이 번졌다.

이유현이 고진과 류경아를 만나자고 한 건 사건이 있은 나흘 뒤 늦은 저녁이었다.

'압상트' 바 카운터를 사이에 두고 류경아가 건너편에 섰고, 고진과 이유현이 맞은편 스툴에 나란히 앉았다. 카운터의 검은 상판에는 여지없이 스카치 병과 잔이 놓여 있지만 이날 고진과 류경아는 알코올의 풍류와는 무관한 살인사건의 참고인 신분이었다. 이유현은 고진과의 친분을 고려해 진술 장소로 이곳을 택했다. 물론 그것은 고진의 취향과도 무관하지 않다. 사건 얘기를 흘려 가며 먹잇감을 던져 주지 않으면 그에게서는 일 푼어치의 자발적인 협력도 기대할 수 없다. 고진은 내내 심드렁했다. 이유현은 무관심한 고진을 달래려 애를 먹고 있었다. 고진이 목격자라는 걸 알았을 때는 특유의 직관과 추리로 꽤 도움이 되어 주리라 기대했지만 그는 통 흥미를 보이지 않았다.

"살인사건 현장에 있었다니 참 재미있는 일이 다 있죠?"

"아니."

"왜, 이번엔 별 흥미가 없으세요?"

"대충은 알고 있어. 같이 투숙했던 남자가 남편으로 확인됐다며? 부부 싸움하다가 찌른 거면 남편을 지명수배하면 될 일 아닌가? 난 건너건너 방에서 잠 잔 거밖에 없어. 죽은 사람 근처에서 잤다고 일일이 참고인이 되어야 하나?"

"정말 이러깁니까?"

"아하! 혹시 내가 용의자인 건가? 그렇다면 재미있어지겠지만."

"하여간에……. 돈이 안 된다 이거죠?"

"재미도 없는 사건이잖아."

"사건이 관심 가지기엔 약합니까? 좋습니다. 얽히기 싫어하는 맘

은 알겠어요. 그럼 빨리 목격한 거 다 털어놓기나 하세요. 빨리 털어
놓을수록 빨리 놓아 드릴게요."

"경아 씨, 우리가 목격한 게 있나?"

고진이 류경아 쪽을 보며 귀찮은 일을 슬그머니 떠넘기려 했지만
류경아는 단칼에 잘라 버렸다.

"전 항상 뒤에 물러서 있기만 했는걸요. 제가 본 건 고 변호사님도
봤어요. 하지만 제가 못 본 걸 고 변호사님은 봤을 수도 있어요."

고진은 호박색 액체가 든 잔을 들고 탁한 눈동자로 이유현을 쳐다
보았다.

"쳇, 할 수 없군. 도리 없이 내가 대표 진술자로 나서야겠어. 이 술
잔이 식기 전에 빨리 끝내지."

"여전히 표현이 고리타분하네요."

"자네니깐 솔직히 말할게. 엄청난 기밀을 엿보고 말았어. 그날 밤
뜰에서 담배 피우다가 103호에 어른거리는 사람 그림자를 봤어. 사
랑싸움을 열심히 하고 있더군. 충격적인 사실이지?"

이유현의 반응은 심드렁했다.

"그건 펜션 여직원 이영아가 진술한 거랑 같네요. 이영아가 훨씬
더 가까이 있었고."

"난 도움이 안 될 거라 했잖아."

이유현이 품에서 사진 한 장을 꺼냈다.

"그날 이 남자 혹시 보신 적 있어요?"

마치 양복 입은 고릴라 같은 얼굴이었다. 툭 불거진 광대뼈, 짙은
눈썹, 깊고 형형한 눈빛, 파마를 한 듯 삐져나와 꼬불거리는 머리. 송

충이 같은 구레나룻. 마초의 냄새가 풀풀 풍겼다.

"무슨 히트맨 같은데? 대단한 존재감이군. 이 남자 앞에 서면 난 촛불 아래 그림자 같은 존재겠어. 눈썹이 내 세 배는 되네. 이 남자가 용의자야?"

"그날 103호에 투숙한 남자입니다. 태정우라고 천나영의 남편이죠. 성형외과 의사입니다. 히트맨하고는 거리가 좀 멀죠?"

"성형외과 의사라고? 선입견이 깨지는구먼. 의사가 이런 외모면 오히려 매력적이겠는데. 극한의 터프함을 지닌 성형외과 의사라……. 돈 많은 타잔, 얼마나 매력 있어?"

"맞습니다. 주변 수사를 해 보니 여자들한테 인기가 많긴 했나 봐요. 본인도 그 인기를 즐기고 또 십분 이용도 해 온 것 같고."

"너무 뻔한데. 살인사건에 이런 표현은 좀 그렇지만, 정말 식상하잖아? 남편의 바람기, 화난 아내, 거기에 울컥한 남자의 살인. 그럼 빨리 끝내자고. 아무튼 사진 보니깐 그날 103호 침실 창에서 본 그림자가 이 남자인 것 같아."

"좀 더 생각해 보세요. 조금이라도 참고가 될 만한 것이 있는지."

"글쎄. 내가 보고 들은 것도 없긴 하지만 그런 질문도 막연하지. 원본 그림도 없이 직소퍼즐을 끼워 맞추라는 식이잖아."

"그럼 먼저 사건 얘기를 들어 보세요. 작은 일이라도 관련 있을 만한 걸 떠올리는 데 도움이 될 겁니다."

이유현은 위스키를 한 모금 들이켜고 느긋하게 사건 얘기를 시작했다.

"천나영이 프런트에서 체크인 한 게 저녁 9시 무렵이었어요. 그때 이미 날은 완전히 깜깜했죠. 작은 펜션이니까 프런트래 봤자 직원 한 명이 있었어요. 이영아라고, 형님도 아시죠? 천나영은 예약 없이 찾아왔대요. 비수기니까 예약 없이 오는 손님은 꽤 있답니다. 둘이 하루 묵는다고 했대요. 주차하고 온다고 해서 이때는 태정우를 못 보았답니다."

"그 시간이면 우리가 들어가기 좀 전이네. 우린 밤 10시 30분쯤 체크인 했으니까. 그 밤에 차가 퍼져 갖고는 묵을 곳을 찾느라 혼쭐이 났었지."

"'우리'라고 하시니까 두 분이 무슨 특별한 사이 같네요."

농담조로 던진 이유현의 말에 고진은 고개를 끄덕였다. 건너편 류경아는 입으로만 메마른 미소를 지어 보였다. '말도 안 돼.'라는 표현 같았다.

"그러고는 11시 20분에 프런트 직원 이영아가 103호 인터폰을 받았어요. 103호 앞뜰에 동물 시체 같은 게 떨어져 있으니까 좀 치워 달랬답니다. 청소부 아주머니가 없어서 이영아가 직접 치우러 갔대요. 그때 안방 유리창을 통해서 두 사람이 싸우는 장면을 목격했죠. 물론 형님도 같이 보셨고."

"클래식이군. 부부 싸움 끝의 살인."

"그런 것 같습니다. 부검 결과 사망추정 시각은 그날 밤 9시에서 12시 사이랍니다. 딱 들어맞죠. 새벽 1시 30분에는 프런트에 있던 이영아가 허겁지겁 나가는 태정우를 목격했고."

"증거가 흘러넘치고 있어. 주워서 담기만 하면 되네. 빨리 태정우를 족쳐."

"태정우는 지금 도망 중이에요. 아직 행적이 파악 안 되고 있고요. 체포야 시간문제지만 제대로 기소하려면 그 전에 충분한 증거가 있어야지요. 근데 묘하게도 모두 정황증거뿐이에요. 물증도 없고, 증인도 약하고. 지금은 실낱같은 증거라도 아쉬워요. 그래서 형님한테 온 겁니다. 뭐 떠오르는 일 없습니까? 피를 보았다거나, 비명을 들었다거나, 뭐 작은 거라도."

"글쎄…… 미안하지만 없어. 워낙에 피곤해서 말이야. 하루 종일 운전했거든. 자네한테, 또 나한테도 실망스럽게도 경아 씨를 옆에 두고 순전히 잠만 잤어. 우리가 관련이 있다면 태정우 부부와 뜰을 같이 바라보았다는 것뿐일 거야. 각각 다른 창에서. 아, 내가 그 부부의 비밀스러운 창을 엿본 일도 있지."

"류 마담도 일찍 잤어요? 뭐 보거나 들은 거 없어요?"

"저도 너무 피곤해서 일찍 잠든 탓에. 괜히 미안해지네요, 이 경감님."

이유현은 고진의 주의를 환기시키려 끈덕지게 말했다.

"조금 이상한 점도 몇 가지 있긴 해요. 살인사건에서 흉기란 게 시체 다음으로 중요하잖아요. 천나영은 펜션 주방에 비치되어 있던 식칼에 찔렸는데, 태정우의 지문이 나오질 않았어요. 태정우 측이 그 문제를 물고 늘어질 순 있어요."

"겨울이니까 추워서 장갑을 끼고 찔렀든지 하지 않았을까요?"

류경아가 은근슬쩍 끼어들었다.

"똑똑한 류 마담답지 않게 왜 이러실까. 실내에서 왜 장갑을 껴요. 펜션 난방이 얼마나 빵빵했는데. 지문을 닦아 낸 흔적이 있었어요."

"그건 좀 이상하네. 남편이 범인이라면 뻔한 사건에서 왜 굳이 지문을 닦았을까?"

고진도 그 의문에는 공감하듯 고개를 기울였다.

"또, 태정우 주변을 조사했더니 재미있는 사실이 나왔어요. 태정우는 예전에 한다미라고 천나영의 고교 동창생과 불륜 관계가 있었어요. 근데 그날 밤 11시 좀 넘어서 한다미 남편인 길영인이라는 남자가 태정우에게 전화를 건 기록이 나왔어요. 왜 아내를 유혹했느냐, 따지려고 한 모양인데, 하필 시간이 참 절묘하죠. 태정우가 아내를 살해하기 직전이었으니까……."

"잠깐, 길영인…… 이라고?"

이유현의 말을 귓전으로 흘려듣고 있던 고진은 고개를 갸웃거렸다.

"어디선가 들어 본 이름인데?"

눈알을 굴리던 고진은 손가락을 딱 하고 튀겼다.

"아하! 이거 놀랍군. 거기서 들은 이름이야."

"거기라뇨?"

"정신자살연구소 말이야."

"그새 거길 찾아가셨어요? 이탁오 박사를 만났습니까?"

"아니, 박사는 못 만났어. 길영인은 거길 드나들고 있던 남자였어. 스쳐 지나갔지만 이상하게 강하게 기억에 남았거든. 혹시 동일인이 아닐까? 그런 특이한 이름이 내 주위에 하필 둘일까?"

"그래요? 신기하네요."

이유현은 속으로는 '내 주위'라는 전제가 잘못된 확률 판단이라고 생각하면서도 짐짓 자신도 신기하다는 듯 고개를 내밀었다. 고진의 눈가에 관심이 깃들었다. 풀어져 있던 입매가 묘하게 비틀리기 시작했다. 그는 이유현 쪽으로 몸을 틀며 말했다.

"으음, 사건 얘기 좀 자세히 해 줘 봐. 나도 현장에 있었으니 내막을 알면 기억을 잘 더듬어 볼게. 도움이 될 거야."

이유현은 '낚았다'는 표정으로 흡족해져 말을 이었다.

"태정우는 잘나가는 성형외과 의사이면서 대단한 한량이기도 했던가 봐요. 주변에 여자가 많았고, 아까도 말했듯이 2년 전부터는 아내 친구인 한다미하고도 남녀 관계에 있었고요. 근래 한 1년간은 만남이 없었던 것 같지만요. 사건의 경과는 얘기한 그대롭니다. 펜션 직원 이영아하고 형님이 밤중에 103호 침실 커튼에 비친 모습을 보았죠. 부부가 싸우고 있었고, 천나영이 태정우에게 맹렬하게 화를 내고 있었어요. 아무래도 한다미나 다른 여자와의 불륜 때문에 다툰 거 아니겠습니까? 태정우는 조용히 당하고만 있었다고 하는데, 그 이후는 모르는 일이죠. 천나영이 그 직후 살해되었으니 아마 이영아가 들어간 뒤 태정우가 욱해서 주방에 있던 칼로 천나영을 찔러 버린 것 같아요. 그러고는 새벽에 허겁지겁 펜션을 빠져나간 거죠."

"차를 수배하면 되겠네."

"당황했는지 타고 온 차를 그대로 내버려 두고 갔어요."

"응?"

"아시겠지만 펜션 오른편 좀 떨어진 곳에 주차장이 있잖아요. 거기에 천나영 부부가 타고 온 흰색 인피니티가 그대로 있었어요. 태정우는 사고를 치고는 겁나서 차도 내버려 두고 도로로 뛰어 달아났나 봐요."

"그런가……? 좀 이상한데? 겁나서 차를 버려두고 갈 정도의 인물

125

이 살인 직후에는 흉기의 지문까지 닦아 내는 냉정함을 보였다 이건가…… 태정우는 그렇다 치고, 그날 밤 통화했다는 길영인 쪽은 어때?"

"……형님은 하긴 길영인한테 더 관심이 있겠죠. 길영인이 태정우와 통화한 건 그날의 통화가 처음이자 유일한 거였어요. 사실 이상하긴 하죠."

"연적인 남편끼리 살인이 있던 밤 통화를 했다, 이거군. 우연이 아니라고 본다면 이건 어떻게 해석해야 할까?"

"해석은 태정우를 잡고 나면 어떻게든 되겠죠. 두 쌍의 부부가 참기막힌 악연이에요. 천나영과 한다미는 친구고, 한다미는 태정우와 남녀 사이였는데, 태정우가 천나영을 살해했고, 길영인은 하필 그 직전에 태정우에게 전화를 걸었어요. 태정우를 두고 천나영, 한다미가 경쟁했다면 한다미를 두고는 길영인과 태정우가 대결한 구도죠. 하여튼 조사를 안 해 볼 수가 없어요. 길영인, 한다미 부부는 주소지가 서울 대치동으로 되어 있는데 찾아가 봤더니 1년도 더 전에 이사했대요. 이사한 곳에서 전입신고를 않았는지 주민등록상 현주소가안 나와 있어요. 길영인은 부모가 몇 년 전 돌아가셔서 혼자고, 한다미도 부모가 없이 가족으로 유일하게 한초록이라는 여동생이 있습니다. 한초록을 찾아가서 길영인 부부의 주소를 물었더니 황당한 게 자기도 모른다는 거예요. 숨기는 건지는 몰라도. 참 이상한 인종들 아닙니까?"

"그럼 길영인이 어디 사는지도 모른단 말이야?"

"알 길이 없죠. 중요 참고인도 아니고 해서 더 찾지는 않았어요."

"가족들한테도 주소지를 숨겼다니 보통 음침한 사람들이 아니군. 아무래도 그 길영인이 그 길영인일 것 같아. 이탁오 박사의 환자였던 길영인이 살인사건의 용의자와 뜬금없이 전화 통화를 했다?"

"그 부분이 그리 재미있습니까?"

"이탁오 박사와 우리의 인연이 이대로 끝나지는 않을 모양이야. 정말 가늘고도 질긴 인연이야. 길영인을 못 찾았다면 박사부터 한번 건드려 볼까."

고진은 은밀한 장난감을 발견한 악동처럼 음산하게 웃었다.

알맹이 없는 고진의 진술이나마 챙겨서는 서로 들어가 봐야 한다며 먼저 자리를 뜨는 이유현의 뒷모습을 참으로 안되었다는 표정으로 바라보던 고진은 맥캘란 18년산을 병째로 주문했다. 연이은 매출에 기분이 좋아진 류경아는 고진의 잔에 위스키를 가득 부어 주었다. 고진은 찰랑거리는 연노랑 액체를 들여다보며 뜸을 들이다가 말했다.

"내겐 약점이 하나 있어."

"하나밖에 없을까요?"

"물론 더 있지. 지금 생각난 큰 약점을 말하는 거야."

"뭐예요?"

"파트너가 없다는 거."

"갑자기 무슨 파트너 타령이에요. 변호사님은 고독한 늑대 아니었어요?"

"그렇게 봐주어 고맙긴 한데, 고독하지도 않고 늑대만큼 야성적이지도 못해. 이탁오 박사가 무슨 일을 꾸미고 있는지 한번 들춰 보고 싶은데 문제는 내가 연구소의 블랙리스트에 올라 있는 것 같단 말씀이야. 억지로 얼굴을 들이밀어 봤자 뾰족한 수는 없을 거 같고. 아무래도 박사 입장에서는 한창 영업 중에 내 방해를 받긴 싫겠지……."

끝을 흐리던 고진이 류경아를 향해 말을 던졌다.

"말 나온 김에 경아 씨가 하나 도와주겠어? 파트너로서."

"그래요? 제가 도울 만한 일이 있다면 얼마든지요. 이번에 동생 일도 신세를 졌고."

류경아는 선뜻 응낙하며 미소 띤 입술로 담배 연기를 길게 내뿜었다. 류경아가 선선히 응해 오자 고진은 빙그레 웃었다.

"안타깝게도 경아 씨가 오해받는 게 하나 있지."

"뭔데요?"

"내가 아는 누구보다도 의리가 있다는 거야. 아, 참. 이유현 반장은 거기서 빼 줘야겠군. 섭섭해하겠어."

고진은 이어 말했다.

"경아 씨가 대신 가 주면 어때? 정신자살연구소."

"제가요?"

"응, 난 헛걸음할 것 같아. 비서 선에서부터 차단당할걸."

"이탁오 박사를 만나서 뭘 해요?"

"무슨 의도로 그런 연구소를 차렸는지, 어떤 시스템으로 운영되는지, 뭐 그런 걸 알아보고 싶어. 혹시 가능하다면 말이야, 최근에 어떤 환자가 있었는지 슬쩍 물어보면서 길영인 이야기를 끄집어낼 수 있으면 더 좋고."

류경아는 자못 흥미로운지 가벼운 웃음을 머금었다.

"후훗, 이탁오 박사란 분은 얘기 들었을 때부터 흥미가 생기긴 했어요. 어떤 분일까 하고. 잘하면 제 손님으로 만들 수도 있을 거예요."

"하하하, 그건 좋으실 대로."

"근데 제가 간다고 뭐 특별히 나올 게 있겠어요?"

"이렇게 겸손할 수가! 남자한테서 속셈을 털어놓게 하는 거야 경아 씨보다 잘하는 사람이 있겠어?"

"이탁오 박사는 어쩐지 무서운 사람 같던데."

"걱정 마. 박사는 막상 대하고 보면 아이 같은 면도 있어. 무게 잡는 부류도 아니고 감정을 그대로 표출하는 사람이야. 좋아도 안 좋은 척, 놀라도 안 놀란 척 양반 놀음하는 사람은 아니니까."

"좋아요. 어차피 낮 시간은 바 오픈 전이니 할 일도 없고. 잠 좀 덜 자고 한번 가 볼게요."

류경아는 고진의 부탁을 흔쾌히 받아들였다.

9

  김도열을 찾아가 봐야겠다. 태정우 때문에 갈등하던 아내에게 사람의 길을 제시해 준 남자다. 아내는 최후에 그 사람에게 한 번은 기대 보지 않았을까. 가출을, 잠적을 택하기 전에 그를 찾아가 고민을 털어놓지 않았을까. 아내가 택한 행선지를 그라면 짐작 정도는 할 수 있지 않을까.

  북촌의 갤러리 '이안'은 인터넷에서 출력한 지도만으로는 찾기가 쉽지 않았다. 어지러운 골목길을 뱅뱅 돌았다. 추운 날씨에도 길거리에 사람들은 넘쳤다. 관광객들, 젊은 여성들. 모두 거리의 분위기에 취해 즐거워 보였다. 어디선가 향긋한 커피 향이 흘러나와 거리를 촉촉이 적셨다. 이런 세상은 역시 내 우울한 세계와는 거리가 있다.

  덕성여고 담벼락을 북쪽으로 따라가다 갈림길을 만나는 끄트머리 쯤에서 겨우 갤러리를 발견했다. 입구에는 무슨 사진전 포스터가 붙어 있었다. 문을 열고 들어가니 흔한 사무실 크기 정도의 자그마한 공간이 나를 맞이했다. 검은 색조의 벽에 몇 장의 사진이 걸려 있고, 천장에 비스듬한 조명이 일정한 각도로 작품들을 비추고 있었다. 오른쪽 안내데스크에 서 있는 젊은 여자에게 물었다.

  "김도열 관장님 좀 뵈러 왔습니다만."

  "무슨 일이시죠?"

"제 아내가 예전에 여기서 전시회를 한 적이 있습니다만, 그 일로 뭐 좀 여쭤보려고요."

"관장님은 지금 안 계세요. 지방에 가셨어요."

"그래요? 언제쯤 오시나요?"

"보름쯤 뒤에요."

"아, 보름이나…… 그럼 휴대폰 번호라도 좀 알려 주시겠어요?"

"……전 몰라요. 그냥 여기 임시로 일하는 거라서."

거짓말인 게 분명하다. 관장의 연락처를 모른다는 게 말이 되나. 물론 여자를 탓하고 싶진 않다. 정체불명의 남자에게 자기 판단으로 휴대폰 번호를 함부로 얘기할 수 없는 건 당연하다.

양평 집으로 돌아와 컴퓨터를 켰다. 아내의 행선지에 대해 힌트를 줄 수 있을 제3의 인물, 프리버드에게 어제 아내의 아이디로 메일을 보내 놓았다.

'오랜만이야, 요즘 어디서 어떻게 지내? 연락처를 잊어버렸어. 휴대폰 번호 좀 알려 줘.' 이런 내용이었다. 휴대폰 번호를 알려 주면 그땐 내가 직접 전화를 걸어 만날 참이었다.

프리버드로부터의 메일이 도착해 있었다. 오랜만의 연락을 매우 반가워하면서 휴대폰 번호를 적어 놓았다. 아내의 휴대폰은 비밀번호가 걸려 있어 쓸 수 없다. 내 휴대폰으로 프리버드에게 전화를 걸었다.

"여보세요."

프리버드 이 떨거지 자식! 까랑까랑한 남자 목소리였다. 난 의외

의 목소리에 종료 버튼을 누르고 말았다. 5분쯤 마음을 추스른 후
다시 걸었다.

"여보세요."

"여보세요. 한다미 남편입니다."

최대한 차갑고 무게 있는 음성으로 말했다.

딸깍. 뚜뚜뚜.

내가 다음 순간 들은 소리였다. 두어 번 더 눌러 보았지만 이후로
다시는 전화를 받지 않았다.

프리버드는 도대체 어떤 녀석이란 말인가.

10

2층 커피숍에서는 피카디리 극장과 조그만 광장이 한눈에 내려다 보였다. 화려한 극장 건물의 매끈한 굴곡을 덮은 창유리는 양쪽으로 갈라진 골목에 다닥다닥 붙은 낡은 건물과 묘한 대조를 이루었다. 골목 안으로 들어서면 정신자살연구소가 들어선 건물로 이어진다.

창밖 사람들의 웅크린 모습에서 세찬 추위가 느껴졌다.

"무리하지 마. 박사의 이야기나 한번 가볍게 들어 보고 와 줘."

고진이 커피를 홀짝거리며 류경아에게 말했다. 류경아 앞의 커피 잔은 이미 비어 있다.

"커피 한잔하면서 느긋하게 기다려요. 박사를 탈탈 털어 내고 올 테니깐."

류경아는 윙크를 하고 일어섰다. 이날 정신자살연구소의 방문객은 고진이 아니라 자살 희망자로 행세할 예정인 류경아였다.

고진은 커피숍을 나가는 류경아의 뒷모습을 시선으로 배웅했다. 상대방을 울리고 웃기는 공식은 고등함수까지 손금 들여다보듯 하는 류경아였다. 거기다 상대가 남자인 한 무소불위인 미모까지 구비되어 있다. 그녀는 이럴 때는 누구보다 쓸모 있다.

골목으로 들어서자 고진이 이야기한 낡은 건물을 곧 알아볼 수 있었다. 류경아는 입구를 지나 우중충한 계단을 올랐다. 3층에서 복도로 향했다. 정신자살연구소가 자리한 304호는 맨 안쪽이었다. 류경아는 노크를 한 후 대답을 기다리지 않고 문을 벌컥 열었다.

"어서 오세요……?"

신재인은 들어서는 류경아를 보더니 교회에서 스님을 만난 것 같은 얼굴이 되었다.

이 여자가 자살을? 그도 그럴 것이 류경아는 한눈에 보기에도 자살 문제로 고민할 사람이라고는 상상하기 힘들었다. 퍼플브라운으로 세련되게 염색한 머리, 감각적인 트위드코트, 파란색 셀린느 호보백. 시상식에 참석하는 배우처럼 등장한 그녀는 종로 뒷골목의 허름한 사무실과도, 자살과도 도무지 어울리지 않아 보였다. 가난과 기침과 사랑을 숨기지 못하듯이, 다년간 밤의 황녀로 군림해 온 류경아의 부티와 활력 또한 여지없이 드러났다.

"인터넷에서 보고 찾아왔어요. 소장님 뵐 수 있을까요?"

류경아가 매끄러운 목소리로 말했다. 거절할 이유는 없다. 명품으로 휘감은 여자의 인생 한구석에도 자살 충동은 은밀하게 숨겨져 있을 수 있다. 신재인은 그녀를 소장실로 안내했다.

이탁오 박사는 류경아가 들어오자 눈을 휘둥그레 뜨고는 벌떡 일어서며 반겼다.

"오오, 어서 오십시오!"

깜짝 놀랄 만큼 큰 목소리였다. 이곳을 찾는 고객은 자살을 고민하는 우울한 상담자들이련만, 박사의 태도는 반가운 친구를 맞이하는 듯 친근했다. 류경아는 박사의 과장된 몸짓과 대조적으로 책상 앞 의자에 조용히 앉았다. 박사의 페이스에 말려들지 않으려는 심산에서였다. 잠시 후 신재인이 차를 가져다 놓고는 물러갔다.

"안녕하세요. 류경아라고 해요. 자살을 도와주신다는 글을 보고 찾아왔어요."

"아하, 이런."

박사는 양팔을 벌리며 낭패스럽다는 제스처를 취해 보였다.

"약간 오해가 있으신 것 같은데, 저희 연구소는 자살을 도와드리는 데가 아닙니다. 자살을 도와준다면 그건 자살방조죄로 큰 범죄가 되죠."

이탁오 박사의 살인에 대해 이미 이야기를 들은 바 있는 류경아로서는 박사의 입에서 '범죄'라는 단어가 나오자 내심 실소가 나왔다.

"그런가요? 내가 잘못 알았나 봐."

"어떻게 알고 오셨습니까?"

"인터넷에서 우연히 봤어요. 글을 다 읽어 보지는 못했어요. 언뜻 보기에 자살을 도와준다는 내용 같아서 와 본 거예요."

"저희는 육체는 건드리지 않습니다. 저는 의학박사이자 정신과 전문의지요."

류경아는 잠깐 시간을 두었다가 박사의 눈을 쳐다보며 한마디 했다.

"백발이 참 멋지시네요."

"아, 네."

50줄의 박사는 류경아의 돌연한 칭찬에 잠깐 뜨악한 표정을 지었다가 곧 흥미롭다는 듯한 미소를 띠었다. 남자는 여자의 작은 칭찬에도 합리성을 잃어버리고, 주어야 할 것 이상을 주고 만다. 그러고도 그 사실을 모르게 된다. 그런 류경아의 실전 심리술이 체화되어 자신도 모르게 구사되고 있었다. 류경아는 다시 주제로 돌아갔다.

"좀 더 설명해 주실래요?"

"네, 그러죠. 저희 연구소의 목적을 오해하셨다 하더라도 일단은 자살과 생존을 결정짓는 교차로에 서 보신 모양인데 그런 분이라면 넓은 의미에서는 고객이 될 자격이 있는 겁니다. 물론 이만한 미인이시고 좋은 옷 입고 계시니 남들은 이렇다 저렇다 말들 많겠지만 저는 그리 피상적으로 가벼이 판단하는 사람은 아니올시다. 내면의 문제란 간단한 몇 개의 공식으로 좋다 나쁘다 말할 수 없는 복잡성이 늘 있지요. 저희 연구소는 글자 그대로의 자살을 연구하는 곳이 아닙니다. 정신만의 자살을 주제로 삼고 있습니다. 복잡하게 엉켜 버린 매듭을 영 풀 길이 없을 때가 있습니다. 그때는 매듭을 잘라 버리면 되죠. 물론 이런 비유는 우리 정신의 문제에 대입했을 때 얼추 비슷하지조차 않습니다만, 그러니까 불필요한 굴레에 사로잡혀 자력으로든 타력으로든 헤어 나오지 못하는 내면을 일거에 파괴함으로써 집착의 고통을 해소해 보려 한다는 것이 기본 취지입니다. 주인을 죽음으로 내모는 것이 제정신이라면 정신의 건전성이란 기준은 대체 뭘까요. 알기 쉽게 자살이란 용어를 썼습니다만 정신의 다른 형태로의 전이라고 해도 무방합니다. 혹 이런 표현이 허락된다면, 철저히 중립적인 의미에서 기술적 열반이라고 할 수도 있습니다."

유장하게 흐르는 물처럼 박사의 달변이 한 차례 쏟아졌다.

"네, 뭐 대체로 제가 이해한 것하고 비슷한 것 같네요. 자살을 도와주신다는 건 제 표현이 서툴렀어요. 워낙에 박사님이 주장하시는 게 첨 들어 보는 거라서요."

"편안하게 말씀하시면 제가 몇 가지 판단을 내려 보지요. 일단은 과연 저희 연구소가 시술하는 정신자살이 필요한지 어떤지를 결정해야 하니까 말이죠. 류경아 씨라고 했죠? 흠, 일단은 명궁도 밝고, 눈도 봉황 눈이고. 심신이 아주 좋아 보이시는데."

"어머, 실망이에요, 박사님. 정신과 닥터시라면서 관상을 갖고 판단하세요?"

박사는 류경아의 가벼운 도발에 기분이 좋은 듯 파안대소를 하며 팔을 휘휘 내저었다.

"와하하하하하, 실망하실 필요 없습니다. 지금부터 본론을 시작하도록 하지요. 자살까지 생각하시게 된 일이란 어떤 일입니까?"

류경아는 짐짓 낯빛을 어둡게 하고 궁상스러운 한숨을 쉬었다.

"어떤 남자 때문이에요."

"믿기지 않는군요. 남자를 고민시킨다면 몰라도, 남자 때문에 자살을 생각할 정도로 고민하신다는 게."

류경아가 만들어 낸 고민은 괴이한 그에게도 괴이한 문제였던 모양이다. 류경아는 조용하게 항의했다.

"제가 예뻐서 고민이 없을 거라고 생각하세요? 자꾸 실망인데요. 박사님께서 그런 흔한 선입견에 빠져 있으실 줄이야."

박사는 크게 손을 내저었다.

"아닙니다. 당연히 그러실 수 있지요. 저의 첫 반응은 의학박사로서가 아니라 남자의 한 사람으로서 미인을 앞에 둔 즉물적인 반응 정도라고 보아주십시오. 계속 말씀해 보세요."

"그 남자를 꼭 갖고 싶은데 그게 안 돼요. 다 해 봤거든요. 도무지 맘이 움직이지 않나 봐요. 마음이 한없이 무거워요. 이 사람을 내 것으로 못 할 바에야 더 살 필요 있나 싶어요."

"호오, 어떤 남자입니까?"

"세속적으로 말해서 잘난 남자예요. 잘생긴 회계사에다 다방면으로 재능도 있고, 감성이나 센스, 뭐 하나 빠지지 않는 남자예요. 그만큼 목표도 높고, 좀 오만방자한 면도 있죠. 자신이 잘난 줄도 잘 아는 남자고요."

류경아는 적당히 가상의 완벽남을 만들어 둘러댔다.

"흠흠. 그런 남자는 값나가 보이지만 의외로 류경아 씨 같은 분과는 맞지 않습니다."

박사는 단정적으로 말했다.

"왜요?"

"류경아 씨도 비슷한 분이기 때문이죠."

"비슷한 사람이 만나면 공감대도 있고 좋지 않을까요."

"사람들의 착각입니다. 물론 그런 경우도 있지만 일반론으로서는 성립이 안 됩니다. 지금 말씀하신 남성은 자기애가 강한 유형일 겁니다. 재능이 있는 만큼 자신의 중요성과 능력을 과신하고 늘 주변의 칭찬을 먹고 살며, 살짝 오만한 구석도 있는 사람이죠. 그만큼 불안이나 질투심도 강하고요. 류경아 씨나 이런 유형의 남자들이 흔히 취하는 잘못이 자기가 잘난 만큼 파트너도 완벽한 인물을 만나려 한다는 점이죠. 그러다 보면 종종 자기와 비슷하게 자기애가 강한 사람을 만나게 됩니다. 이거야말로 최악의 조합입니다. 멋진 장식물은 될지언정 부서지기 쉽죠. 조각가 로댕과 카미유 클로델과의 만남이 한 예입니다. 둘 다 외모, 재능 모두 일세의 기재였어요. 하지만 연인으로서는 최악의 만남이었던 겁니다. 두 사람의 자기애가 부딪쳤고, 더 강한 쪽인 로댕이 승리해서 본의는 아니겠지만 카미유 클로델로부터 재능과 청춘, 육체를 착취했던 겁니다. 류경아 씨처럼 자신이 특별하다는 걸 아는 분들은 같은 레벨의 잘난 남자보다는 일종의 매니저형 남자를 만나야 합니다. 서로 부딪쳐 깨지기보다는 류경아 씨의 가치를 인정하고 불평을 받아 주며 뒤치다꺼리를 마다하지 않는 그런 매니저 말이죠. 그래야 류경아 씨는 안정을 찾고 재능이 꽃 필 수 있어요."

"쯧. 안타깝네요. 결국 머슴을 만나라, 이런 말씀인가요. 전 댄디한 남자가 좋은데. 전 평생 내가 좋아하는 남자하고는 만나지 말아야 할 운명이란 말씀인가요."

"뭐 선택의 문제겠지요. 전 운명 철학을 말하는 건 아니니까요. 성격 유형의 화학적 조화에 대한 이야기를 한 것뿐입니다. 전 여기서 사실 더 근원적인 질문에 부닥칩니다. 과연 그 남자를 잃는다는 일이 류경아 씨의 자존심에 자살을 생각하게 할 만큼 궤멸적인 타격을 줄 것인가 하는 것입니다. 류경아 씨는 일시적으로 낙담에 빠질 수는 있어도 기본적으로는 지나간 가치의 상실에 대해 아쉬워하기보다는 새로운 자아를 확립하려고 시도할 분입니다."

"조금 전엔 사람의 복잡한 내면을 피상적으로 판단하지 않는다, 뭐 그렇게 말씀하신 것 같은데요."

달변인 박사도 잠깐 말문이 막힌 모양이었다. 류경아는 다그치듯 말했다.

"네? 그럼 어서 말씀을 해 주세요. 어떤 식으로 저를 치료하실 건지."

"아까도 말씀드렸지만 정확히는 치료가 아니라, 마음을 해체한다고나 할까요……."

박사는 설명하려다 문득 말을 끊었다. 어느새 그의 눈동자에는 류경아를 관찰하는 눈빛이 들어차 있었다.

"왜 그러세요? 말씀하시다 말고."

박사는 즉답을 않고 잠시 뜸을 들였다. 백발과 붉은 얼굴에서 메스처럼 날카로운 눈빛이 비어져 나왔다. 류경아는 정말 정신자살을 위해 방문한 것일까 하는 종류의 의문에 대한 판단의 시간이 필요했던 모양이다. 류경아는 무심한 눈길로 마주 보았다. 그 눈동자 속에는 어떠한 망설임도 보이지 않았다.

"제가 임상에서 겪었던 환자들과는 많이 다르시네요. 류경아 씨같은 분이 자살까지 생각한다는 건 잘 없는 일이죠. 마음의 고뇌가 보이지 않습니다."

박사는 연극적인 탄식조로 말했다.

"마음의 상처가 눈에 보인다면 외과 의사를 찾아가야겠죠. 꿰매면 그뿐일 테니까요."

류경아가 비꼬듯이 말을 받았다. 박사는 진지하게 그 말에 답했다.

"물론 보이지는 않습니다. 하지만 왜곡된 마음, 죽음을 생각할 정도의 부자연스러운 마음까지 다다르면 그 특유의 불안정한 파장이 있습니다. 그건 자신도 모르게 말과 행동에서 숨길 수 없이 드러납니다. 그런 건 풍부한 임상 경험을 바탕으로 저, 이탁오 박사가 알 수 있지요."

"어째 자꾸 정신의학이 아니라 신비주의로 빗나가는 것 같아요. 전 점집이나 철학관을 찾아온 게 아닌데. 박사님이 마치 영능력자처럼 보여요."

"아, 그건 오해십니다. 전 과학자이자 의사입니다. 과학적 경험치 데이터의 누적에 기해서 말씀드리는 것입니다. 류경아 씨는 극히 정상인 정신을 갖고 있는 것처럼 보여요. 표현상의 모순을 감수하고 말하자면 지나치게 정상인 분입니다. 설사 고민이 있다 해도 얼마든지 이성의 힘으로 극복하고 생활로 돌아가실 수 있는 상태로서, 다시 말씀드려 정신자살의 시술은 필요가 없는 분이란 얘기죠."

박사는 굵직한 음성으로 단호하게 결론을 내리더니 다시금 말이 없어졌다. 잠시 후 망원경 렌즈 같은 부리부리한 눈으로 류경아의 안색을 살피다가 빙그레 웃었다.

"고진이란 남자를 아십니까?"

돌발적인 질문이었다. 박사는 말을 던지고 류경아를 찬찬히 들여다보았다. 하지만 그녀는 일말의 흔들림도 없었다.

"아뇨, 모르는 사람이에요. 제가 알아야 될 사람인가요?"

박사는 가볍게 고개를 숙이고는 온화하게 말했다.

"아닙니다. 실례했습니다. 혹시 오해가 있다면 푸시기 바랍니다. 전 원래 무례한 자들을 경멸하는 신사올시다. 특히 미녀에게는 품격에 맞는 대우를 해야 한다고 믿는 사람으로서……. 어쨌든 제 결론은, 당신은 정신자살의 필요가 없다는 것입니다. 미녀와의 대화는 즐거웠지만, 류경아 씨는 여기보다는 구찌와 샤넬의 세계로 돌아가셔야 할 분 같습니다. 도움이 못 되어 드려 죄송합니다."

박사가 이렇게 딱 잘라 말하는 데야 류경아로서도 도리가 없었다.

"아뇨, 박사님. 약간은 도움이 되었어요. 그래도 제가 자살해서는 안 될 사람이란 걸 확인시켜 주셨잖아요. 전문가인 박사님이 그렇게 말씀하시니 돌아갈게요. 제가 심각한 상태가 아니라니 다행이네요. 감사해요. 상담료는 따로 안 드려도 되죠?"

"물론입니다. 아름다운 얼굴을 보여 주신 것만으로 충분합니다. 하하하하하하."

박사는 어설픈 농담으로 마무리했다. 류경아는 옆에 놓아두었던 백을 집어 들고 일어서서 박사에게 가볍게 인사했다.

박사의 부드럽지만 돌연한 거절로 대화는 끝나 버렸다. 소장실에서 퇴짜를 맞다시피 한 류경아는 자존심이 상했다. 동생을 도와준 고진의 부탁에 큰소리를 떵떵 치고 왔는데 빈손으로 돌아가려니 낯이 서지 않았다. 그녀가 소장실에서 나오자 신재인이 창백한 얼굴로 쳐다보았다. 왜 이리 일찍 나왔냐는 눈이었다. 류경아는 신재인에게 말을 걸었다.

"소장님이 잠깐 들어오라고 하시네요."

신재인이 천천히 일어나 소장실에 들어간 사이, 류경아는 책상 위 조그만 책꽂이에 있던 검은 표지의 노트를 꺼내서는 호보백 안으로 쓸어 넣어 버렸다. 그러고는 곧 종종걸음으로 사무실을 나왔다. 어차피 류경아라는 이름 말고는 인적 사항이나 연락처에 대해서 알린 것이 없다. 신고 따위를 할까 보냐. 책꽂이에 늘어선 책과 노트 중에 한 권 없어진 건 금방 발견하기도 어렵다.

류경아는 유유히 건물을 빠져나왔다.

커피전문점에서 두 잔째의 커피를 시켜 놓고 기다리던 고진은 반 갑게 류경아를 맞았다. 류경아는 애매한 표정으로 자리에 앉았다.

"반가워, 살아 돌아왔군."

"내 생명이 위험하단 걸 알고 있었단 말이에요?"

"어땠어?"

"고진이란 사람 아느냐고 그러던데요."

"뭐?"

고진은 눈을 둥그렇게 떴다가 웃음을 터뜨렸다.

"하하하, 박사는 역시 눈치가 빨라. 경아 씨를 꿰뚫어 보다니."

류경아는 박사와의 만남을 간략하게 전했다.

"별 소득이 없었죠? 길영인이란 사람에 대해서는 물어보지도 못 했어요. 고진을 아느냐고 다그치는 통에."

"무슨 소리. 도움이 많이 됐어. 얘기를 들어 보니 박사는 변한 게 없는 것 같아."

"뭐 저도 그냥 오진 않았어요."

류경아는 백에서 노트를 꺼내 고진에게 건넸다.

"이건 뭐야?"

"얻은 게 없으니 부아가 치밀잖아요. 그래서 비서 책상에 있던 노 트 한 권을 슬쩍 해 왔죠. 뭔 장부 같던데."

고진은 환한 얼굴로 그녀를 극구 칭찬했다.

"역시 우리의 류 마담은 무엇을 기대하든 그 이상을 해 주는 여자야."

보통의 노트에 어설프게 줄을 북북 그어 재무 관리라든지 고객 현 황 같은 것을 뒤섞어 기록해 놓은 조잡한 관리 장부였다. 사서로 치면 편년체로, 날짜에 따라 돈의 입출금과 고객의 방문, 치료 상황을 죽 적어 내려간 식이었다. 회계나 마케팅 원리 따위는 고려되지 않은, 가계부에 가까운 소박한 기록이었다. 물론 고객들의 말에 근거한 거지만 그들의 재산 상황을 일일이 기록해 놓은 것과, 시술비로 받은 돈의 단위가 생각했던 것보다 크다는 것에 고진은 놀랐다.

류경아가 무작위로 들고 온 노트는 다행히 최근 3개월 치의 장부였다. 근래 방문한 길영인의 주거지, 휴대전화 번호 등의 인적 사항과 재산 상황까지 기록되어 있었다. 그의 주거지는 양평이었다. 고진은 회심의 미소를 지었다.

창으로 넘어온 햇빛에 기록을 찬찬히 비추어 보던 고진의 시선이 한 곳에서 멈췄다.

한 달여 전, 장부에는 '길영인 +3,000만 원'이라고 기록되어 있었다.

앞의 기재 예로 보아 길영인으로부터 3000만 원을 받았다는 내용임이 틀림없었다. 3000만 원은 길영인에 대한 정신자살 시술비로 책정된 금액인 모양이었다.

그런데 바로 며칠 전의 또 다른 기록이 눈에 들어왔다.

'길영인, -3,000만 원.'

"형님도 정말 이젠 하다 하다 절도까지 저지릅니까?"

고진이 이유현에게 전화를 걸어 이날의 성과를 이야기하자 이유현은 기가 막혀 했다.

"훔쳤다고는 말아 줘. 노트 살 돈이 없어서 그런 건 아니니깐. 정보만 빼내고 나중에 기회 봐서 도로 가져다 놓을 거야. 그건 '사용절도'라고. 죄가 성립 안 되지."

"그래서 길영인 주소는 어딥니까. 휴대폰 번호는요."

이유현도 편잔과는 달리 고진이 가져온 정보는 아쉬운 눈치였다. 고진은 주소와 휴대전화 번호를 불러 주고는 제의했다.

"지금 길영인 집에 한번 가 보는 게 어떨까."

"지금요?"

"휴대폰은 몇 번 해 봤는데 전원이 꺼져 있더라고."

"당장 급한 일은 아니잖습니까."

"길영인은 거액을 주고 정신자살 시술을 받았어. 그게 어떤 건지, 어떻게 되었는지 알아보고 싶어. 그쪽을 조사해 보면 이탁오 박사의 꿍꿍이가 뭔지도 알아낼 수 있지 않을까."

"그래도 좀 성급하죠. 지금 당장은 태정우를 체포하는 게 우선입니다. 그다음 필요하면 길영인을 찾을 거고요. 천나영 살인사건하고 정신자살연구소가 무슨 관련성이 있다고 볼 근거가 없잖아요. 정신자살연구소는 태정우를 잡고 나서 천천히 조사해 보면 되는 거고. 아예 관련성이 안 드러날 수도 있고요."

"사건이 있던 날 처음이자 유일하게 있었던 태정우와 길영인의 통화가 과연 의미가 없을까?"

"당연히 주목하고 있죠. 그래도 그런 건 태정우를 체포해서 물어보면 저절로 해결되는 문제니까요."

"자네가 야근한다고 태정우가 감격해서 자수하겠나? 그동안에 증거를 가능한 모아야 한다는 게 자네 입장 아니었던가?"

속 보이는 설득이지만 일리가 없는 말도 아니었다. 이유현도 결국은 동의했다.

"그래요, 뭐 길영인이는 아직 용의자도 참고인도 아니니까 퇴근 후에 가볍게 같이 한번 가 보죠. 그러다 정말 뭐가 나올지도 모르고."

고진과 이유현은 그날 저녁 서초동에서 합류, 길영인의 집이 있는 양평으로 향했다. 고진의 성화에 이유현은 제대로 저녁도 먹지 못한 채 핸들을 잡고 국도에서 지방도로, 다시 비포장도로로 길을 바꾸어 가며 차를 달렸다.

도로는 점차 좁아지고 어두워졌다. 조수석의 고진이 무언가 많은 말을 했지만 운전대를 쥔 이유현은 내키지 않는지 겨우 몇 마디 대답할 뿐이었다. 길영인의 집으로 뻗은 진입로는 유령이 나올 것 같은 길이었다. 차 한 대가 겨우 지날 만한 길 위로 검은 겨울 숲이 으스스한 바람을 쉼 없이 토해 냈다. 언 땅 위에서 한동안 덜컹거리다 보니 조그마한 주택이 헤드라이트 불빛에 비쳤다. 명부(冥府) 길 같은 진입로에 비해 집의 입지는 서정적이었다. 단층짜리 조그만 전원주택은 주변의 숲과 잘 어우러졌다.

"훌륭한데. 이런 데를 잘도 찾아냈군."

조수석에 비스듬하게 몸을 파묻고 있던 고진이 등을 일으켜 세우며 감탄했다.

"젊은 부부가 이곳으로 이사하기는 좀 이르지 않나?"

이유현이 혼잣말처럼 중얼거렸다. 은둔, 고립, 이런 단어는 그와 친하지 않다.

길영인의 집에는 불이 켜져 있지 않았다. 시계는 밤 9시를 가리키고 있다.

고진과 이유현은 차에서 내려 창을 통해 안을 들여다보았다. 어둠 말고는 아무것도 볼 수 없었다. 현관 벨을 눌렀지만 아무 기척이 없다. 이유현이 현관문 손잡이를 당겨 보았지만 잠겨 있다. 다시 창을 통해 유심히 안을 들여다보았지만 커튼 사이로 어렴풋하게 비치는 집 안이 영 썰렁한 것이 사람이 없는 모양새였다. 공기가 차갑게 가라앉아 있다.

길을 재촉했던 고진이 먼저 포기했다.

"오늘의 운은 여기까지군. 길영인이 하필 오늘따라 사교 모임이라도 있는 건가."

"역시 괜히 왔죠?"

"길영인의 집을 알았잖아. 그걸로 위안을 삼는 게 어때?"

"다른 날 와 보죠. 급한 건 아니니까."

두 사람은 하릴없이 서울로 돌아왔다. 이번에는 고진이 핸들을 잡고 조수석에 몸을 묻은 이유현의 코 고는 소리를 들어야 했다.

11

아내는 정말 태정우니 하는 다른 남자들과는 상관없이 혼자서 단순 가출을 감행한 걸까? 돈도 휴대폰도 아무것도 없이 우발적으로 나섰다가 그만 사고를 당한 건 아닐까?

만약 그것이 아니라면?

생각하면 생각할수록 머리가 어지럽다. 태정우를 닦달해 볼까 하는 충동이 불쑥불쑥 치솟기도 하지만 상책이 아닌 것 같다. 외력(外力)에 대한 내성이 강한 자는 지능적으로 무너뜨려야 한다. 그날 그 정도로 입을 다문 남자라면 내가 무작정 찾아가서 소란 피운다고 그만큼 더 털어놓지는 않을 듯하다. 나 스스로도 그런 하바리 짓은 하고 싶지 않다. 남녀 문제에서는 곧잘 품위를 잃어도 된다고 생각하는 사람들을 경멸하지 않았던가. 흥분하기보다는 실마리를 풀어낼 방법을 찾아야 한다.

문득 정신자살연구소가 생각이 났다. 이탁오 박사라면 기댈 수 있을 것 같다는 기분이 들었다. 자살 문제는 아니지만, 내가 그토록 괴로웠던 게 바로 아내의 가출에서부터였고, 아내의 가출이 지금 내 집착과 고뇌의 근원이 되고 있지 않은가. 그 집착의 힘으로 살아 있는지도 모르지만. 뭉개진 물감처럼 흐리멍덩해진 내 마음은 나도 모르게 이탁오 박사의 산 같은 자신감과 신재인의 따뜻한 환대를 그리워하게 되었다. 정신자살연구소를 찾아가 보기로 했다. 약속된 한 달 치 시술은 이미 끝났지만, 박사는 언제든 오라며 환하게 웃어 주지 않았던가. 신재인은 당연히 반가워할 것이고. 자본주의 사회에서는 지식도 상품인 건 알지만 솔직히 시술 비용은 애쓴 거에 비해 고액이었다. 이 정도의 고민은 들어주리라.

외투를 들쳐 입고 서울로 향했다. 바람에 부서져 날아오르는 겨울 나뭇잎을 뒤로하고 종로 거리에 들어섰다. 예의 허름한 건물을 찾았다. 계단을 올라가 복도 끝 304호로 갔다.

문 앞에 서니 평소와 다르게 차갑고 스산한 기운이 느껴졌다. 추운 날씨 탓만은 아니었다. 이상한 예감이 들었다. 똑똑 두드렸지만 대답이 없다. "들어오세요." 하며 차분하고 고운 신재인의 목소리가 늘 들렸는데 오늘은 없다. 손잡이를 쥐고 슬그머니 돌려 문을 열었다. 눈앞에 펼쳐진 의외의 광경에 난 깜짝 놀랐다.

사무실은 텅 비어 있었다. 사람의 기척이 전혀 없었다. 빈 책상과 종이 몇 장, 신문지 몇 장만이 뒹굴고 있었다. 책상은 위나 안이나 치워져 있었다. 서랍 안에는 클립 몇 개, 다 쓴 볼펜 몇 개가 뒹굴고 있었다. 소장실 문을 열어 보았다. 마찬가지였다. 책상과 의자, 해어진 소파만이 주인 없는 방을 지키고 있었다. 어디선가 썰물 같은 휑한 바람이 불어왔다.

어떻게 된 거지? 그새 연구소 업무를 접었나? 하지만 바로 얼마 전에 들렀을 때만 해도 소장이나 비서나 그런 얘기는 일언반구도 없었는데. 갑작스러운 사정이 생긴 걸까? 하지만 이렇게 책걸상도 못 치우고 급하게 사무실을 비우고 떠날 사정이란 게 있을 수 있을까.

아, 사기를 당한 건 아닐까! 애당초 정신자살연구소니 뭐니, 듣도 보도 못한 기묘한 사무실이었다. 나는 큰 바보다! 3000만 원이나 줘 버렸다. 대동강 물을 팔아먹은 봉이 김선달도 그럴듯하게 믿는 바보들이 있었기에 해 먹은 거 아닌가. 과연 이탁오 박사는 나의 정신을 망가뜨려 자살의 길을 막은 것일까. 도대체 내 정신에 무언가를 하긴 한 것일까. 내가 지금 자살을 않고 살아 있는 건 사실이다. 그리고 정말 자살하려 했던가 싶을 정도로 그 마음이 꿈처럼 여겨진다. 아내의 실종 의혹에 집착하게 되면서 자살의 생각이 점차 사라져 간 건 맞지만 그건 어디까지나 그 이유였지 박사의 최면 시술 덕분은 아니지 않은가. 시술 이후로 내 정신이 별로 바뀐 건 없는 것 같다. 내 정신의 어디가 어떻게 파괴되었단 말인가?

난 망신당해 두근대는 것 같은 마음을 안고 양평 집으로 돌아왔다. 차분히 서재 책상에 앉아 첫 번째 서랍을 열어 노트를 끄집어냈다. 정신자살연구소를 방문하기 전부터 써 놓은 내 수기다. 심호흡을 크게 한 뒤 읽어 보았다. 그래, 그땐 이런 심정으로 적었지. 벌써 한참 전의 일인 것처럼 아득하다. 읽어 내려가며 나도 모르게 고개를 끄덕였다. 아내의 부재로 많이 힘들어했지만 어디까지나 제정신이었고, 부조리한 부분도 없다. 지저분한 건 글씨뿐이었다. 글 어디에도 정신이 너절하게 망가진 징조는 보이지 않는다. 분명하다. 난 제정신이다. 그렇다면 박사는 아무것도 한 일이 없다는 이야기?

텅 빈 거실 소파에 우두커니 앉아 재차 패닉 상태에 빠져들었다. 완전히 당한 게 아닐까. 내가 당했다는 걸 눈치채기 전에 그들이 먼저 튄 게 아닐까. 내 의식은 아무리 봐도 그대론데. 뭘 바꾸었단 건

가. 그들은 왜, 어디로 사라졌는가.

분한 생각이 비구름처럼 꾸역꾸역 퍼져 갔지만 한편으로는 생각을 고쳐먹어 보기도 했다. 차라리 결과만으로 보면 잘된 것 아닌가 하는 생각도 들었다. 그들의 덫에 빠져 연구소를 방문하고 가짜 시술까지 받으며 큰돈을 날렸지만 그 난리 통 속에서 내 정신은 멀쩡한 채로 자살의 망령이 어느새 머리에서 떠나갔다. 대신 아내의 실종에 대한 의혹만이 머리를 가득 채우긴 했지만. 하여간에 적어도 난 살아 있는 것이다.

정적을 깨고 현관 차임벨이 울렸다.

딩동.

깜짝 놀랐다. 별것 아닌 기계음이지만 내겐 벼락같았다. 심장이 벌렁벌렁하기까지 했다. 대체 누가? 아내와 나 외에 이 집을 아는 사람은 없을 텐데. 세상에 지쳐 이곳에 처박히면서 아무에게도 장소를 알리지 않았다. 심지어 처제에게까지도. 전입신고도 하지 않았다. 택배를 받아 본 지도 기억이 가물가물하고, 배달도 시키지 않았다. 조마조마한 마음으로 문을 열었다. 난 방문객을 확인하고는 한층 더 놀랐다.

신재인이었다!

여기를 어떻게 왔단 말인가?

아, 맞다. 연구소에 내 인적 사항을 남겼었지.

……그런데 왜 하필 오늘 신재인이 여기를?

"웬일입니까. 어서 와요."

어물어물하게 말했다. 반기지도 싸늘하지도 않은, 어떤 식으로 맞이해야 할지 노선을 정하지 못한 어정쩡한 말투가 나왔다. 사기당한 게 아닐까 의심을 품은 터라 그녀에게 좋은 낯을 보이지는 못했지만, 피해자의 집까지 찾아왔다는 사실 자체가 재빨리 사라지는 게 정석일 사기의 행태와는 어떤 모순이 있었기에 다짜고짜 화를 낼 수도 없었다.

신재인은 현관문을 들어서며 털목도리를 풀었다. 여전히 낯은 창백했다. 추위 탓도 있으리라.

"오늘 연구소를 갔었는데, 비어 있던데……."

신재인은 내 마음의 의혹을 짐작한 듯 거실 의자에 앉기도 전에 해명부터 시작했다.

"그러셨군요. 안 그래도 미리 말씀을 못 드려서 지금이라도 알려 드리려고 찾아온 거예요. 휴대폰도 계속 꺼져 있고 해서 실례를 무릅쓰고 직접 여기까지 왔어요."

"그랬군요."

난 마음이 누그러졌다. 그녀를 믿고 싶어졌다.

"사정이 있어 잠시 사무실을 쉬는 거예요."

"무슨 사정요?"

"박사님과 악연이 있는 사람이 있어요. 최근에 그 사람이 우리 사무실을 맴돌면서 뒤를 캐나 봐요. 장부가 없어지기도 하고."

"무슨 스토커인가요. 박사님하고 재인 씨가 놀라셨겠어요."

"고진이라고 하는 변호사예요. 위험한 사람은 아닌 것 같은데, 뭔가 박사님하고 사이가 좀 복잡한가 봐요. 박사님은 껄껄껄 웃으면서 '그 양반 조만간 정식으로 찾아올 거야. 연구소는 당분간 쉬기로 하지.' 하는 말씀만 남기고는 사무실을 비워 버리셨어요."

"그런 일이 있었군요. 아무도 없어서 난 연구소에 무슨 일이 생긴
줄 알고 깜짝 놀랐습니다. 사실 내 정신자살 시술 결과가 궁금하기
도 했고요."

난 슬쩍 물어보았다. 파괴한다던 내 정신을 갖고 멀쩡히 난 지금
당신과 대화를 하고 있지 않은가. 그렇다면 내 시술은?

"영인 씨에 대한 정신자살 시술은 완전한 성공이죠."

"성공요? ……도대체 무슨 변화가 있는지 잘 모르겠던데."

"본인은 모르지만 변화는 분명 있었어요. 정신의 자살이라고 해서
꼭 미치광이를 만들어 낸다고 생각하는 건 오해예요. 박사님은 항상
더 근원적인 비전을 갖고 계신 분이죠. 원래의 목적이 뭐였나를 생
각해 보세요. 영인 씨는 지금 살아 있잖아요. 그리고 자살할 생각 따
윈 없죠? 분명. 사람의 마음이란 게 칼로 무 자르듯이 어느 순간 뚝
딱하고 새로 태어나는 게 아니에요. 자신이 점차 변해 가는 과정 안
에 들어가 있으니까 잘 모르시는 거예요. 박사님의 말씀을 빌리자면
'관찰자가 곧 실험체'이기도 하니까 자신을 객관적으로 볼 수 없는
거예요."

신재인은 날 납득시키려 열심이었다. 말이 술술 흘러나오는 걸로
보아 아마 시술의 성과를 물어오는 환자에게 말할 때 쓰는 매뉴얼이
있는 게 아닐까 싶었다. 그녀는 마지막에 덧붙였다.

"영인 씨가 고민이 많은 건 알아요. 걱정 말아요. 박사님은 우리가
항상 의지할 수 있는 분이에요. 늘 모든 걸 계산하고 있죠. 지금 당
장은 내가 당신을 돌봐 줄 거예요."

깊은 눈망울에서 진실이 보였다. 나는 그녀를 믿기로 했다.

긍정적으로 생각하지 않을 이유도 없다. 거액은 지불했지만 한 달의 예정된 시술은 다 받았고, 어쨌든 난 자살과 멀어지고 있지 않은가.

이날 난 그녀와 치즈를 꺼내 놓고 와인 잔을 부딪히며 많은 이야기를 나누었다. 남과, 더구나 여성과 이렇게 물리적으로나 심리적으로나 가까운 거리에서 대화를 나눈 건 참 오랜만이었다. 아내가 사라진 뒤부터는 없는 일이었다.

개인적인 이야기 위주였지만 그렇다고 남녀 간의 촉촉한 분위기는 없었다. 연구소에 다닐 때도 그랬지만 그녀와 얘기하고 있으면 마음이 편안해지면서 자꾸 속마음을 털어놓게 된다. 나도 모르게 의존하고픈 마음까지 인다.

대화를 나누면서 재인이가 나와 취향이 비슷하다는 걸 알았다. 그녀는 혼자 살고 있었다. 집도 하필 멀지 않은 양평 내에 있었다. 그녀와 나처럼 젊은 남녀가 서울을 벗어나 한적한 숲 언저리에서 혼자 생활하고 있다는 것부터가 드문 공통점이었다.

다음 날 맥주와 안주를 싸 들고 차를 달려 그녀의 자그마한 집을 방문했다. 사람을 피하던 나로서는 이례적인 일이다. 나도 잘 모르겠다. 하지만 그녀는 어디까지나 친구다. 적어도 내 쪽에서는 남녀로서의 감정은 생기지 않는다. 외로움에 지친 나머지 마음이 기댈 사람을 찾는 거다. 무엇보다 그녀는 내게 호감을 가지고 마음을 편하게 해 주는 드문 인연이다.

맥주캔 세 개째를 딸 무렵 그녀에게 고민을 열어 보였다.

"아내는 단순히 가출한 게 아닌 거 같아."

"……."

재인이는 말이 없었다. 예전부터 느끼는 거지만 그녀는 내가 아내 이야기를 꺼내는 걸 그다지 반기지 않는다. 난 말을 계속했다.

"실종이라고 하는 게 더 맞을까. 아니면 사고인지 범죄인지도 모르겠어."

태정우와 다른 남자들 이야기, 태정우와 처제를 만나고 온 일들을 이야기했다.

"……하지만 도대체 뭐가 뭔지 모르겠어."

"생각 않는 게 좋아요. 지금 중요한 건 없어진 아내보다 영인 씨니까요."

"재인이한테는 그렇겠지. 하지만 난 아니야. 왜 어째서 아내가 없어진 건지, 어디로 사라진 건지 알기 전까지는 잠시도 맘이 편치 않아. 쉴 수가 없어."

"그런 집착 때문에 자살 직전까지 내몰렸던 거잖아요. 잊어버릴 수 있어요. 세상에 꼭 알아야 할 일이란 아무것도 없어요. 냉정한 이야기지만 원래 남이었던 사람이잖아요? 그렇게 떠난 걸 보면 어차피 영인 씨를 끝까지 사랑할 사람은 아니었던 거예요. 실제로도 다른 사랑이 있었다면서요."

"그래, 솔직히 미운 마음도 들어. 하지만 도저히 단념이 안 돼. 이젠 애정의 차원이 아닌 것 같아. 확인하고 싶고 눈으로 보고 귀로 듣고 싶어. 정말 내가 그녀에게 아무것도 아니었나? 오히려 남편인 내가 잠깐의 남자고, 태정우가 영혼의 짝인 건 아니었나? 하지만 그 모든 게 내 오해라면? ……실은 그런 것도 다 필요 없어. 무엇보다 어디 있는지 알고 싶어."

난 이마에 손을 얹었다. 말하다 보니 정말 머리가 아파졌다. 재인이를 돌아보며 말했다.

"머리도 식힐 겸 우리 잠시 시골에 내려가 있다가 올까."

"시골요? 여기도 시골이잖아요."

충청북도 진천 시골 마을에 집을 하나 갖고 있었다. 원래 다미와 나, 우리 부부는 외딴 곳을 좋아한다는 점에서 취향이 완벽히 일치했다. 폐가 수준의 집을 싸게 구입해 손보고는 가끔씩 내려가 머물렀다. 그 집을 구입한 건 지하실이 맘에 들어서였다. 서늘한 그곳은 우리 부부 공통의 기호품인 와인을 보관하기에 최적이었다. 가끔 우리만의 공간에서 와인 파티를 열었다.

재인이는 이야기를 듣더니 가 보고 싶다고 했다. 역시 취향이 비슷하다는 건 좋다.

다음 날 간단한 짐을 꾸려 렉스턴에 싣고 재인이 집에 들렀다. 그녀를 픽업해 진천으로 내달렸다. 오랜만에 찾는 터라 하마터면 길을 헷갈릴 뻔했다. 시골 마을도 그새 변해 있었다. 신작로도 연장되고 가게도 몇 개 생겼다. 내 집은 그 마을에서 외따로 떨어진 길 안쪽에 덩그러니 숨겨져 있다. 단층집의 검은 지붕과 칙칙한 회색 벽이 눈에 들어왔다. 반가웠다. 몇 겹의 추억이 회색 벽 위에 덧씌워져 있다.

차를 집 앞 공터에 댔다. 우편함을 슬쩍 보았더니 비어 있다. 당연한 것이, 이 집이야말로 정녕 우리 부부 외에는 아무도 모르는 곳이다.

겨울치고는 볕이 좋은 날이었지만 오랫동안 손질을 않고 버려두었던 집에서는 견디기 힘든 한기가 돌았다. 보일러를 최대로 틀고 한동안 거실에서 오들오들 떨며 기다렸다. 재인이와 나는 그런 서로를 마주 보고 웃었다. 온기에 서서히 몸이 녹으니 그제야 눈에 익은 집기와 가재도구들이 정겹게 다가왔다. 커피포트를 씻어서 차를 끓였다.

"힘들었을 테니까 피로가 풀리도록 홍차 한 잔 끓여 줄게."

부엌 찬장에 종류별로 구비해 둔 차도 그대로였다. 쓴 맛이 나오지 않도록 적당히 데운 물에 차 봉지를 띄워 건넸다. 찻잔을 호호 불며 한결 편안해진 재인이가 말했다.

"따뜻하기만 하면 여기도 나쁘지 않네요. 뭐랄까, 더 오지 깊은 데로 들어간 기분이랄까요."

"하하, 오지라니, 이래 봬도 집 안에는 냉장고, 컴퓨터가 구비된 현대 문명권이야."

오랜만에 가벼운 말투가 나왔다. 기분이 좋았다.

"동네 사람들하곤 알고 지내요?"

"전혀. 사람을 피하려 양평까지 내려갔고, 거기서 더 아무도 모르는 데를 찾자 해서 여기까지 온 거니까 굳이 사람들하고 알고 지내려 하진 않았어. 아까 우편함 텅텅 빈 거 봤지? 스팸 업체들조차 여기는 몰라."

"정말 좋네요. 난 여기가 더 맘에 들어."

재인이도 젊은 나이에 양평에서 혼자 생활하는 남다른 여자다. 당연히 여기를 좋아할 거라 믿었다.

"지하 와인 저장고에 가 보고 싶어요."

재인이가 눈을 빛내며 말했다. 난 일어서서 뒤쪽으로 재인이를 안내했다. 지하실은 바깥으로 나가지 않아도 거실에서 계단실 문만 열면 바로 연결이 된다. 나는 재인이를 데리고 와인이 보관된 지하실로 내려갔다.

유럽 같은 데야 서민의 연립주택조차도 지하에 와인 저장고가 있고 그걸 별도로 임대하여 사용할 정도로 와인은 생활의 중요한 부분이지만 한국에서 우리 부부는 참 별난 축에 들 것이다. 남들의 그런 시선이 두려워 아무에게도 이 집을 알리지 않은 건지도 모르겠다.

지하실 특유의 흙과 풀 냄새가 옅게 났다. 책장처럼 늘어선 목재 선반 수납장 안에 와인 병이 옹기종기 정겹게 누워 있었다. 적당한 습도와 온도가 유지되고 있었던 듯 코르크 마개가 그리 말라 보이지는 않았다.

개중에는 샤토 마고, 샤토 무통 로쉴드, 오퍼스 원같이 구색을 갖추기 위해 장만한 고가품도 있고, 힘들게 구한 내 취향의 귀부 와인들도 있다. 딸 때를 생각하면 마음을 행복하게 만드는 술. 마실 때도 좋지만 기다림의 설렘도 못지않게 좋다. 죽 둘러보고 있으면 부자가 된 기분도 들고, 비어 있는 선반을 보면 앞으로 채울 기대감에 수집가의 행복 비슷한 걸 느낄 때도 있다.

와인이 놓여 있지 않은 한쪽 벽이 이상해 보였다. 마치 기존의 벽 위에 따로 한 겹 덧댄 것처럼 보였다. 주변과 확연히 색이 달랐고 군데군데 미세하게 벗겨져 있었다. 이상한 느낌에 다가가 벽을 슬쩍 두드려 보았다. 모서리 부분이 쉽게 부서져 내렸다. 이상한 느낌은 확연해졌다. 재인이를 돌아보았더니 멀뚱멀뚱해 있기만 하다. 하긴 집주인인 나도 의아한데 하물며 재인이는.

난 거실로 올라가 창고 방 안에 있던 호미를 꺼내 지하실로 다시 내려갔다. 그러고는 무엇에 홀린 듯 마구 그 벽을 뜯어 젖혔다. 어느 순간 푹 하고 벽이 꺼지는 게 느껴졌다. 한층 힘을 주어 벽을 팠다. 어느 순간 벽의 큰 부분이 호미에 걸려 뜯겨 나갔다. 동시에 무언가 길쭉한 것이 눈앞에 털썩하고 떨어졌다. 옷소매 비슷해 보였다. 거기서 삐져나온 것은…… 사람의 하얀 팔뼈였다! 거무튀튀한 살점이 말라붙어 있었다.

"악!"

비명 소리를 낸 건 재인이였다.

나는 미친 듯 호미를 휘둘러 벽을 허물었다. 정체 모를 불길한 예감이 나를 사로잡았고, 나는 불안에 빙의된 듯 거의 제정신이 아니었다. 설마, 혹시, 아닐 거야…….

뼈의 주인이 드러났다. 미라처럼 피부가 뼈에 말라붙어 있었다. 얼마 안 남은 피부는 파라핀같이 변질되어 있었다. 습기 찬 벽 안에 족히 1년은 묻혀 있었던 것 같다. 백골에 가까운 머리 위에 긴 머리카락만이 덥수룩하게 늘어뜨려져 괴이한 기운을 발산하고 있었다. 미라는 붕대 대신에 눈에 익은 핑크색 울 니트와 플레어스커트를 입고 있었다. 습한 벽 속에 오래 있어 많이 삭았지만 그건 분명 아내의 것이었다. 아직 붙어 있는 다른 쪽 팔 아래 손가락에는 눈에 익은 반지가 끼워져 있었다. 결혼반지였다.

꽤 길게 느껴졌던 멍한 순간이 지나고 고개를 들자 미라의 얼굴이 조목조목 눈에 들어왔다. 너무나 익숙한 그 얼굴.

나는 떨리는 손을 뻗어 홀쭉한 미라의 뺨을 어루만졌다.

"다미……."

내 목구멍에서 덜덜 떨리는 목소리가 흘러나왔다.

"아아……."

옆에 있던 재인이가 이를 악문 채 신음 소리를 냈다.

다미를 1년 만에 재회했다. 산 사람으로서가 아니라 백골이 되어서였다. 미라가 되어서야 겨우 아내를 만나다니 운명은 지나치게 기구했다. 귀엽게 웃음 짓던 뺨은 검게 변해 물먹은 수세미처럼 쭈그러들었다. 눈알은 바싹 마른 대추처럼 퀭해졌고, 탐스럽던 머리는 짚풀 더미로 화했다. 시원시원했던 목소리는 더 이상 울리지 않는다. 이보다 기막힌 일이 있으랴.

고개가 떨구어졌다. 흘린 시선 속에서 목 언저리에 칼로 찢긴 듯한 흔적이 보였다. 형용 못 할 분노가 치밀어 올랐다. 시체를 은닉할걸 보면 분명 자살은 아니었지만, 눈으로 본 칼의 흔적에는 또다시 어금니를 악물어야 했다.

누군가가 아내를 칼로 찔러 살해했다. 그리고 이 벽에 묻었다. 이곳만큼 발견되기 어려운 장소도 흔치 않다. 아마 살해 장소도 이곳이리라. 다른 데서 죽여서 굳이 여기까지 운반해서 벽에 묻을 이유는 없으니.

대체 범인은 누굴까?

순간 머릿속에 떠오르는 이름이 있었다.

태정우.

이 시골집을 아는 사람은 거의 없다. 가능성이 있다면 태정우 정도다. 아내는 태정우와의 밀회 장소로 이곳을 이용했을지 모른다. 어떤 사정으로 태정우는 여기서 아내를 살해하고 벽에 묻은 것이다. 삭아서 거의 백골이 다 된 시체의 상태를 보면 아내가 살해된 건 비교적 오래전이다. 사라졌던 1년 전, 바로 그 무렵 살해당한 게 분명하다. 그 무렵 가장 아내와 가까웠던 자는 역시 태정우다. 이 외딴집에 아내와 단둘이 올 사람은 그자뿐이다. 지난번 그를 찾아갔을 때 아내의 소재를 묻는 나를 대하는 그의 태도는 정중했지만 당혹해하는 기색이 역력했다.

아내는 가출한 것이 아니라 살해당했다. 그리고 범인은 태정우다. 녀석이 아내를 유혹하고, 살해했다. 그를 철저히 벗겨 내야 한다. 그래서 죗값을 치르게 해야 한다. 자살 따위는 의식 너머로 완전히 사라졌다. 그때 죽었더라면 나도, 아내도 얼마나 억울했을까? 이탁오 박사, 재인이 모두 고마워.

지하실에서 올라온 난 기운이 빠져 축 늘어져 버렸다. 재인이도 나 못지않게 놀랐으련만 자신을 추스르기보다는 걱정과 동정이 담긴 눈으로 나를 걱정해 주었다. 서로 아무런 말도 할 수 없었다. 탈진해서 소파에 누워 있는 내게 재인이가 다가와 무릎을 빌려 주었다. 재인이의 무릎을 베고 누웠다. 나도 모르게 한탄에 가까운 힘없는 목소리가 새듯이 흘러나왔다.

"아아, 어떻게 이런 일이……. 아내를 시체로 만나다니. 난 그것도 모르고 1년 동안이나 아내를 찾았어."

"얼마나 놀랐겠어요."

"재인이도 많이 놀랐지? 미안해, 이런 일을 보게 해서."

"아뇨, 좀 놀랐지만 그냥 전 시체를 처음 봐서 그런 거고. 그래도 영인 씨하고 충격이 같을 수 있겠어요."

"분명 그놈이 아내를 살해하고 벽에 묻었어. 태정우 말이야."

"태정우요? ……꼭 그 사람이라고 단정할 수는 없잖아요."

재인이의 그 말에 나도 모르게 목소리에 힘이 들어갔다.

"무슨 소리! 그놈밖에 없어. 아님 누구겠어? 지난번 갔을 때 내 앞에서 허둥지둥했어."

"그거야, 당황할 수밖에 없는 상황이잖아요. 그 이유만으로는……."

"아니, 그놈이야. 이 집은 나하고 아내 말고는 모르는 곳이거든. 아내가 그놈과 여기서 만난 거야. 그러다 살해당한 거고."

"……한다미 씨가 여기에 온 건 맞겠지만, 데리고 온 사람이 태정우라는 증거도 없잖아요."

"……."

할 말이 없었다. 그래서인지 더 화가 울컥 치밀었다.

"아니, 왜 그래? 왜 자꾸 태정우 편을 드는 거야?"

"왜 알지도 못하는 사람 편을 들겠어요? 영인 씨가 성급한 생각에 큰 실수할까 봐 걱정돼서 그러는 거예요."

재인이는 계속 차분하고 나지막한 어조였다. 그래서 난 더 흥분했다.

"설마 내가 태정우를 찾아가 거두절미하고 찌르기라도 할 거라고 생각하는 거야? 잘못 봤어. 나 그렇게 다혈질인 사람 아니야. 사실을 확인하고 죗값을 치르게 하려는 거야."

"그 죗값을 누가 치르게 하려는 거예요? 경찰에 신고할 거예요? 아니겠죠? 영인 씨가 직접 심판하려는 생각 아니에요?"

또 말문이 막혀 버렸다. 재인이는 여리면서도 이럴 때 보면 냉정하고 무서운 면이 있다. 실은 경찰에 신고한다는 생각은 전혀 하지 않고 있었다.

서로 말없이 한참의 시간이 흘렀다. 가여운 동물을 보는 표정으로 내 머리카락을 한 올 한 올 쓰다듬던 재인이가 불쑥 말했다.

"다미 씨 죽음을 그냥 인정하고, 잊는 건 어때요?"

황당한 그 말에 나는 벌떡 일어나고 말았다.

"아내가 살해되었는데 그냥 잊으라고? 무슨 말도 안 되는 소리야!"

재인이는 시선을 피하며 고개를 떨어뜨렸다. 난 곧 깨달았다. 이건 질투다. 난 다시 소리쳤다.

"나도 재인이가 좋지만 그건 다른 문제야. 그런 걸 질투할 거면 가도 좋아!"

재인이는 잠잠했다. 잠시 후 고개를 들고 눈물이 그렁그렁한 눈으로 나를 바라보았다.

"전 아무것도 몰라요. 하지만 왠지 무서워요. 진실이 당신을 다치게 할 것 같단 생각도 들어요. 영인 씨는 충분히 힘들어했잖아요. 다미 씨는 이제 남이에요. 더 이상 옆에 있지 않단 말이에요. 전부 그대로 놔둬요. 언젠가는 경찰이든 누구든 시체를 발견하겠지요. 그리고 죄지은 사람은 붙잡히고 처벌도 받을 거예요. 모든 걸 되어 가는 대로 맡기고 영인 씨는 더한 비극이 생기기 전에 이쯤에서 그만두었으면 해요."

재인이의 눈에서 눈물이 방울져 흘러내렸다. 어떻게 보면 질투심만은 아닌 것 같다. 여성의 섬세한 감성으로는 내 집념이 두렵게 보일 수도 있으리라. 더구나 시체를 본 직후이지 않는가? 마음을 와들와들 떨고 있는 쪽은 겉으로 평온한 척하는 재인이였다. 그 마음을 헤아리고 보니 내 흥분은 한결 옅어졌다. 재인이를 이해해 주자. 말투를 부드럽게 바꾸었다.

"재인이의 맘은 잘 알아. 언제까지고 여기에 매달리겠다는 게 아니야. 범인만 잡으면 그땐 잊을 거야. 그 담엔 나도 내 생활을 찾도록 노력해 볼게."

재인이는 젖은 휑한 눈으로 나를 바라볼 뿐이었다.

12

"태정우는 아직 안 잡힌 모양이지?"

카운터를 나란히 앞에 두고 이유현의 옆자리에 앉은 고진이 말했다. 이유현의 낯빛은 오늘따라 칙칙해 보였다. '압상트'의 어두운 조명 세팅 탓만은 아니었다. 고진의 검은 얼굴은 흰색 와이셔츠 덕분에 서늘하게 빛나 보였다.

"태정우만 잡으면 사건은 끝나는 건데, 종적이 묘연해요."

"태정우만? 섭섭한 말을 하는군. 정신자살연구소는? 길영인은 또 어떻게 할 거야."

"정신자살이든, 길영인이든 그런 건 형님의 취미거리밖에 안 되고."

"이런 이런. 난 태정우보단 길영인 쪽에 더 관심 있어."

"정확히는 길영인보다 이탁오 박사한테겠죠."

"태정우가 범인인지 확실한 것도 아니잖아."

이유현은 손에 든 술잔을 탁 내려놓고 지겹다는 듯 고개를 흔들었다.

"또 시작이시네요. 정신자살연구소니 이탁오 박사니 하는 이름이 나오니까 괜히 다른 생각을 하시나 본데. 형님의 엽기 취미에 부응하지 못해서 미안하지만 범인은 태정우일 수밖에 없어요."

"흉기에서 지문도 안 나왔다며?"

"지문은 나오면 고마운 거지, 안 나온다고 아무것도 증명하는 건 없어요. 지문이 없다고 60억 인구 모두가 혐의를 벗는 건 아니니까."

"지독하군. 난 홀짝 게임을 이야기하는 게 아니야. 태정우를 살인범으로 법정에 세울 수 있느냐 하는 거지. 50퍼센트만 넘긴다고 해서 유죄가 되는 게 아니잖아."

"태정우는 그날 천나영과 투숙한 남편이죠. 그리고 싸웠어요. 범행 후 새벽에는 펜션을 빠져나갔어요. 왔노라, 싸웠노라, 죽였노라, 이겁니다. 태정우의 불륜과 다툼이라는 동기도 충분합니다. 다른 누구일 수 있겠습니까?"

"천나영의 자살."

담배를 피우느라 카운터 너머 비스듬하게 떨어져 있던 류경아가 어느새 다가와 끼어들었다. 이유현이 하하하, 웃었다.

"류 마담도 형님과 자주 보더니만 물들었어. 칼로 자기 배를 찔러 주부가 자살하고 남편은 그 길로 도주해서 행방불명이라. 이건 또 무슨 이론입니까? 한 판의 광인 잔치?"

류경아는 무안해져서 입을 샐쭉하며 몸을 돌려 버렸다. 고진이 고개를 꼬며 말했다.

"태정우가 범행을 했다고 쳐도, 길영인이 하필 그때 태정우한테 전화를 걸었다는 건 사건과 어떤 관계가 있지 않을까?"

"세상에 그보다 황당한 우연은 수두룩해요. 필연만 일어난다면 해외 토픽 칸은 없어지겠죠."

"······경찰이 손 놓고 수배전단지나 돌리고 있지는 않을 텐데. 태정우의 행적에 뭔가 이상한 거 있지? 솔직히 말해 봐."

고진이 속을 떠보듯 곁눈질했다. 이유현은 쳇 하고 혀를 찼다.

"형님이 좋아하실까 봐 얘기 안 했는데, 실은 맞아요. 태정우 휴대폰 위치추적도 걸어 놓았고, 신용카드 사용도 실시간으로 체크하면서 감시하고 있어요."

"그런데?"

"전혀 흔적이 없어요. 휴대폰은 내내 꺼져 있고, 신용카드는 전혀 사용 않고 있어요. 현금을 많이 갖고 있었다 해도 사건 있은 지 벌써 며칠째입니까. 지금쯤은 돈이 떨어지고도 한참 지났을 텐데."

"자네 생각은 어때?"

"누가 도와주고 있지 않나 싶어요."

"공범?"

"공범까진 아닐 겁니다. 살해 자체도 그렇고 급히 도주한 것도 그렇고, 다투다가 우발적으로 일어난 살인이에요. 도주한 뒤부터 누군가가 도와주고 있는 거죠."

"경찰이 추적할까 봐 휴대폰도 꺼 놓고, 신용카드도 못 쓰게 하고. 태정우는 아무 정신이 없을 테니, 협력자가 있어 옆에서 용의주도하게 도와준다고 볼 수도 있겠지. 그렇다면 아주 섬세한 협력자로군."

류경아가 다시 끼어들었다.

"여자가 있는 거 아닐까요? 여자한테 인기가 좋았다면서요."

화제에 관심이 생겼는지 이제는 아예 두 사람 앞쪽에 제대로 자리를 잡았다.

"경아 씨 같으면 태정우를 도와주겠어?"

고진이 건너다보며 물었다.

"아뇨."

"왜?"

"의사 태정우가 좋은 거지, 도망자 태정우가 좋겠어요?"

하하하, 고진이 유쾌한 듯 웃었다. 이유현도 고개를 끄덕이며 따라 웃었다. 두 남자의 반응에 자신을 얻은 류경아가 한마디를 더했다.

"영화나 드라마 보면 그런 거 많잖아요. 자기가 죽인 거 아닌데 누명 쓰고 도망 다니는 주인공. 태정우도 그런 거라면?"

"네. 많죠. 영화나 드라마에서 '만'."

이유현이 이번에는 빈정댔다. 경찰로서는 영화나 드라마 같은 시나리오로 사건을 보려 하는 사람들이 답답할 뿐이다. 이익을 얻는 사람이 있다는 이유만으로 전개되는 음모 이론에 충분히 질려 있다. 하지만 '일반인' 류경아는 굽히지 않았다.

"펜션 종업원이나 고 변호사님이 천나영하고 싸운 남자를 직접 목격한 건 아니잖아요. 커튼에 비친 그림자만 봤다던데, 잘못 볼 수 있지 않을까요? 다른 남자이거나."

"다른 남자는 있을 수 없는 상황이었지요."

류경아의 음모론을 이유현이 간단하게 내쳤다. 현장에 있었다지만 쓸모없는 증인에 불과한 류경아가 자꾸 끼어드는 게 이유현은 마땅찮았다. 류경아는 부루퉁해져 입을 내밀며 말했다.

"아니면 종이 같은 걸 사람 모양으로 오려서 그림자극을 한 것일 수도 있고."

그 말에 이유현은 어이없다는 듯 헛웃음을 지었다. 고진도 빙그레 따라 웃었지만 그러면서도 류경아의 말을 받아 주었다.

"꽤 재미있는 생각인데? 나도 창에 비친 그림자를 보았을 땐 당연히 어떤 남자가 있구나 하고 생각했지, 그런 발상은 해 보지 못했어. 그건 내 눈으로 직접 봤기 때문에 더 그랬을 거야. 아무래도 그림자극 따위의 조작은 아니었거든. 하지만 경아 씨 말을 듣고 보니 그럴듯한데? 내 눈은 나도 못 믿어. 이 작은 눈으로 본 세상이 뭐가 그리 튼튼하겠냐고. 가끔은 남대문 안 가 본 사람이 더 잘 알 수도 있겠지. 선입견에 물들지 않은 하얀 백지의 시선 말이야. 인도네시아에서는 '와양'이라는 그림자극이 유명하잖아. 그거 그럴듯하다고. 경아 씨 생각은 좀 현실감이 없긴 하지만 좋은 생각 아닐까."

류경아가 마구잡이로 던진 공에 고진은 무슨 생각에선지 스트라이크 판정을 내렸다. 류경아의 얼굴은 밝아졌지만 이유현은 여전히 심드렁했다.

"범인이 종이를 사람 모양으로 오려서 연극을 했다는 얘깁니까. 그렇다면 범인도 참 게을러빠진 녀석이네요. 이왕이면 마네킹 머리라도 준비할 것이지, 기껏 종잇조각입니까?"

"정황으로 보아 명백히 우발적 살인이었잖아. 마네킹 머리든 인형 머리든 계획적으로 미리 준비할 수 없었을 테니까. 준비 안 된 상황에서도 종이를 펜션 주방에 비치된 가위로 오려서 모양을 만드는 정도는 그나마 가능했을 거고."

"그렇다고 믿는 쪽이 재미는 있겠죠. 그래도 가능성이 너무 적은데……. 일단 종업원이 로비를 나오는 태정우를 확실히 목격했으니까요."

"가능성이 적더라도 있다면 확인해 봐야지. 그런 경우라면 다른 사람의 출입도 체크해 봐야 할 거고, 그 펜션엔 혹 CCTV 같은 건 없었던가?"

"저도 그곳 관리자한테 물어봤죠. 그랬더니 '집처럼 편안히'를 슬로건으로 내건 터라 설치 안 했답니다. 집에 CCTV를 설치하는 사람 있겠냐면서."

"여종업원한테 그날 밤 본 장면을 한 번 더 확인하는 건 어때? 젊고 싱싱한 눈이니까 다른 증언이 나올지도 몰라. 섬세하게 증언을 주물러 보면 말이야."

"다시 찾아가는 건 문제가 아니지만……."

목격자 중의 한 명인 고진이 자신이 없다며 나가떨어졌다. 다른 한 명의 목격자를 찾아가 재차 물어볼 필요가 생긴 셈이었다. 그 필요를 군이 만들기 위해 고진이 목격진술을 흐린 건 아닌가 하는 생각이 든 이유현은 갑자기 고진에게 눈을 부릅뜨고 말했다.

"형님은 그날 밤 좀 제대로 볼 것이지, 왜 이런 과제를 남깁니까?"

"어? 그거야 내가 이럴 줄 알았나……."

이유현의 무논리 공격에 고진이 일순 말문이 막히자, 그와 한편을 먹게 된 류경아가 거들었다.

"설마 이 경감님이 고 변호사님한테 그런 말을 할 줄은 몰랐어요. 일이 일어난 뒤에야 이러쿵저러쿵 말하는 식이라니."

"고마워."

고진이 무슨 말을 하려다 입을 다물고 씩 웃었다. 세가 기울어진 이유현이 마침내 두 손바닥을 펴 들고 말했다.

"졌어요. 류 마담이 이렇게까지 형님 편을 들다니. 대단한데요."

류경아가 웃었다. 이유현이 옆자리의 고진을 돌아보며 가벼운 어조로 말했다.

"형님, 이제 보니 류 마담도 형님을 꽤나 위하는데요. 용기 내서 프러포즈하세요."

"그래 볼까."

고진이 짐짓 정색을 하며 옷깃을 매만졌지만, 류경아가 가볍게 손을 저었다.

"전 사양이에요."

"왜요, 그렇게 별로예요?"

이유현이 묻자 류경아가 말했다.

"아뇨, 전 고 변호사님이 좋아요. 하지만 말이에요, 이 경감님이 저보다 모르는 게 있어요. 지금 고 변호사님이 저를 좋다고 하시지만요, 제가 고 변호사님의 여자가 된다면 어떻게 될 거라고 생각하세요? 입이 헤벌쭉해질까요? 행복에 겨워 할까요? 아뇨, 고 변호사님은 엉덩이에 불붙은 망아지처럼 금세 도망가 버리실걸요? 고 변호사님은 여자든 뭐든 손에 넣기까지가 좋은 거예요. 자기 것이 되는 순간부터는 권태와 싫증만이 기다리고 있죠. 바로 질색하고 돌아설 분이에요."

"류 마담 말을 듣고 보니 그러고도 남을 사람 같긴 해."

이유현이 고개를 끄덕끄덕했다. 아군을 잃은 고진이 어이없다는 듯 고개를 저었다.

"지금 두 사람이서 난도질한 게 나야? 믿을 수 없군."

다음 날 저녁 고진과 이유현 두 사람은 서울춘천 고속도로 위를 달리고 있었다. 류경아로부터 시작되어 고진의 지지를 얻은 괴상한 가설을 확인해 보기 위해서였다. 터무니없는 이야기라 강력팀 형사를 데리고 가기도 민망했던 이유현은 근무가 끝난 시간에 고진과 동행을 이루었다.

가평으로 빠져나가 얼마 뒤 '오가르' 펜션에 도착한 이유현은 오른편 주차장에 차를 세웠다. 주차장은 펜션 본관으로부터 꽤 떨어져 있다. 앙상한 나뭇가지를 거치며 한층 매서워진 바람이 뺨을 때렸다.

본관 건물을 향해 웅크리고 걷던 고진이 문득 고개를 들어 말했다.

"이 반장, 그 소설 알아? 『9마일은 너무 멀다』라는."

"케멜먼이 쓴 유명한 추리소설이잖아요. 그게 왜요."

"9마일이나 되는 거리를 비 오는 한밤중에 걷는다는 사내들의 대화에서 살인사건을 추리하는 내용이잖아. 여기서도 그걸 적용해 보면 어떨까."

"적용하세요. 소설은 되겠네요. 그런다고 태정우가 잡힙니까."

이유현은 날씨도 춥고 고생스럽다 보니 허황된 이야기로 펜션행을 채근한 고진이 원망스러웠다.

"왜 이리 사람이 시니컬해."

"시니컬이라고요? 그 말을 한 사람이 형님이 아니라면 인정하겠습니다."

"태정우가 새벽에 펜션을 떠났을 때도 날씨가 꽤 추웠을 거야. 그런데 왜 가지고 온 차를 놔두고 걸었을까, 이 말이야. 주차장에서 펜션 건물까지 가는 것도 이리 싫은데, 펜션에서 도로까지 걸어 나가기에는 너무 멀어. 더구나 추운 날씨에는. 어때? 이상하지 않아?"

"이상하죠. 그래도 뭐 이상한 놈 아니면 살인도 안 했겠죠. 사람 죽이고 그런 합리적인 판단을 할 정신이 있었을까요. 차도 생각이 안 날 수도 있어요. 빨리 펜션에서 멀리멀리 떨어지고 싶다는 생각밖에 없었던 거죠. 그저 마구 뛰는 거죠."

"정말 그랬다면 참으로 소심한 자로다. 사진으론 터프해 보이던데, 얼굴이 아까워."

"살인이니까요."

펜션에 들어서니 이영아가 아닌 다른 젊은 여자가 프런트를 지키고 있었다. 여자가 "안녕하세요." 하는데 성미 급한 이유현이 경찰 수첩부터 빼어 들었다.

"이영아 씨를 좀 불러 주세요. 그날 사건 때문에 몇 가지 물어보려는 겁니다."

여자는 곧 이영아를 부르러 안으로 들어갔다. 로비에 불려 나온 이영아는 투숙객이었던 고진이 경찰과 같이 오자 휘둥그레진 눈으로 두 사람의 얼굴을 번갈아 쳐다보았다. 선 채로 이유현이 물었다.

"그날 밤 103호 침실 창에 비친 그림자를 보았다고 하셨죠? 뭐 옆에 저하고 같이 온 이 남자분도 같이 계시긴 했지만."

"네……."

"그 장면을 좀 자세히 말씀해 주시겠습니까?"

"이미 여러 번 말씀드렸는데요……."

이영아는 긴장된 눈빛으로 고진과 이유현을 번갈아 올려다보았다.

"네, 압니다만 몇 가지 더 간단하게 확인만 하려고요."

"……천나영 씨는 서서 막 화를 내고 있고, 남자는 가만히 앉아 있고. 천나영 씨는 화가 많이 난 것 같더라고요. 네가 나한테 이럴 수가 있냐, 뭐 그런 식으로 소리도 쳤던 것 같고."

"얼마나 분명하게 보였습니까? 침실 창은 좀 작지 않습니까?"

"네? 어느 만큼이라고 하시면……. 뭐 딱 지금 말씀드린 정도예요. 침실 창은 거실 창문만큼 크진 않지만 허리 위로는 다 보이니까. 불이 켜져 있었고…… 속 커튼은 쳐져 있었는데 얇아서 사람이 비쳤어요."

"앉아 있던 남자가 태정우 씨라고 진술을 하셨던데, 확실합니까?"

이유현이 '확실'에 힘을 주어 묻자 이영아는 움찔했다.

"확실하다고는 말 안 했는데요. 맞겠죠 뭐. 태정우 씨가 남편이잖아요. 같이 투숙했고요. 그럼 그 사람 맞는 거잖아요."

"물론 맞죠. 묻고 싶은 건 실은 이겁니다. 그때 103호 침실 창에 비친 남자는 혹시 두꺼운 종이 같은 걸 사람 모양으로 오려서 만든 건 아니었을까요? 왜 손으로 동물 모양 그림자 같은 거 많이 만들어 놀잖아요. 그런 것처럼 종이로 남자 얼굴을 비슷하게 오려서……."

이영아는 피식 하고 웃었다. 도를 넘는 엉뚱한 질문을 받고 보니 앞에 있는 경찰에 대한 경외심이나 두려움이 한순간에 날아가 버린 모양이었다.

"나 참, 형사님 너무 어이없네요. 절 뭘로 보세요? 애들 장난도 아니고. 그런 거 아니었어요. 우락부락한 남자가 분명히 있었어요."

"그래도 거리가 좀 있지 않았습니까? 착각할 수도."

이영아는 마침내 바보 취급하는 눈빛으로 이유현을 보았다.

"아무렴 종잇조각 같은 거하고 구분 못 할까 봐요? 종이로 만들어 비춘 거하고 실제로 사람이 있는 거하곤 아무리 그림자라지만 시각적으로 다르죠."

역시 아무렴 그런 걸 잘못 볼 리가 없지. 창피를 당한 이유현은 씁쓸한 입맛을 다셨다. 고진은 도와주기는커녕 모른 척 먼 산만을 바라보고 있었다.

"협조해 주셔서 감사합니다."

이유현의 말에 이영아는 꾸벅 인사하고 등을 돌렸다. 로비를 걸어 나오면서 고진이 만족스러운 듯 말했다.

"나도 그날 밤 잘못 본 건 아니었나 봐. 나도 아직 동태눈은 아니었어. 저렇게 똘망똘망한 눈이 확실하게 증언해 주잖아."

이유현은 고진에게 작게 투덜거렸다.

"괜히 형님이 바람 넣어 가지고. 말도 안 되는 소리 꺼내서 망신당했잖아요."

"가능성을 지워 나가는 과정으로 생각해. 어쨌든 수사의 범위가 조금은 더 좁혀졌잖아."

"그건 태정우가 아닐지 모른다고 생각한 형님한테나 그렇죠."

고진은 무슨 생각이 떠오른 듯 그 자리에 멈춰 섰다. 그는 뒤돌아서서 막 안으로 들어가려는 이영아를 다시 불러 세웠다.

"영아 씨 잠깐만요."

"네?"

고진은 이영아에게 다가가 물었다.

175

"간단한 거 몇 가지만 더 물어볼게요."

"물어보세요."

"그날 밤 103호 앞뜰에서 동물 시체인가를 치웠다고 했죠?"

"아뇨, 동물 시체는 103호 손님이 잘못 본 거예요. 저한테 인터폰해서 뜰에 동물 시체 있다고 치워 달랬어요. 혹시 쥐라도 죽어 있나 해서 가 봤더니 그냥 검정 비닐봉지더라고요."

"호오, 그래요? 비닐봉지 안에는 뭐가 들어 있었습니까?"

"별로……. 그냥 잡동사니 쓰레기 같은 거였는데. 지금 기억이 잘 안 나요. 어머? 그게 중요한 거였나요?"

"아닙니다. 그냥 여쭤본 겁니다. 그럼 103호 손님하고 접촉한 건 그게 전부였나요?"

"네, 아마 접수할 때 말고는……."

"그렇군요. 영아 씨 심성이 착하네요. 게다가 기억력도 좋고."

등을 돌리려던 고진이 다시 멈춰 섰다.

"아, 한 가지만 더요. 이 펜션에 혹시 공중전화가 있습니까?"

"공중전화요? ……아뇨."

이영아는 고개를 갸웃거리다가 마치 공중전화를 비치해 놓지 않은 일에 변명이라도 하듯 덧붙였다.

"요즘 다 휴대폰 갖고 계시니까."

"그렇군요. 수고했습니다."

이영아는 떫은 감을 베어 문 표정으로 돌아갔다.

고진은 이유현과 어깨를 나란히 하고 펜션을 나오면서 중얼거렸다.

"너무 불평하지 말게. 성과는 있었어."

"그림자국이 아니란 게 밝혀진 거요? 아님 검정 비닐봉지가요?"

"그런 작은 것들이 모여서 단서가 될 수도 있지. 현장에 출동했을 때 뭐 범인이 남긴 건 있었나?"

"아무것도 없었어요. 태정우는 천나영을 찌르고 칼의 지문을 지울 정도의 정신은 있었어요. 갖고 온 소지품 정도는 들고 갔겠죠……."

말을 멈춘 이유현의 눈이 가늘어졌다. 불신감이 가득한 어투로 말했다.

"잠깐. 내가 혹시 또 형님한테 당한 거 아닙니까? 형님은 다른 목적으로 여길……."

고진은 이유현의 의혹 제기를 무시하고 엉뚱한 말을 꺼냈다.

"한다미 동생이 있다면서. 한번 만나 보고 싶은데 같이 가 줄 텐가?"

"있죠. 한초록이라고. 근데 경찰이 이미 만나 보고 왔어요."

"역시 훌륭해. 태정우란 감이 입안에 떨어지기만을 기다리고 있진 않았군. 뭐라던가?"

"태정우는 전혀 모르는 사람이라고 하데요. 하긴 언니의 정부를 동생이 알긴 힘들겠죠. 한다미하고 길영인에 대해서도 물어봤죠. 모른대요. 근황에 대해서는 전혀."

"그래? 참 독특한 가족들이야. 친언니고 형부 일인데. 한다미 쪽에서 소식을 안 전한 건가, 한초록이 냉담한 건가."

"둘 다인 거 같아요. 한초록은 꽤 차갑던데. 형님 혼자 가면 문전에서 쫓아낼 겁니다. 내가 같이 가 드리죠. 경찰 수사에 민간인 한 명 견학시켜 준다고 생각하고."

"명분은 어떻든 실질은 고맙네."

고진은 치하했다.

이유현의 장담만큼 일이 잘되지는 않았다. 서울로 돌아오는 차 안에서 이유현이 연신 한초록에게 전화를 걸었지만 그녀는 받지 않았다.

"또 안 받아?"

핸들을 잡은 고진이 안달 난 듯 물었다.

"이 여자는 정말 죽어라 전화를 안 받아요. 지난번에도 결국 집까지 찾아가서야 겨우 얼굴을 볼 수 있었어요."

이유현도 짜증 난 어조로 말했다.

"남이 연락하는 건 가려 받고 내 쪽에선 언제든 내키면 연락하겠다는 주의인가. 나쁜 여자네. 이러면 부탁한 내가 괜히 눈치 보이잖아."

"프리랜서라 이런 것도 프리한가 봐요. 비즈니스맨이라면 상상도 할 수 없는 생활인데. 할 수 없죠. 이번에도 일단 집으로 찾아가 볼 수밖에."

이유현은 통화 대신 한초록 앞으로 곧 찾아가겠다는 메시지를 전송했다.

구의동 한초록의 아파트를 찾았을 때는 완전히 어두워져 있었다. 검은 어둠 속 회색 아파트가 그들을 거부하듯 머리 위로 차갑게 우뚝 솟아 있었다. 차에서 내리자 금세 매서운 바람이 옷깃 틈으로 달려들었다. 이가 저절로 덜덜 떨리는 추위였다.

"엄청 싫어하겠군요. 이런 추운 날 그것도 밤중에 경찰이 들이닥치니."

"이럴 땐 우리가 미남이 아닌 게 아쉬워."

경비실은 따로 없고, 유리 출입문에 차단장치와 도어폰이 달려 있었다. 이유현은 한초록이 거주하는 호수의 번호를 눌렀다. 응답이 없었다. 설마 집에 없는 건가? 이유현이 낭패한 표정을 지으며 도어폰의 키를 연이어 눌렀다. 한참 만에 응답이 왔다.

"누구세요……."

나른한 목소리였다. 집에 들어와 있다는 게 그나마 다행이었다.

경찰임을 알렸다. 도어폰이 켜진 채로 또 오랫동안 기척 없이 시간이 흘렀다. "한초록 씨. 뭐 하세요." 몇 번을 불렀지만 기계음 속에 적막만이 새어 나올 뿐 응답이 없다. 이유현과 고진은 추위와 기다림에 지쳐 마주 보고 떨며 이를 갈았다. 한참 후, "나갈게요. 밖에서 기다리세요." 하는 목소리가 들렸다.

그로부터 다시 꽤 시간이 흘러 고진과 이유현이 냉동되어 갈 무렵, 한초록이 오리털 파카를 입고 화장기 없는 수수한 모습으로 현관에 모습을 드러냈다.

"거북이가 나올 줄 알았더니 사람이었군."

고진이 뻐딱하게 서서 들리지 않게 비꼬았다.

한초록은 도무지 특징 없는 얼굴이었다. 맨발에 슬리퍼 차림의 그녀는 자다 깬 듯 부스스한 얼굴을 하고 추위에 웅크려 꾸부정한 모습이었다. 긴 머리칼만이 그녀가 여자임을 확인시켜 주었다. 아무래도 집 안에 들이진 않을 것 같았다.

"추운 데 차로 가실까요?"

한초록은 되바라진 눈빛으로 두 사람을 번갈아 쳐다보았다. 한 사람은 슈트를, 또 한 사람은 가죽점퍼를 입은 모습이 이상하게 보인 듯했다. 그녀는 점퍼 차림의 이유현을 빤히 보더니, 전에 방문했던 형사인 걸 확인하고는 그제야 이유현을 따라 걷기 시작했다.

세 사람은 추위에서 도망치듯 종종걸음으로 옆에 세워 둔 차 안으로 들어갔다. 이유현과 한초록이 뒷좌석에 나란히 앉고, 고진이 앞자리 조수석에 앉아 뒤를 돌아보는 자세로 자리를 잡았다. 고진이 눈짓을 하자 미리 정해진 시나리오에 따라 이유현이 먼저 질문을 시작했다. 한다미와 길영인에 대해 이유현이 지난 방문 때 했던 질문과 비슷한 내용이었다. 한초록은 여전히 모른다는 대답이었다.

"언니 부부는 한 2년 전에 양평인가 어딘가로 이사 간 모양인데 그 뒤로는 통 뜸해요. 난 집도 모르고. 서울 살 때는 그래도 가끔은 봤는데. 한 1년 전부터는 아예 연락이 없었어요. 요즘 어떻게 지내는지는 더더욱 모르고요."

"실례지만 언니하고 사이가 좋지 않으신가요?"

한초록은 비웃듯이 입꼬리를 치켜 올렸다.

"자주 보지는 않았지만 사이가 좋았어요. 아니, 나쁘지 않았어요. 꼭 왕래가 많아야만 사이가 좋다는 보통 사람의 생각으론 이해하기 힘들겠지만요."

이유현은 한초록의 어법에 묘하게 불쾌해졌다. 한초록 자신은 보통 사람이 아니란 건가. 고진이 앞좌석에서 뒤로 몸을 돌린 자세로 씩 웃으며 한마디 했다.

"좋습니다. 아주 좋아요. 그런 솔직한 태도가 항상 우리는 고맙습니다."

한초록은 그제야 비로소 앞자리의 고진을 발견한 듯 눈길을 주었다. 웃음을 짓고 있는 고진의 낯을 보고는 날 선 태도를 조금은 누그러뜨렸다. 이유현이 다시 물었다.

"형부인 길영인 씨하고는요?"

"형부는…….'"

차 안의 희미한 실내등 아래에서도 한초록의 입이 일그러지는 것이 보였다.

"형부는 원래부터 연락을 잘 안 했어요. 언니가 연락이 없는 판에 형부는 더더욱 그렇죠."

"근래에 만나거나 전화로라도 이야기한 적 없으십니까?"

"없어요."

한초록의 어조는 단호해졌다. 그에 대해 이야기하기 싫다는 기분이 역력히 드러났다. 고진이 말했다.

"언니가 연락이 없어서 궁금하거나 걱정되지는 않았나요? 아, 물론 마음으로는 이어진 사이라 하더라도 그렇지 않습니까? 한두 달도 아니고 1년이나 얼굴도 못 봤다니."

"언니는 그림에 한번 빠지면 침식을 거르는 타입이에요. 좀 남다른 면이 있고, 그런가 보다 생각했어요. 전 그걸 아니까요."

"몰입하는 열정이 살아 있는 분이군요. 그럼 혹시 남자에게도 그렇지 않을까요?"

"그건 무슨 실례되는 말씀이에요?"

고진의 말에 한초록이 하이 톤으로 항의하며 눈을 부릅떴다.

"남자에게 열정이 있다는 말이 곧 헤프다고 생각하는 그런 통념에서 드리는 말씀은 아닙니다."

고진이 또다시 히죽 웃었다. 한초록은 화를 내 봤자 소용없다는 생각에선지 작은 한숨을 내쉬었다. 이 사람들은 언니가 태정우와 남녀 관계에 있다는 걸 알고 있는 걸까? 문득 의문이 들기도 했으리라. 이번엔 한초록이 대뜸 물어 왔다.

"그런데 경찰에서는 왜 그렇게 언니를 찾아요?"

이유현이 머뭇거리는 사이 고진이 답했다.

"아, 약간의 오해가 있군요. 여기 이유현 경감은 강력계 팀장이지만 전 고진이라고 하는 변호사입니다."

"그럼 더 궁금하네요. 변호사분까지 나서서 왜 언니를 찾아요?"

"언니도 언니지만 실은 길영인 씨를 찾고 있습니다."

이유현이 고진에게 눈짓을 보냈다. 지나치게 내막을 이야기하지 말라는 신호였다. 고진은 무시하고 이야기를 더 밀고 들어갔다.

"길영인 씨는 살인사건의 용의자로……."

"그래요?"

한초록도 깜짝 놀란 반응을 보였지만 이유현 역시 놀라 고진에게 나무라는 눈빛을 쏘아 보냈다. 길영인은 참고인이긴 하지만 용의자는 아니다. 더구나 한초록에게 이야기할 필요는 없다. 한초록은 창백해진 얼굴로 고개를 절레절레 저었다.

"……도저히 믿기지 않네요. 좀 우울한 사람이긴 했지만."

"길영인 씨에 대해서 아는 대로 말씀을 좀 해 주세요. 아무리 왕래가 뜸한 사람이었대도 그래도 언니의 남편이잖습니까?"

이유현은 고진의 의도를 이해했다. 고진은 단단한 자아의 껍질을 뒤집어쓰고 남 일에 무관심한 한초록의 입을 열게 해 길영인에 대해 알고 싶은 것이었다. 살인 용의자라고 하면 한초록도 마음이 흔들리겠지. 그래서 한초록이 말하지 않았으면 전혀 몰랐을 무언가를 경찰에 털어놓겠지. 정신자살연구소를 방문하여 거액을 주고 시술을 받을 만큼 엉뚱한 정신의 소유자인 길영인에 대해서.

"정말 너무하네요. 형부는. 그런 사고까지 치다니. 언니는 이제 어떻게 되는 건지……. 솔직히 말씀드릴게요. 언니는 지금 사라진 상태예요. 1년 전 가출했대요. 저도 거기에 대해선 몰라요. 형부는 언니를 찾고 있는 모양인데 저한테는 연락이 없어요. 제가 아는 게 없단 걸 잘 아는 거죠. 아마 언니는 나타나지 않을 거예요. 형부 같은 사람하고 더 살고 싶지는 않은 게 분명해요. 저한테 얘기하진 않았지만 알 수 있어요. 언니가 한때 이상하게 일이 꼬여 결혼했을 뿐, 형부 같은 사람하곤 원래 맞지도 않고 오래갈 수 없었어요."

"언니가 가출하셨다니 저로서도 참 안타깝습니다. 그래서인지 한초록 씨는 형부를 상당히 안 좋아하시는 것 같습니다."

고진이 말했다.

"제가 좋아하고 말고는 없어요. 언니하고 맞지 않다는 거죠. 게다가 형사님 말씀이 정말이라면, 사람을 죽였다는 게……. 정말 믿기지도 않고 믿고 싶지도 않네요."

"잠깐요. 사람을 죽였다니요?"

고진이 짐짓 어리둥절한 표정으로 말했다.

"살인 용의자라면서요?"

"아, 제가 실수했네요. 말을 너무 줄이는 버릇이 있어서……. 살인 용의자가 아니라 용의자를 알고 있는 참고인입니다."

"네? 전 또……. 깜짝 놀랐어요. 어쩐지……. 아무리 형부가 음침한 데가 있다 해도 사람을 죽인다는 건 상상도 안 돼요."

한초록은 고진의 장난에 놀아난 건 모르고 안도의 한숨을 내쉬었다. 고진이 말했다.

"형부에 대해서 저희에게 더 말해 줄 건 없을까요. 예전의 경력이라든가, 성격이라든가 더 자세히."

"솔직히 전 잘 몰라요. 그래서 특별히 말씀드릴 것도 없네요. 성격은 외모에서 풍기는 그대로예요. 좀 소심하고 음울하기도 하고."

"형부에 대해 썩 좋은 인상은 안 가지고 계시네요."

"본인 인상이 그러니까 별수 있나요. 제 탓이 아니죠. 그래도 학창 시절에는 한때 단거리 선수까지 했다던데 지금은 무기력증에 빠져 버린 게 아닌가 싶어요."

"아마 그럴 겁니다. 자살을 생각할 정도로요."

이유현은 그 말을 하는 고진을 흘깃 보았다. 고진은 한초록의 반응을 보기 위해 말을 툭 던져 본 것 같았다.

"자살요?"

한초록이 눈을 크게 떴다. 그걸 본 고진은 말을 돌렸다.

"그래도 좀 놀랐습니다."

"뭐가요?"

"길영인 씨가 예전에 달리기 선수였다고요?"

"그게 놀라우세요? 형부 모습에서는 상상이 힘들 거예요. 그래도 좀 마른 사람들이 잘 달리지 않나요? 스프린터로 꽤 성적도 좋았던가 봐요."

"그렇군요……."

고진은 고개를 끄덕이다가 다시 물었다.

"길영인 씨가 평소에 혹 정신적인 문제가 있었나요? 꼭 병원에 다니지 않더라도 주위에서 보면 느끼는 부분도 있지 않습니까."

"정신적인 문제요? 글쎄요. 아닐 거예요. 좀 우울하다고 정신적으로 문제인 건 아니겠죠……."

한초록은 그러다가 자신의 말을 스스로 부정하며 고개를 저었다.

"아뇨, 잘 모르겠어요. 누가 알겠어요?"

"형부에 대해서는 참 무관심하시군요."

한초록은 대답이 없었다. 한초록의 그늘진 얼굴에서 무언가를 숨기는 듯한 느낌이 풍겼으나 더 이상 이야기는 나오지 않았다.

"한초록에 대한 실험 결과는요?"

이유현이 달리는 차 안에서 물었다.

"내가 무슨 인체 실험이라도 했나?"

핸들을 잡은 고진이 말했다.

"길영인이 살인 용의자니 뭐니 하면서 장난쳐서 속을 떠봤잖아요."

"자네도 봤잖아. 언니에 대한 무한한 애정과 형부에 대한 멸시. 뭐 그걸 보여 준 것밖에 없었지. 한초록 개인에 대한 평을 하라면…… 뭐랄까, 독자적인 서식지를 스스로 주위에 구축하고 있는 것 같아. 인생에 배리어를 치고 있는 느낌이랄까."

"한다미가 1년 전 가출했다는 게 좀 꺼림칙하지 않습니까?"

"나도 그 점은 걸려. 목하 도망 중인 태정우와 혼외의 연인 사이였

185

던 한다미가 벌써 1년 전 가출해 동생조차 소식을 모르는 상태라니. 아내를 뺏긴 비운의 남편 길영인은 한다미를 열심히 찾고 있고. 그 길영인은 또 태정우와의 마지막 통화자야. 뭐 우연의 연속일 수도 있겠지만 칡덩굴처럼 인과관계가 얽혀 있을 것 같기도 해."

"뭐 저야 천나영 살인사건이 해결되면 그런 속사정은 어찌 되든 상관없긴 합니다만."

"그럼 오늘 한초록은 왜 또 찾아갔어?"

"그거야 형님 부탁으로 같이 가 드린 거잖아요."

고진은 한 손으로 이마를 짚었다.

"음, 그랬지. 이거 원 별 소득이 없어서……. 한초록은 정말로 길영인과 한다미 부부에 대해 아는 게 별로 없는 거 같아."

"그럴 수도 있지만, 속마음을 안 드러내는 여자이기도 해요."

"태정우가 살인을 한 후에 한초록 같은 여자를 찾아갔다면 도와주었을까?"

고진이 문득 엉뚱한 소리를 했다. 이유현은 실소했다.

"설마요. 당장 112 누를걸요. 이 날씨보다 더 찬바람이 부는 여자예요."

"동감이야. 그러고 보면 류 마담 같은 여자가 더 의리파야. 어제 말은 그렇게 했어도 류 마담이라면 틀림없이 태정우가 사고를 쳤어도 도와주었을 거야. 류 마담이 따뜻하게 부어 주는 술 한 잔이 생각나는군."

고진의 뜬금없는 말에 이유현은 어이가 없었다. 고진은 조용히 핸들을 '압상트'가 있는 청담동으로 틀었다.

13

난 경찰이 아니다. 증거 따위는 필요 없다. 증거 이상의 확신이 내
겐 있다. 더 좋은 방법이 있을 수 없다. 태정우와 대면해서 단도직입
적으로 물어볼 것이다. 당신이 아내를 죽였나? 그렇다는 답변을 들
을 필요는 없다. 그의 태도를 보면 확실해진다. 만약 아내와 바람을
피운 것 말고는 무고한 자라면 펄쩍 뛸 것이고, 그 이상으로 아내의
죽음에 관계되었다면 입을 다물기 전 일순간의 망설임이 포착될 거
다. 뻔한 사실을 두고 절차라는 모양새를 갖추기 위해 쇼를 벌이다
가 실한 물고기 다 놓아주는 경찰이니 법원이니 하는 데를 믿고 맡
길 수야 없다. 상황 여하에 따라서는 내 손으로 직접…….

태정우를 찾아가기 전에 일단 돈을 좀 찾아야 했다. 은행이나 현
금지급기 센터도 자주 들르기 부담스러워 한꺼번에 뭉텅이로 돈을
찾아 집에 두고 쓰곤 했는데, 최근에 나다니는 일이 많다 보니 그 돈
이 일찍 떨어졌다. 귀찮은 일상 중의 하나다. 외투를 뒤집어쓰고 나
갔다. 렉스턴을 몰고 읍내로 가서, 자주 이용하는 인적 드문 현금지
급기 센터로 들어갔다. 카드를 넣고 돈을 인출한 뒤 무심코 잔액 화
면을 본 나는 깜짝 놀라고 말았다.

분명 지난번보다 3000만 원이 불어난 금액이 찍혀 있었다. 잘못

보거나 계산이 틀린 건 분명 아니었다. 3000만 원은 내가 정신자살 연구소에 시술료로 지급한 액수다. 그런데 어느새 그 금액만큼이 내 계좌에 돌아와 있는 것이다.

바로 며칠 전 그 돈 때문에 사기를 당한 게 아닌가 싶어 재인이를 은근히 몰아붙였는데, 혹시 그 일과 관련이 있는 걸까? 아마, 그럴 것이다. 재인이가 박사에게 가서 돈을 돌려주라고 졸랐을지 모른다.

이유 여하를 불문하고 기분이 나쁘진 않다. 불어난 돈에 대한 관심은 태정우를 향한 분노의 염에 금세 묻혀 버렸다.

태정우의 병원을 다시 찾았다. 렉스턴을 길 건너 유료 주차장에 대고, 병원 건물에 들어섰다.

엘리베이터 안에서 마음을 한 번 더 다잡았다. 처음부터 기세등등 하게 들어가 기선을 제압하는 거야. 엘리베이터 문이 열리자마자 화 난 사람처럼 병원 안으로 뛰어 들어가다시피 했다. 지난번 그 간호 사는 나를 보더니 놀란 눈을 치켜떴다. 혹시 나에 대해서 태정우한 테 들은 게 있는 걸까. 난 일부러 눈에 힘을 주고 걸걸한 목소리를 냈다.

"태정우 선생님 안에 계시죠?"

간호사의 낯에 낭패의 기색이 비쳤다. 머뭇거리다가 말했다.

"안…… 계세요."

"어디 가셨어요?"

간호사가 막 입을 열려는 순간이었다.

"태정우 씨와 개인적으로 아는 사이십니까?"

대답한 것은 간호사 대신 등 뒤에서 들려온 굵직한 목소리의 주인 공이었다. 뒤를 돌아보았더니 헝클어진 머리에 두꺼운 점퍼를 껴입은 30대 남자가 다가와 서 있었다. 나보다 조금 뒤에 따로 계단으로 올라와 병원에 들어와 있었던 모양이었다. 보통 체격이었지만 단단한 인상이었다. 이유 모를 꺼림칙한 기분이 들었다.

"그쪽은 누구십니까?"

"서초경찰서 강력반 형사 유석태라고 합니다."

"형사요?"

나도 모르게 목소리가 가늘어졌다.

"태정우 씨가 어디 있는지 혹시 아십니까?"

"당연히 병원에 있는 줄 알고 여기로 온 거 아닙니까."

형사란 말에 겁먹었던 만큼 반발심도 일었다.

"태정우 씨하고는 어떤 관계시죠?"

"아…… 그건, 그냥 좀 아는 사이…….."

"좀 더 구체적으로 말씀해 주시죠."

"……구체적으로 말할 게 없을 만큼 거의 아는 게 없는 사이입니다. 아내가 여기서 성형을 했는데 좀 잘 안 되었어요. 그래서 개인적으로 재수술해 주든가 아니면 배상을 해 주든가 요구하러 왔을 뿐입니다."

난 거짓말을 했다. 유석태라는 형사는 날 한 번 더 힐긋 쳐다보고는 다행히 가볍게 목례를 하고는 지나쳐 갔다. 그러고는 곧장 간호사에게 가서 말을 걸었다. 간호사는 심각한 표정이었다. 형사는 무언가 탐문 중인 모양이었다. 태정우란 이름에 민감한 반응을 보였으니 태정우와 관련된 사건이 아닐까. 난 로비에서 기다리는 척하며 그들의 대화에 귀를 기울였다. 그 둘의 말소리는 크지 않았지만 로비는 작고 조용했기에 대화를 거의 알아들을 수 있었다.

나는 크게 놀랐다. 태정우는 자기 아내, 천나영을 모 펜션에서 살해하고 도망 중이었다! 경찰은 태정우를 잡느라 동분서주하는 것 같았다. 매일이다시피 이 병원에 들러 상황을 확인하는 모양이었다. 들을 만큼 들은 나는 조용히 병원을 빠져나왔다. 오래 있어 봐야 좋을 일은 없으리라.

쿵쿵, 심장이 뛰었다. 마음이 안정되지 않았다. 천나영, 아내의 고교 동창. 나도 얼굴을 본 적이 있는 여자다. 태정우는 내 아내에 이어 자신의 아내까지 죽인 건가? 왜?

망연해졌다. 주차장으로 가기 위해 신사동 사거리를 건너려 건널목에서 멍하니 신호등을 기다렸다. 텅 빈 눈으로 병원 쪽을 힐긋 보았더니 유석태라는 형사가 허겁지겁 병원 밖으로 뛰어나오는 것이 보였다. 형사는 병원 입구에 서서 주위를 두리번거렸다. 불길했다. 내가 나오고 얼마 안 있어 형사가 당황한 얼굴로 뛰쳐나왔다. 살인 용의자를 찾으러 간 병원에서 탐문도 마치지 못했을 텐데. 그렇다면 혹시 먼저 나온 나를 찾는 걸까. 와락 두려움이 들었다. 이 추운 날씨에 귀찮은 일을 겪을지 모른다는 걱정도 스쳤다. 내가 차를 찾는 모습은 특히 보이고 싶지 않다.

난 건널목을 건너지 않고 형사의 시선이 닿지 않도록 뒷걸음질 쳐 길가 빌딩 안으로 몸을 숨겼다. 형사는 한동안 더 두리번거렸다. 좌우로 한 블록씩을 더 걸어가 살펴보고는 원하는 대상이 없었는지 고개를 젓고는 논현역 방면으로 종종걸음 쳐 떠나 버렸다.

난 형사가 사라진 것을 확인하고는 다시 태정우의 병원으로 향했다. 태정우가 없는 것과 그 이유는 확인했다. 이번엔 형사가 급히 뛰쳐나와 찾은 사람이 과연 나였는지가 궁금했다.

엘리베이터를 타고 다시 5층 병원으로 올라갔다. 안으로 들어가 간호사에게 다가갔다. 이 간호사는 볼 때마다 날 경계하는 기색이다. 그냥 물어서는 사실대로 안 가르쳐 줄 가능성도 있었다. 난 넘겨짚기를 했다.

"지금 형사가 나와서 날 불러서는 여러 가지 귀찮게 하던데, 김 간호사님이 대체 나에 대해서 뭐라고 했습니까?"

난 '김가영'이라고 새겨진 간호사의 명찰을 보며 다그치듯 말했다. 내 표정이 무서웠던가 보다. 간호사는 다급하게 손을 저었다.

"아니에요, 오해예요. 원장님 행방에 대해서 이것저것 얘기하다가 보니 어쩌다 '조금 전 여기 오셨던 길영인 씨도…….' 하며 이름이 나왔어요. 정말 그것밖에 없어요. 그랬는데 형사가 눈이 커지더니 갑자기 뛰어나간 거예요. 이름 말한 게 잘못은 아니잖아요. 전 다른 건 아무런 말도 안 했어요. 할 말도 없고요."

김 간호사는 사건에 얽히는 것 자체에 알레르기 반응을 보였다. 필시 고용주의 살인과 도주라는 돌발 사건에 대해서도 진저리를 치고 있으리라. 난 미안한 마음에 억지로 좋은 낯을 지어 보이고는 병원을 나왔다.

기분이 좋지 않았다. 형사가 내 이름을 듣고는 급히 병원을 나섰다고? 경찰이 나를 찾을 이유란 건 도저히 짐작이 안 된다. ……하긴, 따지고 보면 태정우와 난 면식이 깊진 않아도 원한 관계가 있다면 있다. 내 아내를 태정우가 꾀어냈다. 경찰이라면 그런 관계를 조사했을 수 있다. 내가 태정우 놈을 숨겨 줄 리는 만무하니 사건의 참고인 정도로 날 찾고 있는 모양이다. 그렇다 해도 정말 귀찮은 일이다. '경찰'이란 말에 공연한 불안을 느끼지 않을 사람이 몇이나 될까. 설사 경찰청장이라도 경찰이 갑자기 붙들면 놀라 지난 기억을 더듬어 볼 거다. 태 씨는 정말 지긋지긋한 놈이다. 그자 때문에 아내를 잃었고, 그자 때문에 이제는 내 조용한 생활마저 깨지고 있다. 난 한동안 찬바람을 한껏 들이마시고 길거리를 배회하며 마음을 추스른 다음 주차장에서 차를 찾았다. 집으로 돌아가는 내내 정신이 없었다.

다음 날 느지막이 일어났다. 어지러운 생각으로 잠이 깊지 못했다. 머릿속이 회색 물감을 푼 듯 뿌옇다. 전날 일이 졸릴 때 본 영화 장면처럼 벌써 가물가물했다. 대충 씻고, 입고, 밖으로 나갔다. 몇 가지 생필품을 사러 나가야 했다. 참으로 번거롭다. 제기랄. 이런 내가 정말 한때는 자살 문턱까지 넘나들었던가 싶다. 차는 늘 집 옆 빈터에 주차해 놓고 있다. 차에 다가가는 내 시선을 문득 끄는 게 있었다.

앞 유리창 와이퍼 아래에 종잇조각이 끼워져 있었다. 종이를 꺼내 펴 보았다. 두꺼운 종이 위에 인쇄된 글씨가 눈에 들어왔다.

'태정우, 6번 국도에서 화전리 방면 2.4킬로미터, 숲.'

이건 뭐지? 누가, 왜?

태정우는 그 태정우인 것 같다. 뒷부분은 위치를 가리키는 것 같은데, 무슨 의미일까. 태정우가 혹시 거기서 날 기다리겠다고 메시지를 보낸 걸까. 그렇다면 이런 방법은 너무나 비상식적이지 않은가.

서늘한 생각에 주위를 둘러보았다. 아무도 없다. 한 줄기 싸한 바람만이 휘잉 하고 소음을 내며 지나갔다. 찬물을 뒤집어쓰고 선풍기 바람을 쐰 듯한 오한이 일었다.

난 차에 올라탈 생각도 못 하고 선 채로 곰곰이 생각에 빠졌다. 어제는 낮에 긴장했던 탓에 저녁부터 정신없이 잠들었던 것 같다. 그때부터 오늘 오전 사이에 누군가가 여기에 메모지를 붙여 놓고 갔단 얘긴가? 이 집을 아는 사람은 몇 명 없을 텐데. 우연히 내 집 부근을 지나가다 무관한 사람이 장난질한 건 분명 아니다. '태정우'는 나와는 악연이 있는 이름이다. 나에게 향해진 메시지인 게 틀림없다.

아, 어제일 수도 있겠다. 병원에서 놀라운 이야기를 듣고 형사에게 쫓기면서 정신이 없었다. 그때 메모지를 끼워 놓았다면 내가 집까지 운전하면서도 경황 중에 눈치를 채지 못했을 수 있다. 종이는 와이퍼 아래쪽에 있어 운전석 쪽에서는 잘 보이지 않았고, 두꺼운 데다가 말린 형태로 고정되다시피 해서 오는 동안 날아가지 않았으리라. 그렇다면 내가 태정우의 병원에 간 걸 아는 사람이 주차장에 세워 둔 차에 손을 댔다는 얘기가 된다. 예정대로라면 어제 내가 주차장에서 발견했어야 했을 거고. 하지만 그것도 하나의 가능성일 뿐이다.

대체 이 메모지는 언제 끼워진 걸까.

언제는 그렇다 치고, 누가, 무슨 의도로 이런 짓을 했단 말인가.

어림짐작조차 할 수 없었다.

한참을 궁리했지만 결론은 정해져 있었다. 어차피 지금의 난 무심하게 메모지를 휴지통에 던지며 끝낼 수 없다. 일단은 가 볼 수밖에 없다. 어차피 직접 가 보지 않는 한 여기서 아무리 계산기를 두드려 봐야 메모의 의미도 이유도 알 수 없으리라. 메모지를 떼어 내 주머니에 넣었다.

렉스턴을 몰고 6번 국도를 타고 달리다가 화전리 방면 342번 지방도로 진입해 들어갔다. 그때부터 거리계를 제로로 만들어 얼추 2.4킬로미터까지 달렸다. 오른쪽에 작은 시냇물이 도로와 나란히 뻗어 있는데 2.4킬로미터 지점에 허름한 시멘트 다리가 나왔다. 차로 건너자 숲 속으로 이어지는 오르막길이 나왔다. 갈색으로 탈색된 풀이 듬성듬성 뻣뻣한 머리를 세우고 있었다. 야생이 남아 있는 비포장길이었다. 오프로드길일까? 등산로가 연결되어 있는 것도 아니고, 여기까지 들어올 사람은 별로 없지 싶었다. 불륜 커플이라면 모를까. 크고 작은 돌에 걸려 덜컹거리며 안으로 안으로 향했다. 사륜구동차가 아니었으면 힘들 뻔했다. 차가 깊숙이 들어감에 따라 심장의 고동이 덩달아 높아졌다. 잠시 후 내 차는 막다른 곳에 가 닿았다.

차를 세우고 내렸다. 내 차 앞에 무언가가 있었다. 앙상한 겨울 숲 사이로 햇살이 조각조각 갈라져 비쳐 들었고, 그 얕은 빛에 얼룩말 같은 무늬를 그리며 번들거리는 커다란 물체가 시야에 들어왔다. 은색 BMW였다. 인적 없는 숲의 막다른 길에는 꽤나 어울리지 않는 물건이었다. 교통사고일까? 하지만 한눈에도 차 외관에 어딘가에 부딪쳤다거나 파손된 흔적은 보이지 않았다. 나무 아래 고요히 서 있을 뿐이었다.

차 운전석에 사람 같은 모양이 언뜻 비쳤다. 양손을 둥글게 말아 그림자를 지워 차 안을 들여다보았다. 분명 사람이 있는 것 같은데 선팅이 짙어 잘 보이지 않았다. 운전석 문을 당겨 보았더니 덜컥하고 쉽게 열렸다. 운전석에는 사람이 핸들을 안은 모양으로 엎드려 있었다. 차 안은 냉장고 안처럼 냉기가 돌았다. 자고 있는 건 아닌 듯했다. 내 심장은 피습을 알리는 북처럼 고동쳤다. 조심스럽게 앞이마를 잡고 일으켜 보았다. 몸이 얼었는지 굳었는지 꽤 힘이 들었다. 얼굴을 보는 순간 난 얼어붙어 버렸다.

태정우였다!

특유의 뻗친 머리, 짙은 눈썹에 원시 인류처럼 우락부락한 얼굴. 의심할 여지가 없었다. 한번 보면 잊을 수 없는 강렬한 인상의 남자다. 가슴 언저리에는 칼이 박혀 있었다. 흥건한 핏자국이 아래로 흘러 있었다. 시트와 매트에까지 흘렀던 모양인데 이미 굳어서 빨간 촛농처럼 변해 있었다. 죽음을 본 일그러진 얼굴 표정과는 대조적으로 니트 스웨터와 코듀로이 바지의 옷차림은 편안했다. 뒷좌석에는 캐시미어 겨울 코트가 던져져 있었다.

너무 놀랐다. 미라가 된 아내의 시체도 보았지만 죽은 지 얼마 안 된 시체는 또 다른 충격이었다. 불안과 흥분으로 심장이 마구 요동쳤다. 이러다 쇼크로 죽는 게 아닐까 싶을 정도로. 얼마 전까지 자살의 세계를 넘나들었던 나 자신을 생각하면 아이러니하지만, 적어도 놀라서 죽고 싶진 않았다. 난 눈앞에 좀비라도 본 양 있는 힘을 다해 차 문을 닫았다. 그 충격으로 BMW 차체가 진동했다. 태정우는 죽어서까지 날 쫓고 있다. 정말 두 손 들었다. 급히 뒤돌아 허둥지둥 렉스턴에 올라탔다. 정신없이 막 시동을 걸다가 퍼뜩 생각나는 게 있었다.

난 시동이 막 걸린 차에서 내렸다. BMW로 가서 운전석 문짝 손잡이에 묻었을 내 지문을 박박 문질러 지웠다. 지문 따위를 남겼다가는 내가 진범 대신 용의자가 될 수도 있다!

집까지 어떻게 왔는지 기억이 나지 않는다. 차창이 조금 열려 있었던 것 같은데 스며드는 한겨울 바람도 의식하지 못한 채 내내 진땀을 흘렸다. 거실에서 떨리는 손으로 차를 탔다. 심호흡을 몇 번 하며 흥분을 가라앉혔다. 이만큼 놀란 것은 역시나 그 메모 때문이다. 태정우는 죽을 수 있고, 죽어 마땅한 놈이다. 놀랍지 않다. 문제는 태정우의 시체가 있는 곳이 메모지로 나에게 의도적으로 전달되었다는 점이다. 범인인지 누군지 몰라도 나에게 메모지를 전달한 이유는 무엇일까. 이유는…… 역시 하나밖에 없다. 함정이다!

난 정수리가 쭈뼛해졌다. 범인은 어떤 연유인지 내가 태정우에게 원한이 있고, 알리바이도 불분명하며, 용의자로 만들기 쉽다는 걸 알고 있다. 나를 현장으로 유인해 흔적을 남겨 살인자로 만들려는 덫을 놓은 것이다. 그렇게 생각하니 심장이 마구 두근거렸다. 난 한숨을 쉬었다.

'다행이야, 얼떨결에 지문을 남겼지만 빠른 판단으로 지우고 왔으니 됐어.'

그나마 이런 생각으로 위로하고 안정을 찾았다. 누군가의 정체 모를 악의에 몸서리쳤지만. 그러다가 문득 다른 종류의 의문이 들었다.

'내가 현장에 간다고 반드시 지문을 남기지 않을 수도 있었어. 겨울이니 장갑을 낄 수도 있고, 남겼다 해도 시체를 보고 조금 전처럼 지워 버릴 수도 있어. 굳이 그런 메모를 전달할 만큼 확실히 나에게 죄를 뒤집어씌울 수 있다고 믿을 이유가 따로 있지 않았을까?'

마땅히 해 보아야 할 의심이었다. 곰곰이 생각한 끝에 현장에 한 번 더 가 보기로 했다. 아무래도 찜찜했다. 다른 덫은 없을까. 확인해 보고 싶었다. 하다못해 경황 중에 흘리고 온 거라도 없는지 다시 한 번 체크해야 한다.

시체가 거기 있다는 걸 모르고 갈 때와 알고 갈 때는 천지차이였 다. 핸들을 잡은 손이 떨려 왔다. 손바닥에서 땀이 스멀스멀 배어 나 왔다.

'혹시 도착하면 경찰이 매복하고 있는 건 아닐까. 그게 함정 아닐까.'

별의별 생각이 들었다. 하지만 진입로의 한적함 탓에 경찰이든 누 구든 와 있다면 당장 낌새를 챌 수 있을 것 같았다. 조금이라도 이상 한 느낌이 들면 당장 내빼야지. 그렇게 작정했다.

조심스레 숲길을 재차 더듬어 올라갔다. 차가 덜컹거릴 때마다 마 음이 쪼그라들었다. 그 BMW가 다시 시야에 들어왔다. 조금 전과 다 름이 없다. 마치 일광욕이라도 하러 나온 것처럼 평온한 분위기였다.

차 주위를 찬찬히 살펴보았다. 그다음엔 차체를 보았다. 그때 문 득 눈에 들어오는 것이 있었다. 범퍼 뒤에 부착된 후방카메라였다. 미관을 고려해 잘 눈에 띄지 않게끔 절묘하게 설치된 단추 구멍 같 은 눈. 혹시? 찬찬히 둘러보니 카메라는 백미러에도 달려 있다. 필시 앞쪽에도 있을 것이다. 이 차엔 블랙박스를 달아 놓았군. 렌즈 두 개 짜리로.

가만, 혹시 이 카메라가 아직도 돌고 있다면? 그 말은 시체를 이리저리 뒤적이던 내 얼굴이 고해상도로 기록되었단 이야기다. 그게 살인의 직접증거는 아니라 하더라도 나를 용의자로 만들기에는 충분하다. 범인은 반드시 현장에 다시 온다고 하지 않던가. 아니, 범인이 아니라면 내가 어떻게 그 외딴 숲 속에서 시체를 찾을 수 있었겠는가. 경찰은 그렇게 생각할 수밖에 없다. 메모를 보고 찾아갔다고 변명해봤자 내가 스스로 메모를 만든 거 아니냐며 코웃음 칠 게 뻔하다.

운전석 쪽 문은 다시 열지 않았다. 태정우의 시체를 다시 건드리고 싶지 않았다. 조수석 문을 열고 대시보드 위에 설치된 블랙박스를 확인했다.

역시나. 시동이 꺼진 차에서 홀로 빨간 눈을 깜박이며 살아 있었다! 난 검은 상자를 이리저리 둘러보다가 삽입된 메모리카드를 찾았다. 꺼내 보았더니 32기가 SD 카드였다. 모르긴 해도 이 정도면 사나흘 정도는 녹화가 되리라. 등골이 서늘하고 식은땀이 흘렀다. 그자는 내가 여기 와서 차 주변을 철저히 감시하고 있는 카메라에 포착되어 블랙박스 안에, 그리고 감방에 영원히 갇히길 의도했던 것이다. 이게 무슨 심보란 말인가. 내게 무슨 억하심정이 있단 말인가.

렉스턴을 몰았다. 거친 액셀러레이터질에 차가 요동쳤다. 얼마 후 강변이 나왔다. 난 차를 세우고 강기슭까지 달음박질쳐 메모리카드를 강물로 던져 넣었다. 가벼운 탓에 멀리 가진 못했지만 곧 물살에 쓸려 멀리멀리 모습을 감출 것이다.

집으로 돌아와 어느 정도 시간이 흐르자 태정우의 시체를 보기 전

보다 정신은 더 차분히 가라앉았다. 소파에 언제까지나 앉아 차가워진 머리로 생각에 빠져들었다. 뜨거운 차가 완전히 식어 버리는 것도 깨닫지 못했다.

태정우의 존재가 내 머릿속에서 자리바꿈을 했다. 죽일 놈에서 죽은 놈으로 변했다. 오로지 가해자라고만 생각했던 그가 다른 힘에 의해 제거된 것이다. 그렇다면 아내의 죽음에도 그가 직접적인 관련이 없는 건 아닐까. 태정우가 내 아내를 죽이고 이번에는 자신의 아내마저 죽인 강인한 살인자라고 생각했던 건 그의 시체를 보기 전까지다. 그를 무참히 해치운 더 강한 포식자가 있었다.

……그래도 태정우의 죽음과 아내의 죽음이 반드시 관련이 있다고 단언할 근거는 없다.

……그것은 또 그렇다 하더라도, 태정우가 아내를 살해했다는 믿음은 완전히 희미해져 버렸다. 태정우는 잔인하게 남의 아내를 죽이고 묻어 버린 냉혈한에서 어이없게 살해당하는 무력한 인간으로 전락했다. 차량 블랙박스에도 의혹이 미쳤다. 시동이 꺼진 상태에서도 차량의 배터리 전원으로 작동될 수야 있지만 그것도 고작 이삼일이 아닐까? 태정우가 언제 죽었는지 모르겠지만 아무래도 블랙박스는 나중에 따로 작동시킨 것 같다. 날 함정에 빠지게 하려는 오로지 그 한 목적으로? 모골이 송연했다. 생각이 헝클어져 도무지 정리가 되지 않았고 결론은 난망이었다.

나는 노트북을 소파에 들고 와 켰다. 아내의 메일에 접속해서 한번 더 살펴보았다. 태정우가 죽었으니, 내가 그나마 살펴볼 수 있는 건 두 사람이다. 김도열과 프리버드. 아내가 사라진, 즉 죽은 무렵인

1년 전 마지막으로 그들과 교환한 메일을 한 번 더 클릭해 보았다. 지난번에는 태정우에 분개한 나머지 찬찬히 읽어 보질 못했다.

태정우가 없어진 지금에야 눈에 띄는 메일이 두 통 있었다.

먼저 김도열.

'두물머리 그린 그림 그거 대충 60호짜리지? 힘들게 큰 그림을 직접 갤러리까지 들고 오지 마. 내가 내일 양평 쪽에 볼일 있으니까 들러서 가져갈게.'

그림 일에 관련된 메일이라고 넘겼던 거지만 이건 좀 시선을 끌었다. 따뜻하게 배려하는 말이지만 다른 측면으로는 이건 그 무렵 김도열이 우리 집에 왔다는 이야기다. 이 집 위치를 알았거나 알게 된다는 거다. 난 컴퓨터를 내려놓고 아내의 아틀리에로 갔다.

남동향의 작은 방을 아내는 아틀리에로 쓰고 있었다. 빛이 좋아서였다. 이사한 직후에 유리창도 바꿔 달았다. 오늘은 무척 어두웠는데, 창을 보니 두껍고 검은 커튼이 내려져 있다. 커튼을 걷었다. 그립고 감미로운 물감 냄새 같은 것이 코에 와 닿았다. 이것이 예술의 냄새인가. 평소에 잘 들어가지 않는 방이지만 오늘따라 좋은 느낌이다.

아내가 그려 놓은 그림이 여기저기 흩어져 있었다. 벽 쪽 커다란 나무테이블 위에는 화구들이 아무렇게나 팽개쳐져 있었다. 창가 이젤에는 그리다 만 그림 하나가 있고, 그 옆 바닥에 아무렇게나 세워 겹쳐진 그림이 몇 장, 다른 쪽 구석에는 비교적 큰 사이즈의 그림 몇 점이 흰 천에 덮여 세워져 있었다. 평소에는 내가 관심을 두지 않던 '물건'들이었다. 그림을 이리저리 들춰 보니 작풍이 클래식해 보이고, 어디서 본 듯한 그림들이 꽤 있었다. 아내는 중세 미술을 현대적으로 변용하는 데 관심이 있다고 했던가. 그래서인가 보다. 이것도 꽤 좋은 취미인 것 같단 생각이 비로소 들었다. 물론 아내에게는 취미 이상의 일이지만.

혹시나 하는 생각에 흰 천에 덮여 있는 그림들을 들춰 보았다. 대략 60호 크기의 두물머리 풍경이 그림 안에 있었다. 내가 몇 번 본 적이 있는 19세기 영국 화가 터너나 콘스터블의 화풍으로 두물머리의 정경을 그린 것이었다. 김도열이 가지러 온다던 그림은 이 그림이 분명하다. 그런데 어떤 이유에서인지 갤러리에 전달이 안 된 것이다. 나는 고개를 저으며 아틀리에를 나왔다.

노트북을 다시 잡았다. 그다음은 프리버드와 연락한 메일이다. 김도열의 메일이 있은 이틀 뒤에 아내가 프리버드에게 보낸 메일이 있었다.

'정말 세상 싫다. 진천에 와인 보관해 놓은 집이 있어. 내일 밤 거기서 우리끼리 실컷 괜찮은 와인이나 마시며 밤새지 않을래?'

이런 제길!

아내는 뭔가 불쾌한 일이 있었나 본데 상대를 완전히 잘못 짚었다. 프리버드가 남자인 걸 모르고 이런 메일을 보내다니.

10대 시절 파자마 파티 하던 기분으로 여자들끼리 밤새 얘기하며 스트레스를 풀 생각이었나 보다. 프리버드는 거기에 곧 답 메일을 보내왔는데, '와우, 너무 좋은 생각이야, 나도 요즘 스트레스 만땅이야, 참, 내일 급히 처리해야 할 일이 있어. 언제 끝날지 모르니까 진천 터미널에서 저녁 7시에 만날까.' 하는 내용이었다.

속셈이 빤히 보였다. 전화를 하면 남자인 게 탄로 난다. 웬만한 여자라면 놀랍고 화가 나서 당장 전화를 끊고 다시는 연락을 하지 않으리라. 하지만 얼굴을 보면 상황은 달라질 수 있다. 더구나 힘들여 멀리까지 와서 만났다면. 말재간과 실력에 따라서는 얼마든지 구슬려서 상황을 반전시킬 수 있다. 프리버드도 마찬가지 심산이었던 것 같다. 일단 멀리 진천까지 가서 보자는 계산이다. 일단 만난 다음에는 말발로 구슬리려는 인터넷 바람둥이들의 전형적인 꼼수다. '남자, 여자가 뭐가 중요하냐, 난 당신과 잘 맞아서 순수한 맘으로 연락을 하고 싶었다. 그냥 가볍게 친구처럼 얘기나 하고 싶다, 멀리까지 온 김에 밥이라도 먹고 가지 않을래……' 이런 말이 줄줄이 준비되어 있으리라.

아내는 프리버드라는 놈팡이가 쳐 놓은 거미줄에 스스로 뛰어들었다. 그리고 그 무렵 아내는 와인 저장고에서 죽었다.

14

이유현은 신사역과 논현역 사이 뒷길에 위치한 '드림하이 고시텔'을 찾아가고 있었다. 그 고시원 204호에는 정시후라는 36세의 남자가 있다. 직업 없이 주로 인터넷에 서식하며 나날을 보내고 있는 자다. 그의 인터넷상의 또 다른 이름은 프리버드. 한다미와 한때 사이버 친구였던 성 불상, 정체불명의 캐릭터였다.

태정우를 천나영 살해의 제1용의자로 보고 진행되었던 수사는 얼마 전 커다란 난관에 봉착했다. 태정우의 시체가 발견되었던 것이다. 장소는 양평의 342번 지방도에서 깊이 들어간 한적한 숲 속이었다. 태정우는 자신 소유의 BMW 승용차 운전석에 탄 채 칼에 찔려 죽어 있었다. 부검 결과 사망 시각은 천나영이 죽은 다음 날 정도로 추정되었다. 태정우나 천나영의 것 외에 주목할 만한 인물의 지문이나 DNA는 발견되지 않았다. 칼 손잡이의 지문은 지워져 있었다. 경찰은 자살로 볼 여지가 조금이라도 있기를 바랐지만, 아쉽게도 명백한 타살이었다. 블랙박스의 메모리가 없어져 있는 것만 보아도 분명했다.

이유현은 가장 먼저 길영인에게 주목했다. 태정우가 피해자로 돌변한 판국에, 그 피해자와 마지막으로 전화 연락을 한 사람이 길영인이기 때문이었다. 경찰은 수일간 길영인을 찾았지만 행방이 묘연했다. 이유현과 형사가 찾아갔을 때, 양평의 집은 여전히 잠겨 있었다. 길영인은 현 단계에서 피의자도 아니고, 체포영장이나 압수수색 영장을 발부받지도 못했으니 문을 따고 들어가 뒤질 수도 없었다.

이유현이 길영인을 의심한 더 큰 이유는 동기에 있었다. 태정우는 길영인의 아내인 한다미를 유혹했다. 아내를 빼앗긴 남편. 감정의 격류에 휩쓸린 남자. 살인사건의 주역으로는 전혀 모자라지 않다. 그렇다면 한다미와 태정우와의 관계도 좀 더 파 볼 필요가 있었다. 하지만 한다미도 1년 전 모습을 감춘 상태다. 불러서 물어볼 수가 없다.

이유현은 한다미와 태정우의 이메일을 조사했다. 애인끼리는 편지가 빠질 수 없는 법이다. 이메일 내역을 보기 위한 압수수색영장은 쉽게 발부되었다. 한다미의 이메일에서 세 사람이 추려졌다. 익숙한 이름인 태정우 외에, 김도열과 프리버드가 나머지 둘이었다. 그들의 신분은 곧 확인되었다.

김도열은 북촌 소재 갤러리 '이안'의 관장이었고, 프리버드는 본명이 정시후라고 하는 룸펜이었다. 이질적인 두 사람의 공통점은 모두 한다미와 같이 젊은 화가 그룹 '바스티아니니'의 멤버라는 사실이었다. 이들은 혹시 길영인의 동기에 대해 경찰에 해 줄 말이 없을까, 실낱같은 기대를 품었다.

'그렇다고 정시후가 수사에 무슨 도움이 될까.'

이유현 스스로 반신반의했지만 태정우의 병원에 수사차 들른 김에 마침 가까운 데 있는 정시후의 주거지에 들러 보기로 했다. 전화를 걸었더니 정시후는 놀란 듯했지만 곧 매끄러운 목소리로 기다리겠다고 응답했다.

고시텔은 고시원과 호텔의 결합어인 모양이다. 2층으로 올라서니 좁은 복도에 다닥다닥 붙은 문짝이 도열해 있는 모습이 큰 벌집 안에 들어온 듯했지만 밝은 벽지와 살구색으로 채색된 문은 발랄한 느낌을 주었다. 요즘 고시원은 더 이상 고시생을 위한 공간이 아니다.

이유현은 노크를 가볍게 하고는 방문을 열었다. 정시후가 몸을 도사리고 도전적인 자세로 이유현을 맞이했다. 그는 밤색 트레이닝복 차림으로 컴퓨터 모니터 앞에 앉아 있었다. 신체는 단단한 편이었으나 눈 부위가 이상하게 일그러져 보였고, 심술궂어 보이는 턱이 눈에 들어왔다. 얼굴부터 본다면 남녀를 불문하고 호감을 가지기 힘든 인상이었다. 그가 인터넷상에서 먼저 사람을 접하려는 것도 이유가 있을 성싶었다.

방은 작지만 티브이, 냉장고, 침대, 옷장, 에어컨 같은 온갖 설비가 다 갖추어져 있었다. 이것들은 다 고시원 측에서 제공하는 물건으로, 입주자는 몸만 들어오면 된다. 방 어디선가 라면 냄새가 풍겼다.

"'바스티아니니'라는 화가 모임에 속해 있죠?"

간단한 소개 후 곧장 질문에 돌입했다.

"네. 뭐 전 화가는 아니지만."

"화가가 아니라고요? 그럼 미술은 전공하셨습니까?"

"아뇨. 공대 출신입니다. 그냥 미술은 좀 관심이 있어서요."

"그래요? '바스티아니니'는 원래 젊은 화가들 모임인데 어떻게 끼게 되셨습니까?"

"……."

이유현은 한눈에 알 수 있었다.

"아, 화가라고 거짓말하셨군요."

"거짓말은 아니고요. 미술에 관심이 있으니까 들어간 거죠."

정시후가 발끈했다. 하지만 변명에 딱히 설득력은 없었다. 경찰의 사전조사에 따르면 그는 인터넷상의 모임에 장르를 가리지 않고 무차별적으로 가입해 있었다. 주로 여성 회원들이 많을 만한 모임. 십자수, 애완견 모임에도 그는 열성 회원으로 올라가 있었다. 타고난 넉살과 화술, 그리고 거짓말로 얄팍한 지식을 커버해 가입에 성공한 게 분명했다. 그의 행태로 보아 그가 '바스티아니니'에 기웃거린 건 오로지 여자라도 한 명 건져 볼까 하는 무작위적 낚시의 여정에 불과할 것이다. 여자 행세를 해서 긴장을 풀게 해 온라인으로 정을 쌓아 가다 최종에는 일대일로 만나는 것이 그의 작업 공정이리라.

"한다미 씨라고 아시죠?"

"뭐…… 압니다만 거의 알지 못합니다."

"그런 애매한 답변이 어디 있습니까."

"그대로예요. 잘 알지 못해요. 뭔지는 몰라도 경찰이 와서 이렇게 물을 만한 사이가 아니었단 말입니다."

정시후는 짜증을 버럭 냈다. 안 그래도 그의 작태가 마음에 들지 않아 처음부터 상당한 인내를 갖고 대하던 차에 이유현도 부아가 치밀었다.

"잘 기억을 해 보시죠. 살인사건 수사입니다."

"살인이라고요? 누가?"

정시후의 입이 벌어졌다. 이유현은 정시후를 긴장하게 만들고는
대답 없이 자신의 질문을 이었다.

"'바스티아니니'라는 온라인 위주의 젊은 화가들 그룹 멤버였죠?
거기서 한다미 씨를 알게 됐지요?"

"……네. 맞습니다만, 전 사실 화가도 아니고, 그냥 적당히 둘러대
고 거기 들어간 겁니다. 제가 말빨이 좀 되거든요. 다미하곤 알았지
만 정말 온라인에서만이고요."

정시후의 태도가 나긋나긋해졌다.

"여자 행세를 하셨더군요."

"……맞습니다만 별다른 뜻은 없었어요. 여자라 하면 아무래도 더
잘 대해 주잖아요? 어차피 실제 만날 일이 거의 없으니 그냥 장난
삼아 여자라고 그런 거예요. 형사님은 잘 모르겠지만 온라인에서는
그런 게 흔합니다."

"정시후 씨는 여자 행세를 하면서 인터넷상에서 한다미 씨와 상당
히 친했던데요."

"네. 말이 잘 통했어요."

"말뿐 아니라 한다미 씨하고는 실제로 만났지 않았습니까."

이메일에서 확인한 내용을 토대로 넘겨짚어 보았다. 진천 어딘가
에서 만나자고 약속한 내용이 있지 않았던가?

"아뇨. 만날 뻔했지만 결국 약속이 틀어져 안 만났습니다. 다미하
고는 그 뒤로 쭉 연락을 안 했어요."

"연락을 갑자기 뚝 끊은 겁니까?"

"인터넷이란 게 원래 그렇습니다. 무진장 친한 척하다가도 어느

날 갑자기 사라지는 일은 보통이에요."

살인사건이란 말에 잠시 긴장했던 정시후는 어느새 발가락을 까딱까딱하면서 유들유들하게 잡아떼고 있었다. 손가락 하나라도 사건에 담그고 싶지 않은 것 같았다. 거짓말 같았지만 추궁할 도리가 없다. 정시후는 경찰이 알 수 있는 선을 잘 알고 있는 것 같았다. 확인될 수 없는 부분은 완벽한 오리발이다.

"한다미 씨의 남편인 길영인 씨는 혹시 아십니까?"

"전혀요. 남편이 있다는 것만 알았지 이름은 오늘 처음 듣습니다."

"한다미 씨는 태정우라는 사람 이야기를 많이 했죠? 한다미 씨의 애인 말입니다."

"뭐 저한테 상담 비슷한 걸 하기도 했어요. 애인은 성형외과 의사인 모양이던데. 전 딱히 할 말도 없고 해서 마음 가는 대로 하라 그랬죠."

"한다미 씨가 그 문제로 많이 갈등하지 않았습니까?"

"그랬나 봐요."

정시후는 완전히 무관심했다.

"그 태정우가 살해되었습니다."

이유현은 이 말을 던지고 정시후의 안색이 변하는 모습을 유심히 살폈다. 하지만 실망스럽게도 정시후는 "그래요?" 하며 잘 알지 못하는 사람의 죽음을 들었을 때의 평균적인 반응밖에 보이지 않았다. 오히려 자신과는 무관한 사람이라고 생각해 안심하는 눈치였다.

이유현은 싸늘한 마음으로 돌아 나오면서 마지막으로 말했다.

"알겠습니다. 오늘은 이 정도로 하죠. 앞으로도 협조 부탁드리겠습니다."

"아뇨. 인제는 더 말할 것이 없습니다. 태정우는 모르는 사람이에
요. 한다미도 얼굴 한 번 본 적 없어요. 온라인상으로 알았다고 경찰
에 일일이 불려 다녀서야 되겠습니까? 요즘 바빠서 좀 곤란합니다.
오늘을 마지막으로 해 주세요."

밤색 트레이닝복을 입고 키보드 자판 위에 손을 올려놓은 정시후
는 형사들 때문에 업무를 방해받은 기업 회장 같은 표정을 지었다.

이유현이 내친 김에 갤러리 '이안'을 찾아갔을 때는 마침 대관 준
비로 휴업 중이라 관람객이 없었다. 입구에서 기다리고 있으니 김도
열이 직접 녹차를 내왔다. 역삼각형의 얼굴에 고집 있어 보이는 40대
남자였다. 작은 체구였지만 검은 얼굴 가운데 반짝이는 눈빛에서 강
한 의지가 뿜어져 나왔다. 몸에 착 달라붙는 옷차림까지 더해져, 화
상(畫商)이라기보다는 오지 탐험가 같은 이미지를 풍겼다.

김도열은 한다미를 통해 태정우 이야기를 많이 들었을 것이다. 이
유현은 먼저 태정우의 죽음을 알렸다. 그는 거의 놀라지 않았다. 한
다미와 태정우의 관계를 그리 좋게 보지 않는 시선이 느껴졌다.

"제대로 된 인생을 스스로가 피한 결과지요."

찻잔을 기울이며 내뱉는 그의 차가운 말투에는 한 점의 동정도 묻
어 있지 않았다.

"한다미 씨와의 문제 말씀인가요?"

"그렇죠. 그게 바로 죽음의 씨앗이 된 거겠죠."

"태정우 씨의 죽음이 왜 외도와 관련 있다고 단정하시는 겁니까?

혹시 뭐 아시는 게 있으신가요?"

"아뇨. 그 사람은 본 적도 없습니다. 다미를 통해 이야기만 들었을 뿐이지요. 하지만 태정우가 죽고 경찰이 나를 찾아왔다면 그 공통분모는 다미밖에 더 있겠습니까? 모르긴 몰라도 그 문제와 관련이 있다고 봤으니 탐문 나오신 거겠죠."

보기보다 머리 회전이 빠른 인물이라는 느낌이 들었다.

"한다미 씨하고 태정우 씨하고 사이의 이야기를 잘 아시는 모양인데 좀 구체적으로 말씀해 주시겠습니까?"

"아뇨. 전 남의 뒷이야기나 캐고 다니는 걸 경멸합니다. 하지만 다미가 괴로워하면서도 그 끈을 놓지 못하는 걸 보고 예상했습니다. 언젠가는 끝이 올 거라고요. 물론 어느 한쪽의 죽음까진 생각을 안 했지만요. 두 사람이 조용히 가정에 충실했다면 과연 그런 죽음을 당했을까요?"

"무슨 종말론처럼 들립니다."

"개인으로서는 종말이죠. 윤리를 버린다면 이미 인간으로서는 존재하지 못하는 거니까요."

"의외입니다. 예술 방면에 종사하시는 분들은 모두 자유분방한 줄 알았는데."

김도열은 이유현이 어리둥절할 정도로 생경하고 낡은 단어를 구사하는 인물이었다. 1세기 전쯤의 평균적인 한국인이 이랬을까?

"자유의 의미를 왜곡하는 멍청이들 때문에 생긴 오해입니다. 예술의 요체는 기존의 틀을 깨는 자유로운 발상인 것이지, 자유롭게 탈선하고 마구 살라는 것이 아니거든요. 저는 자유로운 영혼의 움직임

속에서도 엄격한 정제미를 보는 것을 좋아합니다. 그래서 현대 미술보다는 고전 미술을 더 선호하죠. 다미가 속한 '바스티아니니' 그룹도 고전 미술의 재해석이라는 모토가 마음에 들어서 기획전까지 준비했던 거고요."

"그러시군요."

찾아온 용건이 옆길로 샌 것을 퍼뜩 깨달은 이유현이 화제를 돌렸다.

"길영인 씨라고 아십니까?"

"모르는 사람입니다만."

"한다미 씨의 남편입니다."

"그랬나요? 이름은 들은 적이 없어서."

"길영인 씨하고 태정우 씨하고 만나서 다퉜다든가 한 일은 없었습니까?"

물어볼 수밖에 없지만 참으로 무기력한 질문이었다. 김도열이 그걸 어찌 알랴. 역시 어이없다는 듯 "그런 건 알 수가 없죠."라는 답변만이 돌아왔다. 이유현은 급히 질문을 돌렸다.

"프리버드, 그러니까 정시후 씨 아시죠?"

"프리버드는 압니다. 온라인상으로만. 정시후라는 이름이었나요? 남자 이름이네요."

"네. 프리버드는 남자입니다."

"아……. 그랬나요. 근데 왜 여자 행세를 했지?"

김도열은 의외라는 듯 눈을 크게 떴다. 이유현의 눈에는 정말 몰랐던 것처럼 보였다.

김도열을 더 붙들고 물어볼 말은 없었다.

김도열과의 인터뷰 또한 정시후와 마찬가지로 길영인과 태정우의 구체적인 접점을 밝히는 데는 아무런 도움이 되지 못했다. 그들에게 길영인의 존재는 희미한 그림자보다 엷었다. 한다미조차 온라인 밖에서는 거의 만난 일이 없었다. 그들의 말이 맞다면.

길영인을 직접 안다고 추정할 근거가 없는 그들을 상대로 더 이상 깊이 조사할 필요는 찾을 수 없었지만 두 사람의 엇갈린 태도는 묘하게 이유현의 마음 한구석을 건드렸다.

"태정우의 시체가 발견되었다고?"

지글거리는 곱창을 뒤집는 고진의 얼굴에는 곱창집 창밖에 펑펑 쏟아지는 눈이 무색하게 화색이 돌았다. 이글거리는 불판의 열기 때문만은 아니었다.

"용의자가 시체로 발견되면 제일 난감해요. 형님이 좋아하실 얘기라서 하긴 싫지만, 이렇게 되고 보니 천나영을 살해한 자가 과연 태정우인지조차도 의심이 됩니다."

이유현이 투덜거렸다. 야근을 앞두고 식사를 하러 온 김에 교육대학교 앞길 곱창집에서 고진을 만났다. "눈 오는 날 곱창을?" 하며 삐딱하게 굴던 고진은 태정우의 죽음으로 길을 잃어버린 사건 소식에 급변하여 몸을 기울여 왔다.

"이거 완전히 재미있어졌군."

"블랙박스의 메모리가 없어진 걸 보고 혀를 내둘렀어요. 범인은 현장을 떠날 때 혹시 카메라에 찍힐지 모른다고 염려해 메모리를 빼가 버린 모양이에요. 살인까지 하고 보면 대부분은 우왕좌왕 어쩔 줄을 몰라 하는데, 정말 무서우리만큼 냉정하고 침착한 살인자예요."

"그럼 이제 천나영은 누가 죽인 게 되는 거지?"

고진은 노타이 차림의 슈트 상의 위에 소주 광고가 프린트된 녹색 앞치마를 걸친 우스꽝스러운 차림으로 단숨에 잔을 비운 뒤 히죽히죽 웃었다. 이유현은 말려들지 않고 차분하게 말했다.

"두 가지 가능성이 있겠죠. 태정우가 천나영을 죽였고, 제2의 범인이 태정우를 죽였을 가능성. 또 하나는 제2의 범인이 천나영과 태정우를 모두 살해했을 가능성요."

"만약 전자라면 사건의 동기나 실체는 지금까지와는 완전히 달라지겠군."

"그건 후자 쪽이라도 마찬가지고요. 어느 경우든 양상이 달라져요."

"경찰은 태정우를 줄기차게 쫓았는데. 태정우는 목숨을 값으로 치르고서야 겨우 용의자에서 피해자로 신분 상승할 수 있었단 건가. 안 됐어."

하지만 이유현은 태정우 범인설에 대한 미련을 버리지 않은 상태였다.

"아뇨, 전자의 가설은 하나의 가능성일 뿐이죠. 태정우가 천나영을 죽이지 않았다는 보장은 없어요. 천나영이 죽던 날 밤 침실 유리창에 비친 남자는 태정우 말고는 생각할 수 없거든요."

"증거는 물론 꽤 있지. 하지만 반증 또한 만만치 않아."

"무슨 반증이 있습니까."

"그 추운 날 태정우가 차를 타고 펜션을 빠져나가지 않았다는 것. 한밤중에 길영인과 통화했다는 것."

"그런 것들이 반증이 될까요? 그럼 그 반증으로 형님이 직접 다른 시나리오를 한번 써 보시죠. 천나영 사건에서 태정우 외에 다른 범인을 주인공으로 해서 말이죠."

"가혹한 주문이군. 솔직히 다른 답을 써낼 정도는 아니야. 그냥 납득이 안 가는 거지."

"납득이 안 가는 건 불가피하지 않을까요? 살인사건에서는 이상 심리가 항상 일정한 정도는 작용하니까요. 태정우가 천나영을 살해했고, 무작정 도피하다가 강도를 만나 살해당한 걸 수도 있겠죠. 사건에서 받은 인상 그대로에 충실하면 그렇게 보는 방식도 가능해요."

"어째 그 논리엔 힘이 없어 보이는군. 자네도 믿지 못하는 얘길 하고 있으니 그런 거 아니겠나? 태정우가 왜 그 하필 그 숲 속에서 도피 생활을 했을까? 강도당한 흔적 따위는 없었지?"

"뭐…… 없었어요."

이유현은 술잔을 내려놓고 답답하다는 듯 팔짱을 꼈다.

"실은 길영인을 주목하고 있어요. 태정우가 피해자인 판국에야 그와 마지막으로 통화를 한 인물이니까요."

"길영인이라…… 후훗, 그것 봐, 역시 이탁오 박사가 연관된 사건엔 지루한 게 없어."

히죽 웃는 고진을 향해 이유현이 퉁명스럽게 말했다.

"사람이 죽었는데 너무 좋아하는 것 같습니다."

"태정우가 죽지 않았더라면 다른 누군가가 죽었을 수도 있지. 그렇다면 죽은 사람이 다른 누군가가 아니라 태정우라고 해서 내가 슬퍼해야 하나?"

"비겁한 변명입니다."

"치정극에서 추리극으로 바뀌었는데 어찌 흥미진진하지 않겠어."

"형님이 흥미로워하는 이유는 다른 데 있잖아요."

"날 탓하지 마. 장담컨대 태정우는 내가 죽이지 않았어. 알리바이 조사를 해 봐도 좋아."

이죽대는 고진의 말을 흘려 버리고 이유현은 소주잔을 비워 버린 다음 하던 얘기를 계속했다.

"길영인은 태정우와 한때 불륜 관계였던 한다미의 남편입니다. 동기가 있어요. 또 그날 밤 태정우와 통화한 마지막 인물입니다. 상당히 의심스럽죠. 천나영 건은 몰라도 적어도 태정우 살인에 관한 한 그렇습니다."

"겨우 그 정도 가지고 길영인을 수배할 거야? 태정우처럼? 그건 곤란할 텐데."

"맞습니다. 태정우하곤 완전히 다르죠. 태정우는 당시로서는 일급 용의자로 수배할 수밖에 없었어요. 하지만 길영인은 현 단계에서 용의자로 취급할 수는 없어요. 아무런 증거가 없거든요. 직접증거는 물론 간접증거도. 정황증거조차도 약해요. 체포영장은 당연히 안 나올 거고요. 수배 대상이 아니죠. 지금 단계에서 중요 참고인 정도입니다."

"길영인만 잡으면 사건이 끝날 거라고 생각해?"

"그렇게 간단하게 생각하진 않아요. 천나영 살인 건도 있으니까. 길영인이 천나영까지 죽였다고는 생각하기 어려워요. 아무래도 천나영 살인은 태정우의 범행일 가능성 쪽이 더 높습니다. 그래도 태정우가 천나영을 죽인 일과 우연히 겹친 건 아니지 않을까요? 어쨌든 일단은 길영인을 찾아야 합니다. 그래야 죽이 되든 밥이 되든 수사가 시작될 수 있어요."

이유현은 잠시 말을 끊었다가, 안타깝다는 듯 말했다.

"하필 며칠 전에 우리 팀 유석태 형사가 길영인을 만났는데, 아쉽게도 놓쳤어요."

"그래? 어디서?"

"태정우의 병원에 왔더랍니다. 검은 코트에 검은 선글라스를 끼고, 덥수룩한 머리에 우물쭈물하는 태도였답니다. 성형외과에 어울리지 않는 손님이라 말을 건넸더니 다른 용건을 둘러대기에 지나쳤는데 그가 나간 다음에 간호사가 길영인이라고 얘기해 줘서 급히 뒤쫓아 갔대요. 근데 그새 사라졌답니다."

"음침한 성격치고는 꽤나 재빠른 자로군."

고진은 감탄의 눈길을 허공에 보냈다.

"한다미 주변에는 태정우 말고도 김도열, 정시후란 자도 있었죠."

이유현은 그 둘이 참고인으로서 얼마나 쓸모없었는지에 대해 간략하게 이야기해 주었다.

"자네 얘기대로라면 그자들은 한다미에게 있어 일이 잘 되어 갈 때의 상대에 불과했던 것 같은데."

고진은 차갑게 논평했다.

"그렇죠. 근데 전 이 두 사람이 왠지 신경 쓰여요."

"두 사람은 길영인이나 태정우를 식섭 알지 못한다며."

"하긴 형님은 오로지 길영인만 관심이 있죠. 하지만 살인이 있었

216

단 걸 잊지 마셔야죠."

"길영인은 이탁오 박사의 정신자살연구소 고객이었어. 정신자살 시술과 어떤 관련이 있지 않을까?"

"그런 얘기가 나올 줄 알았어요. 형님이 사건하고 이탁오 박사하고 어떻게든 연관을 맺고 싶어 하시는 거 압니다. 하여튼 이렇게 된 판에야 그쪽도 찔러는 볼 만해요."

"이탁오 박사는 어쩌면 길영인을 가장 잘 아는 사람 중의 하나일 수 있어. 길영인을 찾지 못했다면 이탁오 박사를 찾아가서 얘기를 들어 볼 명분은 충분해."

"뭐 찾아간다면 정공법을 취해야겠죠."

"내가 정신자살연구소의 위치를 알고 있어. 더구나 박사는 내 오랜 지인이잖은가. 내가 자네를 도와주지."

"아뇨, 무림의 은원관계는 분명히 해야죠. 이건 공식수사가 아니에요. 내가 형님을 도와주는 겁니다."

"내가 자네를 도울 수 있도록 도와주어 고맙네."

고진은 끝끝내 명분을 세웠다.

다음 날 오후 3시.

고진과 이유현은 전날 곱창집에서 헤어진 지 하루도 채 못 되어 종로3가 전철역에서 다시 만났다. 이유현은 연구소 방문을 고려해선지 평소의 점퍼 차림 대신 오랜만에 감색 슈트를 입고 등장했다. 고진과 마찬가지로 타이는 매지 않았지만, 격투가가 양복을 걸친 듯한 박력이 있었다.

고진은 "기분이 이상해. 내가 경찰 정보원이라도 된 것 같아."라고 툴툴대면서도 기분이 좋아 보였다. 고진은 피카디리 극장 옆 골목을 향해 활기차게 앞장서서 걸었다. 박사를 만날 기대에 부푼 모양이었다.

전날 밤 내린 눈은 도시의 인상을 외려 지저분하게 바꾸어 놓았다. 길가에는 눈이 흉물스레 뭉쳐 있고 골목 안 도로는 질퍽질퍽했다. 도심의 전깃줄과 난간 위에 손대지 않은 흰 눈이 점점이 남아 있지만 그렇지 못한 길거리를 더 너저분하게 보이게 할 뿐이었다.

구두를 신은 두 사람은 흙탕이 튈까 조심해 가며 문제의 건물 앞까지 걸었다. 사무실 창문은 반대편이어서 바깥에서는 보이지 않는다. 허름한 건물 외관에 실망한 이유현이 말했다.

"이게 '연구소'입니까?"

"박사만의 은밀한 영업이니까 이런 데가 더 어울릴지도 몰라."

3층까지 걸어 올라가 복도를 지나쳐 304호 문 앞에 섰다.

고진이 노크했다. 아무런 대답이 없다.

똑똑. 한 번 더 노크했다.

조용했다.

어디선가 가늘지만 차디찬 외풍이 들이쳤다. 찬바람이 복도 구석에서 작은 소용돌이를 그리며 종잇조각을 들썩이게 했다. 외풍은 304호 문틈에서 불어오고 있었다.

오싹함을 느낀 이유현이 말했다.

"이 썰렁한 기운은 뭐죠?"

고진이 천천히 목만을 돌려 이유현을 돌아보곤 멀뚱한 표정으로 말했다.

"그러게. 폐가나 흉가에서 뿜는 기운 같은 게 느껴져."

"그렇게 목만 돌리지 마세요.「엑소시스트」의 한 장면 같잖아요."

이유현이 말하면서 불쑥 뒤에서 팔을 뻗어 304호 손잡이를 돌렸다.

"어?"

"음!"

두 사람의 입에서 동시에 탄성과 신음이 흘러나왔다. 두 사람을 맞이한 건 텅 빈 사무실이었다. 책상과 걸상뿐이었다. 그것 말고는 책상 위에 흩어진 은색 클립 몇 개만이 남아 있는 전부였다. 창문은 열려 있었다. 바깥의 찬 공기가 그대로 사무실에 들어와 완전히 냉골이었다. 그것이 304호에서 불어오던 외풍의 이유였다.

소장실 문을 열어 보았으나 마찬가지였다. 덩그러니 놓인 책상과 걸상, 테이블, 낡은 소파뿐. 한기가 들었는지 고진은 옷깃을 여미었다.

"제길. 박사가 사라졌어."

"어떻게 된 걸까요."

고진과 이유현은 한동안 구석구석을 살펴보았지만 그런다고 없는 사람이 나올 리는 만무하다. 사무실을 이렇게 깨끗이 비우면서 비밀스러운 자료 따위를 버려두었을 리도 없다. 책상 서랍을 일일이 빼 보았지만 버려진 폐지만이 놀리듯이 그들을 맞이했다.

"무진장 춥네. 박사는 끝까지 사람을 고생시키는군. 그만 나가지."

포기가 빠른 고진이 먼저 허리를 일으켰다. 허탕을 치자 더욱 새삼스럽게 추위가 느껴졌다. 두 사람은 몸서리를 치며 사무실을 빠져

나왔다.

"이렇게 된 판국에야 이탁오 박사의 집으로 쳐들어가야죠."

이유현이 계단을 내려가며 씩씩하게 말했다.

"주민등록번호만 알면 주소지 조회가 될 텐데. 4년 전 그 사건 기록에 박사의 주민등록번호가 남아 있지 않을까?"

고진이 아쉬워하며 물었다.

"없을 겁니다."

"그래? 그땐 정식으로 피의자조사를 하지 않았던 모양이지?"

"네. 참고인 자격으로 진술을 들었어요. 거짓말탐지기 조사도 참고인으로서 완전히 임의였고요. 살인이라는 아무런 증거가 없었으니까요. 이럴 줄 알았으면 그때 인적 사항을 받아 놓는 건데."

"자책하지 말게. 이럴 줄 몰랐으니까."

계단을 다 내려와서는 고진이 혼잣말하듯 말했다.

"시간이 걸려서 그렇지, 방법은 많이 있을 거야."

"물론 있습니다. 형사의 효율적인 방식을 보여 드리죠."

이유현은 자신 있게 말했다. 건물 입구에 조그맣게 관리실이 있었다. 사람은 없었다. 이유현은 관리실에 적혀 있는 관리인의 휴대전화로 전화를 걸었다. 경찰임을 밝히자 근처 다방에 있던 건물관리인이 놀라 달려왔다. 이유현이 간략한 인사말 후에 다짜고짜 말했다.

"304호 임대차계약서 좀 보여 주십시오."

큰 사건이라도 난 듯한 이유현의 심각한 목소리에 위축된 왜소한 초로의 관리인은 곧 관리실로 들어가 서랍을 열어 임대차계약서 사본을 꺼내 왔다. 이유현은 거기서 이탁오 박사의 주민등록번호와 주

소를 옮겨 적었다. 고진은 이유현의 빠른 일처리에 경이의 눈길을
보냈다.

두 사람은 일단 종로3가 큰길가에 있는 맥도날드로 들어갔다. 아
무것도 주문하지 않고 자리만 차지한 채 앉아 몸을 녹였다. 바닥을
치우던 아르바이트생은 북적대는 가게에서 4인용 빈 탁자를 떡하니
차지하고 앉은 둘을 향해 도끼눈을 떴다. 이유현은 무신경한 몸짓으
로 휴대전화를 꺼내 꾹꾹 눌렀다.

"유 형사, 내가 불러 주는 사람 주민등록 좀 알아봐."

적어 두었던 이탁오 박사의 주민등록번호를 불러 주었다. 주소도
적어 두었지만 바뀌었을 수도 있으니 주민등록을 조회하는 쪽이 정
확하다.

잠시 후 유석태 형사로부터 연락이 왔다. 박사의 집은 청평이었다.

"왠지 서울일 거 같지는 않았지만 하필 길영인이 집이 있는 양평
하고 아주 멀지는 않네요."

"일이 컨베이어 벨트처럼 진행되는군. 대단해. 그럼 인제 가 볼 일
만 남았네."

"어딜요?"

"당연히 이탁오 박사네 집이지."

"형님도 가시게요?"

그 말에 고무공이 튀듯 고진이 말했다.

"무슨 소리야. 여기까지 왔는데 이탁오 박사의 집에는 못 간단 말
이야?"

"여기야 형님이 사무실 위치를 알고 있다니까 데리고 온 거지만

이탁오 박사의 집을 이제 아는데 형님을 굳이 데리고 갈 필요가 없
잖아요."

"이럴 수가, 난 팽당한 건가."

"미안하지만 형님의 이용가치는 여기까집니다."

고진은 고개를 가로저었다.

"아닐걸. 자네도 박사의 성격 알지? 맘에 안 들면 완전히 입을 다
물어 버리는 괴팍한 인물이야. 그래서 내가 가야 해. 기본적으로 박
사는 날 좋아하거든."

"그렇진 않을 겁니다. 자기를 살인 용의자로 지목한 형님인데요."

"박사에겐 그것도 게임의 과정이었어. 나 덕분에 더 재미있어졌다
고 생각할 거야."

"과연 그럴까요……."

이유현은 시선을 빙빙 돌리며 미적거렸다.

"그럼 이렇게 하지, 난 공무와 상관없이 지인으로서 박사를 찾아
갈 예정이야. 자네가 원한다면 끼워 주지."

고진은 거의 생떼를 썼다. 눈앞에서 텅 빈 사무실을 보니 밥숟가
락 뜨다가 밥상을 빼앗긴 자의 오기 같은 것이 치민 모양이었다. 마
음 한편에는 이탁오 박사와의 구원(舊怨)이 늘 명치끝에 얹혀 있기
도 하다.

"쳇, 할 수 없네요. 하지만 은원 관계는 늘 정확해야죠. 형님이 정
원하신다면 특별히 끼워 드리죠."

이유현은 선심 쓰듯 어물쩍 승낙했다. 내심으로는 박사의 입을 열
게 하기에는 과거 인연이 있던 고진이 강력팀 형사들보다 나을 거라

는 생각이었다.

청평까지의 국도는 쾌적했지만, 지방도로 들어서자 눈이 꽤 덮여 있었다. 응달진 곳에서는 덜 녹은 눈이 바퀴에 깔려 뽀드득 소리를 내며 부서졌다. 호젓한 언덕을 한 고개 넘어서니 도로는 왼편으로 큰 커브를 그리며 흘러갔고, 오른편으로 박사의 집이 있는 마을로 이어지는 길이 나왔다. 시멘트로 거칠게 포장된 좁은 길을 들어서자 곧 눈이 확 트이는 마을이 나타났다. 온통 밭 천지였다. 몇 만 평일지 모르는 넓고 평평한 밭이 비뚤비뚤한 바둑판처럼 구획 지어져 있고, 먼 사방으로는 낮은 언덕과 산이 보였다. 전형적인 분지마을이었다. 밭에는 밑동이 썩둑 잘린 이름 모를 작물이 줄지어 있었고, 왼편 길을 따라 몇 채의 농가가 모여 있었다. 넓디넓은 밭 너머 건너편 언덕 기슭에 농가와는 대조적인 전원주택 한 채가 마을과 동떨어져 서 있었다. 내비게이션을 다시 확인하지 않아도 박사의 집임을 알 수 있었다. 꽤 멀었지만 강렬한 색채의 집은 쉽게 눈에 들어왔다. 하늘이 보이지 않는 흐린 오후, 언덕의 그림자에 가려 일찍 어두워져 있었고, 경사가 급한 눈 덮인 지붕과 자줏빛 벽의 대조가 층층의 어스름 속에서 기괴한 느낌을 주었다. 길쭉한 형태에, 목재골조가 겉으로 드러난 특이한 외관이었는데, 어떻게 보면 은둔취미를 가진 부호의 별장 같기도 했다.

으스스한 기운을 느낀 이유현이 말했다.

"프랑켄슈타인이라도 만들고 있는 거 아닐까요?"

길은 오른쪽으로 크게 우회해서 이어져 있었다. 시멘트 길에서 삐끗하면 바로 옆 밭으로 굴러떨어질 판이라 이유현은 조심스레 차를 몰았다. 박사의 집 옆 빈터에 조심스럽게 차를 댄 고진과 이유현은 현관으로 걸어가 벨을 눌렀다. 도어폰 전원이 켜지더니 잠시 후 아무 말 없이 문이 덜컹 열렸다. 마치 둘의 방문을 기다리고 있었던 것처럼.

현관을 들어서니 양쪽에 방이 있고, 좀 더 나아가자 떡갈나무로 된 고풍스러운 바닥이 자리한 커다란 거실이 나왔다. 암적색 벽지로 은은하게 덮인 거실 벽은 오래된 느낌을 더해 주었다. 긴 형태의 집인 만큼 안쪽으로는 길쭉하게 뻗은 복도가 보였는데 그 끝에 무엇이 있는지는 어둠 속에서 잘 보이지 않았다.

거실 왼편에 벽난로가 있고, 장작이 타고 있었다. 따끈한 산장 같은 열기가 반가웠다. 오른편 벽에는 박제된 사슴 모가지가 멀뚱한 눈으로 매달려 있고, 그 아래에 사냥용 엽총이 아무렇게나 세워져 있었다. 마치 막 사파리를 끝내고 온 듯한 분위기였다. 어딜 봐도 한국 같지 않은 인테리어였다.

박사는 거실 한가운데 창을 뒤로 두고 커다란 팔걸이의자에 앉아 있었다. 창으로 비쳐 드는 역광 때문에 실루엣만이 시야에 들어왔다. 뉘엿뉘엿 넘어가는 석양을 배경으로 건장한 검은 그림자가 천천히 의자에서 일어섰다. 그 가운데서도 백발과 선명하게 웃음 짓는 하얀 치아만은 똑똑히 보였다. 고진이 먼저 낭랑한 목소리로 입을 열었다.

"오랜만입니다. 박사님."

"고 판사, 아니 이젠 고 변호사지, 잘 왔어. 하하하하."

박사는 흰 이를 잔뜩 드러내며 큰 소리로 웃었다. 키는 고진이나 이유현과 비슷했지만 어쩐지 내려다보는 느낌이었다. 백발 아래 짙은 낙엽색의 폴라 티셔츠가 벌어진 어깨를 감싸고 있었다. 고진은 박사의 고풍스러운 사냥바지에 눈길을 보내며 말했다.

"박사님만의 유니크한 빈티지 패션은 집 안에서도 예외가 아니군요."

"패션이라기보단 실용적인 옷이지. 요즘 사냥을 다시 시작했거든."

"정신자살연구소를 그만두셔서 시간이 나는 모양이죠?"

고진이 다짜고짜 정신자살연구소 이야기를 꺼냈지만 박사는 여유로웠다.

"알고 있다는 걸 알고 있었네."

고진은 알겠다는 듯 웃었다.

"나도 고 변호사 소식은 간간이 듣고 있었어. 뒷길에서 활약이 대단하다고. 당신의 길을 제대로 찾은 거야. 난 진작 알아봤지. 법원에서 조직놀음 하는 건 당신에게 어울리지 않아."

"박사님은 여전하시네요. 회춘하다 못해 멋진 백발이 검어져 있을까 염려했습니다."

"재인이가 그러더군. 당신이 사무실에 들렀는데, 돌려보냈다고. 4년 전 고진이라는 사람의 집요한 의심 때문에 내가 병원까지 폐업한 걸 알거든. 날 만나게 하고 싶지 않았나봐."

"그랬군요. 역시 비서의 오버센스였군요. 박사님이 저를 피하시진 않을 거라고 생각했습니다."

"내가 고 변호사를 피할 리가 있나."

박사는 양손을 펴 좌우로 흔들었다. 과하게 큰 동작이었다.

"그건 그렇고, 놀랐습니다. 정신자살이라니요. 이번엔 또 어떤 일을 하시려던 겁니까?"

"글자 그대로지. 고 변호사는 절대 이해 못 할 거야. 자살이라는 정신의 불균형을 말이야."

"뭐 자살은 꿈에도 생각해 본 적 없습니다만, 그걸로 돈벌이가 된다는 건 이해하겠네요."

고진이 비꼬았으나 박사는 껄껄껄 웃었다.

"안녕하십니까. 서초서 강력팀장 이유현 경감입니다."

옆에서 이유현이 공적인 방문임을 알리는 딱딱한 말투로 인사를 했다.

"응? 이게 누구신가."

박사는 이유현을 그제야 알아보았다.

"반갑소. 아니, 정말이오. 옛날 일이 생각나는군. 재미있었어. 그때만 해도 강력계 형사였는데 벌써 팀장이 되셨군. 축하해요, 축하해."

세 사람은 거실 의자에 걸터앉았다. 고진의 만류에도 불구하고 박사는 많은 시간을 들여 핸드드립 커피를 내렸다. 향긋한 커피향이 거실을 채울 때쯤 고진이 운을 뗐다.

"박사님의 그 정신자살연구에 대해서인데요."

"벌써 다 알고 왔을 것 같은데. 무슨 설명을 원하는가?"

"박사님의 새로운 수익모델에 대해서는 충분히 감탄하고 있는 중입니다."

"수익모델로서뿐 아니라 내가 접근을 시도한 방법론에 대해서도 알아주었으면 고맙겠네."

"기본적으로는 자살을 막아 보자는 취지라고 믿고 싶습니다만."

"물론이야. 다들 태어나고 싶어 안달인데 생명을 거꾸로 처박다니 이게 말이 되는가. 제 목숨을 자신이 처분한다지만 그래도 아깝지 않은가. 그렇다고 살아 보려는 데 운 없어 죽는 사람들한테 생명을 덜어 주게 할 수도 없고."

"그 점은 동감입니다."

"그런데 문제는 말이야, 좋은 말씀들만으로는 자살을 막을 수 없단 말일세. 현대에서는 더 이상 정신수양으로 해탈에 이르기 힘들듯이 자살을 막는 일도 마찬가지로 불가능해. 대신 '약물'과 '기술'이 있지 않은가. 사이코패스는 교화될 수 없지. 유일한 방법은 세로토닌을 투여하는 것뿐이야. 설교로 대응할 수 없기는 우울증도 마찬가지야. 거기엔 프로작 투여 이상의 방법은 없어. 그렇다면 자살에는 대처할 수 있는 다른 '기술'이 없을까. 생각을 바꾸면 돼. 정신이 길을 잘못 들었으면 말일세, 그걸 헛되이 단련시킬 게 아니라 오히려 병든 정신을 파괴해 버려야지. 쉽게 말해 영혼을 리셋해 버리면 된다, 이거야. 그게 이름하여 내가 하려는 정신자살 시술이란 말이지."

이유현은 답답한 얼굴로 입을 꽉 다물고 있었다. 박사의 말을 궤변이라고 생각하고 마음으로부터 반발하고 있음이 분명했다. 고진이 슬쩍 운을 띄웠다.

"그런데 소위 그 정신자살을 길영인이란 남자에게 시술하셨더군요."

"길영인? ……오호라."

이탁오 박사의 표정이 일변했다. 몸이 앞으로 기울어지고 눈동자가 커졌다.

"고 변호사가 그 친구에게 왜 관심을 갖는 건가."

"실은 오늘 이 반장이 박사님께 공적인 용무가 있는 모양입니다."

고진이 씩 웃으며 떠넘기듯 이유현을 쳐다보았다. 박사는 이유현 쪽으로 시선을 옮겼다.

"그래, 우리 이 반장께서 불초한 이 사람에게 무슨 볼일이 있는 거요?"

박사가 입을 떼자마자 이유현은 일사천리로 말하기 시작했다. 천나영이라는 여자가 살해되었고, 남편 태정우가 용의자였는데, 태정우마저 피살체로 발견되었다, 그리고 길영인의 아내 한다미와 태정우가 불륜 관계에 있었고, 길영인이 바로 태정우 살인의 용의자다…… . 사건의 경위를 시시콜콜히 밝혔다. 박사는 영문도 모른 채 경찰이 원하는 정보에 대해서만 입을 열어 줄 사람이 아님을 이유현은 익히 알고 있다.

"바로 그 길영인이 박사님의 정신자살연구소의 고객임을 알고 왔습니다. 그자에 대해서 아는 게 있으면 말해 주셨으면 합니다."

고개를 끄덕이며 묵묵히 듣고 있던 박사는 이유현의 말이 끝나자 흰 이가 다 보이도록 웃음을 지었다.

"와하하하. 정말 재미있어. 정말."

"길영인은 어떤 환자였습니까? 어떤 문제가 있었던 겁니까?"

이유현이 묻자 박사는 웃음을 그치고 고개를 천천히 가로저었다.

"아무리 그래도 치료 내역을 알려 드릴 순 없지요. 그는 환자고 난

228

의사니까."

"길영인은 살인 용의자입니다. 협조해 주셔야 하지 않겠습니까?"

"얘길 들어 보니 길영인이 용의자라고 단정할 순 없는 상황 같은데? 아무 증거도, 정황도 없잖소. 설마 감으로 대충 찍어 놓고서는 날더러 환자의 비밀에 대해 입을 열라는 거요?"

"증거는 나름대로 있다면 있습니다만."

이유현의 그 말에 박사는 몸을 앞으로 숙이며 대뜸 물었다.

"그럼 지금 상태에서 길영인 앞으로 영장을 발부받았소?"

"네? 영장은 뭐 천천히……."

이유현이 우물쭈물 얼버무리자 박사는 단호한 어조로 밀어붙였다.

"그건 경찰이 확실한 증거가 없다고 자인하는 것 아니오? 정말 믿을 만한 증거가 있다면 법원에서 체포영장이라도 발부받고 지명수배를 하는 게 먼저 아니었겠소? 지금 그런 조치도 없이 나한테 와서 길영인에 대한 정보를 내놔라 한다는 건 그만큼 증거도 정황도 자신 없다는 얘기 같은데."

박사의 예리한 지적 앞에 이유현은 할 말을 잃었다. 기망(欺罔)이나 어르기가 통할 상대가 아니었다. 이유현은 솔직히 상황을 털어놓기로 했다.

"솔직히 용의자는 아닙니다. 그래도 중요한 참고인이에요. 경찰은 증거를 붙잡기 위해 동분서주하는 중입니다. 그래서 이렇게 박사님한테까지 찾아온 거고요. 길영인은 박사님한테 정신자살 상담을 받으면서 솔직한 이야기를 털어놓았을 거라고 생각합니다. 그 이야기를 듣고 싶은 겁니다. 특히 태정우나 천나영, 혹은 아내인 한다미에 관한 이야기를 했다면요."

"그런 건 길영인한테 가서 직접 물어보시오. 난 전문증인(傳聞證人)밖에 안 돼."

"법률을 잘 아시는군요. 맞습니다. 박사님은 전문증인입니다. 다른 사람의 진술을 다시 진술하는 증인. 법정에서는 증거 능력이 제한되고 증명력도 낮지요. 그래도 금방 말씀드렸듯이 길영인은 용의자도 아니고 여기서 정식 증언을 들으려는 것도 아닙니다. 지금 길영인이 어디 있는지 만날 수가 없어요. 그래서 박사님의 말씀이 필요한 겁니다."

이유현이 열성적으로 말했지만 박사는 엉뚱한 소리를 했다.

"난 이 반장이 안타까워. 이렇게 재미있는 사건을 자신이 풀어 보지도 않고 나한테 들고 온단 말이오?"

"박사님은 풀었습니까?"

"물론 내가 아는 건 없소. 길영인은 상당한 충격을 받아 어떤 의미로는 정신적 외상을 입은 상태였어요. 하지만 천나영이니 태정우니 해도 나는 다 모르는 사람이오. 그 사건과는 관련 없는 일이니 내가 이야기할 필요는 없을 것 같은데."

이유현이 화를 꾹 참고 말했다.

"하지만 분명 박사님은 우리가 모르는 걸 알고 있어요. 그건 알려주셔야 하지 않겠습니까?"

"길영인이는 나를 의지하러 온 사람이고 나한테 돈을 지불한 내고객이오. 내밀한 이야기까지 해 줄 수는 없지."

"길영인이 입었다는 정신적 외상이란 어떤 겁니까? 그 부분이라도 알아야 관련이 있는지 없는지 알 수 있지 않겠습니까."

"아내의 가출 때문에 상당한 충격을 받았더군. 그러니까 천나영이란 여자와는 무관하오. 태정우도 마찬가지고."

박사는 계속 변죽을 울리며 말을 아꼈다.

대화의 흐름이 깨지고 잠깐의 정적이 흘렀다. 박사는 커피를 더 가져오기 위해 잠시 일어섰다. 창밖에는 어스름이 깃들기 시작했다. 늦은 오후의 빛을 받은 눈밭의 정경이 희끄무레하게 비쳤다. 고요한 순간이었지만 이유현의 내면은 서서히 다른 종류의 감정으로 부화하기 시작했다. 그러다가 마침내 비등해 버렸다. 물렁물렁하게 답변을 회피하는 박사의 태도에 예전 일이 울컥하고 올라와 버린 것이다. 이유현의 어조가 거리낌 없이 변했다.

"이것 참 묘하게 익숙한 상황이네요."

"뭐가 말이오?"

박사는 커피를 앞에 놓고 다시 자리를 잡았다.

"4년 전 말입니다."

"4년 전?"

"박재성 사건 말입니다. 그때도 마찬가지였죠. 박사님은 고객의 비밀이라며 부부에 대해서 말을 아끼셨고, 범인은 끝내 잡히지 않았죠. 아니, 범인은 누구나 알고 있지만 체포할 증거가 없었던 겁니다. 범인은 박재성의 아내인 우호선 씨이지 않습니까? 박사님이 그 범죄를 교사했고. 박사님은 부부 갈등을 상담하러 온 박재성에게 부부가 같이 여행을 가서 일출 사진을 찍어 오도록 권했어요. 위험한 공룡능선의 어느 지점에서 말이죠. 아마추어 사진 애호가인 박재성은 박사님의 조언을 철석같이 따랐습니다. 한편으론 박사님은 우호선을 뒤에서 사주했습니다. 박재성이 사진 찍느라 정신없을 때 절벽 아래로 밀어 떨어뜨려라. 간단한 일이다. 절대로 증거도 남지 않고 처벌도 할 수 없다. 부추겼겠죠. 박사님이 바로 그 완전범죄를 꾸민 장본인입니다. 기억 안 난다고는 못 하시겠죠. 이번도 그때와 마찬가지인 거 아닙니까?"

"하하하하하."

박사는 호탕하게 웃었다.

"범죄의 흑막엔 언제나 내가 있다? 내가 모리어티 교수라도 된단 말이오? 결국 마지막엔 전근대적인 형사의 감인 거요? 그때 분명 거짓말탐지기 조사까지 끝냈는데."

"어떤 수법으로 결과를 피한 거겠죠."

"거짓말탐지기에서 거짓말로 나오면 거짓말을 한 거고 참으로 나와도 거짓말을 한 거라면 그 조사는 도대체 무얼 한 게 되오?"

"기계는 거짓을 말하지 않습니다만 진실 또한 말해 주지 않죠. 우호선은 남편인 박재성이 일출 사진을 찍으러 갔다는 사실을 숨겼어요. 여기 고진 형님이 보았다는 박사님의 사무실에 걸려 있던 일출 사진과 아무런 관련이 없을까요?"

박사는 자못 흥이 돋는 듯 커다란 목소리로 반문했다.

"모처럼 옛날이야기 하니까 재미있군. 그럼 내가 범행을 했다고 치고, 동기는 뭐라고 생각하시오?"

"동기는……."

이유현의 말이 여기서 잠시 끊겼다. 이 부분은 준비되지 않았던 것이다. 원래 4년 전의 일을 꺼낼 생각으로 온 것도 아니었다. 돌발적으로 화제에 올라 완성되지 않은 가설의 구멍이 적나라하게 드러나 버렸지만 그렇다고 우물쭈물 꼬리를 내릴 이유현은 아니었다. 다시 단정적으로 말했다.

"돈이든 원한 관계든 경찰이 알지 못하는 부분이 있었겠죠. 거짓말탐지기 검사 이후로는 깊이 조사를 해 보지 않았으니까요."

"돈이라면 혹시 병원비 말하는 거요? 내가 박재성이한테 병원비 받아 내려 죽인단 말이오? 흠, 돈을 받기 위해 지불해야 할 사람을 죽이는 범죄도 있소? 원한이라면 도대체가 일주일에 한 번 치료하러 오는 환자에게 무슨 원한을 품을 수 있는지 상상이 잘 안 되오만."

이유현은 한 번 더 밀어붙였다.

"돈이나 원한이 아니라면 그거 아니겠습니까? 상담 중에 아내인 우호선 씨와 박사님이 어떤 남녀 간의 관계로 발전했다든지요."

이유현의 대담한 가설에도 박사는 미동조차 않았다.

"이 반장은 여전히 너무 직설적이시구면. 도리가 없군. 그런 이유일 수 없는 까닭을 얘기해 드리지요. 세월도 많이 지났으니."

박사는 뜸을 들이며 커피를 천천히 들이켰다. 옆에서 가만히 듣고만 있던 고진도 비로소 흥미를 느끼는지 몸을 기울였다.

"내가 의심을 벗을 정도로만 간략하게 얘기해 드리지. 아내, 우호선 쪽은 애당초 결혼 생활에 별 관심이 없는 여자였어요. 친구하고 지나치게 친해서 그게 남편과의 갈등이었소. 어쩌다 박재성의 카리스마에 끌려 결혼은 했지만 여자들만의 세계에 빠져서는 결혼 후에도 못 헤어났지. 그런 부부는 드물지 않아요. 대개는 여자가 세상 물정 모르고 착하기만 한 경우가 많지요. 이 경우에는 박재성이 우호선에게 마음 맞는 벗이라도 되어 주었다면 괜찮았어. 그런데 박재성은 오로지 아내에게서 이성의 모습만을 보려 했지요. 건장한 만큼 욕구도 남달리 강한 남자였고. 그러다 결국 부부간에 성적인 갈등도 자연스레 생겨났고. 그런 그녀가 나이 든 내게, 혹은 내가 그녀에게 무슨 욕심을 낼 거라 생각하오?"

고진과 이유현은 세월을 건너뛰어 박사가 희미하게나마 밝힌 내막에 꽤 놀랐다. 그렇다면 남자 쪽은 더 불쌍하다. 박재성은 '성적인 갈등'의 주범으로 비난받아야 할 만큼 특출한 변태도, 상대의 소극적 의사를 무시한 무자비한 '변강쇠'도 아니었다. 그저 '남편에게 충실한 아내'라는 상식의 기대 위에서 결혼 생활을 맺었을 뿐이다. 보통 남자 박재성은 자기 세계에 갇힌 아내와 갈등을 빚은 끝에 미심쩍은 죽음을 맞이해 버렸다.

이유현은 잠시 멍해 있다가 깨어난 듯 반박했다.

"결국은 박사님의 주장뿐이네요. 박사님과 우호선과의 관계를 은폐하기에 최적의 변명 아닙니까? 왜 하필 그런 이유일까요? 하긴 적절한 변명을 만들어 낼 만큼 세월이 충분히 지났죠."

"살인죄로 체포될 가능성도 없는데 내가 굳이 왜 그런 변명을 만들어 낼 거라고 생각하시오?"

"아직은 시효가 지나지 않았으니까요."

"시간이 지난다고 없던 증거가 태어나지는 않지요. 어쨌든 난 그때도 살인과는 전혀 관계없었고, 지금은 더더욱 무관하오."

박사는 어디까지나 자신만만한 태도였다. 할 말 없어진 이유현으로서는 머쓱한 상황이었다. 박재성 살인사건에 이제 와서 참신한 가설이 준비된 것도 아니었다. 우발적인 신문으로 헛된 수고만 되풀이했다. 추측만으로 박사를 몰아붙인다는 건 불가능했다.

고진이 화제를 돌리려 불쑥 물었다.

"그런데, 사무실은 왜 갑자기 폐쇄하신 겁니까? 수많은 자살 지망생들은 어찌 하라고."

"그 사람들 희망의 불을 꺼뜨린 건 고 변호사야."

"헛, 그럼 사무실을 저 때문에 그만두셨단 얘기입니까?"

고진이 곤란하다는 표정으로 과장되게 양팔을 벌렸다.

"장부를 가져가지 않았나. 류경아 씨라고 했던가? 굉장한 미녀를 보냈던데."

고진은 히죽, 생기 없는 웃음을 지었다.

"역시 알고 계실 거라 생각했습니다. 그렇다고 장부가 없어진 정도로 사무실을 그만두셨다고요?"

"세무조사가 겁났다고 해 두지."

"설마요! 납득이 안 갑니다. 제가 아는 그 박사님이 세무조사를 두려워했다고요? 시술비는 전부 현금으로 받지 않으셨습니까? 노트에 손으로 쓴 장부만 가지고 실수령액을 추산할 수도 없고. 받은 돈을 제 날에 은행에 넣으실 분도 아니고. 임대료하고 비서 월급액만큼 수익신고하고 비용처리하면 그만일 테고. 단지 장부 때문에 닫았다는 건 믿기지 않습니다."

"그럼 고쳐 말하겠네. 고 변호사가 직접적인 원인이야."

"저 때문에?"

"물론 고 변호사 말처럼 장부 따위가 문제 된 건 아니지. 그걸 도둑맞은 뒤에 고 변호사가 뒤에 있다는 걸 알았어. 고 변호사가 관심을 두기 시작하면 여러 가지로 골치 아파지거든. 하하하, 4년 전에도 한 번 데었잖아. 뭐 그때도 재미는 있었지만 병원을 접는 건 나로서도 뼈아팠어. 임상적으로 하고 싶은 연구도 많았는데."

고진은 긴 손가락으로 눈두덩을 누르며 맥 빠진 어투로 말했다.

"뭐 다 믿기진 않지만 어쨌든 이거 정말 죄송하군요. 전 단지 길영인에 대해서 알고 싶었을 뿐입니다. 오늘도 그렇듯이 박사님이 자발적으로 입을 열어 주시지는 않을 거라 생각했거든요. 어쨌든 제가 본의 아니게 박사님의 영업을 방해만 하고 돌아다닌 꼴이 돼 버렸네요. 장부는 꼭 돌려 드리겠습니다."

고진은 말과 다르게 전혀 미안한 기색이 없었다.

"억지로 미안해할 것까진 없네. 꼭 그 이유만은 아니야. 이것저것 귀찮아지기도 했어. 연구에 흥미를 잃었다고나 할까."

고진이 웃음기를 담아 물었다.

"시술을 받은 환자들은 잘 지내고 있습니까?"

"내 시술을 받은 환자 중 적어도 자살자는 나오지 않았어. 난 정신을 파괴했지만 여러 생명을 구했어."

커피는 식고, 용건도 식어 버렸다. 박사는 중요한 부분에서는 끝내 입을 열지 않았다. 자리를 파하고 일어서면서 이유현이 마지막으로 말했다.

"길영인에 대해서는 의사 윤리로 말 못 한다지만, 비서인 신재인 씨의 주소는 경찰에 알려 주셔야겠죠?"

"여성의 집을 함부로 가르쳐 주는 실례는 하고 싶지 않소. 정 필요하다면 내가 재인이를 불러 줄 테니 물어보시오."

"신재인 씨도 근처에 있습니까?"

"멀진 않지요. 그래서 서울로 출퇴근할 때도 내 차를 타고 같이 왔다 갔다 했지."

박사는 집에 놓인 전화로 신재인에게 연락한 다음, 콜택시를 불러 신재인 집으로 보냈다. 택시는 단골인 듯 신재인의 이름만으로 접수되었다. 그로부터 40분쯤 뒤 집 앞에 차가 서는 소리가 들리고, 이어 현관 벨이 울렸다. 박사는 거실 의자에 앉은 채로 리모컨을 눌러 현관문을 열었다.

현관문이 열리고 신재인이 갸름한 얼굴을 들이밀었다. 추운 바깥 날씨 때문에 더 새하얗게 변한 얼굴은 신경질적으로 비쳤다. 안과 밖의 기온차로 안경에 김이 하얗게 서려 잘 안 보이는 모양이었다. 신재인은 오뚝한 콧날 위에서 짙은 색 렌즈의 안경을 벗겨 내 천천히 닦은 다음 다시 썼다. 눈 묻은 신발을 톡톡 털고 거실로 들어선 신재인은 고진과 이유현을 보자 멈칫했다. 경찰이 와 있다고 박사가 전화로 이야기했으니 이유현 쪽은 그렇다 생각했겠지만 고진을 보고서는 뜨끔해하는 눈치였다. 4년 전 집요하게 의혹을 제기하여 박사의 병원을 문 닫게 했다던 인물이면서, 그녀가 이탁오 박사가 자리에 없다고 거짓말해서 돌려보내기도 한 사람이다.

실내는 따뜻했지만 그녀는 외투를 벗지 않고 목도리도 풀지 않은 채 거실 의자에 조심스레 앉았다. 빨리 답하고 빨리 돌아가고 싶다는 태세였다.

이유현이 간단한 소개 후 질문에 들어갔다.

"길영인 씨 아시죠?"

"네."

"길영인은 무슨 일로 연구소를 방문했습니까?"

"네? 그야…… 마음이 괴로워서죠."

"그러니까 그게 어떤 일이었는지 묻고 있는 겁니다."

"몰라요."

"네?"

"전 아무것도 모릅니다. 접수만 했어요. 모든 내용은 박사님이 아세요."

이유현은 답답해하며 말했다.

"아내의 가출 때문에 괴로워했다는 정도는 아무 관계없는 저도 이제 압니다. 신재인 씨가 그런 정도도 모른다는 게 말이 됩니까. 아무리 그래도 한 달 동안 시술을 받은 사람인데 대화를 나눴을 거 아닙니까? 혹시 태정우니 천나영이니 하는 이름을 말한 적은 없었습니까?"

"전혀요. 저하곤 얘기 거의 안 했어요. 시술만 끝나면 곧 돌아갔어요."

이유현이 여러 방향에서 두드렸지만 종내 신재인의 입은 열리지 않았다. 내놓으면 상하기라도 하는 듯 머플러로 입을 가린 채 조그맣게 오물거릴 뿐 긴 말을 하려 들지 않았다. 그녀의 입은 이탁오 박사보다 더 굳게 닫혀 있었다. 이탁오 박사가 다 알 뿐 자기는 모른다는 든든한 변명 뒤에 숨을 뿐이었다. 겨울 같은 여자, 동굴 같은 여자였다. 그런 그녀의 태도가 이유현에게 더욱 의구심을 불러일으켰다. 이렇게까지 입을 닫을 필요가 있을까. 그 이유는 길영인을 보호하려는 것일 테고. 그렇다는 건 길영인에게 경찰이 알아서는 안 될 부분이 있다는 얘기일 테지. 창과 방패, 서로가 할 말이 없어질 무렵 고진이 불쑥 물었다.

"신재인 씨 안경 참 멋있네요. 색은 짙은데 도수가 없는 것 같습니다."

"네…… 패션용으로."

신재인은 의외의 질문에 당황했다.

"눈이 참 크시군요. 시력은 좋으세요?"

"네…… 양쪽 다 1.5예요."

이유현은 생뚱맞은 고진을 어이없다는 듯 바라보다 마침내 손을 털고 일어섰다. 고진은 배웅하러 문간까지 나온 박사에게 말했다.

"집이 참 좋습니다. 탐나는데요."

"음. 내가 특별히 고른 집이야. 위치나 설계, 쏙 맘에 들더군."

고진은 집 안을 휘이 둘러보다가 복도 안쪽을 가리키며 말했다.

"저 복도 쪽으로는 침실인 모양이죠?"

"그렇지. 침실하고 서재하고 방 몇 개."

"복도 끝에는요? 어두컴컴해서 안 보이네요."

"음, 거기 왼쪽으로는 지하실로 내려가는 계단일세."

"아하, 지하실도 있군요. 거기는 뭐로 이용하십니까? 혹시 좋은 와인이라도?"

"아쉽게도 아닐세. 내 취향은 알다시피 스카치야. 지하실엔 그냥 잡동사니뿐이네. 책, 오래된 의료 도구 따위. 플라스틱 해골도 있어."

"재미있겠네요. 혹시 구경해 봐도 될까요?"

고진이 눈을 들어 이탁오 박사를 응시했다. 박사는 주저 없이 고개를 끄덕였다.

"아이 같은 호기심은 여전하군. 얼마든지."

"아닙니다. 관두죠."

고진이 김 샌 목소리로 말했다. 주저 없는 박사의 승낙이 그의 궁금증을 꺾어 버렸다. 두 사람이 집을 떠날 때 박사는 현관 앞까지 나와 크게 웃으며 손을 흔들었다. 눈발이 다시 조금씩 날리고 있었다.

"여기까지 온 김에 우리 길영인 집에 한번 들러 볼까?"

마을을 떠나며 고진이 말했다. 이유현이 마다할 리가 없다.

청평에서 출발해 양평 숲 속에 틀어박힌 길영인의 집에 도착했을 때는 노을의 끝자락이 겨우 하늘에 걸쳐진 저녁 무렵이었다. 눈을 흠뻑 뒤집어쓴 숲은 그림자극 같은 괴이한 형상으로 변하고 있었다.

검은 화면 속 불량 화소처럼 멀리 도깨비불 같은 것이 가늘게 보였다. 분명 길영인의 집이었다. 조수석에서 유유자적하던 이유현이 쾌재를 부르며 핸들을 잡은 고진을 쳐다보았다.

"불이 켜져 있어요! 길영인이 집에 있습니다!"

고진도 기대감에 맞장구쳤다.

"드디어 만나는 건가. 무슨 한 나라의 정상도 아닌데 이리도 만나기 힘들었다니."

고진이 차를 집 앞 언저리에 댔다. 거실 창문에 두터운 커튼이 쳐져 있고 그 사이로 빛이 배어 나오고 있었다. 집 앞쪽은 차 바퀏자국에 짓눌려 눈과 흙이 범벅이 되어 있었다. 두 사람은 질퍽해진 길을 지나 현관에 다다랐다. 이유현이 벨을 눌렀다. 잠시 후 도어폰에서 쉬고 탁한 목소리가 들려왔다.

"누구요?"

"경찰입니다."

잠깐의 침묵이 찬바람과 함께 지나갔다.

"경찰이 왜요?"

쉽게 문을 열어 주지 않을 태세였다. 이유현은 정면으로 용건을 밝혔다.

"태정우 씨 살인사건으로 좀 진술을 듣고 싶어서 왔습니다."

일부러 '살인사건'을 언급했다. 괜한 오해를 사서 범인으로 지목되지 않으려면 당장 문을 열어야 하리라는 계산이었다. 다시 침묵이 흘렀다. 이번에는 꽤 긴 침묵이었다. 어떤 계산을 하고 있는 것일까. 바람 막을 곳 없는 현관 앞에 서 있으려니 두 사람 다 온몸이 시려왔다. 고진이 눈으로 재촉했고 이유현은 몇 번을 더 불렀다. 하지만 여전히 대답이 없었다. 도어폰 수화기를 내려놓지는 않았는지 쉬 하는 기계적 잡음이 계속 전해졌다.

"문 열러 나오다가 잠들었나?"

고진이 추위에 목을 움츠리며 불평했다.

그때 어디선가 차 시동을 거는 소리가 들렸다. 집 뒤쪽인 듯했다.

"이상한데?"

두 사람은 급히 집 뒤로 돌아가 보았다. 막 시동이 걸린 렉스턴이 그르렁거리며 출발하고 있었다.

"집 뒤쪽에도 출입문이 있었어!"

이유현이 소리쳤다. 렉스턴이 두 사람 옆을 스치며 사나운 기세로 지나갔다. 그 바람에 흙과 눈이 뒤섞여 옷에 튀었다. 선팅이 얕게 된 운전석 창 너머로 굳게 결심을 한 듯 악다문 입술과 어두운 얼굴, 덥수룩한 장발이 보였다. 검은 코트로 몸을 감싸고 있었다.

"길영인이야! 그날 연구소에서 본 남자야!"

고진이 다급하게 외쳤다. 고진과 이유현은 급히 자신들이 타고 온 뷰익에 올랐다. 고진의 애마이건만 급한 마음에 이유현이 운전석에 뛰어들어 핸들을 잡았다. 오른발에 힘주어 액셀러레이터를 콱 밟았지만 차는 굉음을 내며 제자리에서 미끄덩할 뿐이었다. 마음만 앞서 쌓인 눈을 생각하지 못한 탓이었다. 렉스턴은 둘이 그러건 말건 주저 없이 힘차게 달려 나갔다.

겨우 차를 도로에 올려놓으니 렉스턴은 이미 점이 되어 있었다. 차가 머리를 향한 곳은 양평 읍내 쪽이었다.

어디로 가는 거지? 이유현은 거칠게 액셀러레이터를 밟았다. 하지만 좀처럼 렉스턴과의 차이를 좁히지 못했다. 눈이 얼어 얇은 막처럼 반질거리는 경사로에서는 바퀴가 헛돌기까지 했다. 상대방 드라이버와 달리 초행길이라는 핸디캡도 있었고, 은퇴 시기를 한참 지난 뷰익 성능상의 한계도 있었다. 따라잡는가 하면 커브 길에서 다시 거리가 벌어졌다.

"이 사람, 남의 차라고 너무 막 밟는군. 좀 살살 몰아. 얼마 전에도 정비 불량으로 퍼졌던 차야."

고진이 창문 위 손잡이를 부여잡고 툴툴거렸지만 이유현은 대답

없이 앞을 노려보았다.

구불구불한 도로여서 거리를 좁히기가 더 힘들었다. 렉스턴은 뱀처럼 유연한 궤적을 그리며 달렸다. 군데군데 눈이 쌓인 길 위에서 완급의 조절이 뛰어난 탄력 있는 드라이빙 실력을 보여 주고 있었다.

"이거 우리가 왔던 길인데요?"

한참을 뒤따르다 보니 렉스턴이 달리는 길은 그들이 저녁에 떠나왔던 이탁오 박사 집으로 이어지는 37번 국도였다.

"설마, 이탁오 박사한테로 가는 건가?"

고진이 미심쩍게 말했다. 그건 아닌 모양이었다. 렉스턴은 국도에서 소로로 접어들어 다시 한참을 달리더니 급커브를 틀어 오른쪽 샛길로 들어갔다. 멀리서도 샛길로 들어가는 차의 뒤꽁무니가 확실히 보였다.

샛길로 들어가는 길목에 차를 잠시 세우고 오른편을 보았더니 렉스턴이 강하게 비튼 바큇자국이 눈 위에 남아 있었다. 차를 몇 대 댈 수 있을 정도의 빈터가 있었지만 정작 안으로 뻗은 길은 차 한 대 너비의 비포장도로였다. 뷰익이 간신히 진입했지만 원래 차를 위해 난 길은 아닌 모양이었다. 노구의 승용차 바닥이 돌에 긁히는 소리가 벅벅 하며 연신 들렸고 그 소리가 안타까운 고진의 낯빛이 노래졌다.

곧 막다른 곳이 나왔고, 길목을 지키듯 자그마한 집이 한 채 덩그마니 있었다. 언뜻 보면 숲 속에 흔한 주거용 컨테이너로 보일 만큼 작았지만, 목재로 지어진 오붓한 단독주택이었다. 집 앞에는 예의 렉스턴이 보닛에서 김을 내뿜으며 서 있었다.

"저 집으로 들어갔나 봅니다."

두 사람은 천천히 차에서 내려 현관으로 가 문을 두드렸다. 어차피 막다른 길이다. 이젠 도망갈 곳이 없다. 독 안에 쥐를 몰아넣은 기분이 된 고진과 이유현은 느긋하게 회심의 미소를 지었다.

한동안 응답이 없었다. 이유현은 한층 세게 문을 두드렸다.

"경찰입니다! 문을 여십시오!"

집주인은 뭘 하고 있었는지 사오 분 후에야 문이 열렸다. 젊은 여자가 모습을 드러냈다. 고진과 이유현과 여자 세 사람은 마주 보고 일제히 놀랐다.

여자는 신재인이었다. 바로 조금 전 이탁오 박사의 집에서 만났던 그 신재인. 이렇게 가까운 데서 살고 있었군. 고진과 이유현이 박사의 집을 떠나고 곧 신재인도 집으로 돌아온 모양이었다. 상황이 상황이니만큼 고진은 인사를 생략했다.

"길영인 씨가 이리로 왔죠?"

당연한 권리라는 듯 말하면서 둘은 집 안으로 들어섰다. 신재인은 특별히 항의하지 않았다. 조용히 서 있을 뿐이었다. 이유현과 고진은 그 태도를 '얼마든지'로 해석했다.

집은 자그마했다. 현관을 들어서자 거실과 부엌이 있고 그 안쪽에 방이 하나 있을 뿐인 단순한 구조였다. 두 사람은 들어서며 거실과 부엌, 화장실을 확인했다. 그들이 쫓아온 길영인의 모습은 없었다.

남은 곳은 침실뿐이다. 이 조그만 집의 유일한 방이자 신재인이라는 여성의 내밀한 공간이다. 급한 마음에 현관에서 거실까지 밀고 들어와 버렸지만 상황에 따른 실례도 한계가 있는 법. 고진이 표정을 누그러뜨리며 신재인에게 양해의 말을 건네려는 찰나, 이유현이 주저하지 않고 성큼성큼 걸어가 과감하게 방문을 열어젖혀 버렸다.

"길영인 씨!"

이유현은 기선을 제압하려 커다란 목소리로 불렀다.

"헛!"

두 사람은 동시에 놀랐다. 회색 모노톤 벽지의 방은 꽤 컸다. 그 큰 방 안이 텅 비어 있었다. 아니, 가구는 있었지만 사람은 없었다. 무언가를 급히 찾은 듯 방은 극심하게 어지러워져 있었다. 왼쪽 벽에 붙은 침대 이불이 마구 흐트러져 있었다. 안쪽 커다란 이불장 문이 몽땅 열려 안에 있는 이불과 옷가지들이 불거져 나와 있었고, 아래쪽 서랍도 모두 다 밖으로 삐져나와 있었다. 그 옆 화장대 위의 화장품은 질서 없이 쓰러져 있었다. 오른편 벽에는 6단 서랍장이 있었는데 역시 서랍이 모두 앞으로 다 빼내져 있고, 안에 있었던 속옷과 수건 따위가 심하게 헝클어지거나 밖으로 꺼내져 있었다. 급하게 뒤진 흔적이 곳곳에 역력했다. 마치 창자가 다 쏟아져 나온 사체처럼 방은 모든 속을 다 뱉어 낸 어지러운 상태였다.

"길영인은 어디 간 거야?"

마법사의 모자 안에서 사라진 토끼 같았다. 이유현과 고진은 침대 위아래를 들여다보았으나 거기에 사람이 숨을 공간은 없었다. 장롱 안을 들여다보았지만 이불과 옷을 뱉어 낸 채 텅 비어 있을 뿐이었다. 이유현이 어리둥절해 있는데, 방 정면의 커다란 창문이 빼꼼히 열려 있는 것이 눈에 들어왔다. 그 틈으로 찬 기운이 들어오고 있었다. 창문을 열고 고개를 내밀어 보니 집 뒤편 오른쪽에 자그마한 오솔길이 거실 창 불빛에 희미하게 비쳤다.

신재인의 집

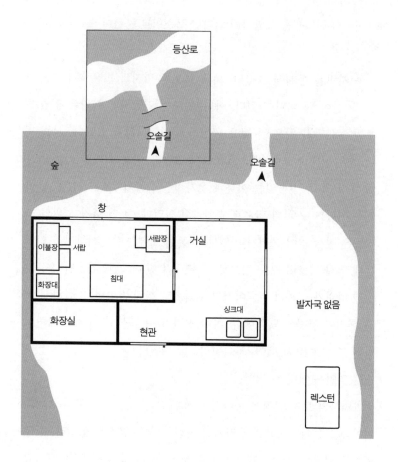

"저기군! 길영인이 저리로 도망갔어!"

성미 급한 이유현은 창을 열어젖히고 맨발로 창틀을 뛰어 넘어갔다. 고진은 뒤돌아 현관으로 나가 구두를 신고 집 오른편으로 돌아 뒤쪽 오솔길로 향했다. 고진은 급히 움직이면서도 현관에서 집 뒤 오솔길로 이어지는 길 위에 발자국이 있는지 눈으로 살폈다. 길영인이 침실 창문을 뛰어넘은 다음 오솔길로 도망치지 않고 반대로 현관 쪽으로 돌아와 도망쳐서 허를 찔렀을 가능성도 있기 때문이다. 거실 창에서 쏟아지는 불빛은, 좁은 눈길 위에 발자국 따위는 전혀 찍혀 있지 않음을 확인시켜 주기에 충분했다. 서설 위에 고진이 만든 발자국만이 유령의 그림자처럼 남겨지고 있었다. 맨발로 창을 넘어갔던 이유현은 시린 발을 동동 구르며 눈 위에서 왔다 갔다 하고 있었다. 멍한 얼굴에는 자신의 행동에 스스로도 황당해하는 표정이 떠올라 있었다. 그는 고진이 건네준 구두를 신고는 숲 속으로 냅다 뛰기 시작했다. 그 뒤를 고진이 따랐다.

두 사람은 정신없이 오솔길을 달렸다. 달렸다기보다는 헤매었다는 쪽이 가까웠다. 상기된 얼굴은 점점 식어 갔다. 냉혹한 추위 때문이기도 하지만 서서히 덮친 당혹감 때문이기도 했다. 길영인은커녕 아무도 없었던 것이다. 두 사람이 나란히 서기도 힘든 울퉁불퉁하고 좁은 돌길이었다. 불빛 한 점 없는 오솔길에서 눈 위 발자국을 식별할 수는 없었고, 그럴 필요도 없어 보였다. 다른 곳으로 샐 수 없는 외길이었고, 무엇보다 마음이 급했다. 잎이 떨어진 메마른 가지가 얼어붙은 얼굴과 무릎을 연신 때려 왔다.

"정말 청설모 같은 놈이네, 이런 길을 어떻게 그렇게 빨리 도망쳤지?"

이유현이 눈을 이고 휘어진 나뭇가지를 손으로 걷어 내며 탄복했다.

5분여를 가니, 숲은 옅어졌다. 희미한 불빛이 보이면서 시야가 트이기 시작했다. 조금 더 가니 잘 닦인 등산로와 만나는 지점이 나왔다. 그들이 지나온 길은 이 등산로에 연결되도록 숲의 옆구리를 터 길의 흔적을 만든 가통로였다. 근래에는 거의 이용되지 않은 듯하지만. 등산로가 이어진 곳이 높은 산은 아니어서, 밤늦은 시간임에도 아이젠을 눈길에 박으며 하산하는 등산객이 눈에 띄었다. 이유현은 홀로 손전등을 들고 지나가는 60대 등산객을 세워 물었다.

"머리카락이 덥수룩하고, 검은 코트를 입은 남자를 보지 못했습니까?"

"네? 아뇨······."

초로의 등산객은 뜬금없는 양복쟁이 두 사람의 출현과 달려들 듯한 이유현의 기세에 당황해했다.

"이 위쪽으로 등산로는 여러 갈래로 갈라집니까?"

"아뇨, 한 20분 이상은 외길이에요."

"그럼, 20분 동안 걸어 내려오시면서 그런 남자를 못 보신 겁니까?"

"에, 네······. 못 봤어요."

등산객은 양팔을 휘저으며 대답했다.

"그렇다면 길영인은 위로는 가지 않았어요."

이유현이 고진을 돌아보며 말했다.

"이 밤중에 산으로 올라가진 않았겠지."

고진이 숨을 헐떡이며 동의했다. 두 사람은 주저 없이 방향을 틀어 아래쪽 등산로를 따라 뛰어 내려갔다. 완전히 어두웠지만 등산로는 잘 닦여 있어 미끄럼만 조심하면 조금 전 오솔길보다는 한결 편했다. 내려가는 등산로도 외길이었다. 한참을 달리니 앞서 하산하고 있던 등산객을 한 사람 따라잡을 수 있었다.

"혹시 검은 외투를 입은 남자가 이 길로 내려가지 않았습니까?"

"아뇨, 만난 사람 없는데요."

40대의 작달막한 등산객은 확실하게 대답했지만, 이유현은 무슨 말도 안 되는 소리를 하느냐는 눈으로 등산객을 노려보고는 다시 뛰어 내려갔다. 고진은 벌어진 입으로 하얀 김을 내뿜기 시작했다.

"어휴, 담배를 끊어야지……."

이유현은 또 한 명의 등산객을 따라잡았다. 그러나 대답은 같았다. 결국 이유현은 멈춰 섰다.

"길영인을 본 사람이 아무도 없어요. 이럴 수가 있습니까?"

이유현은 헉헉대며 뒤따라온 고진에게 야단치듯 말했다. 고진은 말이 안 나와 양팔을 벌리고 어깨를 으쓱할 뿐이었다.

"아무리 길영인이 빠르다 해도 이게 가능합니까? 집 뒤편 오솔길은 외길이었어요. 이 등산로로 이어질 수밖에 없었는데. 또, 등산로를 위로든 아래로든 지나갔으면 보지 못할 수 있을까요? 그런데 위쪽 길, 아래쪽 길 등산객은 모두 그런 사람 못 보았다지 않습니까? 길영인은 등산길에 어울리지 않는 검은 코트 차림이었어요. 아무리 밤이래도 눈길에 그런 사람을 못 볼 수 있을까요."

"길영인이 예전 단거리 선수였다더니만 대단해. 어디로 도망쳤을까."

고진은 고개를 절레절레 흔들었다.

닭 쫓던 개가 되어 버린 두 남자에게 뒤늦게 겨울 산자락의 모진 추위가 엄습해 왔다. 길영인이 집으로 들어갔을 거라고 단정하고 차에서 그대로 뛰어내린 통에 두 사람은 외투도 걸치고 있지 않았다. 추격을 하는 동안 치솟았던 아드레날린이 내려앉자 몸은 급속도로 식어 버렸다. 눈이 달라붙은 구두는 돌처럼 무거웠고 귓속에서는 윙윙하며 얼음 어는 소리가 들렸다.

두 사람이 이를 딱딱 부딪치며 신재인의 집으로 돌아온 건 헛수고로 끝난 추격전을 시작한 때로부터 한참 지난 뒤였다. 현관 앞에는 렉스턴이 검은 차체를 번득이며 그대로 서 있었다. 차문은 잠겨 있고, 차창을 통해 들여다보이는 내부는 텅 빈 채 아무런 실마리가 없어 보였다. 신재인은 그 모든 소동에 무관심한 듯 차분하게 거실에 앉아 있었다. 집 안의 온기에도 불구하고 머플러를 귀까지 올렸고, 짙은 색 안경도 여전했다. 춥다고 호들갑을 떨기엔 신재인의 모습이 지나치게 침착하고 나른해 보이기까지 했다.

"집 뒤 오솔길은 뭡니까?"

이유현이 다그치듯 물었지만 신재인은 차분하게 답했다.

"전에 이 집에 살던 분이 등산로하고 연결되도록 다져 놓은 모양이에요. 전 거의 이용하지 않지만요."

"방을 한 번 더 보여 주시겠습니까."

급한 상황이 지난 터라 이유현이 이번에는 격식을 갖추어 청했다. 신재인은 가볍게 고개를 끄덕였다. 침실에 들어가 보았으나 그대로였다. 추위 때문에 창문만 닫아 놓았을 뿐이었다. 온갖 서랍이 빠져 있고 옷가지가 다 나와 있는 상태.

"혹시 몰라서 정리하지 않고 그대로 두었어요."

방을 둘러보고 있는 두 사람의 뒤에서 신재인이 조용히 말했다.

"현명하시네요. 잘하셨습니다. 일종의 현장보존이죠. 이제는 정리하셔도 좋습니다."

이유현과 고진은 밖으로 나와 거실에 자리를 나누어 앉았다. 차를 타려 하는 신재인을 이유현이 만류했다.

"잠깐 몇 가지만 여쭤보고 가겠습니다."

이유현의 말에 신재인은 말없이 고개를 숙였다.

"길영인 씨가 이리로 들어와서는 뭐 했습니까?"

신재인은 두 사람이 아무래도 불편한 모양이었다. 멀찍이 부엌 의자에 앉아 거실에 자리한 이유현과 고진을 향해 말했다.

"저도 깜짝 놀랐어요. 집에 불쑥 들어와서는 안방을 미친 듯이 뒤졌어요."

"들어오자마자 방을 뒤졌습니까?"

고진이 물었다.

"네. 무슨 일이냐고 물어도 정신없이 방을 뒤지기만 했어요. 저는 너무 놀라서 말리지도 못하고 그냥 서 있기만 했어요."

"그러고는요?"

"마구잡이로 뒤지다가 퍼뜩 고개를 들고는 창을 통해 나가 버렸어요. 누명을 쓰고 경찰에 쫓기고 있다는 말을 남기고요."

신재인의 말은 나지막하고 냉랭했다. 경찰이 엄한 사람을 쫓고 있다는 원망이 묻어났다.

"안방에서 뭘 찾은 겁니까?"

"저는 모르죠. 길영인 씨가 왜 그랬는지 도통 영문을 모르겠어요. 뭘 찾으셨는지도 당연히 모르고요."

"알겠습니다. 신재인 씨는 거기에 대해 모른다고 해 두죠. 그래도 어쨌든 길영인 씨가 신재인 씨 안방에서 찾을 게 있었다는 건 두 분이 상당히 친밀한 관계였다는 얘기 아닙니까?"

고진의 그 말에 신재인의 시선이 불안해졌다.

"길영인 씨는 저희 연구소 고객이에요. 딱해 보여서 제가 개인적으로도 좀 돌봐 드리고 있고요……. 마침 집도 같이 양평이겠다, 가까워서 가끔 왕래도 있었어요."

신재인의 목소리가 기어 들어갔다.

"길영인 씨하고는 단순한 고객 이상의 관계인 겁니까?"

이유현이 과감하게 물었다.

"고객 이상의 관계라고 하시면……?"

신재인이 고개를 들어 불쾌한 눈빛을 보냈다.

"꼭 남녀 관계라고 말씀드리는 건 아닙니다. 인간적으로 두 분이 믿고 의지하는 관계였냐 하는 거죠."

"……그런 것도 아니에요. 저희는 고객분이 적은 만큼 개인적인 이야기를 나누면서 인간적으로 가까운 거리까지 갈 수밖에 없어요. 그걸 믿고 의지하는 관계라고 할 수도 있겠지만 그건 우리 연구소의 업무예요."

"묘한 이야기네요. 업무상 인간적으로 접근한다?"

"표현을 그렇게 하면 뭐든 이상한 거고요."

추궁을 당할수록 신재인의 말투는 오히려 또렷해지고 차가워졌다.

"정신자살연구소는 폐업하지 않았습니까?"

"그렇다고 우리 연구소 고객을 나 몰라라 하진 않아요. 자살을 생각할 정도로 힘들었던 분들이에요. 우리가 아니면 기댈 곳이 없는 분들도 많아요. 그만큼 박사님한테 마음으로 기대는 분들이에요. 저 역시도 박사님을 절대적으로 신뢰하고 있어요."

신재인이 이탁오 박사에 대해 말할 때는 깊은 존경심이 비어져 나왔다. 계약이 만료된 고용주에 대해 으레 가질 만한 수준은 넘어서 있었다. 고진은 화제를 돌렸다.

"길영인 씨가 안방에서 원하는 걸 찾은 것 같았습니까?"

"그건 모르겠어요. 아, 아닌 것 같아요."

신재인은 왠지 더듬거렸다. 고진이 슬그머니 웃으며 말했다.

"모른다는 것과 아니라는 건 완전히 다른 대답인데요."

"아니에요. 정말 못 찾았어요. 마구 뒤지다가 두 분이 현관문을 두드리니까 놀라서 창문으로 뛰어 넘어간 거예요. 급하게 신발을 가져다 달래서 전 그냥 시키는 대로 했고요. 있는 그대로만 말씀드리는 거예요."

신재인의 어투가 어쩐지 다급해졌다.

"신재인 씨 말대로라면 길영인 씨는 찾던 걸 발견 못 하고 도망간 모양이군요. 그럼 그건 방에 그대로 남아 있을 수 있겠네요. 우리가 다시 한 번 방을 찾아봐도 괜찮겠습니까? 길영인 씨에게 중요한 거라면 우리에게도 힌트가 될 것 같은데."

고진이 떠보듯 말했지만, 신재인은 의외로 선선히 답했다.

"네. 그렇게 하세요. 뭔지는 몰라도 길영인 씨에 대한 오해가 풀릴 수도 있겠죠."

고진은 신재인을 물끄러미 보다가 어깨를 으쓱했다.

"아뇨, 됐습니다. 길영인 씨에 대한 신뢰가 깊으시군요."

"적어도 경찰이 찾을 만한 일하고는 가장 멀리 떨어진 분이라는 것 정도는 알죠."

금세 냉정을 되찾은 신재인이 차분하지만 확고한 어조로 말했다.

"혹시, 길영인 씨가 등산복으로 옷을 갈아입은 거 아닙니까?"

이번에는 이유현이 물었다. 등산복으로 갈아입었다면 등산객이 못 보고 지나쳤을 수도 있다는 생각에서였다. 이유현은 등산객에게 검은 코트를 입은 남자에 대해서만 물었다. 하지만 등산복 차림이었다면 어둠 속에서 다른 등산객들의 시선을 끌지 않았을 수 있다.

"아뇨, 전 등산복 자체가 없어요. 있다 해도 제 건 사이즈가 작을 거고요."

등산복이 없다는 건 거짓말일 수 있겠지만 사이즈는 확실히 다를 것이 분명했다.

고진과 이유현은 눈빛을 교환하고 일어섰다.

나가기 전 이유현은 신재인에게 정중히 사과하고 협조에 감사한다는 말을 어색하게 남겼다. 집에 뛰어든 것, 여성의 방을 수색한 것 모두가 어디까지나 시민의 '협조'였다는 기억으로 정리하려는 것이다. 신재인은 개의치 않는 듯했고, 유령처럼 현관에 서서 두 사람을 조용히 배웅할 뿐이었다.

"렉스턴 근처에서 길영인이 돌아올 때까지 기다려 볼까요."

이유현이 분이 덜 삭은 목소리로 말했지만 고진은 지친 듯 고개를 가로저었다.

"말도 안 돼. 자네 약 오른 건 알겠는데, 너무 기약 없는 일이야. 어쨌든 길영인은 정식 용의자도 아니잖아."

귀경길의 핸들을 잡은 고진의 옆자리에서 이유현은 내내 낙담한 모습으로 앉아 있었다.

"아직도 멍합니다. 이 상황이 어떻게 가능한지."

"나도 마찬가지야. 눈앞에서 사람이 사라지는 마술을 같이 보았잖아."

"형님하고 나는 렉스턴을 바싹 뒤쫓았어요. 렉스턴은 분명히 중간에 서지도 않았고. 신재인의 집에 들어가서부터는 일단 거실, 화장실부터 확인했죠. 침실에도 분명히 없었어요. 형님하고 나하고 샅샅이 훑어 나갔단 말입니다. 길영인은 그런 식으로 몰리다가 침실 창문을 넘어 도망갔을 게 분명합니다. 그런데 뒤 오솔길에는 아무도 없었고, 등산로에서도 위쪽이든 아래쪽이든 길영인을 보았다는 등산객이 아무도 안 나왔어요. 이것 참. 대체 어디로 튈 수 있는 건지."

이유현은 조수석에서 계속 조금 전의 일을 이리저리 되새김질했다.

"길영인이 집에 없었다는 건 이해가 돼. 밖으로 나갔단 얘기니까. 등산로에서 사라진 일도 있을 수 있어. 집에 있었다는 말이 되니까. 하지만 집과 등산로 두 군데 다에서 모습을 감출 수는 없단 말이지. 이 간단한 논리의 어디서 구멍이 난 걸까."

고진도 오리무중인 것은 다를 것이 없을 터지만 이유현과 달리 왠지 기분이 좋아 보였다. 운전도 느긋했다. 이유현은 휑한 눈을 하고 고개를 저으며 말했다.

"침실 창문을 넘어 뒤쪽 오솔길로 도망치지 않고 현관 앞쪽으로 빠져나와 도망친 건 아닌가 생각해 봐도, 형님 말대로라면 그쪽에는 일절 발자국이 없었다고 하고."

"확실해. 오솔길과 현관 쪽 사이에는 일절 발자국이 없었어."

고진은 고개를 단호하게 끄덕였다.

"막대기 같은 거에 올라타서 현관 쪽으로 갔다면?"

눈앞의 인간 실종에 넋을 잃은 듯 이유현은 무리한 추측을 던졌다. 고진은 고개를 돌려 어이없다는 시선을 이유현에게 보냈다.

"그럼 이번에는 길영인이 어느 서커스단 출신인지를 조사해 봐야겠군."

"으음, 그 얘기는 철회합니다."

이유현이 민망한 듯 시선을 피했다. 고진이 말했다.

"그냥 길영인이 머리카락 안 보이게 잘 숨었을 뿐인 건 아닐까? 급하게 도망치면서 괴상한 트릭을 준비하기도 어렵잖아."

이번에는 이유현이 어이없다는 시선을 보냈다.

"그렇겠네요. 급하게 외길로 도망치면서 추적자 두 사람을 따돌리고 숨는 건 아주 쉬운 일일 테니까요. 형님이라면 코끼리를 냉장고에 넣을 수 있을 거예요. 냉장고 문을 연다, 코끼리를 넣는다, 문을 닫는다."

"으음. 아무래도 괜히 얘기했군."

이유현은 깍지를 낀 팔을 위로 한 번 쭉 뻗고는 화제를 돌렸다.

"어쨌든 길영인과 신재인은 꽤 가까운 사이인 모양인데요."

"그런 거 같아. 길영인은 인간관계가 좁은 인물이고, 그나마 연구소의 여자 스태프인 신재인에게 많이 의존했던 것 같아. 지금으로서는 가장 가까운 인물 중의 하나인 거지."

"길영인은 위험에 처했다고 느끼고는 신재인의 집으로 도망쳐 들었던 겁니다. 거의 본능적으로."

"본능적으로 뛰어든 집에서 대체 뭘 그리 찾았을까?"

"아까 신재인이 그러라고 할 때 방에 들어가서 찾아보지 그러셨어요?"

"그 자신감을 보니 그러고 싶은 마음이 싹 사라지더군. 물건을 길영인이 갖고 갔든지 이미 치웠든지 조치를 했다는 거지."

"그런 심리를 짚고 베팅을 한 건지도 모르죠."

"베팅할 정도로 머리를 굴릴 거라면 우리가 돌아오기 전에 벌써 물건을 안전한 곳에 옮기든 조치를 하는 게 먼저지. 어차피 방 안엔 이미 물건은 없는 거야."

뒤따르던 승용차 한 대가 답답했는지 옆을 횡 하고 추월해 스쳐 지나갔다. 이유현은 등산복 착용설에 여전히 미련이 남은 모양이었다.

"깊게 생각할 필요가 없을지도 몰라요. 길영인이 신재인 집에 무슨 보물을 숨겨 놓았을 것 같지도 않고. 역시 갈아입을 등산복을 찾은 거 아닐까요? 그러고는 오솔길로 도망쳐서 등산객에 섞여 버리면."

고진은 이유현의 가설을 곧바로 부정했다.

"신재인이 설사 길영인을 도와주었다 하더라도 방 안을 뒤지면서 느긋하게 옷까지 갈아입을 수는 없었을 거야. 또 그 급박한 때에 한시라도 멀리 도망갈 것이지 등산복으로 갈아입을 여유를 부릴 사람도 없을 거고. 우리가 처음 신재인 침실에 뛰어 들어갔을 때 길영인이 벗어 놓은 옷도 보이지 않았잖아."

고진은 잠시 말을 끊고 혼자서 히죽히죽 웃었다.

"하여간 재미있어. 정말. 길영인도 이제 보니 이탁오 박사 못지않게 재미있는 인물이야."

고진의 시도 때도 없는 낙관은 이유현의 상한 기분을 더 상하게 만들었다. 이유현이 혀를 찼다.

"형님을 보면 그 사람 말이 생각이 나요. 오스카 와일드였던가요. '세상에 좋은 사람, 나쁜 사람은 없다. 재미있는 사람과 지루한 사람이 있을 뿐이다.'라고 했던 말."

"그런가? 하긴 내가 자네하고 다니는 거 보면 그런 면도 있지."

"내가 재미있는 사람입니까? 첨 들어 보는 말이네요."

"자신을 모르는군. 자넨 견딜 수 없이 지루한 사람은 아니야."

"그렇담 형님의 기준은 좀 바꾸어야겠네요. 세상엔 견딜 수 없이 지루한 사람과 견딜 만한 지루한 사람이 있을 뿐이라고."

철인 이유현도 드디어 피곤한지 하품을 하며 조수석에 몸을 묻었다. 고진은 어둠이 삼켜 버린 길을 골똘히 내다보며 액셀러레이터를 깊게 밟았다.

15

　정말 놀랐다. 경찰이 어떻게 나를 찾아왔을까. 놀란 마음에 정신 없이 도망쳤다. 역시 태정우 건이겠지? 지문도 다 지웠는데. 블랙박스의 메모리카드도 버렸다. 혹시 실수로 자국을 남겼던가? 내가 태정우의 시체를 제일 먼저 발견한 자라는 흔적 말이다. 나는 아내의 불륜 상대였던 태정우를 살해할 동기를 가진 사람이다. 경찰보다 먼저 시체에 접근했던 흔적이 발견된다면 내가 용의자로 되는 건 정해진 수순이다.

　경찰이라고 하는 순간 이성적인 판단보다는 달아나야 한다는 생각만이 온통 나를 사로잡았다. 2년간 이곳에 살면서 눈길 운전에 익숙해진 게 다행이었다. 그래도 그들을 확실하게 따돌릴 수 있었던 건 재인이가 도와준 덕분이다. 순간의 발상으로 심리의 사각지대를 이용할 수 있었다. 어찌 보면 경찰도 참 어리석다.

　경찰은 생각보다 쉽게 물러간 모양이었다. 경찰은 한번 들른 곳을 그날 눈 덮인 밤중에 다시 들르지는 않으리라. 그것 또한 심리의 맹점일 테지.

　밤늦은 시각 거실에서 재인이와 다시 마주했다.

　"고마워. 재인이가 아니었으면 누명을 뒤집어쓰고 경찰한테 시달릴 뻔했어."

"걱정 말아요. 다 잘될 거예요."

재인이는 내가 무사해서 다행이라는 듯 거실 불빛 아래에서 희미하게 웃어 주었다. 별말이 아닌데도 안심이 되고 마음이 푸근해졌다. 재인이는 비 맞은 새가 찾아든 처마 밑 둥지처럼 항상 나를 편안하게 해 준다. 분명 나보다 힘도 약하고 여린 여자인데도. 이 여자라면 언제까지나 나를 지켜 줄 것 같은 안도감을 준다. 사람에게 '안전'이라는 게 이렇게나 중요한 것이었나.

부엌에서 커피를 한 잔 따뜻하게 만들어 잠깐 동안 마시고 났더니, 그날 일에 놀라고 지쳤던지 재인이는 거실 소파에 앉았다가 어느새 그대로 쓰러져 조용히 잠들어 있었다. 새근새근 숨소리마저 들렸다. 평온해 보이는 얼굴이었다. 낮에는 저런 편안한 표정이 안 떠올라 있는데. 원래는 저 얼굴이 자기 것이었겠지. 그럼에도 타인에게는 자로 잰 것 같은 냉정한 모습을 짐짓 내보이려 한다. 타인을 지배하기 위해서가 아니라 타인들에게 지배받지 않기 위해서. 재인이에게도 역시 삶이란 긴장의 연속이리라. 그런 재인이가 내게만은 자신의 진짜 얼굴을 보여 주었다.

재인이를 들어 침대로 옮길 만한 기력은 남아 있지 않았다. 거실은 따뜻했다. 어차피 거실 하나, 방 하나의 작은 집이다. 보온만 잘하면 감기 걸리진 않을 테지. 오늘처럼 눈이 쌓인 날은 사무치는 추위가 없다. 침대방에서 베개와 이불을 가져와 베개를 뉘어 주고 이불을 두툼하게 덮어 주었다. 안경을 끼고 자고 있기에 안경을 벗겨 테이블 위에 올려놓아 주었다.

시계를 보니 벌써 자정이 다 되었다. 피로와 졸음이 몰려왔다. 그냥 재인이의 집에서 대충 엎어져 자고 싶었지만 오해할 여지가 있었다. 주인이 잠들었다고 마음대로 여자의 집에서 자는 남자. 그런 경멸을 재인이로부터 받고 싶지 않았다. 집으로는 돌아가지 않기로 했다. 집 쪽은 경찰이 들이닥칠 수도 있다. 남한강변 쪽 줄지은 러브호텔에라도 투숙해야겠다. 그런 생각을 품고 재인이 집을 떠나려 했다. 그러다 문득 살얼음같이 얇은 호기심이 일었다. 주인이 잠에 취해 있다는 건 주인이 없는 거나 마찬가지다. 한번 둘러나 볼까. 작은 집이다. 따지고 보면 내게 상냥하고 친절하다는 것 말고는 재인이에 대해서 거의 아는 게 없다.

거실 티브이 장 위에 조그만 수납장이 하나 있다. 4단 서랍 형태였는데, 위에서부터 하나씩 열어 보았다. 미끄러지듯 서랍은 쉽게 열렸다. 맨 아래서랍에 검은 커버의 노트 두 권이 보였다. 표지에는 '연구소 일지'라고 적혀 있다.

그중 한 권을 조심스레 꺼내 보았다. 정신자살연구소의 장부인 모양이었다. 휘리릭 넘겨보았다. 제대로 요식을 갖춘 영업 장부라기보다는 연구소의 운영 내역을 일지처럼 죽 기록한 가계부 수준의 내용이었다. 하긴 1인 연구소에 무슨 대차대조표니 손익계산서니 하는 회계 장부가 필요할까. 주로 출납 관련 내용이었지만 예전 고객의 이름과 인적 사항, 재산 상태 따위가 순서대로 기재되어 있었다. 많지는 않았지만 그만큼 한 명 한 명 고객의 정보는 비교적 자세하게 기재되어 있었다. 한때의 나처럼 죽음과 삶의 경계선에서 발을 내딛지 못해 떠돌았던 불행한 사람들. 그들의 이름을 보며 잠깐 뭉클한 기분에 잠겼다.

6개월 전부터의 내용은 없었다. 노트가 끝까지 다 찬 걸로 보아 그 뒤는 다른 장부가 있는 모양이었다. 무심코 고객들의 이름을 거꾸로 쭉 넘겨 가며 보던 난 앞쪽에서 숨이 멎는 충격을 받았다. 너무나도 익숙한 그 이름을 보았다.

한다미.

1년 전이었다. 연구소의 엄연한 고객이었다.

양평 집 주소, 재산 상황도 같이 기록되어 있었다. 분명 내 아내, '한다미'다.

내 아내가 1년 전에 정신자살연구소를 방문했다!

어떻게 이런 일이?

왜. 어떻게. 무엇 때문에?

연구소의 고객은 그리 많지 않다. 고객은 물론 이 연구소를 잊을 수 없겠지만, 연구소에서도 그 몇 안 되는 고객을 기억 못 할 리 없다. 난 그들에게 누차 아내 한다미의 부재로 살 의욕을 잃었다고 술회했다. 소장 이탁오 박사는 물론이고 재인이도 내 아내 한다미가 예전 고객이었음을 몰랐을 리 없다. 설마 그 특이한 이름을 잊었을까? 분명히 알았을 텐데! 그 사실을 왜 나에게 숨겼나?

아내는, 도대체 무슨 고민이 있어 자살까지 생각했던 걸까. 아내가 사라진 시점, 즉 살해된 시점과 정신자살연구소를 방문한 시점이 멀리 떨어져 있지는 않은 것 같다. 자살을 생각할 정도의 고민과 살인과의 사이에는 분명 어떤 관련이 있을 것이다! 어떻든 둘 다 소재는 '죽음' 아닌가. 이탁오 박사나 재인이는 필시 답 비슷한 것을 갖고 있을 거다. 머릿속이 마그마처럼 끓어올랐다.

당장 재인이를 깨워 물어보고 싶었다. 소파에 웅크리고 잠든 재인이는 나쁜 꿈이라도 꾸는지 간간이 신음 소리를 내며 뒤척였다. 측은한 생각이 들었다. 여전히 어린아이처럼 순진한 얼굴이었다.

저 얼굴로 나를 속였을까? 나에게만 보여 준 저 순수함으로? 마음을 가라앉혔다. 심호흡을 했다. 현관문 쪽에 붙어 있는 거울을 보았다. 한순간의 흥분에 입 언저리가 잔뜩 일그러진 내 얼굴이 보였다. 나도 쳐다보기 싫었다. 저 얼굴로 길길이 날뛰며 따지고 든다면 얼마나 추할 것인가. 그래, 이해가 안 되는 상황에는 반드시 설명이 있고 변명이 있다. 한 번 울컥해서 잃어버리기에는 재인이는 너무나 소중한 존재가 되어 버렸다. 내일 다시 와서 차분하게 물어보자.

일단은 재인이를 남겨 두고 나갔다. 숲을 뒤덮은 눈이 달빛을 차갑게 반사하고 있다. 벌게진 얼굴에 쏘아붙이는 밤바람이 무척이나 차다. 렉스턴의 시동을 켰다.

다음 날 부리나케 재인이의 집을 다시 찾아갔다. 재인이는 벌써 옷까지 제대로 갖춰 입은 평안한 모습이었다. 내가 장부를 본 사실을 모르는 얼굴이었다. 물론 알 리가 없긴 하지만. 그녀의 얼굴을 마주하고 막상 말을 꺼내려니 온갖 말들이 서로 아우성치다가 목구멍에 걸려 막혀 버렸다. 난 최대한 흥분을 가라앉히고 말을 처음부터 천천히 하려 애쓰며 물었다.

"미안한 일이지만 어젯밤 우연히 장부를 봤어."

"네?"

"연구소 일지 말이야."

재인이의 하얀 얼굴이 순식간에 벌겋게 달아올랐다. 그 상태로 눈을 내리깔고 말이 없었다. 평소와 다른 내 어조와 말투에서 내가 아내의 이름을 보았다는 것을 눈치챈 모양이었다.

"1년 전 아내가 연구소의 환자였어. 어떻게 된 일이지?"

여전히 말이 없다.

"왜 나한테 그 사실을 숨겼어?"

얼어붙은 듯 미동도 않는다. 그럴듯한 변명을 해 주길 바랐는데. 정말 그녀에게 좋지 못한 의도가 있었단 말인가? 처음부터 다시 물어야겠다.

"아내는 무슨 일로 연구소를 찾아왔던 거야?"

"……그건…… 저도 몰라요."

"재인이가 모른다고?"

"네. 다미 씨는 말이 별로 없었어요. 시술을 여러 번 하면서도 소장실에서 박사님하고만 이야기했지 저하곤 별 대화가 없었거든요."

의심스러웠다. 아내가 원래 그리 말이 없는 성격은 아니었다. 하긴, 그 무렵 자살을 생각한 때였다면 말이 없을 수도 있겠다. 하지만 재인이가 이탁오 박사를 내세워 발뺌을 하는 것 같다는 기분도 강하게 들었다.

"그럼, 아내가 1년 전 연구소의 고객이었던 사실을 왜 내게 말 안 했어?"

"그건, 그건……."

재인이도 여기서는 말문이 막혔나 보다. 이 문제에 관한 한 변명거리를 즉석 요리해 내기는 힘들겠지. 이탁오 박사를 내세워 피할 수 있는 질문이 아니다. 역시…… 여기서는 가장 세속적이면서 가장 진지한 동기 아니었을까. 돈.

"……부부 양쪽에서 시술비를 타 내기 위해서였나? 아무래도 아내가 한 번 시술을 받았다고 하면 내가 꺼림칙해할 수 있으니, 아내가 찾아왔단 사실에 입을 꾹 다물고 능청스럽게 내게서 다시 시술비를 받아 냈다, 이건가?"

참아야 한다는 결심에도 불구하고 나도 모르게 목청이 높아졌다. 심하게 채근하는 내 앞에서 재인이는 주르륵 눈물을 흘렸다. 난 말을 멈추었다. 한참의 시간이 흐른 뒤 재인이는 무언가를 결심한 듯 입을 열었다.

"그런 거 아니에요."

"돈이 아니면 어떤 이유일 수가 있지?"

"영인 씨를 위해서예요. 더 말할 수 없어요."

"정말 이렇게 뻔하게 나올 거야? 당신을 위해서라니. 이런 상투적인 문구가 재인이의 입에서 나올 거라곤 상상도 못 했어!"

재인이는 입을 닫아 버렸다. 그러고 나자 마치 그녀에게 정당성이 있는 것처럼 보였다. 내가 흥분하면 할수록 상황 속에서 정당성을 잃어 갔다. 참 억울한 노릇이었다. 어젯밤 이런 꼴이 될까 봐 하룻밤을 지냈는데. 분명히 그녀는 내게 말해 줄 의무가 있는데. 입을 닫는 것만으로 입장이 거꾸로 변하고 있다. 이치의 저울추가 묘하게 그녀 쪽으로 기울었다. 분명히 재인이는 내가 알지 못하는 무언가를 알고 있다. 하지만 결코 말하려 하지 않는다. 나를 위해서라는 명목하에. 하지만 더 심하게 다그칠 수 없었던 것은, 점점 그 말이 내게도 거짓처럼 여겨지지 않아서였다. 내가 흥분의 정점에 달한 타이밍에 그녀가 침묵이라는 허허실실의 묘수로 찔러 온 때문일까. 그래도 그냥 수긍하고 물러설 수는 없었다. 짐짓 한 번 더 흥분해 보았다.

"제길. 어젯밤에 그걸 보고 얼마나 놀랐는지 알아? 그런데 그런 막연한 말만 되풀이하면서 말할 수 없다고? 어젯밤에 내가 놀라서 얼마나…… 어젯밤에……. 어젯밤? 응?"

이상했다. 그 일이 나에게 얼마나 쇼킹했는지, 그래서 어젯밤 커다란 충격에 얼마나 뒤척이고 하얗게 밤을 새우며 고민했는지, 재인이에게 얘기를 하려 했건만 잘 기억이 나질 않았다. 어젯밤? 나는 어디서 뭐 했더라? 양평 내 집에 가지는 않았다. 경찰이 나를 찾는 게 무서워서 도망까지 친 판국이다. 강변 러브호텔에서라도 자려 했던 것 같은데? 그게 도무지 기억이 나지 않는다.

요즘 건망증이 부쩍 심해진 것 같다. 자주 무언가를 잊을 뿐 아니라, 아예 간밤에 뭐 했더라, 생각해 보면 기억이 잘 나지 않거나 뿌옇게 되어 버릴 때도 있다. 연구소를 방문하기 전에도 기억력이 좋진 않았지만 왠지 느낌으로는 연구소를 찾아간 이후에 망각이 훨씬 심해진 듯한 기분도 든다. 박사는 시술이 바보를 만드는 게 아니라고 했지만, 액면 그대로 믿기 힘들다. 아무래도 인간의 정신을 파괴한다는 정도의 충격을 가하는 시술이다. 정신이 온전할 리가 없다. 혹시 정신자살 시술을 통해 난 멍청이가 되어 버린 걸까? 난 고개를 절레절레 저었다.

재인이는 조용히 눈물만 흘리고 있었다. 난 벌떡 일어섰다. 재인이에게 작별도 고하지 않고 재인이의 집을 떠났다. 마지막으로 재인이를 힐긋 보았더니 여전히 눈물 흘리는 돌부처 같은 모습이었다. 이 집에 다시 오게 되지 않을 거라는 어렴풋한 생각이 들었다.

나가면서 퍼뜩 스치는 생각이 있었다.

이유가 돈이 아닌 건 아닐까?

만약 그들이 아내의 죽음을 이미 알고 있었다면? 자살 시술을 받은 환자의 죽음에 휘말려 귀찮은 일을 당할 수도 있다. 남편이 핏발 선 눈으로 따지고 들 우려도 크다. 그래서 숨긴 것은 아닐까. ……하지만 만약 그렇다면 이들은 아내의 죽음을 어떻게 해서 알 수 있었던 거지? 아무래도 그 가능성은 너무 낮다. 벽 속의 시체는 내가 얼마 전 발굴해 내지 않았던가. 그때 재인이도 전혀 알지 못하고 있다가 넘어갈 듯이 놀랐고. 제기랄. 글자 그대로 스쳐 지나간 생각이지만 그 꼬리를 잡기엔 너무 근거가 막연했다. 도무지 구체적인 줄기를 지닌 형태로 정리되지가 않는다.

바깥의 세찬 바람 소리가 오늘은 신음 소리처럼 들렸다. 대지는 온통 눈의 무게에 짓눌려 늘어져 있다. 내 고민처럼 자연도 괴로워하고 있는 것 같다. 오늘은 집에 가서 잠시 쉬어야겠다. 설마 경찰이 그새 다시 들이닥치지는 않겠지. 그다음을 생각해 보자. 어쨌든 당분간은 몸을 숨겨야겠지. 어디로 갈까?

16

　신재인의 집에서 길영인을 놓쳐 버린 이후, 이유현은 길영인을 일반 참고인에서 중요 참고인의 지위로 격상시켰다. 다음 날 오후부터 형사를 보내 길영인의 양평 집 근처에서 잠복을 하며 길영인의 출입을 감시하도록 했지만 올라오는 보고는 통 없었다. 신재인의 집 쪽에도 경찰을 보냈지만 렉스턴만 사라져 있을 뿐, 더 이상 길영인의 접근은 없었다. 길영인의 휴대전화로 수시로 연락을 시도했지만 전원이 꺼져 있었다. 한번 놓쳐 버린 물고기를 다시 건져 내는 일은 힘들었다. 물고기는 그만큼 경계하고 있기 때문이다.

　"계속 모텔을 전전하고 있는 걸까?"

　"아니면 길영인이 양평 집 말고 다른 집이 있는 건 아닐까요? 돈도 좀 있는 친구잖아요. 거기서 숨어 지낸다면?"

　강력팀 막내 유석태의 생각은 타당성이 있었다. 이유현은 국세청에 조회했다. 길영인이 양평의 집 말고도 자신 명의의 다른 집을 갖고 있다면 국세청 전산망에 뜰 것이다. 조회 결과 진천의 한 외딴집이 길영인의 명의로 되어 있다는 것이 드러났다. 거의 2년 전에 구입한 것으로 되어 있었다.

　"역시, 여기일 가능성이 있어."

　반드시 길영인이 거기 있지 않더라도 새로운 정보는 얻을 수 있으리라. 세입자가 들어와 있다면 허탕이겠지만.

이유현은 유석태를 대동하고 즉각 진천으로 달렸다. 도착했을 때는 벌써 어둑해진 해거름이었다. 진천은 양평 일대와 달리 눈이 거의 쌓여 있지 않았다.

길영인의 집은 조그만 시골 마을에서조차 살짝 벗어나 있었다. 큰길에서 들어간 비탈진 곳이었다. 포장 안 된 좁은 도로가 집으로 이어져 있었다. 집 옆에는 단단히 얼어붙은 채 흔적만 남은 밭고랑이 보였는데, 비닐 포대들이 반쯤 묻힌 채로 나뒹굴렸고, 거칠어질 대로 거칠어져 황무지 같았다. 원래 밭을 끼고 있는 집인데 길영인이 매입한 시점부터 밭은 돌보지 않은 듯했다. 집 앞뒤로 큰 느티나무가 수호신처럼 버티고 있어 그 바깥쪽에서는 전모가 보이지 않았다. 은둔형 인간 길영인의 구미에 맞는 집이라는 느낌이었다. 벽돌 위에 누런 황토를 발라 마감된 외벽에는 나무기둥이 가로세로로 질려 있었고, 적회색 슬래브 지붕을 이고 있는 모습이 힘들어 보였다. 전형적인 시골집인데 구입한 뒤에 자잘한 손질을 한 것 같았다.

"뭐 하러 이런 시골에 집을 샀지? 양평만 해도 충분히 전원인데."

이유현의 의문에 유석태도 말없이 고개를 저었다.

시골의 맑은 저녁 공기는 얼음이 그대로 기화된 것마냥 차가웠다. 마을에서 흘린 집처럼 외딴 곳에 위치한 길영인의 집은 쓸쓸한 분위기를 풍겼다.

"사람이 오랫동안 살지 않은 것 같은데요."

"좀 으스스한데."

이유현은 옷깃을 여미고 현관 초인종을 눌렀다. 기척이 없었다.

몇 번을 눌러도 마찬가지였다. 계십니까, 소리쳐 불렀지만 역시 조용했다. 유석태가 현관문을 잡고 돌려 보았다. 단단히 잠겨 있다. 밖에서 열쇠로 잠그는 방식의 자물쇠였다.

유석태가 일단 물러나 집을 빙 둘러보고 오더니 말했다.

"팀장님, 안방 쪽 창문이 잠겨 있지 않은데요."

이유현은 잠깐 갈등했지만 곧 결정했다. 열린 창문을 굳이 외면하지 않기로. 길영인에게 걸린 혐의의 무게만큼 결정은 쉬웠다. 물론 집주인의 허락 없이 창문으로 들어가서야 증거를 찾아낸다 해도 불법 수사가 되고 증거로 쓸 수도 없다. 하지만 이날은 확인만 하면 된다. 증거가 '있다'는 것만 확인하면 그때 영장을 받아 다시 와서 합법적으로 수거하면 된다. 그러고는 창문으로 들어간 일은 없던 것으로……. 잠깐, 이런 건 고진 식인데?

마지막에 든 생각 때문에 약간은 꺼림칙했지만 이유현은 고개를 끄덕였고, 유석태는 신발을 벗고 안방 창문을 열고 안으로 상체부터 날렵하게 집어넣었다. 곧 유석태가 안에서 현관문을 열어 주었다.

이유현은 집 안에 들어서면서 한 번 더 사람을 불렀지만 대답이 없었다. 집 안에는 일말의 온기도 느껴지지 않았다. 역시 지금은 사람이 없는 게 분명했다. 신발을 벗고 싶지 않았지만, 구둣발로 거실에 올라가 불법 수사의 흔적을 남겨서야 곤란하다. 이유현은 신을 벗고 강화마루에서 올라오는 냉기에 몸서리치며 거실로 올라섰다.

거실과 방 둘을 대충 둘러보았다. 외관과 달리 내부는 도회지의 주택을 방불케 했다. 침대, 소파, 탁자, 책상, 책장, 옷장 그리고 전자제품들이 심플하지만 모자란 것 없이 갖추어져 있다. 보일러만 틀면 사람이 당장 살 수 있는 집이었다.

"세준 것 같진 않네요. 길영인 본인이 여기서 가끔 생활을 한 모양입니다."

"음. 그런 것 같아. 요즘은 아니겠지만. 값나가는 게 꽤 많은데 불안하지도 않았나."

"도둑놈도 이 시골집에 이렇게 돈 될 만한 게 있다고는 생각 못하겠지요."

안쪽 방 사이의 구석에 조그만 나무문이 하나 눈에 띄었다. 열어젖히니 아래로 내려가는 어두운 계단실이 나왔다. 지하실로 향하는 계단이었다.

이유현은 주방 쪽을 유심히 살피고 있던 유석태를 손짓해 불렀다. 이유현이 앞에 서고, 그 뒤에 유석태가 뒤따라 차가운 시멘트 계단을 더듬듯이 밟아 내려갔다. 아래로 내려갈수록 빛은 사라졌고, 탁해진 시야 속으로 묘한 긴장감이 덮쳐 왔다. 길지 않은 계단 맨 아래까지 내려가니 지하실 입구에 달린 또 하나의 나무문짝이 만져졌다. 삐거덕하는 소리를 내며 문을 열자 완전한 암흑이 입을 벌리고 있었다. 어둠 속에서 축축한 흙과 이끼 냄새 같은 것이 밀려왔다. 팔을 뻗어 벽 안쪽을 손으로 더듬어 스위치를 찾았으나 딸깍딸깍 소리만날 뿐 먹통이었다.

"안 되겠어. 손전등이라도 찾아 가지고 다시 오지."

다시 위로 올라가 부엌 서랍에서 손전등을 찾아냈다. 이번에는 손전등의 노란 빛에 의지해 수월하게 지하실 계단을 내려갔다. 지하실 문을 열고 손전등을 비추자, 두 사람을 감싸고 있던 어슴푸레한 두려움은 사라졌다.

"와아."

유석태의 입에서 감탄사가 흘러나왔다.

화려한 미각의 세계가 눈앞에 펼쳐졌다. 잘 정렬된 와인 병이 사열을 앞둔 병사처럼 당당하게 모습을 드러냈다.

"도둑 걱정해야 할 물건은 가재도구보단 오히려 와인 쪽이네."

이유현도 입맛을 다셨다. 이름만 들어 본 유명 와인들이 꽤 있었다. 이름 모르는 와인도 군침 돌기는 매한가지였다. 와인 병을 하나하나 고르듯이 들여다보던 유석태가 말했다.

"부럽네요. 길영인이는 시골에 가끔 내려와서 요 와인을 야금야금 맛보고 살았겠죠."

"엉, 이건 뭐지."

이유현은 손전등을 휘휘 돌리다가 와인 더미 건너편의 빈 벽이 파헤쳐져 있는 것을 발견했다. 넓게 퍼진 손전등 빛에 희미하게 어른거리는 벽은 완전히 허물어져 큰 구멍이 꺼멓게 뻥 뚫려 있었다.

"저기에 뭔가 있었던 것 같은데."

"혹시 시체가 있는 건 아닐까요?"

유석태가 농담조로 말했는데, 그 말에 이유현의 머리카락이 쭈뼛 섰다. 현장에 정식 출동하여 준비된 시체를 보는 것과 이런 상황에서 시체와 맞닥뜨리는 것은 전연 차원이 다르다. 포의 단편소설 「검은 고양이」와 비슷하지 않은가. 가운데에 놓인 와인 더미를 돌아 조심스레 한 발짝씩 반대편 벽으로 내디뎠다. 손전등으로 안을 비추었다.

유석태의 말은 결국 농담에 그치고 말았다. 벽 속에는 아무것도 없었다.

"아무것도 없잖아."

별것 아니란 듯이 말하는 이유현의 어조에는 안도감이 섞여 있었다. 유석태가 손전등을 건네받아 다시 한 번 벽 안을 살펴보았지만 역시 텅 비어 있음을 확인할 뿐이었다.

"그럼 이 벽을 뜯은 건 왜일까요?"

"글쎄……. 와인을 보관한 것처럼 여기도 무언가를 보관한 거 아닐까."

"어쨌든 이 와인은 차라리 안 보았으면 좋았을 뻔했어요."

두 사람은 군침 도는 와인 컬렉션을 그대로 두고 나오면서 방앗간을 그냥 지나치는 참새의 고뇌를 맛보았다.

겨울이 더 깊어지고 있다. 이번 겨울 양평 쪽에는 유독 눈이 많이 내렸다. 내린 눈이 녹을 만하면 그 위에 눈이 몇 차례 더 내렸다.

밀가루 같은 눈이 또 춤추듯 내리고 있다. 고진은 하늘을 쳐다보고 툴툴거리면서 양평의 길영인 집 앞 공터에 차를 댔다. 열흘 이상 잠복근무를 계속하던 강력팀 형사들은 며칠 전 철수한 모양이었다. 주변은 눈이 펄럭이는 소리가 들릴 만큼 조용했다.

지난번 증발 사건 이후로 고진의 관심은 길영인 쪽으로 가파르게 기울었다. 그 호기심이 그를 길영인의 집에까지 이끌었다. 고진은 길영인의 현관 벨을 눌렀다. 벨 소리는 정적을 깨뜨리고 크게 울렸건만 아무런 응답이 없었다. 어차피 길영인이 있으리라고 기대하지

는 않았다. 현관문을 당겨 보았다. 웬일인지 집 현관은 잠겨 있지 않
았다. 형사들이 잠복근무를 했지만 아무도 현관문을 당겨 보지는 않
았을 것이다.

"땡큐."

누군가에겐지 모를 말을 하고, 고진은 문을 열고 성큼성큼 안으로
들어섰다.

"계십니까!"

큰 소리로 불러 보았지만 대답이 없다. 사람이 꽤 오래 살지 않은
듯 집 안에는 썰렁한 기운이 가득했다. 하지만 사람의 훈기가 없을
뿐 정리정돈만은 깔끔했다. 별로 좋은 징조는 아니었다. 정리가 잘
된 만큼 재미있는 자료가 나올 가능성은 줄어든다.

고진은 눈이 묻은 두툼한 모직 코트를 벗어 부엌 테이블에 걸쳐
놓았다. 이어 그는 거실 이곳저곳을 기웃거리기 시작했다. 티브이대
와 서랍장을 함부로 열어 뒤지기도 하였다.

"이거야, 뭐 있는 건 기물뿐이잖아. 집주인에 관해 알려 주는 건
아무것도 없어."

툴툴거리던 고진은 스스로 납득한 듯 고개를 끄덕였다.

"어차피 곧 경찰이 닥칠 거라고 생각했겠군. 집이 상하는 게 싫어
문도 아예 열어 놓고 간 건가."

고진은 집 안을 천천히 돌다가 그림이 잔뜩 있는 남동향 방으로
들어갔다. 미술을 전공했다는 한다미의 아틀리에로 사용되던 방이
었다. 바닥에 아무렇게나 겹쳐 세워 놓은 캔버스를 일일이 들춰 보
던 그는 감탄했다.

"이거 내 취향인데. 적어도 뭘 그린 건지 알아먹을 수 있잖아."

아틀리에를 나온 고진은 이번에는 거실을 가로질러 침실 맞은편 방으로 들어갔다. 서재로 쓰는 방이었다. 책상과 걸상이 단출하게 놓여 있고, 왼편 낮은 책장에는 듬성듬성 책이 꽂혀 있었다. 스포츠에 관한 책도 몇 권 있지만 주로 미술사에 관한 책들이었다.

월넛 색상의 책상 오른쪽 밑에는 바퀴 달린 서랍장이 별도로 있었다. 맨 위 서랍을 열자 덩그러니 놓인 노트 한 권이 눈에 들어왔다. 집어 들고 겉장을 열어 보니 볼펜으로 빽빽하게 글씨가 쓰여 있었다. 작성자의 성격을 반영한 듯 어딘지 좀스럽고 답답한 글씨체. 수기였다.

고진은 아이돌에 빠진 10대처럼 열기 띤 눈빛으로 노트를 읽기 시작했다. 죽 찢어진 그의 눈이 점점 커지고 입가엔 흥미로운 일에 빠져들 때의 미소가 비실비실 새어 나왔다.

아내의 실종과 삶의 괴로움, 방황하다 자살을 생각했고, 용기가 없어 마침내 정신자살연구소까지 찾아간 일, 이탁오 박사와 신재인과의 인연, 아내의 시체를 발견한 일하며 태정우의 죽음까지 발견한 일, 도주, 신재인에게 기울어 가는 마음…….

고진은 선 자리에서 수기를 끝까지 죽 읽어 내려갔다. 그의 얼굴에서는 점차 웃음기가 사라지고 대신 형용 못 할 착잡한 표정이 떠올랐다.

수기의 마지막 장은 찢겨 있었다. 고진과 이유현에게 쫓기다가 어떤 방법으로 도주한 뒤 다시 신재인의 집에 돌아왔고, 지쳐 잠에 곯아떨어진 신재인에게 담요를 덮어 주었다는 부분이 마지막이었다.

새 페이지로 이어지던 내용은 그 아래 부분이 자로 대고 뜯어낸 듯 일자로 깨끗하게 절단되어 있었다.

그는 나쁜 기억을 지우듯 고개를 절레절레 흔들었다.

"여기를 왜 찢었을까…… 뒤에는 대체 어떤 내용이……."

혼잣말로 자문하며 노트를 책상 위에 놓는데, 그 사이에서 한 장의 메모지가 펄럭하며 떨어졌다. 귀엽고 예쁜 필체로, '미안해. 나를 찾지 마. 다미가.'라고 쓰여 있었다. 한다미가 1년 전 가출하면서 써놓고 간 메모였다.

"그림을 잘 그리는 사람은 글씨도 예쁘군."

그는 메모를 들여다보고 중얼거렸다.

노트를 책상 위에 정중히 놓아둔 그는 외투를 집어 들고 집을 나왔다. 바쁜 걸음으로 차 안에 들어가 운전석에 앉자마자 이유현에게 전화를 걸었다.

"길영인의 수기를 찾았어. 굉장히 흥미로운 내용이 있어."

"수기요? 어디서요?"

"실은 여기 길영인의 집이야."

"그럼 길영인을 만나셨어요?"

이유현의 커진 목소리가 수화기에서 울려 나왔다.

"아니, 뭐 좀 생각난 일이 있어서 여기 혼자 와 봤어. 현관문이 마침 열려 있더군."

"또 일을 저질렀군요. 주거침입까지. 길영인이 더 이상 그 집에는 안 올 거라고 생각하고 형사들을 철수시켰었는데."

"그동안 집에 안 들른 건 맞을 거야. 수기는 열흘 전이 마지막이었어."

"수기 말고 다른 건 없었어요?"

"뭐…… 없었어. 길영인에 관한 건 그게 다야."

"이상하네. 도망가면서 수기는 왜 남겨 놓았을까요?"

이유현의 말투에는 길영인의 행적에 대한 의심이 역력히 묻어 나왔다.

"도망 다닐 판에 이제 수기를 쓸 여유 따위는 없다고 생각한 거겠지. 수기에는 사실 별게 없어. 어디로 도망갈까 계획을 써 놓은 것도 아니고. 오히려 경찰이 발견하면 자기한텐 좋은 내용이야. 길영인이 범죄와 무관하다는 내용이거든."

"그러니 의문스러운 거죠. 조작일 수가 있잖아요."

이유현은 끝까지 의문을 풀지 않았다.

"그럴 수도 있어. 하지만 수기를 찬찬히 한번 읽어 봐. 조작 같진 않아."

"이상하네요. 매사에 삐딱한 형님이 왜 순진하게 믿으실까. 어째 그동안의 입장이 뒤바뀐 것 같습니다."

"내 생각에 수기에서 이상한 점은 그게 아니야. 맨 뒷부분 일부가 찢겨 나가 있어. 분명히 일부러 찢은 흔적이었어. 가짜 수기라면 일부러 찢든지 하는 행동은 부자연스럽잖아."

"뭔가 진짜처럼 보이게 하려는 거죠. 구체성의 부여. 거짓말의 대원칙이잖아요."

"알았어. 졌네. 의심하는 사람한테야 배겨 낼 수 없지. 그냥 자네도 와서 직접 한번 읽어 봐."

"알겠습니다. 안 그래도 지금 막 영장이 나와서 출동하려는 참인데 수기는 고이 남겨 놓으세요."

"잠깐, 영장이라니? 길영인 말이야?"

고진이 황당해져 물었다.

"네, 사정이 있었어요. 길영인이가 진천에 집이 또 한 채 있었어요. 거기를 내려갔었거든요."

"진천에 집이 있다는 건 수기를 읽고 방금 알았어. 근데 자넨 그런 재미있는 얘길 나한테는 그동안 왜 안 했지?"

고진이 가볍게 투덜거렸다. 그 목소리에는 서운함이 묻어 있었지만, 고진이 좋은 정보를 등가로 제공하지 않는 한 이유현이 일일이 이야기해 줄 이유는 물론 없다.

"이번 사건에서는 형님이 별로 도움이 안 되고 있지 않습니까? 게다가 이제는 단순히 재미의 차원을 넘어서 버렸거든요."

"한다미의 시체가 발견돼서?"

"그걸 어떻게 아세요?"

"수기에 적혀 있었어."

"그래요? ……재미있네요. 그런데 시체가 발견된 건 아니에요."

"그럼?"

"우리가 갔을 때 시체는 없었어요."

"엉? 그건 또 무슨 소리야?"

고진이 눈을 빛냈다.

"지하실 와인 저장고 한쪽 벽이 허물어져 있었거든요. 텅 빈 채로. 크게 신경 쓰지 않고 돌아왔죠. 그런데……."

278

'서초서 강력팀장 앞'으로 한 통의 우편물이 날아온 것은 이유현이 진천의 시골집에서 허탕 치고 올라오고서 닷새가 흐른 때였다. 남양주 우체국 소인이 찍힌 누렇고 납작한 서류 봉투에, 보내는 이는 울퉁불퉁한 글씨체로 '진실을 찾는 사람'이라고 되어 있었다. 무슨 장난이겠거니 하고 봉투를 열어 내용물을 본 이유현은 경악했다.

맨 앞은 길영인의 진천 시골집 사진이었다. 그다음 장부터는 지하실 사진이었다. 와인 저장고로 사용되는 지하실 한쪽 벽은 경찰이 들렀을 때와 같이 무너져 있었지만 결정적으로 다른 점이 있었다. 그 안에 시체가 있었다. 「검은 고양이」 소설처럼. 피부가 검은 거죽이 되다시피 하여 백골 위에 말라붙은 모습은 처량했다. 눈과 코였던 부위는 검은 구멍처럼 움푹 들어갔고 입술은 썩어 들어가 더러워진 이가 모습을 드러냈다. 미라의 긴 머리카락만이 한때 사람이었던 시절의 윤기를 머금고 있었다. 목에는 예리한 것으로 베인 흔적이 남아 있었다. 강력팀은 발칵 뒤집혔다.

"도대체 이 송장은 뭐야?"

"그때 내려갔을 땐 분명 아무것도 없었다면서요."

"분명 빈 벽이었어. 여기 있던 석태도 같이 봤으니까 잘못 봤을 리는 없어."

"그럼 이 시체는 언제 들어가 있던 걸까요?"

"그보다 대체 누가 보낸 걸까?"

"누군지는 몰라도 경찰에 정식으로 나타날 수 없는 사람이겠죠."

"답답한 마음에 경찰이 놓쳐 버린 범죄를 고발하려는 건가."

미지의 인물이 보내온 사진을 놓고 온갖 추측이 나왔지만 억측 이상이 될 수는 없었다. 사진에는 찍은 날짜조차 나와 있지 않았다.

사진을 한참 들여다보던 유석태가 말했다.

"김영인 집 지하실의 여자 시체라……. 이거 한다미 아닐까요?"

"가능성이 높아. 안 그래도 한다미는 지금 실종 상태잖아."

이유현은 잠시 생각 끝에 결단을 내렸다.

"한다미 동생한테 한번 보여 보지. 충격이겠지만 할 수 없어. 지금
으로선 확인할 수 있는 유일한 방법이야. 한초록은 뭔가 말해 줄 수
있을지 몰라."

한초록을 불러내는 일은 여전히 번거로웠다.

수차례의 전화 시도 끝에 겨우 연락이 닿은 그녀는 만면에 귀찮
음을 가득 띠고 아파트 현관에 나타났다. 여전히 부스스한 모습이
었다.

"이 사진 한번 보시죠."

은근히 배알이 틀린 이유현은 거두절미하고 한초록의 코밑에 사
진을 바싹 들이댔다.

아파트 주차장에 댄 차에 오르기까지 오만했던 한초록의 모습은
이유현이 보여 준 사진에 무너졌다. 냉정한 한초록도 끔찍한 장면에
는 의외로 약한 모습을 보였다. 사진 속의 시체에 기겁을 하고 입을
떡 벌렸다.

"진짜 시체 사진은 처음 봐요. 이런 거구나, 무섭네……. 근데 이
걸 왜 보여 주세요?"

이유현이 모질게 마음먹고 말했다.

"우린 이 시체가 한다미 씨일 가능성을 놓고 저울질하고 있습니

다만."

"뭐라고요?"

한초록은 놀란 눈으로 이유현을 빤히 들여다보다가 잠시 후 무너지듯 말을 더듬거렸다.

"아, 아니에요, 언니가. 설마……. 이런 모습이라니……."

"충격은 알겠습니다. 받아들이고 싶지 않으시겠죠. 하필 언니는 지금 가출 상태지 않습니까? 만약 언니가 맞다면 이대로 신원도 모른 채 끝내는 게 얼마나 억울하겠습니까. 사진을 좀 더 자세히 봐 주세요. 힘들겠지만 언니의 한을 푸는 일이 더 중요하지 않겠습니까?"

이유현이 말하는 동안 한초록은 두 손에 얼굴을 묻고 있다가 천천히 고개를 들었다. 그렁그렁한 눈으로 이번에는 찬찬히 사진을 뚫어져라 보았다. 눈을 깜박이니 마침내 눈물이 되어 주르르 흘러내렸다. 한초록은 힘없이 고개를 숙였다.

"네……. 분명 언니예요. 윤곽이 그대로 남아 있네요. 아아, 이게 어떻게 된 일이에요…… 그 생기 넘치던 언니가 이렇게 변하다니."

다시 고개를 들어 원망하듯 쳐다보는 한초록의 시선을 외면하고 이유현은 사진을 챙겼다. 이런 불편한 시선을 받는 일은 악역을 맡은 자의 숙명이었다.

한초록은 실낱같은 신음을 남기더니 두 손에 얼굴을 묻었다. 감정을 가라앉힐 시간이 필요했다. 이유현은 조용히 그녀의 눈물이 그치기를 기다렸다. 한초록이 담담한 태도를 회복하기까지는 생각보다 오래 걸리지 않았다. 언니의 소식 없는 가출이 1년이나 지속되면서 어느 정도는 비극적 결말을 예감하고 있었던 모양이었다. 이유현이 건네준 티슈로 남은 눈물을 훔쳐 낸 한초록은 한층 차분해진 목소리로 물었다.

"어떻게 죽은 거죠? 왜 이런 벽 속에 언니가 들어가 있는 거죠?"

"그 이유를 알아보기 위해 찾아온 겁니다."

한초록은 잠시 말이 없었다.

"이 시체가 발견된 곳은 길영인 씨 부부의 진천 시골집입니다. 그 집을 아십니까?"

"진천 어딘가에 허름한 집을 싸게 샀다는 말은 들었어요. 정확히 어디인지는 몰라요."

"정말 모르십니까?"

"네. 몰라요."

"아무리 그래도 동생인데 모르신다는 건 좀."

"몇 번을 반복해야 되죠? 우린 서로 개인적인 부분까지 시시콜콜히 캐묻고 간섭하는 자매는 아니었어요."

한초록이 도전적인 태도를 취해 왔다. 말끝이 식어 버린 눈물처럼 싸늘했다. 이유현은 그녀를 자극하지 않도록 질문을 바꾸었다.

"동생인 한초록 씨가 모를 정도면 그 집을 아는 사람은 거의 없겠군요."

자신의 부지(不知)를 인정받자 한초록의 말투는 재빨리 평상으로 돌아왔다.

"……글쎄요. 장담할 수야 없지만 드물 거예요. 워낙에 둘 다 다른 사람하고 얽히는 걸 싫어하는 성격이라서. 이런 데까지 내려가 놓고 굳이 여러 사람을 초청한다거나 하지는 않았을 거예요. 아주 친한 친구라면 몰라도. 그런 부분은 잘 모르겠네요."

한초록의 진술은 이 부분에서는 똑 부러지지 못했다. 한초록의 성격상 본인이 진천 집까지 군이 가 보려 하지 않았기에 그랬을 수도 있겠지만 적어도 친동생, 처제도 모를 집이라면 달리 존재나 소재를 아는 사람이 많지는 않을 것이다. 그렇다면 이 외딴 집에서 죽은 한다미의 죽음에는 남편인 길영인이 개입되었을 가능성이 높다. 천나영 살인은 몰라도 한다미의 죽음이나 태정우 살인사건에서의 길영인은 확실히 참고인 수준을 넘어서 있다.

일련의 사건을 통해 길영인의 지위는 계속 업그레이드되어 왔다. 천나영 살인에서는 단순한 참고인이었다가, 태정우 살인에서는 중요 참고인으로, 그리고 한다미 살인에서는 마침내 용의자로.

이유현은 길영인을 찾는 일에 주력하기로 방침을 정하고 당장 체포영장을 신청했다. 영장은 하루도 안 되어 발부되었고, 하필 그날 고진은 길영인의 집에서 수기를 발견한 것이다.

"이것 참, 계속 황당한 일의 연속인데."

이유현의 이야기를 듣고 난 고진은 전화기를 붙들고 혀를 찼다. 하지만 어느새 입꼬리가 치켜 올라가 있었다. 즐거움을 참는 듯 이를 꽉 악무는 모습이었다.

"자네가 갔을 땐 빈 벽이었는데, 보내온 사진에서는 한다미의 시체가 발견되었다? 물론 사진을 받고서 진천 집은 다시 확인해 봤겠지?"

"당연하죠. 형사 둘을 보냈는데 역시 지하실 벽은 비어 있었어요. 우리가 도착하기 전에 시체는 사진 찍히고 다른 어딘가에 버려진 거죠."

"시체가 어딘가에 버려지기 전에 '고발자'가 몰래 촬영한 것일 수 있겠군."

"뭐, 어쨌든 시간의 순서는 같지 않습니까?"

"이상해. 길영인의 수기에는 벽을 뜯어내서 시체를 발견했다고 되어 있는데, 고발자는 대체 언제 촬영을 한 걸까?"

"그거야 아까도 말했듯이 수기에 거짓을 썼을 수도 있죠."

"그럴 수도 있겠지. 하지만 자네도 읽어 보면 알겠지만 남에게 보이기 위한 수기하고는 거리가 멀어."

"거참, 형님이 웬 일로 남의 말을 그리 믿습니까?"

이유현은 급기야 답답하다는 듯 혀를 찼다. 고진은 말을 돌렸다.

"말이 안 먹히는군. 그건 그렇고 사진을 보내온 자에 대해서도 수사했을 텐데?"

"당연하죠. 소인이 찍힌 남양주 우체국 CCTV를 조회해서 보낸 사람 신원을 파악하려고 해 봤죠. 허탕이었습니다. 확인해 보니까 소포는 우표를 잔뜩 붙여 우체통에 넣은 것이었어요."

"……이상한 점이 한두 가지가 아니야. 고발할 거면 왜 경찰에 그냥 알리지 않고 사진을 보내온 걸까."

"고발자는 시체가 지금은 그 벽 안에 없다는 걸 알고 있다는 거죠."

"시체가 현물로 없으니 사진으로라도 고발해야 했다, 이건가. ……그렇게라도 해서 알릴 수밖에 없었던 사정이 대체 뭐였을까."

"어쨌든 시체도 있고, 동기도 정황도 있어요. 길영인을 잡는 게 최우선입니다. 생각은 잡고 나서 해야죠."

"으음. 휴대폰 위치추적은?"

"휴대폰은 거의 꺼져 있어요. 이틀에 한 번꼴로 전원을 켰다가 끄기는 합니다. 휴대폰은 전원이 꺼져 있으면 추적이 안 되지만 끈 지역이 어딘지는 추적이 되거든요. 그런데 그게 대부분 서울 지역이에요. 하지만 내 생각에는 길영인은 서울에 있지 않아요. 휴대폰 추적을 빤히 예상하고 있을 겁니다. 경기도 일대를 전전하다가 서울로 가끔 올라와서는 한 번씩 켜서 통화나 메시지를 확인하고 그러는 것 같습니다. 어설픈 녀석이 아니에요."

"자살까지 생각했던 자치고는 놀라운 생존 의지를 불태우고 있군."

"하여튼 길영인이 쓴 수기는 손대지 말고 그대로 놔두세요."

"알았어. 대신 진천의 길영인 집이 어딘지나 좀 가르쳐 줘."

이유현과 형사들이 양평으로 향하던 무렵 고진은 길영인의 진천 집에 도착해 있었다. 약간의 싸락눈이 내리던 양평과 달리 하늘은 투명하리만치 맑았지만 더 추웠다.

고진은 집을 쓱 훑어보고는 몸을 부르르 떨며 현관으로 달려들었다. 현관문 손잡이를 잡고 돌렸더니 휙 돌아갔다. 문이 잠겨 있지 않았다. 고진은 의외의 행운에 잠시 놀랐지만 현관 자물쇠를 보고는 열려 있는 이유를 납득하고 고개를 끄덕였다. 현관문은 밖에서 열쇠로 잠그는 종류였다. 열쇠를 갖고 있지 못한 이유현과 형사들은 진천 집을 들어갔다 나올 때 문을 잠글 수 없었던 것이다.

안으로 들어간 고진은 냉기에 이를 딱딱 부딪치면서 거실로 올라섰다. 마치 잘 아는 집인 것처럼 다른 곳을 두리번거리지 않고 곧장 거실을 가로질러 예의 지하실로 향했다. 거실 끝 나무문을 열자 곧

지하실로 이어진 계단이었고, 블랙홀 같은 어둠만이 아가리를 벌리고 있었다. 시멘트 계단의 희멀건 회반죽 칠이 어렴풋이 눈에 들어왔다. 한 발짝씩 천천히 내디딜 때마다 서늘한 공포가 발목에 감겨왔다. 빛이 없이는 더 이상의 탐험이 불가능했다. 고진은 중간쯤 내려가다 고개를 저었다. 그는 다시 올라와 거실과 부엌을 뒤져 손전등을 찾아냈다.

목표는 지하실 벽이다. 시체를 보이게도 하고, 감추기도 하는 신기한 벽. 지하실 안으로 들어간 고진은 손전등으로 사방 벽을 차례차례 비추었다. 와인 더미 너머 구멍이 뻥 뚫린 벽을 발견했다. 역시나 비어 있다. 고진은 손전등으로 가볍게 벽 안쪽을 확인하고는 역시, 하듯이 고개를 가볍게 저었다. 이어 와인 쪽으로 손전등을 비추며 눈을 빛냈다.

"헉, 스크리밍 이글까지 있어! 빌 게이츠도 줄 서서 기다려야 한다는……. 이거야 정말 맛 한번 보고 싶지만 이걸 마셨다간 날 죽이려 들겠지?"

병 위를 죽 미끄러져 내려가던 그의 손끝이 독일산 '검은 고양이' 위에서 멈췄다. 시체가 묻혀 있던 지하실에 적어도 이름으로는 가장 어울리는 와인이었다. 한 손으로는 손전등을 비추며 다른 손으로 병을 집어 올렸다. 추위에 얼어붙었던 그의 얼굴에 레드와인 같은 붉은빛이 떠올랐다.

고진은 와인 병을 들고 거실로 올라와 부엌에서 찾은 따개로 병을 땄다. 찬장에서 손에 잡히는 대로 음료용 유리잔을 꺼내 와인을 한 가득 따르고는 추위를 잊으려는 듯 벌컥벌컥 들이켰다.

"좀 낫군. 만 원짜리 와인 값이라도 받아 내려면 날 찾아오라고, 길영인 씨."

고진은 만족한 웃음을 띠고 한 손에 잔을 들고 일어섰다. 목구멍에 취기가 올라오면서 전신의 온기를 같이 끌어 올렸다. 외투를 벗어 의자 등받이에 걸쳐 놓고는 몸뚱이를 가진 유령처럼 천천히 걸으며 집 안을 둘러보았다. 고진은 거실을 지나 안방으로 들어갔다.

안방에는 침대 대신 컴퓨터용 책상이 있었고, 그 위에는 지금은 유행이 지난 15인치 LCD 모니터와 키보드가 자리를 차지하고 있었다. 그 옆에는 백색의 작은 프린터가 놓여 있었다. 창틈으로 겨울바람 소리가 가늘게 새어 들었고, 소리와 함께 실제로 약간의 바람이 실려 왔다. 술이 덜 돈 고진의 몸이 가볍게 떨렸다.

뭔가가 가볍게 펄럭인 것 같았다. 프린터가 토해 낸 두 장의 종이가 책상 위를 훑던 시선 속에 들어왔다. 글자가 잔뜩 타이핑되어 있었다. 고진은 와인이 든 유리잔을 내려놓고 종이를 집어 들었다. 고진의 입에서 신음 같은 말이 흘러나왔다.

"길영인이 그새 여기 들렀군. 또 수기를 남겼어."

17

재인이의 집에서 확실하게 깨달았다. 요즘 일정한 기간 점멸하듯이 내 기억이 사라져 있다. 기억의 공백이 두렵다. 그 시간에 난 무엇을 하고 있었던가. 작정하고 떠올리려 하면 도통 기억이 나지 않는다. 어둠? 아니 오히려 하얀 백지와 같다. 비어 있는 그 부분이 너무 두렵다. 모르기 때문에 더. 이전부터 수명이 다 된 형광등처럼 기억은 명멸하면서 영속적이지 못했다. 정체를 알 수 없는 무서운 생각이 자꾸만 든다. 왜 무서운 건지 그 이유조차도 모르겠다.

처음부터 생각해 보자.

도대체 아내를 죽인 건 누구일까?

난 태정우라고 확신했다. 그자는 아내를 꾀어 타락시키고 그게 갈등이 되어 살해하기에까지 이르렀다. 아내와 나, 둘만이 아는 비밀의 집에서. 동기도 뚜렷했고 정황도 명백했다. 그런데, 그 태정우가 살해되었다. 그 시체를 내가 직접 보았다.

태정우가 피살되었다면 그가 범인이 아닐지도 모른다. 차츰 그 의심은 믿음으로 변했다. 그러면서도 한편으로는 태정우가 여전히 범인일 수도 있다는 생각이 한구석에 있다. 태정우는 또 다른 범인에게 살해되었는지도 모른다. 태정우는 자신의 아내인 천나영을 살해했다지 않는가?

……도저히 모르겠다. 난 경찰이 아니다. 오히려 경찰이 나를 찾고 있는 모양이다. 이 와중에 더 찾아다닐 여력도 없다. 하지만 이 불안한 느낌. 무엇보다 확실한 이 내 몸의 떨림. 이건 어디서 오는 건지? 태정우가 아니라면, 아내를 죽일 만한 사람은 누구일까? 진천의 집은 아는 사람이 거의 없다. 아내가 그곳에서 태정우와 불륜을 저질렀고 태정우가 아내를 죽인 거라면, 그 의사 녀석이 멍청이도 아니고 그곳에 아내의 시체를 숨겼을 리가 없다. 그 지하실의 벽은 쉽게 눈에 띈다. 남편인 내가 시체를 발견하면 범인은 그 장소를 아는 몇몇으로 한정될 게 뻔한데. 천천히 시간을 두고 시체를 옮기는 쪽이 백배 낫다. 설령 태정우가 그런 바보 멍청이 짓을 했다고 쳐도, 그 태정우는 도대체 누가, 왜 죽인단 말인가?

…….

머릿속을 구석구석 헤집어 보지만 생각은 갈수록 형체를 잃어 가고, 정체를 알 수 없는 미끌미끌한 두려움만이 끝없이 밀려온다. 이유를 알 수 없어 더 버틸 수 없는 두려움이.

…….

어쩌면 그 이유란, 내가 이미 알고 있는 건지도 모른다.

…….

아내의 복수?

하하하하……. 솔직해지자.

내 죽음이 아내의 죽음에 대한 복수가 될 수도 있다는 생각이 어디선가 솟구치지 않는가?

18

"이 할아버지께서 오늘도 잘 달려 주시는군."

고진은 뷰익의 액셀러레이터를 밟으며 기분 좋은 듯 말했다. 손가락으로 낡은 핸들을 툭툭 두드리기까지 했다.

"차가 어째 덜덜 떨리는 것 같아. 달리기만 하면 승차감은 신경 안 쓰시나 봐."

조수석에 앉은 류경아는 고진을 곁눈질로 가볍게 흘기고는 이번에는 어둑어둑해진 바깥을 내다보며 불만스럽게 말했다.

"오늘은 차가 괜찮을까? 지난번처럼 이런 날 도롯가에서 퍼지면 곤란해요."

"윽, 그날 일은 잊어 줘. 설마 살인사건을 두 번 만나겠어?"

고진은 민망해하며 말했다. 차는 마침 그날 일이 있었던 가평 언저리의 지방도를 달리고 있었다.

"서울에 가는 건 좋은데 좀 꺼림칙하긴 해요."

뒷좌석에서 큰 가방 두 개 사이에 끼여 있던 류동희가 몸을 앞으로 기울이며 말했다. 동해안 친척 집에 맡겨 놓았던 류동희를 데리고 오는 길이었다. 역시나 흑기사는 고진이었다. 류경아로서는 한번 애를 먹인 전력이 있는 차는 못 미더웠지만 류동희 일을 부탁하기에는 고진 이상의 적임자가 없었다.

"뭐가?"

고진이 류동희에게 귀찮다는 듯 물었다. 류경아와 둘이었던 가는 길은 흥미로웠지만, 류동희를 달고 오는 길은 어딘가 김이 샜다.

"……염상우가 복수할까 봐서요."

"염상우가 아직도 겁나니?"

류경아가 뒷좌석의 류동희를 돌아보며 안쓰러운 어조로 물었다. 류동희가 류경아를 향해 걱정스럽게 말했다.

"그 자식은 단순 무식해. 지를 함정에 빠뜨렸다는 걸 알고 찾아올지 몰라."

"그렇지는 않을 거야."

고진이 시큰둥하게 말했다.

"어째서요?"

류경아가 이번에는 고진을 보며 물었다.

"염상우는 자기 쪽에서 먼저 동희를 찾아갔어. 동희가 좋은 건수를 갖고 있다는 정보를 듣고서 말이야. 자기 귀에 우연히 정보가 들어온 걸로 믿었지. 그러고는 동희를 닦달해서 아는 사람이 금은보석을 집에 숨겨 두고 해외여행을 떠난다는 걸 알아냈고. 염상우는 어디까지나 자기가 범죄를 주도했다고 생각할 수밖에 없어. 일부러 그 녀석 귀에 들어가도록 흘린 말에 걸려든 것도 모르고 말이지. 보석은 3억 원어치나 돼. 그 정도를 훔치면 보통은 무조건 구속인데, 류동희가 그런 짓을 일부러 할 거라고도 짐작 못 할 거고 말이야."

류경아와 류동희의 얼굴이 환해졌다.

"역시 그렇겠죠? 우리 쪽에서 조종을 하긴 했지만 알아채긴 힘들겠죠?"

"그렇지. 선택을 한 사람은 어디까지나 염상우 본인인 거야."

근심에 짓눌렸던 류동희의 미간이 쭉 펴졌다. 고진으로부터 그런 말을 듣고 위안을 받고 싶었던 모양이었다. 마음의 추를 벗어던진 류동희가 가벼운 어조로 물었다.

"근데, 참 지난번에 길에서 무슨 일 있었어요?"

고진과 류경아는 종류가 다른 웃음을 지었다. 쓸쓸한 류경아의 웃음과 달리 고진은 킬킬거렸다.

"뭐 유익한 경험이었지. 현재진행형이기도 하고. 그런데 자네 누나한테는 좀 귀찮은 일이었을 거야."

"아저씨는 재미있어하시는 거 같네요."

고진은 숫제 휘파람까지 불고 있었다. 류경아는 쓴웃음을 지우고 동생이 귀엽다는 듯 가벼운 웃음을 만들어 보였다. 고진이 말했다.

"오늘은 이 차가 편안하게 모실 것을 두 분께 약속하지. 어제 정비를 완벽하게 받았거든."

류경아는 적당히 맞장구쳐 주었다.

"그럼 안심할게요. 이런 추운 날 또 그런 일 생기면 차라리 기절할 거예요."

"걱정 마시길. 불운은 같은 장소를 두 번 방문하지 않아."

고진은 자신 있게 답했지만 아무래도 이날 역시 고진의 운명, 아니 정확히는 차의 운명은 정해진 끝을 피할 수 없었던 모양이다. 그 끝의 시작은 가평을 거의 벗어나 하남으로 접어드는 경계 지역의 한적한 지방도에 있었다.

"아저씨, 참기 힘든데 차 좀 세워 주세요. 저 오줌 좀 눌게요."

류동희가 쥐어짜는 목소리로 말했다. 류동희로서도 한동안은 꽤 힘들게 참았다. 그런데 아무리 가도 정식으로 해결할 수 있는 장소가 나오지 않았다.

"참기 힘들면 진작 얘기하지. 여기 부근에는 휴게소 같은 거 없어."

고진은 도로 가장자리 빈터에 차를 세웠다. 잎을 다 떨군 나뭇가지가 엉킨 전깃줄처럼 늘어선 으슥한 곳이었다. 빈터에는 이미 은색 쏘나타 승용차 한 대가 서 있었다. 바로 조금 전 고진의 차를 스쳐 추월했던 차였다.

"저기도 소변이 급했나?"

류동희가 차 뒤쪽 어둠에서 나무뿌리를 향해 긴 소변을 보고 있는 동안 고진이 앞 유리창 너머 비스듬한 데에 정차한 앞차를 응시하며 중얼거렸다. 하지만 쏘나타에서는 아무도 내리지 않았다. 운전석에 금테 안경을 쓴 남자가 홀로 앉아 있었다. 날렵하게 생긴 흰 얼굴의 젊은 남자는 휴대전화를 귀에 대고 있었다. 소변이 급한 표정은 아니었다.

"휴대폰 받으러 차를 세운 모양인데요."

류경아가 우습다는 듯 말했다. 별 생각 없이 바라보던 고진은 의외의 장면이 전개되자 눈을 크게 떴다.

젊은 남자가 차에서 내렸다. 외투도 걸치지 않은 말쑥한 검정 슈트 차림이었다. 차등에 비친 새하얀 얼굴은 차창을 통해 보았을 때보다 더 선해 보였다. 그의 손에는 생수병이 하나 들려 있었다. 그는 차 뒤로 가더니 트렁크를 덜컹 열고는 생수병을 열린 트렁크 틈 안으로 밀어 넣었다.

"어?"

고진의 입 사이로 가느다란 소리가 새어 나왔다. 류경아가 고진을 돌아보았다.

"무슨 일 있어요?"

"아니."

고진은 입을 다물었지만 의미심장한 미소를 지었다.

남자는 한기를 피해 뛰듯이 운전석으로 돌아갔고, 곧 차를 출발시켰다. 뒤이어 류동희가 돌아왔다.

고진도 곧 출발했다. 좀 달리자, 앞서 출발한 쏘나타의 꽁무니가 전조등 불빛 안으로 들어왔다. 고진은 웬일인지 차의 속도를 줄였다. 쏘나타는 차 없는 밤길 도로를 유람이라도 하는 듯 느긋하게 달렸지만 고진은 추월하려 하지 않았다. 고진의 뷰익이 멀찍이 떨어져 쏘나타의 뒤를 따르는 형국이 되었다.

10여 분 그 상태로 달렸을까. 멀리 어둠 속에서 버스 정류장이 보였다. 낮에도 인적이 드물 것 같은 도롯가에, 이런 시골 정류장은 버스가 언제 올지 기약이 없다. 앞서 출발했던 쏘나타는 버스 정류장 언저리에 멈추어 있었다. 고진은 차등을 모두 끈 다음 뷰익을 쏘나타의 10여 미터 뒤에 조용히 세웠다. 류경아는 따뜻한 차 안에서 선잠이 들었다가 차를 세우자 잠이 깼고, 류동희는 뒷좌석에서 눈을 멀뚱멀뚱 뜨고 있었다.

쏘나타가 정차한 버스 정류장에는 서른 중반 정도 되어 보이는 여성이 혼자 서 있었다. 꽤 오래 버스를 기다린 듯 어그 부츠를 신은

발을 동동 구르고 있었다. 매끈한 곡선의 플라스틱 패널 몇 장으로
멋을 부린 정류장은 표식으로는 몰라도 겨울바람을 피하는 데는 전
혀 쓸모가 없어 보였다. 쏘나타의 조수석 창문이 매끄럽게 내려갔
다. 운전석의 젊은 남자는 조수석 쪽으로 몸을 기울이더니 여자에
게 무어라고 말을 걸었다. 아마도 태워 주겠다고 호의를 보이는 것
같았다. 여자는 잠시 갈등하는 듯했지만 오랜 기다림과 모진 추위에
이미 마음이 흐를 방향은 정해져 있었던 모양이다. 젊은 운전자의
선한 인상도 그녀를 안심하게 했으리라. 여자가 쏘나타 조수석 문을
열고 고개를 꾸벅하며 올라타는 것이 보였다. 잠시 남자와 행선지에
대해 이야기를 나누는 듯 대화하는 장면도 보였다. 남자가 무슨 말
을 하자 여자는 입을 가리며 웃기까지 했다. 훈훈한 장면을 담은 쏘
나타의 배기구에서는 흰 연기가 푹푹 뿜어져 나왔다. 곧 출발할 것
같았다.

"두 사람 잠깐만 내려 봐."

고진의 뜬금없는 말에 류경아와 류동희는 일제히 두 눈을 동그랗
게 뜨고 물었다.

"왜요?"

"두 사람의 안전을 위해서야."

고진이 은근하게 재촉했다.

"안전을 위해서라고요? 이 추위에 어두운 도롯가에 내리는 게?"

"물론. 내 말 믿어."

"싫어요. 못 믿어요. 차 안에 있을래요."

"그럼 이 차 안에서 어떤 일이 일어나도 감수할 거야?"

"그래요. 무슨 일인지 몰라도 차가 폭발할 거 아니면 여기 있을래요."

"맞아, 차가 곧 폭발할 거야. 이 할아버지 차하고 임종을 같이하고 싶으면 그대로 있어."

차창 밖에는 파열음을 일으키는 무서운 바람 소리가 끝이지 않고 있었다. 금방 선잠에서 깬 류경아는 식은 몸으로 별안간 겨울 들판에 나선다는 게 도무지 납득도 가지 않고 내키지도 않았지만, 보기 드문 고진의 진지한 눈빛에 결국 뒷좌석의 외투를 집어 들고 조수석 차문을 열었다. 류동희도 엉겁결에 누나를 따라 내렸다. 류경아의 몸은 차에서 내리면서도 미심쩍은 눈길을 고진에게서 떼지 않았다.

두 사람이 차에서 내린 걸 확인한 고진은 시선을 앞으로 돌렸다. 쏘나타는 이제 막 배기구에서 흰 연기를 뭉텅이로 내뿜으며 슬슬 앞으로 미끄러지고 있었다.

고진의 작은 눈이 어둠 속에서 빛났다. 류경아는 차창 너머로 고진의 오른쪽 입꼬리가 말려 올라가는 모습을 분명히 보았다.

"굿 바이!"

고진은 마치 차에게 작별을 고하는 것 같은 한마디를 외치고는 액셀러레이터를 끝까지 밟아 버렸다.

고오오오옹.

뷰익은 굵은 굉음을 토하면서 앞으로 내달았다. 불과 10여 미터지만 큰 덩치에 가속이 붙은 뷰익의 위세는 대단했다. 돌진한 뷰익은 막 출발하려던 쏘나타의 뒤 범퍼를 들이받았다.

쾅 하며 차가 박살 나는 듯한 소리가 났다. 약간 엇비스듬한 추돌이었다. 쏘나타 차체는 충격과 함께 오른쪽으로 30도 정도 획 비틀렸고, 뷰익의 보닛은 흉하게 찌그러진 채 위로 툭 불거졌다. 뷰익의 차체는 심한 외상을 입었지만 안에서는 약간의 출렁임으로 끝났다. 안전벨트를 매고 있던 고진이 받은 충격은 언젠가 탔던 자이로드롭에서 낙하할 때 받은 것과 비슷한 수준이었다. 오히려 뒤에서 그 장면을 지켜보던 류경아, 류동희 두 사람의 놀라움이 그 물리적 충격보다 더 컸다.

두 사람은 추위도 잊고 서서 입을 떡 벌렸다. '저 사람이 미쳤나?' 하는 놀라움에 휩싸여 잠시 할 말을 잃었다가 곧 정신을 차리고 허겁지겁 뷰익 쪽으로 뛰다시피 다가갔다. 고진은 후진기어를 넣고 차를 몇 미터쯤 슬슬 뒤로 뺐다. 류경아와 류동희는 뷰익에 급하게 올라탔다.

"지금 대체 뭐 하신 거예요? 차 박아 놓고 이젠 도망치려는 거예요?"

류경아가 놀란 눈을 깜빡이며 다그쳤다.

"그래서 잠깐 내리라고 한 거야. 그건 그렇고 우리 뷰익 할아버지가 드디어 불의의 임종을 맞이한 것 같군. 정정했는데 너무 아쉬워."

고진은 핸들을 어루만지듯 쓰다듬었다.

"지금 이런 고물차를 아까워할 때예요? 정말 참."

"앞차를 봐."

고진은 오른손을 들어 검지로 앞차를 가리켰다. 쏘나타의 파손은 외관상 심해 보이지는 않았다. 추돌당한 충격으로 방향이 틀어졌고, 뒤 트렁크가 충격으로 열려 찌그러진 채 살짝 올라가 있었다.

운전석 문이 열리면서 젊은 남자가 내렸다. 그는 뒤의 고진 쪽으로 분기탱천해서 다가왔다. 한 손으로는 뒷목을 부여잡고 있었다.

착해 보이던 얼굴에서 승냥이 같은 안광이 쏟아졌다. 사고도 사고지만, 슬금슬금 뒤로 차를 빼는 고진의 행태에 분노가 폭발한 모양이다.

"뭐야! 박아 놓고 도망가는 거야? 죽고 싶어!"

쏘나타의 남아 있는 불빛에 검푸르게 비친 남자의 얼굴은 아수라와 같았다. 오른손에는 은색의 길쭉한 물건을 들고 있었다.

"어떡해요. 뭔가 집어 든 것 같아요. 이리로 덤벼들려나 봐."

류경아가 안절부절못하며 말했다. 류동희도 겁먹기는 마찬가지였다. 그는 놀기만 좋아했을 뿐, 얼마 전까지만 해도 염상우의 철권 앞에 덜덜 떨며 폭력의 무서움을 질릴 만큼 맛본 고등학생에 불과했다.

류경아는 와이셔츠 사이로 엿보이는 고진의 호리호리한 몸과 육박해 오는 분기탱천한 젊은 야수를 연신 번갈아 보았다. 저 남자는 지금 눈에 보이는 게 없다. 오직 자기 차를 들이받고 도망치려는 고진을 때려눕히겠다는 일념으로 이글대고 있다. 뭔지 모르지만 흉기 같은 것을 들고 덤비려 한다. 술과 담배에 찌든 고진에게 무기를 든 젊은 남자를 제압할 완력이 있을까. 이 믿음직하지 못한 고진이나마 쓰러져 버리면, 그다음에는? 화는 자신과 동생에게 미칠 것이다. 격정으로 치켜 올라간 남자의 눈초리를 보며 류경아는 입술이 바짝 타올랐다. 겨울 양복 아래로도 흉기를 쥔 남자의 팔뚝에 불끈 힘이 들어가는 것이 느껴졌다.

"빨리 사과해요. 지금 진정시키지 않으면 큰일 나요."

류경아는 다급히 외치면서 고진을 떠다밀었다. 고진은 그런 류경아를 돌아보며 빙그레 웃었다.

"물론 사과할 거야."

"지금 웃음이 나와요? 어멋!"

류경아의 말이 채 끝나기 전에 고진은 재차 액셀러레이터를 밟았다. 뷰익은 웽 하는 소리를 내면서 앞으로 달렸다. 아마도 그것이 뷰익의 마지막 주행일 터였다. 짧은 거리였지만 수십 마력의 에너지에 탄 사람, 짐까지 합쳐 2톤에 육박하는 무게가 얹혀졌다. 뷰익이 향한 방향은 분노한 쏘나타 운전자였다. 터덕 하는 둔탁한 소리가 났고, 범퍼에 들이받힌 젊은 남자는 더미 인형처럼 땅바닥에 나뒹굴었다.

"윽!"

남자의 마지막 외마디 비명은 기어 들어갔다. 종내는 "음, 음." 하고 신음 소리를 내며 바닥에서 꿈틀거릴 뿐이었다. 류경아는 놀람을 넘어 아예 황당하다는 표정으로 고진의 옆얼굴을 쳐다보았다. 고진은 운전석 문을 열고 내리더니 남자에게 천천히 다가갔다.

"아이고, 이거 죄송해서 어쩌나. 브레이크를 밟는다는 게 나도 모르게 액셀을 밟아 버렸네."

그것이 고진이 약속한 사과였다. 남자는 말도 꺼내지 못하고 신음 소리만 연발했다. 옆에는 손에 쥐고 나왔던 스패너가 떨어져 있었다. 그의 산뜻한 양복과는 무척 어울리지 않는 물건이었다.

"조금만 기다려요. 당장 보험회사하고 경찰을 부를 테니까."

고진이 상체를 구부리고 자못 근심스러운 어조를 꾸미며 남자에게 말했다. 남자의 반응은 의외였다.

"경찰은 안 돼…… 부르지 마. 됐어. 그냥 가……."

아파 땅을 구르면서도 다급하게 목소리를 쥐어짰다. 고진은 빙그레 웃으며 말했다.

"안 되죠. 그럼 난 뺑소니가 되게요?"

고진은 남자를 내버려 두고는 쏘나타로 향했다. 충격으로 트렁크 문이 조금 열려 있었다. 고진은 영차 하며 트렁크를 획 위로 올려 젖혔다.

"어머!"

뒤따라 내렸던 류경아가 트렁크 안을 들여다보더니 기겁을 했다. 트렁크 안에는 또 한 명의 젊은 남자가 누워 있었다. 작업복 차림에 한눈에도 험한 인상의 그는 충격으로 기절해 있었다. 옆에는 커다란 칼이 굴러 있었다.

고진은 씩 웃음을 지어 보이고는 고개를 설렁설렁 흔들며 쏘나타의 조수석으로 향했다. 조수석 문을 열고는 놀라 떨고 있는 여자에게 말했다.

"죄송합니다. 좀 놀라셨죠? 그래도 당장은 이 방법이 제일 확실하죠."

그러고는 휴대전화를 꺼내 112를 눌렀다.

"경찰이죠? 제가 그만 교통사고를 냈습니다……."

고진은 '압상트' 카운터에서 스카치를 들이켜고 있었다. 잔을 단숨에 비운 다음 고개를 살짝 돌려 긴 담배 연기를 뿜어냈다. 건너편에는 푸르스름한 간접조명 아래 명화 속 여인처럼 고혹적인 미모를 뿜어내는 류경아가 서 있다.

"어젯밤엔 정말 놀랐어요. 그 사람들이 2인조 강도였다니. 사람까지 죽이고 수배 중이었다면서요?"

"마음이 아파."

"강도가요? 아님 고생한 저한테요?"

"우리 할아버지 차 말이야. 한 10년은 더 달릴 수 있었는데, 객사시켰잖아."

"참 나. 그 차는 어차피 살풀이라도 해야 했어요. 그 차는 타면 꼭 사고를 만나요."

류경아는 어이가 없다 못해 웃음기를 머금었다. 고진도 고개를 끄덕였다.

"그건 그래. 차하고 사람도 궁합이 있는 건지."

"근데 그 두 사람이 강도인 건 어떻게 아셨어요?"

"그건…… 동희가 소변본다고 해서 길가에 차 세웠을 때 기억나지?"

"그래요. 그때 쏘나타를 처음 봤죠."

"운전석 젊은 남자가 전화를 받았고, 내려서는 트렁크에 생수병을 넣었잖아."

"그것도 기억나요."

"우리 차를 추월해 갔던 차였어. 도로변에 갑자기 차를 세우고는 남자가 휴대폰 통화를 하고 있었지. 그러고는 뒤이어 트렁크에 생수병을 넣었어. 두 사실을 연결해 보면 자연스럽게 답이 나오지 않아? 운전자가 정차했던 건 트렁크에서 걸려온 전화를 받기 위한 거였어. 트렁크의 승객이 뭔가를 요구했기 때문에 차를 세울 필요가 있었던 거지. 운전자에게 휴대폰을 걸어 생수를 넣어 달라고 했던 거야. 그렇다면 이 추운 겨울날 트렁크의 승객은 도대체 누구일 수 있을까?"

"사람을 유괴한 거라고는 생각 안 하셨어요?"

"유괴한 사람한테 휴대폰을 주겠어? 당장 경찰신고 들어갈 텐데. 또 녀석이 아무리 선한 유괴범이래도 차를 세워 생수병을 준다는 친절도 생각하기 어려워. 답은 하나뿐이지. 공범. 그것도 저지른 범죄의 공범이 아니라 앞으로 저지를 범죄의 공범 말이야. 운전자는 말쑥한 옷차림에 선량한 인상의 남자야. 험하게 생긴 쪽은 트렁크에서 대기하기로 했겠지. 운전자가 선한 얼굴로 곤경에 처한 사람의 의심을 누그러뜨려 태운 다음 외딴 곳에서 차를 세울 테지. 운전석에서 버튼을 눌러 트렁크를 열어 주면 그때 트렁크에서 칼 든 소도둑놈이 유유히 걸어 나오는 거지. 조수석의 손님은 기절초풍하는 거고."

"무섭네요. 트렁크란 공간은 사람들이 대개 생각을 못 하잖아요."

"그렇지. 운전자 혼자 있으면 대개는 있는 그대로 그렇게 믿고 보는 거야. 인상이 선하면 금상첨화고. 만약에 태운 사람이 남자라면 그런 자신감도 있는 거지. 어차피 남자 일대일이면 크게 밀릴 일이야 없다, 이런 무의식적인 생각 말이야. 트렁크에 딴 놈이 숨어 있을 거라는 생각은 못 하는 거지. 나름대로 연구를 한 녀석들이야. 한 놈은 추운 데서 트렁크에서 고생도 꽤 했고."

류경아는 고진의 빈 잔에 위스키를 채워 주며 물었다.

"그래서 그 차를 따라갔군요."

"그렇지. 당장 어떻게 조치를 할 순 없었어. 범죄도 아직 저지르지 않았는데 트렁크에 사람이 타고 간다고 죄가 되는 건 아니잖아. 추운 날씨에 트렁크에 기어 들어가 있을 정도면 녀석들이 분명 곧 한탕 노릴 거라고 믿고 따라가 본 거야."

"여자를 태운 순간 차를 들이받아 구했고."

302

"후훗, 경아 씨를 놀라게 한 건 미안해."

류경아는 몸을 바싹 앞으로 기울여 속삭이듯 말했다.

"좀 놀랐지만 사람을 구하는 일이니 이해할게요."

"이런 면을 보면 경아 씨는 역시 대인이야."

"공치사는 관둬요. 괜히 미안하니깐 그런 말을."

류경아가 다시 물었다.

"지금까지 이야기는 대충 짐작이 가요. 그래도 한 가지 궁금한 게 있어요."

"뭐?"

"경찰에는 왜 여자를 구하기 위해 차를 들이받았다고 말하지 않았어요? 차를 들이받은 것도 실수고, 차에서 내린 운전자를 받은 것도 브레이크를 밟는단 걸 실수로 당황해서 액셀을 밟았다고 이야기했잖아요."

류경아는 질문을 던져 놓고는 금방 "아하." 하며 기특하다는 표정을 지어 보였다.

"사람을 구했다고 하려니 괜히 쑥스러워 그런 거 아니에요? 호호, 귀여운 데가 있어요, 고 변호사님은."

"이거 미안하군. 그게 아닌데."

"그럼요? 왜 굳이 교통사고 가해자가 되신 거예요?"

류경아의 눈은 느낌표에서 의문부호로 변했다. 고진은 담배 끝이 빨갛게 되도록 깊게 빨아들이고는 길게 내뿜었다.

"고의로 차를 가지고 사람을 들이받는 건 흉기로 사람을 다치게 한 것에 해당돼. 엄청 무거운 형이 정해져 있어."

"말도 안 돼. 사람을 구하기 위한 거잖아요. 잘은 모르지만 정당방위나 뭐 비슷한 걸로 되지 않아요?"

"여자를 구하러 들이받았다, 좋지. 하지만 정당방위 요건은 엄격해서 당장 상대방의 공격행위가 없으면 인정되기 힘들어. 하긴 뭐 해석하기에 따라선 그 상황에서 정당방위가 성립될 수도 있겠지. 여자가 납치되는 중이었으니까. 근데 그건 당사자인 우리한테만 명백한 사실일 뿐이야. 그 상황이 공적인 법률의 테이블 위에서 인정받기까지 얼마나 귀찮고 불확실한지 알아? 정당방위로 인정받으려면 각고의 노력이 필요해. 쉽게 말하면 '범죄를 저지른 건 맞는데 예외적으로 이 경우 위법은 아니다.' 해서 풀어 주는 거니깐 절대 쉽게 인정해 주지 않아. 특히 피해자 쪽, 그러니까 그 강도 애들이 진술을 꼬기라도 하면 한없이 어려워져. 참고인들 진술에 현장검증에 온갖 귀찮은 절차를, 그것도 아주 길게 거치게 될 거야. 그 소란을 떨고도 정당방위로 끝난다는 보장도 없어. 잘못하면 과잉방위 정도로 적당히 처리돼서 유죄로 될 수도 있어. 물론 과잉방위라면 실제 변변한 처벌은 없겠지만 말이야."

"그래요? 그런 건 몰랐어요."

"대신 교통사고로 처리하면 편리해. 종합보험 가입되어 있겠다, 상대방이 중상해만 입지 않았다면, 또 신호위반 같은 예외 사유에 해당되지 않는다면 보험가입증명서 한 장이면 공소기각으로 끝나거든. 적당히 들이받았잖아. 중상해까지는 안 될 만큼. 걔들 한 명은 기절하고, 한 명은 넘어졌지만 타박상밖에 없었어. 따라서 쏘나타 차도, 운전자 들이받은 것도 그걸로 끝. 게다가 자차보험 들어 놨으니 내 뷰익 중고 값도 쳐서 받아 낼 수 있어. 내년에 할증된 보험료만 몇 푼 더 내면 돼."

류경아는 풋 하고 웃음을 터뜨렸다. 고매한 인격에 대한 기대감이 어이없음으로 전락한 데 대한 자조적 반응이었다.

"그런 거였군요. 그래서 일부러 남자를 들이받고는 내려서 실수했다고 너스레를 떠셨군요."

"또 한 가지 이유가 더 있어."

"뭔데요."

"만약에 앞차에 탄 여자가 다치기라도 하면 말이야, 정당방위 인정을 못 받으면 그 치료비는 내가 부담해야 해. 하지만 교통사고로 해 놓으면 치료비를 보험사에서 책임지지."

류경아는 그 얘기에는 입을 삐죽거렸다.

"갑자기 그런 의심이 드네요. 동희하고 저를 내리게 한 것도 우리를 걱정해서가 아니라 혹시 치료비를 덤터기 쓸까 봐 그러셨던 거 아니에요?"

고진은 너털웃음을 터뜨렸다.

"하하하, 만약 두 사람이 다친다면 당연히 내가 끝까지 책임지지. 그래도 일단은 내리는 게 낫지. 나보단 보험회사가 더 재력이 빵빵하니깐……."

"참 나. 어째 그리 여자가 원하는 답을 못 해요?"

류경아는 흘긴 눈길을 풀지 않았다. 고진은 단단히 삐친 흉내를 내는 류경아에게 사과의 뜻으로 위스키를 가득 부었다. 류경아는 마지못한 척 잔을 비웠다.

잔을 내려놓은 그녀는 무슨 생각이 들었는지 말없이 고진을 바라보았다. 붉은 입술이 지어내는 은은한 미소가 붉은 네온사인처럼 빛을 발했다. 류경아는 고진을 들여다보며 천천히 말머리를 꺼냈다.

"이런 말 하면 어떠실지 몰라도."

고진이 눈이 부신 듯 왼 손바닥을 눈 위에 우산처럼 펼치고 말했다.

"헉. 설마 고백할 심산이야? 난 아직 마음의 준비가 안 됐어."

류경아는 헛물켜는 고진의 기대와는 다른 말을 던졌다.

"고 변호사님은 이탁오 박사와 참 닮아 있는 것 같아요."

"엉? 이탁오 박사하고?"

고진은 잠시 허를 찔린 표정을 지었다가는 금세 피식 웃고 말았다.

"아니야, 그 사람은 나하곤 완전히 다른 종류의 사람이야."

"과연 그럴까요?"

"그럼, 그래서 내가 흥미를 가졌던 거야."

"후훗, 사람 보는 건 제가 더 정확할걸요. 특히 남자는?"

"그럼 남성적인 면에서 비슷하단 말? 그럴 리가. 인정하긴 싫지만 이탁오 박사는 나랑은 달리 쾌남아 같은 면이 있어."

"물론 남자로서 닮았다는 건 아니에요. 그럼 나도 고 변호사님 식으로 한번 추론인가 뭔가를 펼쳐 볼까요?"

"하하하, 그래? 좋아. 경아 씨는 가끔 이렇게 재미있는 얘길 해서 놀라게 한단 말이야. 언제든 환영이야."

류경아는 큰 눈을 반짝이며 말했다.

"고 변호사님은 강도들 차를 들이받을 때 왜 여자를 생각하지 않았죠?"

"뭐?"

고진은 불의의 일격을 맞은 표정으로 고개를 번쩍 들었다. 막 입으로 가져가던 스카치 잔이 그대로 허공에서 멈췄다.

"차를 들이받으면 물론 강도들을 쓰러뜨릴 수 있겠죠. 하지만 조수석에 탔던 여자도 같이 다칠 수 있었어요. 다행히 아무 일은 없었지만. 그건 결과적으로 그랬죠. 고 변호사님이 배려한 건 없었어요."

"으음."

고진은 신음 비슷한 소리를 내며 멈췄던 잔을 기울였다.

"우리한테는 차에서 미리 내리라고 시켰죠? 뭐 보험회사가 더 돈이 많으니 하는 건 마음의 정을 들키기 싫어하는 고 변호사님 식의 썰렁한 농담이고, 실은 우리가 다칠까 봐 그러셨죠? 그런데 앞차의 여자에 대해서는 그런 배려가 있었나요?"

"그거야, 상황이 상황이니만큼 빠른 대처가 필요했으니까……."

"정말 그래서일까요? 고 변호사님이라면 그 방법 말고도 다른 안전한 방법을 얼마든지 생각해 낼 수 있었을 거예요. 그 짧은 순간에 시나리오를 짜서 귀찮은 정당방위보다는 교통사고로 만들어 버린 고 변호사님이에요. 그 여자를 배려하는 방법도 아마 분명 있었을 거예요. 뭐 보통은 앞차를 천천히 쫓아 위치를 확인해 가면서 경찰에 신고하지 않았을까요? 그다음에는 자기 길을 갔겠죠. 하지만 그런 건 재미없죠. 굳이 고 변호사님이 즉석에서 차를 들이받은 건 여자를 구하기 위한 게 아니라……."

"아니라?"

"고 변호사님의 놀이였어요."

"음."

고진은 낚인 물고기 같은 멍한 눈으로 고개를 들어 앞 벽 그림 속의 고트로 부인과 눈을 맞추었다.

"여자의 안전은 생각 안 했죠. 이런 표현이 맞을지 몰라, 그냥 이 강도 녀석들 혼 좀 내 줄까 하는 장난기? 아니면 예전에 고 변호사님이 이탁오 박사 이야기하면서 했던 말, 유희심이라고 할까요?"

"유희심이라……."

"그래요. 이탁오 박사를 처음 만났을 때 말이에요. 전철 안에서 가짜 맹인의 다리를 걸어 자빠뜨린 일. 처음에는 공분 때문이라고 생각했지만 나중에 보니 박사의 유희에 불과했다고 평가했죠? 마찬가지예요. 변호사님도 그런 거였어요. 여자를 구한 건 놀이의 부산물에 불과했어요. 설마 정의의 사도라고 강변하실 참은 아니시겠죠? 일 저지르기 전에 머릿속으로 온갖 계산을 하셨어요. 그건 게임을 위한 거였죠. 고 변호사님은 아씨를 위해 앞뒤 안 가리고 뛰어드는 벙어리 삼룡이는 결코 될 수 없는 분이에요."

"정말 할 말 없게 만드는군."

고진은 빙긋이 웃으며 담배를 한 개비 꺼내 물었다. 그 나름의 인정하는 표현이었다.

"동희 일에서도 그런 게 느껴져요."

"동희 일이?"

고진은 담배를 문 채 재미있다는 듯 고개를 들어 류경아의 붉은 입술을 쳐다보았다. 불도 붙이지 않은 채 류경아의 이야기에 몰입해 있었다.

"자기 손에 피를 묻히지 않고 일을 처리하는 방식이랄까요. 염상우를 함정에 빠뜨리면서도 어디까지나 자신의 선택인 것으로 만들어 버렸잖아요. 그게 고 변호사님이 애용하는 방법의 하나죠. 직접 자신이 전면에 나서진 않아요. 어둠 속에서 사람을 조종하고 선택하게 하는 걸 즐기죠. 이탁오 박사란 분도 얘길 들어 보면 표면에 나서는 법이 없는 것 같아요. 그런 점도 고 변호사님하고 참 많이 닮았어요."

고진은 천천히 고개를 끄덕였다. 그제야 찰칵하고 지포라이터를 켜 담배에 불을 붙였다.

"예리해. 아무래도 인정해야겠어. 사람을 꿰뚫어 보는 데야 경아 씨만 한 사람이 없지. 그럼. 항상 내가 모르는 날 일깨워 주는군. 이탁오 박사하고 난 완전히 다른 것 같지만 어찌 보면 많이 닮았는지도 몰라. 그래서 내가 예전에 그 사람에게 끌렸던 건지도……. 다르기 때문이 아니라 비슷하기 때문에 끌렸다, 이건가……."

고진은 혼잣말처럼 답하다가 말이 없어졌다. 조금 전까지도 류경아와 대화하며 천변만화하던 여유로운 표정이 일순 고장 난 비디오의 정지 화면처럼 굳어 있었다.

"혹시 어디 불편하신 데라도?"

"아니."

고진은 무표정하게 짧게 답했다. 회색 담뱃재가 작은 덩어리가 되어 흰색 와이셔츠 위로 툭 떨어졌지만 고진은 깨닫지 못했다.

류경아는 이럴 때의 고진은 내버려 두는 게 낫다는 것을 알고 있다. 고진이 자신에게 화가 난 게 아니란 것도 잘 안다. 고진은 이 순간 술이 아니라 상념에 젖은 것뿐이다. 두더지잡기 놀이처럼 느닷없이 불쑥 고개를 내민 자신만의 생각에 빠져 있는 것이다.

류경아는 옆으로 가 테이블 아래 놓인 시디 더미를 뒤적였다. 그녀는 안색이 변한 고진을 위해 바의 음악을 바꿔 주었다. 재즈 위주의 선곡이 '압상트'의 트레이드 마크였지만 이번에는 고진 취향의 하드록 음반을 플레이어에 넣었다. 여러 밴드의 곡을 모은 편집음반이었다. 몇 곡의 연주 뒤에「스틸 인 러브 위드(Still in love with you)」가 흘러나왔다. 끈적이는 기타 사운드와 애절하지만 공허한 보컬이 긴 뱀처럼 바의 구석구석을 휘감았다.

"땡큐, 내가 좋아하는 곡이야."

고진이 손을 가볍게 들어 류경아에게 고마움을 전했다.

"그래요?"

류경아는 가벼운 미소를 지어 보였다.

"예전 기억이 나. 이탁오 박사도 이 곡을 좋아했어. 그러고 보면 참 취향도 비슷한 점이 많았어. 경아 씨 말대로 박사하고 난 닮은 점이 더 많은지 몰라."

류경아의 새하얀 블라우스 깃에서 피어오른 펜할리곤스 향수의 은은한 국화 향 기운이 음악과 상승작용을 일으키며 고진의 코끝을 자극했다. 고진은 취한 얼굴이 되어 한 잔을 더 들이켜고는 느릿느릿하게 읊조리듯 말했다.

"제기랄."

"갑자기 웬 욕설?"

류경아가 웃었다.

"기분 좋을 때 표현하는 방법을 몰라. 그래서 대신 욕을 하기로 했지."

"조금 전까지만 해도 엄청 심각해 보였는데, 참 단순한 면도 있으세요."

"미녀와 음악과 술. 이 세 가지가 있는데 불행한 남자가 있을까?"

류경아는 시디 커버를 손에 들고 이리저리 돌려 보았다.

"이 곡을 좋아하시나 봐. 시디 커버를 보니까 이 「스틸 인 러브 위드」는 씬 리지(Thin Lizzy)라는 밴드의 곡이네요. 희한한 이름이에요."

"그 밴드명의 유래가 재미있지. 리더인 필 리뇨트는 시인이기도 했던 사람인데 내가 생각해도 작명 센스가 탁월했어. 리지(Lizzy)는 리즈 테일러, 그러니까 엘리자베스 테일러의 애칭이야."

"그럼 씬 리지는 날씬한 리즈 테일러란 뜻인가요?"

"그렇지. 필 리뇨트는 날씬했던 시절의 리즈 테일러를 못내 그리워했어. 그래서 지은 밴드명이야."

"그래요? 참 남자들은 이놈이나 저놈이나 못 말리겠어요."

"그 욕설 귀여운데."

류경아를 보며 씩 웃음 짓던 고진이 갑자기 왼손을 들어 이마를 탁 짚었다. 그의 웃음이 비틀려 있었다.

"이런 이런……."

"왜 그러세요?"

"역시 박사는 대단한 장난꾸러기였어."

고진은 비틀린 입술 사이로 비실비실 웃음을 흘렸다.

"이탁오 박사가요? 갑자기 무슨 뚱딴지같은 소리예요."

311

"오늘 경아 씨 덕에 많은 걸 깨닫게 됐어."

"그래요? 혼잣말하다가 묻고 답하신 거 같은데?"

류경아는 혼자서 이리저리 변하고 있는 고진을 한심스럽다는 듯 쳐다보았다.

"아냐, 경아 씨의 힌트 덕분이야."

"도움이 됐다니 뭐 다행이네요."

"정말, 다 경아 씨 덕분이야, 고마워. 키스 한 번 해도 될까."

"어림없는 소리."

류경아는 조용히 눈을 내리깔았다.

19

양평 집을 수색했지만 고진이 얘기했던 길영인의 수기 외에는 별다른 성과를 얻지 못했다. 이유현은 강력계 형사들을 독려해 길영인을 찾는 일에 집중시켰다. 하지만 길영인은 좀처럼 모습을 드러내지 않았다. 남한강 변의 그 숱한 모텔을 전전하며 도주하고 있다면 빠른 시일 내에 찾기란 난망하였다. 도주 자금도 풍부한 길영인이다.

이유현은 점심시간에 서초역 근처 복국집에서 고진을 만났다. 전날 마신 술의 해장을 하고서 뜨끈한 방에 노곤하게 앉은 고진의 반응은 몸 상태만큼이나 미지근했다.

"이젠 길영인을 추격하는 일만이 남았군. 자넨 고생 좀 하게. 난 박사에게 용건이 있어."

"아니, 왜 이렇게 식어 버리셨어요. 지금까지는 경찰정보 하나라도 더 캐내려 아쉬운 소리 하던 분이."

"길영인 사건이 흥미롭긴 하지만 지금 당장은 이탁오 박사를 만나보고 싶어졌어. 부탁했더니 류 마담도 동행해 주기로 했어."

"류 마담을 데리고 가시게요? 형님이 저한테 같이 가자고 사정할 때가 그립네요."

이유현이 아쉬운 척 넉살을 부렸다.

"자네가 요즘 비싸게 굴잖아."

"실제로 요즘 많이 바쁩니다. 길영인 때문에."

"알아. 공무에 바쁜 분을 사적인 일에 모시고 갈 수야 없지. 이번에 박사를 찾아가는 건 전적으로 사적인 용무야."

"그래서일까요? 박사 만나는 데 류 마담은 왜 데리고 갑니까?"

"류 마담을 데리고 가는 게 박사와의 만남에서 도움이 될 거야. 누가 뭐래도 이탁오 박사는 미인에게 약한 로맨틱 가이니까. 류 마담은 이탁오 박사와 풀어야 할 작은 인연도 있고."

"이제 와서 이탁오 박사를 찾아갈 이유가 있을까요? 형님은 기어이 박사하고 사건을 어떻게든 엮어 보려 하네요. 옛날 일이야 이해하지만……."

고진은 빙그레 웃으며 말을 돌렸다.

"길영인의 수기를 보니 어떻던가? 역시 조작이라고 생각해?"

"글쎄요. 워낙에 구체성도 있고, 범행에 대한 직접적인 변명도 아닌 교묘한 글이라 딱히 조작으로 볼 구석은 없어 보입니다만……."

"그런데?"

"정황으로 보면 길영인이 가장 유력해요. 본인이 쓴 수기만 가지고 무죄가 입증되어서야 곤란하겠죠."

"일기는 증거로 인정되기도 해."

"그건 과거에 썼다는 게 전제된 경우죠. 수기를 몰아서 창작했는지도 모르잖아요?"

고진은 이유현의 의심에 당할 수 없다는 듯 입을 다물고 고개를 저었다.

"그럼, 진천 시골집에는 가 봤나?"

"네. 길영인의 마지막 수기 말씀하시는 거죠?"

"그래, 그거."

"제 생각에는 길영인이 일정한 부분 자신의 행동을 기억하지 못하는 증상을 겪는 것 같습니다. 진천 집에서 발견된 그 수기를 보면 확연해요."

"그래서? 이 반장은 뭔가 생각이 있지 싶은데."

"글쎄요, 지금 속단할 수는 없어요. 그래서 뭐 성급하게 말씀드릴 만한 것도 없고……."

이유현은 어떤 말을 하려다 만 듯했다. 고진이 대신 말을 이었다.

"알아. 수기를 나도 읽었으니까. 길영인은 기억이 많이 깜빡깜빡하나 봐. 특히 정신자살 시술 이후로 더 그런 게 아닌가 싶고. 몽유병이라도 걸린 걸까?"

"몽유병 환자라면 다행이게요. 밤에 수상하게 나다니다간 진작 잡혔을 텐데."

"그런가?"

"……한다미 사건의 범인은 진천의 시골집을 아는 자예요. 동생인 한초록조차 모른다는 집이에요. 범위는 극히 좁아져요. 남편인 길영인이 가장 쉽고도 유력해요. 태정우도 가능하지만 죽었고."

"그렇겠지. 범인은 확실히 진천의 시골집을 아는 자야. 그런 사람은 손가락으로 꼽을 정도도 못 되지. 하지만 생각해 보면 길영인, 태정우 말고도 진천의 집을 알 수 있는 사람은 더 있어. 한다미가 길영인 몰래 진천의 집을 알려 준 사람은 더 있을 수 있잖아? 감쪽같이 태정우와 오랜 기간 사귀기도 한 판국인데. 진천의 집을 아는 사람이라면……. 거 누구더라, 아, 프리버드는 어때?"

"그 인터넷 바람둥이 말이죠?"

"진천 터미널에서 한다미하고 만나기로 약속한 메일이 있었잖아."

이유현이 그윽하게 웃었다.

"하하, 그랬죠."

"그 웃음의 의미는?"

"프리버드는 벌써 만나고 왔어요."

"역시, 그런 걸 놓칠 리는 없겠지. 어땠어?"

프리버드, 정시후는 이유현을 보자마자 강하게 뻗대고 나왔다.

"왜 또 왔습니까? 더 이상 경찰한테 말할 거 없다고 했잖습니까!"

고시원 방에 틀어박혀서는 난방을 최대로 올려 놓고 모니터 앞에 삐딱하게 앉아 있었다. 오후 시간이건만 자다가 일어난 듯 많지 않은 머리카락은 마구잡이로 뒤엉켜 있었다. 아무리 봐도 '자유로운 새'와는 거리가 있는 모습이었다. 어깃장을 놓는 정시후에게 이유현은 충격요법을 썼다.

"한다미 씨가 살해되었습니다."

"에?"

정시후의 턱이 익은 석류처럼 쩍 벌어졌다.

"살인사건이란 말입니다. 그럼 정식으로 경찰서에 와서 진술해 주시죠. 조사해 보고 별것 없으면 그땐 한다미 씨와 무관하다는 공식적인 진술서를 남기도록 하죠."

"아니, 저, 그것보다는 여기서 간략하게 진술하겠습니다. 성실하게 아는 대로요. 경찰서에까지 방문할 만큼 말씀드릴 게 없어요."

'살인사건'의 무게 앞에 정시후는 쪼그라들었다. 지난번 태정우는 정시후와 무관한 인물이었다 해도 이야기가 한다미에 이르면 문제는 달라진다. 자신이 집적댔던 여자의 사망 소식은 강아지를 놀리다 거꾸로 물린 것 같은 낭패감을 안겨 주었으리라. 정시후는 긴장감에 숨을 고르고 있었다. 이제부터 신문은 다소 편해질 것이다.

"한다미 씨가 태정우 문제로 정시후 씨하고 많은 이야기를 하지 않았습니까."

"……네, 약간은요. 이야기는 온라인에서만 했죠."

할 수 있는 한 발을 빼려 한다.

"지난번엔 간단하게만 물었는데 오늘은 좀 구체적으로 대답해 보시죠. 어떤 이야기였습니까?"

"정말 저하고는 별일 없었습니다."

"정시후 씨와의 일을 묻는 게 아닙니다! 한다미 씨가 어떤 이야기를 했는지 묻고 있는 겁니다. 특히 태정우라는 사람에 대해서요."

이유현의 굳은 표정에 정시후는 뜨끔해서 말을 늘어놓았다.

"정말입니다. 저하고는 깊은 이야기를 안 했어요."

"그러면?"

"저보다는요, 그 모임에 김도열이라고 갤러리 관장이 있는데 그 사람하고 주로 상담했던가 봐요. 전 잘 몰라요. 근데 참 다미도 카운슬러를 잘못 택했죠. 김도열이는 사람이 고지식하고 답답해서 답이 뻔했거든요. 그러면 안 된다, 죄를 짓는 거다, 뭐 그렇게요. 심하게 나무라기도 했나 봐요. 김도열이한테 그런 말 듣고 보니 더 괴로웠던 거죠. 그러고 나면 꼭 나한테 한 번 더 하소연했어요. 과연 그럴까, 이러면서요. 난 적당히 맞장구쳐 주었죠. 그 정도 역할밖에 안 했어요…… 김도열이가 잘못한 거예요. 여자란 해결책을 들으려 카운슬러를 찾는 게 아니거든요. 내심 '잘 했다, 괜찮다.'란 말을 듣고 면죄부를 받고 싶었던 건데 거기다 대고 내리 욕만 퍼부었으니. 처음부터 나한테 의논했으면 살살 구슬려 주었을 텐데."

정시후의 말투는 저열했지만 비열한 인생에서 터득한 나름의 처세론을 펼쳤고, 거기에는 일말의 수긍이 가는 부분이 없지도 않았다.

"그렇게 구슬리다가 결국 진천에서 만났잖습니까."

이유현은 단정적으로 유도신문을 했다. "만났습니까, 안 만났습니까?"를 물을 단계는 지났다.

"휴."

정시후는 고개를 돌리고 깊게 한숨을 쉬었다. 그의 잔머리에서는 경찰이 이번에는 다 알고 왔다고 신호를 보내온 모양이었다.

"경찰에서 조사 많이 하셨네요. 맞습니다. 딱 한 번 만났어요. 진천에서. 다미가 먼저 나한테 만나자고 연락했어요. 사실 그것도 어떻게 보면 다 김도열 때문이에요. 김도열이하고 대판 싸웠대요. 하도 구름 속에서 높은 말씀만 하고 사람을 다그쳐서 폭발해 버렸다고 그럽디다. 그래서 마음이 괴로워서 저한테 연락했대요."

"진천에서 한다미 씨를 만나서는 같이 자자고 했을 거고요."

"아뇨, 무슨 말씀을! 전 그냥 이왕 이렇게 만난 거 술이나 한잔하자고 했어요. 다미가 질색을 하며 거절하더라고요."

"당연한 거 아닙니까? 여자인 줄 알고 편하게 만났던 건데, 남자였으니. 속았다는 생각에 누구나 화내겠죠."

"모르시는 말씀. 생각이 열린 애들은 그런 게 재미있다며 더 좋아해요. 다미 걔는 예술하는 사람답지 못하게 애가 답답해."

이유현의 아랫배에서 무언가가 불끈 치밀었으나 꾹 참고 단전으로 되돌렸다.

"⋯⋯한다미 씨가 예상치 못하게 강하게 거절해서 화가 나셨겠습니다."

"좀 예상 밖이기는 했죠. 너 남자였어? 그러면서 깔깔 웃을 줄 알았는데. 너무 난리를 치니깐 좀 화도 나더라고요. 그냥 술 한잔하자는데 화내면서 기어이 서울로 돌아가겠다고."

그 술 한잔에서 침대로 이어지는 게 너의 속 보이는 코스였겠지. 이유현은 표정을 고르며 말을 던져 보았다.

"그래서 죽였습니까?"

"뭐라고요!"

정시후는 빽 소리를 질렀다. 화내는 모습이 연기가 아닌 것처럼 보이기도 했지만 눈동자는 심히 흔들리고 있었다.

"말도 안 되는 소리예요! 그냥 헤어졌습니다."

"설마요. 분명 그냥 헤어지지는 않았어요."

"어떻게 그렇게 확신합니까? CCTV라도 찍어 놓았나요?"

"한다미 씨가 죽은 게 바로 그 무렵 진천의 어느 집이었으니까요."

"⋯⋯."

무슨 말을 하려다 만 정시후의 입술이 발동기 벨트처럼 덜덜 떨리고 있었다. 하필 자기가 여자를 만난 그 무렵 그 장소에서 살인이 있었다며 추궁하는 형사의 진지한 얼굴 앞에 그나마 남아 있던 허세는 완전히 날아가 버렸다.

"아닙니다. 전 그날 화가 나긴 했지만⋯⋯."

"물론 화가 나셨겠죠. 여기서 그냥 아무 일 없이 손 흔들고 헤어졌다는 말로 우리 경찰을 믿게 할 수 있을 거라고 생각합니까?"

물론 아무 근거도 증거도 없다. 하지만 정시후의 동요를 이용해서 쥐어짤 수 있을 때까지 쥐어짜 보는 것이다. 정시후는 큰 죄를 피하기 위해 자질구레한 몇 가지를 털어놓을지도 모른다. 그 자질구레한 사건은 구체적일수록 신뢰를 줄 수 있다. 그 예상은 일부 적중했다.

"전 정말 별로 한 게 없어요. 그냥 화가 나서⋯⋯ 다미의 휴대폰을 빼앗았어요. 그러고는 무작정 1번을 눌렀죠. 아무래도 단축번호 1번에 남편이 저장되어 있지 않을까 싶어서요."

"그래서요?"

"남자 목소리가 들렸어요. 그래서 큰 소리로 말했죠. 지금 진천인데 당신 와이프하고 있다고, 알아서 하라고."

뭐 이런 자식이⋯⋯. 이유현은 주먹에 불끈 힘이 들어갔지만 이를 꽉 물고는 차분하게 다시 물었다.

"그래서요?"

"그때 다미가 달려들어서 휴대폰을 빼앗았어요. 그래서 그걸로 통화가 끊겼죠. 전 다미한테 욕을 몇 마디 더 하고는 시외버스 타고 서울로 올라와 버렸어요."

"⋯⋯그렇게 해야 할 이유가 있었습니까?"

나지막한 말투에서 오히려 이유현의 울화와 인내가 묻어 나왔다.

320

정시후는 눈치를 채지 못하고 오히려 신이 났는지 무용담을 늘어놓듯이 주절거렸다.

"사람이 힘들게 진천까지 갔는데 너무한 거 아닙니까? 그래서 그랬죠. 저한테 핏발 세우고 덤비는 여자들, 그런 거 저 못 봐주거든요."

정시후는 자신의 잘못은 절대로 알지 못하는 부류였다. 그럼에도 욕과 비방에는 누구보다 능통할 것이다. 너절한 자식. 이유현은 싸늘한 마음으로 돌아 나왔다. 경찰이 주시하고 있으니 언제든지 협조를 부탁한다는 부담을 굳이 씌워 놓고서.

"그런 놀고먹는 허접한 놈들이 일하는 남자의 여자를 뺏는 현실이 서글프군."

이야기를 다 들은 고진 역시 씁쓸한 얼굴을 했다.

"그럼 결론은 뭐야? 그 프리버드란 녀석이 범인은 아닌 것 같아?"

"아닌 것 같아요. 한다미하고 안 좋게 헤어진 것 같지만 살인까지 갈 만한 동기는 못 되잖아요? 이런 엄청난 살인극을 벌이기엔 담력도 작아 보이고."

"자네치곤 너무 비과학적인 언사인데."

"녀석은 한다미를 만나러 진천까지 내려갔지만 진천의 그 시골집까지는 몰랐던 것 같아요. 터미널에서 싸우고 헤어졌으니."

"그거야 그 녀석 진술뿐이잖아."

"그렇긴 해요. 그래서 전혀 가능성을 배제하진 않고 있어요. 느낌으론 아닌 것 같다는 거죠."

고진은 벽에 기댔던 등을 꼿꼿이 펴며 말했다.

"그럼 김도열은 어떨까? 다음 후보자로서 말이야."

"한다미가 전시회를 했던 미술관장 말씀이죠? 그자가 설마 진천의 시골집까지 알았겠습니까?"

"김도열은 양평 집으로 가서 직접 그림을 가져간다고 했지만 두물머리 그림은 집에 그대로 놓여 있었어. 60호짜리 그 그림은 나도 양평 길영인 집에 갔을 때 아틀리에에 그대로 있는 걸 확인했거든. 어떤 연유인지 짐작할 수는 없지만 '김도열이 집에 와서 그림을 가져간다.'라는 정상적인 루트로 일이 진행되지는 않았음이 틀림없어. 양평의 한다미 집을 알 정도면 진천의 시골집까지 그가 안다고 해서 크게 이상할 일은 아니지 않을까."

"가능성은 있어요." 하며 이유현은 또다시 하하하, 웃었다.

"뭐야, 김도열도 조사가 끝난 건가?"

"당연하죠."

갤러리가 오픈 중이라는 이유로 김도열은 굳이 갤러리를 피해 걸어서 5분 거리의 정독도서관 정원 벤치로 장소를 정했다. 언덕 위에 위치한 정독도서관의 정원은 나무도 꽃도 월동에 들어가 스산했다. 매서운 바람이 없다는 건 다행이었지만 한겨울에 물 없는 분수를 앞에 두고 차가운 벤치에 앉아 사람을 기다리는 일은 역시 고역이었다. 김도열은 그다지 추위에 개의치 않는 모양이다. 역시 이 사람은 오지 탐험 쪽이 어울리지 않을까. 작은 키에도 긴 외투를 걸치고 입을 꽉 다문 채 벤치로 당당하게 걸어오는 모습은 더욱 그런 생각을 굳히게 했다. 추위에 도전하듯 어깨가 활짝 펴져 있었다.

이유현은 옆에 자리한 김도열에게 점퍼 안주머니에서 뜨거운 캔 커피를 하나 꺼내어 건넸다. 김도열은 손을 저었다.

"커피는 마시지 않습니다."

손이 머쓱해진 이유현은 캔 커피를 슬그머니 벤치 위에 놓았다.

"한다미 씨가 죽었습니다. 살해되었습니다."

"살해라고요?"

김도열은 큰 소리로 되받기는 했지만 눈빛은 결코 흐트러지지 않았다. 잠깐의 침묵이 흘렀다. 이유현은 조용한 눈길로 그를 관찰했다. 그는 아랫입술을 한 번 깨물고는 나지막하게 한마디를 뱉었다.

"어쩐지 한동안 연락이 없더라니…… 불쌍하네요. 범인은 잡혔나요? 아, 아니겠군요. 저한테 오신 걸 보니."

자문자답을 주절주절하는 걸로 보아 김도열도 내심은 꽤 동요하고 있는 듯했다. 흐트러진 모습을 보이지 않는 것도 그의 인생길에 내걸린 깃발 중의 하나일 것이다.

"생각보다 크게 놀라지는 않으시네요."

"다미가 그런 길을 택할 때부터 안 좋은 예감이 들었어요. 위험한 길을 간 겁니다. 죽음은 어쩌면 자기가 선택한 건지도 몰라요."

"지난번 태정우 때와 비슷한 말씀을 하시네요."

"자기 인생은 자기가 만드는 겁니다. 운명 탓으로 돌리는 건 틀린 생각이에요. 죽음이든 뭐든 파멸의 길도 스스로 택하는 겁니다. 그것에 가까이 다가갔기 때문이죠."

"참 문학적인 표현이군요. 스트레이트하게 말해서, 한다미 씨의 불륜 문제를 두고 이야기하시는 겁니까?"

"착실한 남편을 두고 겉치장만 화려한 다른 남자를 좇았어요. 그게 씨앗이 된 거겠죠."

"한다미 씨가 바로 그 남자 문제로 김도열 씨에게 고민을 털어놓은 것으로 알고 있습니다만."

"맞습니다."

"뭐라던가요?"

"글쎄요. 좋지 못한 이야기라 세세한 내용은 길게 듣고 싶지 않았습니다."

"그래요? 한다미 씨는 그래도 의지가 된다고 생각해서 김도열 씨를 찾았던 것 아닙니까? 김도열 씨가 아예 듣지 않으려 했다면 한다미 씨가 이야기를 털어놓고 상담을 청했을까요?"

"내 생각에는요……."

"네. 말씀하세요."

"다미는 상담을 원했다기보다 그저 내 인정을 받고 싶었던 거죠."

"인정이라고요?"

"뭐 허가라고 해도 좋겠습니다. 내가 자신의 정열을 인정해 주기를 바랐습니다. 하지만 난 일시적인 기분으로 도의에 칼부림하는 그런 짓을 부추기지는 않습니다. 난 받아들이지 않았어요. 오히려 심하게 나무랐지요. 그래도 끝끝내 다미는 남자를 포기하지 않았어요. 날 만나면 후회하고 자책하면서도 기어이 이어 가더군요. 가늘지만 질긴 낚싯줄 같은 미련이었습니다."

김도열의 굳은 턱과 엄격한 입술에서 완고한 고집이 뿜어져 나왔다. 세상에는 양심이란 게 있어야 한다고 철석같이 믿는 이유현조차 답답함을 느낄 정도였다.

"……저 근데 김도열 씨는 어떤 자격이었던 겁니까? 그러니까, 한다미 씨에게 고해성사를 받는 신부라고 자신을 생각하신 듯합니다만."

"다미 주위에 사람다운 소리를 해 줄 수 있는 거의 유일한 지인이었죠. 다미도 그걸 알았기에 저를 찾아왔던 거고. 아마 저에게 털어놓으면서 부정을 저질렀다는 가책을 무마할 위로를 구했는지도 모릅니다. 난 그 역할을 해 준 거고요."

이유현은 머릿속으로 김도열의 말을 부정했다. 김도열의 자신만만한 윤리는 피난처를 제공하기보다는 소몰이를 하듯 한다미를 궁지로 몰아간 것이 아닐까. 한다미가 가장 가고 싶지 않았던 방향으로. 김도열의 고답적인 완고함, 외곬수의 도덕이 어차피 끌 수 없었던 한다미의 정열에 거대한 부정의 에너지로 작용한 것은 아닌가. 정말 해로운 사람은 프리버드가 아니라 오히려 이 김도열일지 모른다.

"한다미 씨는 어떤 분이었습니까? 지금으로서는 김도열 씨가 한다미 씨를 가장 잘 아는 분 중의 하나입니다. 좀 자세한 말씀 부탁합니다."

"글쎄요, 뭐 저도 자세히 말할 정도로는……. 기본적으로 착했어요. 자신의 정열 때문에 내면의 마찰도 심했지만."

"역시 남자 문제 말씀이군요."

"네. 남자한테 빠져든 건 좀 그랬지만 사실 아무 생각 없는 여자들도 많잖아요? 다미는 그래도 자신의 행동에 많이 괴로워했습니다.

그래서 전 가능성이 있다고 보고 계속 타일렀던 거고요."

"결국엔 양심보단 정열 쪽이 이겼잖습니까?"

"다미는 착하지만 사람이 순수한 만큼 내면의 불길 같은 게 남들보다 훨씬 강했어요. 가끔씩 불같이 화를 낼 때도 있었고요. 반대로 생각하면 그건 순수하다는 징표일 수 있거든요. 그래서 예술가인지도 모르죠. 지금 생각해 보면 어쩔 수 없었다는 마음이 듭니다. 불쌍한 아이예요. 결국엔 그런 끝을……."

이유현은 같이 숙연해지려는 분위기를 참아 내며 화제를 돌렸다.

"몇 가지 사실관계 이야기로 들어가겠습니다. 1년 전에 전시회 일로 한다미 씨가 사는 양평에 그림을 가지러 가신 일이 있지요? 두물머리 풍경을 그린 그림이라던데."

"아……. 있었습니다. 그림이 커서 다미가 힘들 것 같아서 제가 직접 양평에 갔어요."

"역시나 그렇게 돌봐 주는 면 때문에 한다미 씨가 오빠처럼 의지하고픈 마음이 일었던가 보군요."

김도열은 머쓱한지 별다른 반응이 없었다.

"그림을 가져왔습니까?"

이유현은 김도열이 그림을 가져가지 않은 것을 알면서 일부러 미끼를 던져 보았다.

"아뇨. 실은 못 가져왔습니다."

"왜요?"

"그날 다미하고 크게 싸웠거든요. 아니, 싸웠다기보다 다미가 심하게 덤벼들었어요. 저한테."

"무슨 일이 있었습니까?"

"그 집에 간 김에 차 한잔하게 되었어요. 아니나 다를까 잠깐 이야기하다 보니 또 다미가 그 남자 얘기를 하는 거예요. 내가 좀 심하게 꾸짖었죠. 그렇게 살지 말라고, 좀 강한 표현을 했던 것 같습니다. 그날따라 애가 좀 예민해져 있었는지 버럭 성질을 내더군요. 오빠는 대체 무슨 자격으로 그런 말까지 하느냐, 자신은 인생을 걸 정도로 심각한데 틀에 박힌 도덕 교사 노릇밖에 못 해 주느냐고, 뭐 그러면서 덤볐던 것 같습니다. 저도 좀 그만 흥분해서 심한 말이 오갔죠. 전 그림이고 뭐고 그냥 나와 버렸습니다. 다미는 거실에서 우두커니 서서 울고만 있었죠. 격하게 몸을 떨면서요. 그게 사실 다미를 본 마지막이었어요. 나중에 전시회 할 때 따로 그림을 보내지도 않았더군요. 전 그때 그걸 보고는 다미하고의 인연이 끝났나 보다 하고 생각했습니다."

"김도열 씨 쪽에서 그 뒤로 한다미 씨에게 연락해 보지 않았습니까?"

"왜 안 했겠습니까. 제가 그래도 다미를 아끼는 마음은 친오빠 못지않았는데. 몇 개월 지나 감정이 누그러졌다 싶을 무렵 전화를 해봤어요. 전원이 꺼져 있더군요. 그 후로도 가끔씩 걸어 보았지만 똑같았어요. 대체 어찌된 건지. '바스티아니니'의 다른 멤버들한테도 물어보았는데 다들 모른대요. 연락된 친구들도 없고."

"한다미 씨 쪽 연락이 두절되었을 때 프리버드한테도 물어보았습니까?"

"네, 인터넷상으로지만요. 쪽지를 보내 물어보았는데 자기도 모른대요. 하긴 제가 그 모임 중에선 다미하고 제일 친했으니, 제가 모르는데 다른 사람들이 알 리가 없겠구나 하고 생각했죠."

이유현은 가장 묻고 싶었던 질문을 마지막에 지나가듯 물었다.

"참, 한다미 씨가 진천에 집을 갖고 있다는 사실은 알고 계셨습니까?"

"아뇨, 그런 건 모릅니다."

김도열은 딱딱한 표정으로 잘라 말했다.

멍한 시선을 방구석으로 보내고서 한참 이야기를 듣던 고진은 고개를 갸우뚱했다.

"그것도 김도열 말뿐이군."

"그렇죠. 김도열이 진천 집을 알고 있을 가능성은 여전히 있습니다. 현재로서는 김도열과 프리버드 이 두 사람 외에 진천의 시골집을 아는 사람을 생각할 수는 없어요."

"그럼 자네 생각은 어때? 그 두 사람에게 혐의가 있다고 생각해?"

"프리버드는 아까 말한 대로 동기가 희박해요. 김도열은 더 그렇고요. '바스티아니니'의 다른 멤버들도 접촉해 봤는데 김도열이 한다미를 많이 아낀 건 사실이라고 하더군요. 두 사람이 진천 집을 확실히 알았다는 정황도 없어요. 카운슬링을 하다가 죽여 벽 속에 묻었을 것 같지는 않고."

"뭐 우발적 살인도 많으니까 모르는 일이지."

"그렇기는 해요. 당연히 주시하고는 있죠."

"그래도 프리버드와 김도열 두 사람의 증언은 묘하게 앞뒤가 맞아들어가지 않아?"

"네, 맞습니다. 비록 사건이 일어난 순서대로는 아니지만요."

이유현이 화제를 되돌려 고진에게 물었다.

"그건 그렇고 이탁오 박사는 정말 찾아가실 겁니까?"

"당연하지."

"언제요?"

"내일."

이유현은 묘한 웃음을 띠었다.

"좋은 데이트 하세요."

"박사를 만나러 간다니깐."

고진은 이탁오 박사와의 만남을 떠올렸지만 이유현은 머릿속에서 고진과 류경아를 나란히 세워 놓고는 빙글빙글 웃었다.

20

아침부터 볕이 좋았다. 지난번 내린 눈은 거의 녹지 않은 채였지만 겨울의 매서움이 잠시 물러가 한숨 돌릴 수 있는 좋은 날씨였다. 캔자스의 돌풍으로 엉뚱한 곳에 떨어져 버린 도로시의 집처럼 구릉지의 눈밭에 외따로 떨어진 박사의 집을 보고 류경아는 로맨틱해 보인다며 의외로 좋아했다.

"속상할 만큼 멋진 경치예요."

류경아가 서정시를 읊었지만 고진은 서사에만 관심을 보였다.

"허탕 칠까 봐 걱정돼. 예약을 못 했어."

고진의 우려는 미리 전화 연락을 하지 못하고 간 터에 어쩔 수 없었다. 이탁오 박사는 휴대전화도 없고, 지난번 방문했을 때 전화번호도 받아 놓지 않았다. 박사가 집에 없으면 헛걸음을 할 위험이 있어 오전을 택했다. 저녁에는 류경아가 바 영업을 준비해야 한다는 이유도 있었다.

다행히 박사는 집에 있었다. 꽤나 무료해 있던 모양으로, 지난번 고진과 이유현이 갔을 때 리모컨으로 썰렁하게 맞이하던 때와 달리 직접 문을 활짝 열어 주고는 함박웃음으로 두 사람을 맞이했다. 오늘은 무슨 재미있는 짓을 하고 가려나 하는 듯한 얼굴이었다. 박사를 뒤따라 들어가던 고진은 류경아를 쳐다보며 신호를 보내듯 씩 웃음을 던졌다.

거실에는 여전히 벽난로가 활활 타고 있었다. 류경아가 좋아하는 분위기였다. 벽에 달린 사슴 머리도 류경아의 마음에 들었다. 자주색 플란넬 티셔츠에 체크무늬의 두꺼운 바지 차림의 박사는 산장에서 잠깐 휴식을 취하는 사냥꾼처럼 활기차고 튼튼해 보였다.

"마침 좋은 아라비카 원두가 들어왔어. 한 잔씩 맛보시게."

박사가 시간을 들여 내온 오묘한 커피 향은 차가워진 폐부에 깊고 따뜻하게 스며들었다.

"여기다 코냑을 타 보고 싶네요."

고진이 시음하듯 커피를 홀짝거리며 말했다.

"몇 번 해 봤네. 별로더군."

박사가 대답했다.

"참 향이 좋네요. 청담동 커피숍에도 이런 커피는 없는데. 박사님 취향이 남다르세요."

류경아는 커피 잔을 내려놓으며 우아하게 말했다.

"이분은, 류경아 씨였던가요? 항상 사람을 기분 좋게 해 주시는군요."

"호호, 그래요?"

"그렇지요. 그래서 항상 원하는 걸 얻어 가는 분이시죠."

박사의 말에 류경아는 사과부터 했다.

"죄송해요. 지난번에는 제가 장난이 좀 심했죠?"

류경아는 요염하게 웃으며 커다란 숄더백에서 박사한테서 슬쩍해 온 장부를 꺼내 박사에게 건넸다. 박사는 그런 류경아를 보고 놀라거나 화를 내지 않았다.

"내가 그랬죠? 박사님은 다 알고 계셨다고."

옆에서 고진이 류경아에게 대신 설명하듯 말했다. 박사는 흰 이를 드러내고 웃었다.

"그래도 한 가지 놀라운 건 있어."

"뭡니까?"

"고 변호사가 이런 굉장한 미인을 알고 지낸다는 거야. 핫핫핫."

박사의 커다란 웃음에 류경아는 익숙한 찬사라는 듯 살포시 미소만 지었다.

"지난번에는 저 때문에 사무실도 폐쇄했다고 그러셨죠."

고진이 말했다.

"고진 변호사가 연구소 일에 관심을 가졌다니 좀 귀찮게 될 것 같더군. 마침 연구도 답보 상태고 말이야, 겸사겸사해서 관두고 잠시 은퇴한 것뿐이야."

"실은 그 부분 말인데요."

"응?"

"저 때문에 귀찮게 될까 봐 사무실을 접었다, 이게 전 믿을 수 없다 이겁니다."

"왜. 고 변호사 덕분에 예전에 병원도 한 번 말아먹었잖은가."

"정신자살이라…… 이런 획기적인 개념으로 틈새시장을 개척해 독점이윤을 취하고 계시던 박사님입니다. 경찰도 아닌 제가 장부 하나를 가져갔다는 게 갑자기 사무실을 그만두실 이유로는 전혀 충분치 못하죠. 박사님을 모르는 사람이라면 고개를 끄덕이고 넘어갈 수 있겠지만 제가 아는 박사님은 그런 분이 아니시거든요. 설마 4년 사이에 새가슴으로 전락하신 건 아닐 테고."

"그래서 사무실을 접은 데는 다른 이유가 있다, 그렇게 이야기하고 싶은 건가?"

"그렇습니다. 그 말씀을 드리러 왔습니다."

"이거야 기대되는군. 역시 고 변호사는 재미있는 사람이야."

박사는 싱글벙글 웃으며 의자 등받이에 몸을 기댔다. 고진이 말했다.

"먼저 말씀드려야 할 게 있습니다. 박사님은 물론 짐작하시겠지만 전 오늘 책임이니 위법이니 하는 소리를 하러 온 건 아닙니다. 진상을 밝혀 누군가를 단죄하겠다는 거창한 뜻을 품고 온 것도 아니고요. 그래서 이유현 반장 대신 이 아리따운 여성분을 모시고 온 것이기도 합니다."

"알겠네. 왠지 덕분에 오랜만에 재미있어질 것 같은데."

"제가 하는 말이 맞는다면 인정해 주시겠지요?"

"물론이지."

고진은 몸을 앞으로 깊게 기울이며 눈을 빛냈다.

"박사님, 전 4년 전 사건의 진상을 알 것 같습니다."

박사는 파안대소를 했다. 무척 유쾌해 보였다.

"핫핫핫, 무슨 얘긴가 했더니 아직도 과거의 회상인가. 당신에게 추억이란 참 끈질기군."

"그걸 납득 못 하고는 한 발짝도 앞으로 못 나갈 것 같아서요."

"4년이나 전의 일이 지금껏 고 변호사의 발목을 잡고 있었다니 놀랐는걸."

역시나 박사는 그 일을 가볍게 치부하고 있었던 모양이다. 하지만 흥미까지 가볍지는 않은 듯 만면에 웃음이 차올라 있었다.

"그 일, 그러니까 박재성이 4년 전 공룡능선에서 추락사한 사건과 현재가 연결되어 있기 때문이죠. 박사님이 사무실을 그만두신 일까지도요."

"그럼 아직도 그렇게 생각하는 건가? 박재성이 공룡바위에서 떨어져 죽은 게 실은 내가 우호선을 사주해서 살인한 거라고?"

박사는 의자에 몸을 더 깊숙이 파묻었다. 재미있는 문제를 낸 선생 같은 얼굴로 고진을 올려다보았다. 어떤 말을 하나, 보자는 심산 같았다.

"의혹을 가질 수밖에 없었어요. 저는 박사님 진료실에서 그 멋진 공룡능선 일출 사진을 직접 눈으로 보지 않았겠습니까? 문외한인 저조차도 감동시킬 멋진 광경에 아마추어 사진 애호가가 매료되지 않을 리는 없다는 말씀이죠. 정신과 상담의사로서야 그걸로 얼마든지 유인해서 공룡능선 바위에 세울 수 있다, 그리고 박사님은 우호선 편에 서서 박재성을 죽였다, 그렇게 믿었습니다. 그런데 어이없게도 박사님은 거짓말탐지기 조사를 자처하셨고, 거기서는 박사님이 박재성을 죽이지도 않았고, 우호선을 사주해서 살해한 것도 아니라는 결과가 나왔죠. 그래도 여전히 경찰은 박사님이 우호선을 교사해서 박재성을 살해한 게 아닌가라고 줄곧 의심했고, 저 역시 그랬습니다. 바로 얼마 전까지도요."

"바로 얼마 전까지라……."

"그렇습니다. 그건 오해였어요. 박사님은 살인자가 아니었어요.

이제야 겨우 알았습니다."

"그거 듣던 중 반가운 소리군. 고 변호사가 역시 이해해 줄 줄 알았어."

"글쎄요."

고진은 고개를 살짝 틀었다. 깍지 낀 손가락을 톡톡 두드리며 말했다.

"그건 살인은 아니지만 어찌 보면 더 악마에 가까운 행동이었어요."

"흐흐흐."

박사의 입에서 나지막한 웃음이 터지듯이 흘러나왔다. 고진이 무슨 생각을 하는지 알고 있다는 듯한 모습이었다.

"여기 계신 류경아 씨가 깨닫게 해 주었습니다."

"흠."

"어떤 사건이 있었습니다. 지나다가 강도 짓 하려는 녀석들을 보고 혼내 준 일이었죠. 저는 제물이 될 뻔했던 여성을 구했지만, 이 류경아 씨는 제 행동이 기본적으로 유희심에서 비롯한 것이라고 해석하더군요. 박사님과 제가 닮아 있다는 날카로운 촌평까지 더해서요. 저는 솔직히 깜짝 놀랐습니다. 전 다르기 때문에 그동안 박사님을 좋아했다고 생각했거든요. 또 다른 일도 있었습니다. 일전에 경아 씨의 동생을 도와준 일이 있었는데요, 별일은 아니고 친구를 등치려는 녀석에게 가벼운 덫을 놓았죠. 그때도 선택은 상대방이 한 것이라며 발을 빼는 저의 편의적인 방식을 두고는 그것 또한 박사님과 닮은 것 같다고 평하더군요. 경아 씨의 그 말들이 제 우둔한 뇌를 연달아 쾅 하고 때렸습니다. 그게 계기가 돼서 전 새로운 관점에 한

번 서 보았습니다. 제가 이해하는 박사님도 아니고, 일반적인 범죄자도 아닌, 바로 '저'와 똑같은 박사님으로서 말이죠."

"호오."

박사는 기분이 좋아진 듯 호응했다.

"제 내면의 거울에 비추어 박사님의 행동을 한번 이해해 봤습니다. '그것이 내 행동이었다면 그 의미는 어떤 것일까?'라고 거꾸로 물어본 거죠."

"재미있는 관점이야."

박사는 미소를 지으며 말했다.

"사람들이 실패를 저지르는 원인은 타인의 욕심을 과소평가하는 데서 비롯해. 알다시피 세상에 횡행하는 위선 때문에 사회의 평균인이란 게 상당히 수준이 높아져 버렸어. 그게 관념적인 존재에 불과한데도 말이야. 사람들은 자신이 비루하더라도 다른 사람은 도덕심과 자책감을 갖고 살 거라고 믿어. 잘못된 미담이 득세하고, 어처구니없는 신화가 퍼지는 것도 그 때문이지."

"어느 정도는 동감합니다. 다른 사람이 이익을 양보해 줄 거라고 기대하는 데서 많은 비극이 시작되죠. 그래도 위선이 쌓이다 보면 언젠가는 진짜 선이 될 때도 있다고 믿습니다만."

옆에 조용히 앉아 있던 류경아가 두 사람의 대화에 어이없다는 표정을 지었다.

"그래, 그 실험의 결과는 어떻던가?"

"거짓말탐지기 조사 결과를 인정하는 데서 출발했습니다. 박사님이 무슨 특수 훈련을 받으신 분도 아니고 인위적으로 조사 결과를 왜곡시키지는 않았을 거라고 솔직히 받아들였습니다. 그리고 박사님은 거짓말탐지기 조사 결과가 진실로 나올 것으로 믿었고, 그 믿음에도 어떤 기만과 오점은 없었다고요. 그렇다면 정황상 명백해 보이는 '박사님의 박재성 살인교사'와 '박사님이 박재성을 살해하지 않았다.'라는 기계의 확증을 어떻게 조화시킬 수 있는가 하는 건데, 그걸 이해할 수 있는 키는 박사님의 마음과 동기가 어디를 향하고 있나 하는 것이었습니다. 그리고 그건 제 마음에 비추어서 드디어 이해할 수 있었습니다. 이제야 겨우 깨우쳤지요."

"고 변호사의 그 화법은 언제나 맘에 들어. 그래서 결론은?"

"전 박사님이 살인을 교사하지 않았다는 결론을 내렸습니다."

"흠."

고진은 잠깐의 침묵 후 씁듯이 말을 뱉어 냈다.

"그건 단지 박사님의 '실험'에 불과했어요."

"후후후. 실험이라……."

"아님 조금 전의 용어대로 '유희'라고 할까요? 그들은 박사님의 모르모트였어요. 정신 실험의. 아무도 없는 새벽, 공룡능선 암벽 위에서 일출 사진을 찍는 남편. 팔 한 번만 뻗으면 미운 남편을 완전범죄로 해치울 수 있는 상황. 그런 기회를 박사님은 우호선에게 부여했어요. 과연 이 상황에서 팔을 뻗을 것인가, 자제할 것인가. 박사님은 그 실험에 대한 답이 궁금했을 뿐입니다. 박사님은 우호선에게 일러두었을 겁니다. 그런 상황이 올 거다. 팔 한 번 뻗으면 모든 갈등을 끝낼 수 있는 기회가 온다. 그 반대편에는 죄책감이란 무형의 저울추가 있겠지만. 그 선택은 당신이 하라. 이렇게 말이죠. 어디까지나 결정은 우호선이 하는 거죠. 박사님은 호기심에 빛나는 눈으로 실험실 창문을 통해서 들여다보고 있었을 뿐입니다. 아마도 답은 현실의 결과와 동일한 예측을 하셨으리라 생각합니다만. 어쨌든 그래서 박사님은 '박재성 살인을 교사했는가?' 또는 '박재성 살인을 도와주었는가?'라는 거짓말탐지기의 대답을 회피할 수 있었어요. 분명히 박사님은 살인을 교사하거나 돕지는 않았으니까요. 그 의지에 미필적 고의니 인식 있는 과실이니 하는 법률상의 평가를 내릴 수야 있겠지만 그런 거야 관념상의 이름표에 불과할 뿐, 이 사건에서의 박사님께는 실제 아무런 의미가 없죠. 박재성의 죽음은 우호선의 살인이었을지 모릅니다. 하지만 박사님에게 있어서는 실험에 불과했습니다. 박사님은 선택지를 제시하고 완벽한 실험환경을 만들었을 뿐입니다. 인간의 악의와 기회에 관한 실험을요."

고진은 일단 말을 끝내고 박사의 표정을 살폈다. 안락의자에 몸을 파묻고 한 손으로 턱을 받친 채 고진의 말을 듣고 있던 박사의 모습에는 한동안 변화가 없었다. 잠깐의 정적이 흐른 뒤, 박사의 입에서 조그만 웃음소리가 새어 나오기 시작했다. 그 소리는 점점 커져 금세 거실의 공기를 찢을 만큼 커다란 웃음소리로 터져 나왔다.

"하하하하하! 정답일세."

박사는 급기야 양손으로 팔걸이를 두드려 대며 몸이 흔들릴 정도로 호탕하게 웃어 젖혔다.

"그건 재미있는 실험이었어."

박사는 고개를 들었다. 눈빛에 유쾌함이 넘쳐흘렀다.

"인간은 완전한 기회만 갖추어진다면 언제나 살인 정도의 일은 밥

338

먹듯 해치울 수 있는 존재야. 그걸 확인한 과정이었지. 사진을 찍을 때 어떤 기회가 올 것이다. 어떤 행동을 할지는 당신이 선택해라. 그렇게만 얘기했을 뿐이야. 우호선이 얼마나 착한 여자였는지 아나? 그런 여자조차도 완벽한 기회가 주어지니 그런 선택을 하더군. 순수한 결정모델을 던져 놓은 거야. 사실 우린 일기 쓸 때도 남들 볼까 봐 거짓을 섞지 않는가. 그런 일말의 티끌 없이, 괜한 도덕, 타인의 시선, 체포나 처벌의 두려움 따위로 더럽혀지지 않은 무균 상태의 완벽한 실험환경을 만들어 보고 싶었어. 불순물 제로의 완벽한 실험실. 한 인간의 순수한 선택, 실존적 결단은 항상 내 호기심을 자극했어. 과연 일체의 간섭이 없는 마음의 인과는 어떠할까?

박재성, 우호선 부부가 내 클리닉에 찾아왔다는 것부터가 특이한 케이스였어. 부부가, 특히 남편까지 같이 정신과 상담을 받으러 오는 경우가 우리나라에서 흔한 줄 아나? 특히나 박재성이 같은 마초 스타일 남편이 순순히 아내를 따라와? 처음부터 그게 아니었어. 목마른 자가 우물을 판다고, 박재성 쪽이 아쉬웠던 거야. 정신과 부부 클리닉은 박재성이 먼저 제안한 거야. 아내를 잃을까 봐. 우호선은 박재성으로부터 도망가고 싶어 했지. 박재성은 어떻게든 도망가는 아내의 마음을 돌리고 싶었고. 그럴수록 우호선은 박재성이 나날이 끔찍해졌고. 어차피 그건 클리닉으로 해결될 문제는 아니었어. 박재성은 죽었다 깨어나도 우호선의 감성을 이해하고 받아 줄 수 없는 남자였어. 박재성이 환상의 약이라도 먹고 인간이 바닥부터 변하지 않는 한 소녀 같은 우호선의 마음이 무뢰한 같은 박재성에게 되돌아가는 일은 없단 거지. 박재성은 이혼 따위는 꿈에서라도 생각할 수 없는 무감동한 사나이였어. 우호선은 한 번의 실수로 자기에게 어울리지 않는 결혼 제도라는 거미줄에 그만 발을 담가 버렸어. 거기에 사로잡혀 달아날 길이 없었지. 마음은 이미 천리만리인데도. 하지만 우호선은 정말 절실했다네.

이 부부는 정말 좋은 조건이었어. 난 궁금해졌어. 그래서 기회를 만들었네. 한순간이 올 거다. 박재성이 렌즈 구멍에 정신이 팔려 바위 위에 섰을 바로 그때. 그때가 운명의 갈림길이다. 한쪽은 양심과 함께 새장에 갇힌 인생. 반면에 팔 한 번 쭉 뻗으면 빗장은 풀리고 당신을 가두었던 둑은 무너진다. 당신이 선택하라. 그 결과? 물론 고진 변호사 당신도 아는 대로였어. 그 벌레 하나 죽일 수 없을 것 같던, 사춘기 소녀 같은 호선이가 말이야, 그 순간 팔을 쭉 뻗어 버린 거야.

흥미롭더군. 역시. 인간은 누구라도 다르지 않았어. 사람들은 타인의 불행을 호들갑스럽게 동정하지만, 과연 내면에서도 그럴까? 상투적인 감상주의를 연기하고 있는 건 아닌가? 아무도 없는 골방에서, 뒷감당 걱정 없이 결정하라면 그들은 어떤 모습을 띨까? 사람들은 조용히 그리고 확실히 자신의 주머니를 가장 먼저 들여다본단 말일세. 어느 누구라도 말이야. 자신의 목숨과 만 명의 목숨이 걸린 문제에서 인간은 어느 쪽 스위치를 누를까? 아, 만 명이 부족하다면 100만 명은 어떤가? 100만 명이 죽어 자신이 산다면? 그것도 아니라면 그 반대편을 가볍게 하는 건 어때? 목숨이 아니라 자신의 전 재산과 100만 명의 목숨, 자기 가족의 생명과 100만 명의 목숨이라면? 난 들키지 않고 책임을 지지 않는 조건하에서는 인간은 주저 없이 자신 쪽을 보존하는 스위치를 누른다고 생각해. 무균 상태에서는 말이야. 그들이 유별난 욕심쟁이라고 생각하나? 절대 아냐. 보통 사람이야. 사람은 누구든 양심이 아니라 필요에 따라 선악을 선택해. 각자의 저울은 천차만별이라도 그 눈금은 하등 다르지 않은 게 인간이야. 인간이란 동물, 참으로 재미있지 않나……."

거실은 일시 침묵에 휩싸였다. 조금의 주저함도, 일말의 회한도 들어 있지 않은 박사의 거침없는 변설에 고진도, 류경아도 잠시 할 말을 잃었다. 거의 식어 버린 커피의 잔향만이 아스라이 실내를 감돌았다. 고진은 어깨를 한 번 으쓱하고는 힘들게 입을 뗐다.

"이 자리에 이유현 반장이 있었으면 기함을 하고 덤벼들었을 말씀이군요. 저하고 박사님하고는 통한다고 생각했지만 전 아무래도 박사님의 경지에까지 가 닿지는 못한 것 같네요. 단숨에 인간의 바닥까지 꿰뚫어 들어가는 그 차가운 시선. 아마도 영원히 따르지 못할지도 모르겠습니다. 저 역시 사람을 불신하지만 그래도 사람을 믿고 싶다는 생각은 못내 남아 있거든요. 단지 몇 명일지는 몰라도 손익 계산을 잊고 도리를 위해 외줄을 타는 그런 순간을 가끔씩은 보고픈 미련이라고나 할까요? 박사님이 보기엔 전 아직 물러 터진 수준이겠지요. 항상 실험을 통해 냉정한 인간 관찰에 능숙하신 박사님입니다. 아마도 박사님의 그런 실험은 몇 번 있었을 겁니다. 박사님은 여느 살인자나 사이코패스와도 종류가 다른 사람입니다. 박사님은 도덕을 애써 경멸하는 분도 아니고, 악을 추구하는 분도 아닙니다. 그냥 선악의 구별 자체에 아무런 관심이 없다고나 할까요."

박사는 의자에 파묻은 몸을 곧추세웠다.

"어때? 고 변호사 당신도 결국 나와 생각이 다르진 않을 텐데. 나만은 알고 있지. 당신이 어둠의 변호사라고 불리는 진정한 이유를 바로 이 나만은 알고 있단 말이야. 당신 스스로도 믿지 못하는 인간이니, 양심, 윤리 나부랭이에 언제까지 끌려다닐 건가? 이제 그만 담장 위에서 내려오는 게 어때? 나하고 손잡고 큰판을 벌여 보지 않겠나? 눈먼 양심을 다 쓸어버리는 일은 어떤가? 아니면 한 트럭의 글래머 미녀라면 어떤가?"

"군침 도는 제안입니다만 사양하겠습니다. 전 그래도 혼자가 좋아서요."

"거참 아쉽군. 우리 같은 환상의 짝을 만나기도 인생에서 쉽지 않은데."

박사는 아쉬운 듯 의자 등받이에 다시 몸을 기댔다.

조용히 커피 잔을 들여다보며 두 사람의 대화를 듣던 류경아가 조그맣게 한숨을 쉬며 한마디 입을 뗐다.

"정말, 참……. 무슨 말을 해야 할지. 저도 남자들깨나 접했다고 생각하는데, 두 분만큼 괴상한 사람들은 없었어요."

그 말에 고진과 이탁오 박사는 동시에 실없는 웃음을 짓고 말았다. 류경아는 풍선이 부풀어 터지려 할 때 옆에서 살짝 바람을 빼 주는, 고진이 원했던 역할을 충실히 하고 있었다. 고진이 박사를 향해 다시 입을 열었다.

"여기서 다시 처음 이야기로 돌아가 보죠. 정신자살연구소 사무실을 폐쇄하신 일에 대해서인데요."

"그렇지. 그 이야기를 하러 왔다고 했지. 얘기해 보게."

"노파심에서 다시 말씀드리지만 전 누구를 평가해 죄를 물으려 온 게 아닙니다."

"알고 있네."

고진은 다 식어 버린 커피 잔을 기울여 목을 축인 다음 말을 이었다.

"박사님이 정신자살연구소를 폐업하신 건 자신의 뜻이 아니었습니다."

"내 뜻이 아니라……."

"그리고 그건 4년 전의 사건과 관련이 있고요."

"그래, 4년 전의 사건과 어떤 관련이 있다고 생각하신 건가?"

박사는 재미있어서 견딜 수 없다는 얼굴이었다.

고진은 정색을 하고 박사를 똑바로 쳐다보며 물었다.

"신재인이 바로 우호선이죠?"

"아하하하하하하하하하하."

박사는 다시 몸을 흔들어 대며 웃었다. 류경아가 눈을 동그랗게 뜨고 옆자리의 고진을 돌아보았다.

"역시 고 변호사는 재미있는 사람이야!"

박사는 두툼한 손바닥으로 의자 팔걸이를 한 번 두드렸다.

"어떻게 알아냈지? 설마 성형한 걸 꿰뚫어 본 건가?"

"제게 그 정도 심미안은 없습니다. 안면인식 장애를 갖고 있지 않느냐고 할 정도로 눈썰미가 없는 저인데요."

"그럼 혹시 이유현 반장이 알아낸 건가? 4년 전 사건 때 피의자로 대면해서 조사한 일이 있으니까."

"아뇨, 이 반장은 저보다 더 둔하면 둔했지 나을 게 없습니다. 특히 여자 얼굴은요. 헤어스타일만 바꿔도 '처음 뵙겠습니다.' 하고 인사하는 친구예요. 그래서 아직 솔로이기도 하지만요. 우호선은 일단 살을 많이 뺐더군요. 얼굴도 전면적으로 성형한 데다가, 헤어스타일을 바꾸고, 그 좋은 시력에 안경까지 썼습니다. 머리부터 발끝까지 스타일을 밭 갈듯 뒤집어 버렸는데 저희같이 둔한 남자 둘이 시력만으로 꿰뚫어 본다는 건 무리죠."

"그럼 고 변호사는 어떤 계기로 알아챘나?"

"이름이 힌트였다고나 할까요."

"후훗. 역시 그랬군."

"그것도 제가 박사님의 취향을 잘 알고 있었던 덕분이죠."

고진은 고개를 돌려 류경아에게 물었다.

"경아 씨, 혹시 제인 버킨이라는 여배우 알아?"

"네? 제인 버킨요?"

류경아는 눈을 동그랗게 뜨고 되물었다.

"이탁오 박사님이 예전에 열렬할 팬이셨지."

"워낙 옛날 배우라……. 영화는 본 것 없어요. 저야 에르메스 버킨백을 탄생시킨 주인공으로서만 알 뿐이에요."

"으음. 경아 씨답군."

"에르메스 회장이 우연히 제인 버킨과 같이 비행기 옆자리에 앉게 됐어요. 그때 제인 버킨이 가방 안 물건을 쏟아 버렸죠. 제인 버킨은 주머니가 있는 큰 가방이 있으면 좋겠다고 했고 그 말에 에르메스 회장이 유명한 버킨백을 만들게 됐죠. 아아, 버킨백은 제 꿈이기도 해요."

류경아의 눈이 꿈꾸듯 몽롱해졌다. 고진이 말을 이었다.

"그녀는 배우 겸 가수이기도 했지. 세르주 갱스부르와 같이 부른 「주 템 무아 농 플뤼(Je t'aime, Moi non plus)」를 들으면서 뜨거워지지 않는 남자가 있을까. 여기 계신 이탁오 박사님은 그중에서도 유독 열렬하셨어."

"70년대 그녀는 최고였지."

이탁오 박사는 회상에 잠긴 것 같았다. 고진은 박사를 돌아보며 말했다.

"그렇죠. 박사님은 '예전'의 그 제인 버킨이 그리우셨을 겁니다."

이탁오 박사는 묵묵히 미소를 지었다. 류경아가 옆에서 웃었고, 고진이 재차 말을 이었다.

"박사님은 예전 일 때문에 저를 안 만나실 분이 아닙니다. 제가 처음 정신자살연구소를 찾아갔을 때 박사님이 거절하신 게 아니었습니다. 신재인, 즉 우호선이 절 알아보고 박사님과 만나지 못하게 했던 겁니다. 우호선은 어쨌든 남편을 죽였고, 그 일에서 벗어나 종적을 감추고 싶었겠죠. 믿을 사람은 박사님밖에 없었어요. 살인까지 감싸 준 분이니까. 우호선은 성형을 하고, 스타일을 바꾸고, 주민등록을 말소하고, 이름도 바꿨어요. 새 이름은 아마 박사님이 지어 주었겠죠. 박사님은 못 말리는 장난꾸러기입니다. 제인 버킨 팬이던 박사님의 바람을 담았어요. 젊은 시절의 날씬했던 제인을 기리며, 신재인, 즉 'thin Jane'으로 한 것 아니겠습니까? 그래도 너무하시군요. 제인 버킨은 지금도 날씬하지 않습니까?"

"아주 좋아, 와하하하하하하!"

박사는 정말 기분이 좋은 듯 웃음을 터뜨렸다. 고진이 말을 이었다.

"박사님의 그 장난스러운 작명 때문에 별안간 의심해 보게 됐습니다. 신재인으로 이름을 바꾸었다면, 그런 식으로 자신을 숨겨야 했다면, 혹시 예전의 그 우호선이 아닐까 하고요. 찬찬히 얼굴을 떠올려 보니 옛날 얼굴이 아주 약간은 남아 있는 것 같더군요. 그렇게 보면 다 이치에 맞습니다. 박사님은 4년 전 그 일 이후로 우호선을 거두어 주시고 지금까지 비서로 두어 보살펴 주셨어요. 그만큼 박사님은 우호선을 아꼈던 겁니다. 아마 딸같이 생각하는 마음이겠죠. 제가 처음 사무실에 갔던 날 우호선은 깜짝 놀랐을 겁니다. 자신을 줄곧 의심했던 내가 4년 만에 뜬금없이 정신자살연구소에 등장했으니까요. 게다가 며칠 뒤에는 경아 씨를 보내 장부까지 슬쩍해 갔어요. 겁이 났죠. 기껏 신분을 갈아엎었는데 현재가 들통 나고 과거의 일까지 다시 추적당하게 될까 봐 두려웠겠지요. 물론 증거가 없어 방면되었지만 본인으로서야 재차 들추어지는 게 무서웠을 겁니다. 그래서 박사님께 애원했겠죠. 사무실 문을 닫고 피해 있자고. 박사님이야 겁날 게 없었지만 벌벌 떠는 우호선의 부탁을 들어주신 겁니다. 박사님은 아카데미즘에는 한없이 냉정하지만 자신이 인정하고 아끼는 사람은 가족 이상으로 거두어 주시는 분입니다. 박사님은 그래서 사무실까지 폐쇄하고 여기 계신 거고요. 우호선은 어쩔 수 없이 저나 이유현 반장을 만날 땐 항상 머플러로 얼굴을 가리고 고개를 숙이며 시선을 피했습니다. 박사님이 이렇게 사무실을 접은 것도 멀리 보면 4년 전의 그 일로 설명이 되지 않습니까?"

박사가 말했다.

"좋았어. 약속대로 구질구질하게 변명하거나 부인하지 않겠네. 예리한 추리에는 깨끗이 인정하고 최소한의 경의를 표할 정도의 예의는 있어."

낮은 말투에서 오히려 만족감이 배어 나왔다.

"물론 박사님이 여기서 인정해 주신다고 이제 와서 신재인의 범행을 입증할 수 있는 것은 아니지요. 박사님이 입을 닫아 버리면 그만이니까. 어쨌든 솔직하게 말씀해 주셔서 감사합니다."

"천만에. 덕분에 재미있었어."

고진이 물었다.

"길영인의 경우는 어땠습니까? 그 친구도 박사님의 호기심을 끌던가요?"

"그건……."

박사는 그 말에는 직답을 않고 미소만 지었다.

"고 변호사도 아직 모르는 게 한 가지 있는 것 같군."

"뭡니까."

"4년 전의 그 사건은 단순히 사무실 폐업뿐 아니라 현재 경찰이 몸 달아 있는 사건하고도 연결되어 있어."

"길영인…… 사건하고 말입니까?"

이탁오 박사의 예상치 못한 이야기에 고진이 흠칫 놀라 물었다. 박사는 또다시 입을 다물고 답을 피했다. 고진이 재차 물었다.

"궁금합니다. 어떤 인과관계가 있다는 말씀입니까?"

"그건 고 변호사에게 던지는 또 다른 문제라고 생각하게."

그 말뿐, 박사는 빙그레 미소만 지었다. 이렇게 되면 더 이상 박사에게서는 아무것도 나오지 않는다는 걸 고진은 잘 알고 있었다. 그는 안타까운 듯 입맛을 다셨지만 더 채근 않고 입을 닫았다.

거실의 세 사람은 거의 동시에 커피 잔을 집어 들어 마지막 한 방울을 비웠다. 잠시 침묵의 막간이 흘렀다. 비운 커피와 마찬가지로 용건도 다한 것을 감지한 류경아가 입을 열었다.

"참, 이거 저희 가게 명함이에요. 박사님도 한번 오시면 영광이겠습니다."

류경아는 이탁오 박사에게 '압상트'의 명함을 두 손으로 잡고 내밀었다.

"네, 한번 들르지요. 여기 가면 압상트를 마셔 볼 수 있소?"

"네. 아쉽게도 환각 성분이 빠진 모던 압상트지만요. 고호가 지금 맛본다면 대실망할 거예요. 그런 멋진 그림도 못 그렸겠죠."

"요즘이라면 가난뱅이 고호는 마구 마시지도 못하겠던데. 가격이 상당하더군."

류경아는 귀엽게 생긋 웃었다. 이탁오 박사는 자리에서 일어서며 말했다,

"고 변호사. 내 장부에 관심이 많았지. 미녀에 약한 내 약점을 알고, 이분, 류경아 씨를 보내셨더구먼. 감쪽같이 장부를 훔쳐 가고. 하지만 가져가려면 좀 더 재미있는 걸 갖고 갔어야지. 분명히 관심 있어 할 거야. 내 진료 노트를 선물로 주지."

박사는 거실을 가로질러 복도 쪽에 붙은 서재로 들어가더니 잠시 후 가죽 결재판에 편철된 한 묶음의 서류를 들고 나왔다. 그걸 고진에게 건네었다. 박사는 웃고 있지 않았지만 매우 기분이 좋아 보였다.

고진과 류경아는 박사의 '선물'을 품에 안고 집을 물러 나왔다.

고진은 박사와의 묵은 과제를 풀러 찾아왔고, 박사의 호쾌한 답에 '4년 묵은 체증'은 후련히 사라졌다. 하지만 의문 상자를 하나 열어 젖히자 마치 러시아 인형처럼 또 다른 상자가 기다리고 있었다. 4년 전의 박재성 사건과 현재의 길영인 사건이 연관되어 있다는 박사의 뜻하지 않은 말은 고진의 마음에 다시 파문을 일으켜 종내는 단단한 매듭을 만들어 버리고 말았다.

늦은 시각에 서울로 돌아온 고진은 '압상트' 카운터에 자리를 잡고 앉아 박사가 준 종이 다발을 펼쳤다.

"두근두근하는데."

"박사가 또 무슨 장난을 치려는 걸까요?"

류경아도 궁금한지 고진의 앞에서 넌지시 목을 뺐다. 바의 어두운 조명 때문에 고진은 눈에 잔뜩 힘을 주어 가며 서류를 훑어야 했다. 박사가 건네준 서류는 몇 개월에 걸친 환자의 진료 기록을 묶어 놓은 다발이었다. 내용은 간단했다. 자세한 상담 내용이나 진료 내역은 없었다. 어차피 몇 되지 않는 고객이다. 상세한 건 박사의 머리 안에 저장되었으리라. 환자에 대한 간략한 진단과 코멘트만이 남아 있었다. 하나씩 넘겨보던 고진의 얼굴이 일순 충격에 일그러졌다.

"헛, 이게 뭐야!"

커다란 당혹감에 휩싸였다. 앞에 앉아 같이 확인하던 류경아 역시 깜짝 놀랐다.

한다미.

정신자살연구소의 진료 기록에 올라 있는 그 이름 때문이었다. 날짜 칸은 빈칸이었지만 월까지는 기재되어 있었다. 한다미의 방문은 거의 1년 전이었다. 박사가 휘갈긴 진단 내역에는 정신적 충격을 받아 자살 충동을 품고 있다는 내용만이 간략히 쓰여 있었다.

고진은 멍한 얼굴로 자신도 모르게 양복 안주머니에서 담뱃갑을 꺼냈다. 지포라이터를 꺼내기 전에 류경아가 불을 붙여 주었고, 고진은 서너 개비를 연달아 피워 댔다. 초점이 흐릿해진 눈이 이윽고 빨갛게 충혈되었다. 류경아는 매운 연기를 견디지 못하고 잠시 자리를 피했다.

"우연일까, 필연일까……. 단순한 우연이라면 박사가 이 '선물'을 내게 건네주었을까……."

혼잣말을 뇌까리던 고진은 담배를 비벼 껐다.

그는 이유현에게 전화를 걸어 한다미의 기록에 대해 말해 주었다. 길영인의 추적에 골몰하고 있던 그의 놀라움 역시 적지 않았다.

"자네가 반드시 알고 있어야 할 거 같아서 알려 주는 거야."

"1년 전에 한다미가 정신자살연구소를 찾아갔다니 묘하네요. 이 사건 배후엔 정말 이탁오 박사가 있는 거 아닐까요?"

고진이 이유현과의 통화를 끝내고 장부를 덮는데 '압상트'의 가게 전화가 울렸다. 류경아가 눈짓을 하면서 수화기를 고진에게 건넸다. 놀랍게도 이탁오 박사였다. 류경아가 남긴 가게 명함을 보고 전화를 건 모양이었다. 빙글빙글 웃고 있는 것이 전화기 너머로 느껴졌다.

"내 선물은 보았나?"

고진은 대답 않고 질문 공세를 폈다.

"한다미는 어찌 된 겁니까? 무슨 일로 자살까지 생각했고, 박사님 연구소까지 갔던 겁니까?"

"후후후, 너무 성급하군. 환자의 비밀은 얘기 못 해. 나머지는 고 변호사가 찾아봐."

"한다미가 박사님 연구소를 찾아간 때가 1년 전이고, 죽은 것도 1년 전입니다. 그건 우연일까요?"

"물론 우연이라고 주장하지는 않겠네. 하지만 그 인과관계는 고 변호사가 생각하는 것하곤 다를 수도 있어."

"……길영인 사건에 박사님은 어디까지 연관되어 있으신 겁니까?"

"그런 직선적인 질문을 고 변호사가 하리라고는 생각 못 했네."

"항상 직접적인 얘기는 안 하시는군요. 그럼 저도 둘러서 묻겠습니다. 박사님의 정신자살 시술은 한 번도 실패한 적이 없었습니까?"

고진의 질문에 박사는 한동안 말이 없었다. 이윽고 대답이 흘러나왔다.

"그 한 가지만 답해 주지. 한 번 있었어."

"혹시 그게 한다미입니까?"

"글쎄."

"그럼 길영인입니까?"

"후후, 그것도 글쎄. 내 고객이 그 둘뿐인가? 그랬다면 사무실은 일찌감치 문 닫았겠지."

"역시 말씀을 안 해 주시는군요. 그럼 박사님이 인정하신 실패란 어떤 의미일까요?"

"핫핫핫, 그건 고 변호사가 직접 풀어 보게."

박사는 그 말을 남기고는 전화를 끊었다.

고진은 박사가 내준 1년 전 진료 기록을 다시 처음부터 찬찬히 훑어보았다. 몇 번을 거듭해 보았지만 고객 중에 고진이 아는 이름은 '한다미' 하나뿐이었다.

고진의 시선이 불안해졌다. 박사의 전화는 고진을 더 깊은 혼란의 구덩이로 이끌고 가 빠뜨려 버렸다. 텅 빈 눈으로 한동안 허공을 훑던 고진이 잠에서 깨어난 듯 중얼거렸다.

"오늘 밤도 잠들긴 글렀군."

고진은 잔에 가득 찬 스카치를 벌컥 들이켰다.

21

"한초록 전화번호 좀 알려 줘."

이유현에게 전화해 다짜고짜 용건을 꺼내는 고진의 퀭한 눈은 전날 밤의 불면을 말해 주고 있었다.

"한초록 전화번호는 왜요?"

"사귀려는 건 아니야."

"그건 저도 만나 봐서 충분히 알아요. 만약 그렇다면 슬퍼할 사람도 있고."

"그건 무슨 소리야."

"아, 아닙니다."

고진은 이유현으로부터 건네받은 한초록의 전화번호로 수차례 발신했으나 그녀는 전화를 받지 않았다. 신원미상의 번호는 절대 받지 않는 습관이 밴 모양이었다. 고진은 문자 메시지를 남겼다.

'고진이라고 하는 변호사입니다. 언니의 상속 문제 위임을 받아 용건이 있어 연락을 드렸는데 통화를 하고 싶네요.'

5분 뒤 고진의 휴대전화 벨이 울렸다. 발신자는 한초록이었다.

'매사에 시크한 한초록도 역시 돈은 탐난다 이건가.'

고진은 능글맞게 웃으며 유유히 전화를 받았다.

"상속 문제라니 무슨 이야긴가요?"

한초록의 목소리가 들려왔다. 의심스러운 울림이 깃들어 있었다.

"전화로 이야기하기는 어렵고요, 만나서 말씀드리겠습니다."

"언제 만나요?"

"될 수 있는 한 빨리 뵙죠. 지금 시간 되시면 곧 사시는 곳으로 찾아가겠습니다."

고진은 한초록의 구의동 아파트를 염두에 두고 약속 시간을 정하려 했다. 한초록이 장소를 정정했다.

"지금 남부터미널이에요. 두 시간 뒤에 근처 예술의 전당 앞에서 보죠."

"남부터미널에 계시다고요? 무슨 볼일로?"

"그건 왜요? 개인적인 용무예요."

"남부터미널에 계시다면서 약속 시간은 왜 두 시간 뒤로 정하시는 걸까요?"

"바쁘신 건가요?"

"그건 아닙니다만, 혹시 지방에 계시면서 지금 남부터미널로 출발하려는 건 아닌가 싶어서요."

"왜 그러시죠? 그런 건 개인적인 사정이에요."

고진이 넘겨짚듯 캐묻자 한초록의 말투가 샐쭉해졌다. 그로부터 두 시간 뒤는 점심시간 무렵이었다. 예술의 전당 앞길에 모습을 드러낸 한초록은 여전히 고시생을 방불케 하는 트레이닝복 바지에 다운파카 차림이었다. 기다리고 있는 변호사가 지난번 이유현과 같이 아파트를 방문했던 고진임을 알아본 한초록은 실망의 빛을 띠었다. 동시에 언니의 상속 문제가 아닐지 모른다는 걸 감지한 모양이었다.

그 실망감이 거절로 변하기 전에 고진이 만면에 웃음을 띠며 살갑게 청했다.

"구면이죠? 일단 점심이나 같이 하시면서 천천히 이야기를 하죠. 제 차로 모시겠습니다."

고진의 등 뒤에는 모범택시가 대기하고 있었다.

"변호사라시더니만 모범택시도 하세요?"

"최근에 어떤 일로 제 개인 승용차가 사망했습니다. 오늘은 시민의 발을 이용해 주시죠."

한초록은 톡 쏘듯 말했지만 고진의 스스럼없는 태도가 마음에 들었는지 군말 없이 택시에 올라탔다. 택시는 서초동에 있는 일식집으로 향했다.

"옷차림이 이래서 죄송하지만 변호사님이 슈트 차림이니 그럭저럭 평균은 되겠네요."

한초록은 막 차려입은 대로 호화로운 일식집에 들어서면서도 별 거리낌이 없었다. 구석의 조그만 방에 들어가 한초록은 안쪽, 고진은 문간 쪽에 자리했다. 전복죽부터 시작해 음식이 나오기 시작했다. 한초록이 미련을 담고 먼저 물었다.

"상속 문제라니 어떤 건가요? 언니가 변호사한테 상속 문제를 맡겨 놓았다는 건 들어 본 적이 없는데."

"실은 언니가 맡기신 건 아닙니다. 제가 언니의 상속 문제에 관심이 있어서 청한 겁니다."

한초록은 흥 하고 콧방귀를 뀌었다.

"역시 아닌 것 같았어요. 속는 셈 치고 따라와 본 거예요. 어쨌든 맛있는 밥이라도 사 주실 테니 먹고 갈게요."

한초록은 화내는 대신 의외로 시원한 성격을 보여 주었다. 고진이 어조를 고르며 물었다.

"언니인 한다미 씨가 1년 전에 커다란 고민이 있었던 것 같은데 모르시나요?"

"역시 그런 걸 물어보려는 게 목적이셨군요. 지난번 신문의 연장인가요? 경찰도 아니시면서 왜 관심을 가지세요?"

한초록이 도전적으로 눈을 치켜떴다.

"경찰로서도 아니고 사건을 해결해서 공을 세우겠다는 것도 아닙니다. 솔직히 말씀드리죠. 전 언니가 아니라 그 남편, 길영인 씨한테 관심이 있습니다. 길영인 씨를 연구하다 보니 아무래도 아내 되시는 한다미 씨까지 알아봐야 되겠더군요."

"어쨌건 1년 전 언니의 고민 같은 건 잘 모르는데요."

한초록은 발뺌을 했다.

"한다미 씨의 죽음도 예사롭지는 않지 않습니까?"

"변호사님이 언니가 죽은 일에 대해서도 아세요?"

"길영인 씨를 찾다 보니 저도 개인적으로 사정을 좀 알게 되었습니다만. 언니의 죽음은 이상한 점이 한두 가지가 아니죠. 범인이 있다면 당연히 잡아야 할 거고요. 한초록 씨가 사소한 거라도 아는 대로 이야기해 주시면 큰 도움이 될 겁니다."

"글쎄요. 그건 경찰 일인 것 같은데요. 뭐 그래도 답은 같으니까 말씀드리죠. 일일이 따지고 거절하는 것보다 그게 편하겠네요. 지난번에도 말씀드렸듯이 자매간이래도 서로 고민 얘기 같은 걸 나누는 사이는 아니었어요. 그래서 난 아는 게 없어요."

"한다미 씨가 예전에 충격적인 일을 겪은 것 같던데요."

"전혀 모르는 일이에요. 변호사님이 저보다 언니에 대해선 더 잘 아시는 것 같네요."

"언니에 대해서는 어떤 이야기든 꺼리시는 것 같습니다."

고진이 슬쩍 떠보는 말투로 이야기했다.

"모르니까요."

톡 쏘는 말투였지만 어디까지나 흔들림 없이 담담했다. 고진은 화제를 가볍게 돌려 그들의 예전 이야기들을 끄집어냈다.

"한다미 씨와 길영인 씨는 상당히 다른 사람들 같던데 어떻게 만나고 결혼까지 하게 됐습니까?"

"뭐 만나기는 평범하게 만났어요. 두 사람이 좀 다르긴 달랐지만요."

"두 분에 대해 이야기 좀 해 주시죠."

한다미는 차를 한 모금 꿀꺽해서 목을 축이더니 담담하게 말했다.

"언니는 미술을 전공했어요. 중세 이탈리아 미술을 주제로 석사학위논문까지 썼었죠. 대학에 남는 게 목표였는데……. 훤칠한 키에 싹싹하면서도 시원시원한 성격이었어요. 예전엔 남자들깨나 들러붙었죠. 형부는 예전에 달리기 선수도 했다지만 체격이 왜소한 데다 성격도 음침하고……. 언니하곤 좀 반대 스타일이었어요. 언니는 원래 터프하고 남자다운 스타일을 좋아하는데 그 무렵 한 번 그런 남자한테 데었나 봐요. 그래서 그 반동으로 일시적으로 형부 같은 정반대 스타일한테 끌렸던 거겠죠. 하필 그때 결혼 적령기가 돼 놔서……. 원래 남녀가 어렸을 때 사귀어 봐야 영양가 없잖아요. 결혼

할 수 있을 때 사귀는 사람하고 골인하게 되어 있는 거. 그게 영혼의 짝이든 별미를 맛보기 위한 일시적 외도든 말이에요. 묘하게 상황이 맞아떨어진 거죠. 그 덕에 운 좋게 형부가 땡잡은 거고."

별 특별할 것 없어 보이는 한초록의 이야기에 고진은 깊이 빠져들어 듣고 있었다. 한초록은 경청하는 고진의 태도에 고무되었는지 비교적 주관적인 평가까지 곁들여 한다미와 길영인에 대해 한참을 떠들었다. 한초록의 이야기가 끝나자 고진이 돌연 물었다.

"한초록 씨는 일을 어떤 방식으로 하시죠? 잡지사 르포라이터라고 들었습니다만."

"네? 저요?"

고진의 갑작스러운 화제 전환에 한초록은 살짝 당황했다.

"저야…… 기사를 써서 보내고 돈 받고, 그게 다죠."

"그런 일이라면 요즘 세상에야 이메일과 통장만 있으면 다 해결되겠네요."

"뭐 그렇다고 볼 수 있죠."

"그쪽 사람들과 대면할 일은 거의 없겠군요."

"그렇겠죠."

"그럼 한초록 씨가 쓴 기사인 건 어떻게 알죠?"

한초록은 차분히 고개를 들었다.

"왜요? 변호사님은 도대체 무슨 생각을 하시는지 갈피를 잡을 수 없네요. 그래도 제가 주운 기사로 대충 일할 수는 없어요. 제가 무슨 유명 작가도 아니고 잡지사 편집부에서 제 이름 때문에 신는 건 아니거든요. 제가 쓴 거든 아니든 퀄리티가 떨어지면 안 실을 거예요."

"반대로 퀄리티만 일정 정도 보장되면 실리는 거고요. 그렇다면 한초록이라는 기자의 기고는 브랜드가 아니라 일종의 게재 루트에 불과하겠군요."

한초록은 고개를 끄덕일 뿐 별다른 반응을 보이지 않았다.

그럭저럭 요리가 다 나오고 매실차를 마지막으로 식사는 모두 끝이 났다. 고진은 모범택시를 불러 한초록을 아파트까지 바래다주겠다고 했으나 한초록은 굳이 고사했다.

"어차피 제 행선지도 한초록 씨 아파트 거쳐서 가게 되어 있습니다. 날씨도 추운데 바래다 드리겠습니다."

"아뇨. 배부르니까 겨울바람도 괜찮네요. 혼자 갈게요."

"그래도 옷차림도 간편하신데 감기도 걱정되네요."

"됐어요. 더 권하시면 작업 거는 걸로 간주할 거예요."

한초록은 그 말을 끝으로 손을 흔들고는 도망치듯 떠나 버렸다. 풍성한 다운파카와 트레이닝복 바지의 잔영을 남기고 사라져 가는 그녀의 뒷모습에 정처 없는 시선을 보내던 고진이 중얼거렸다.

"도무지 아귀가 맞지 않아……."

고진은 한초록과 헤어진 뒤 주저 없이 곧장 서초동 국립중앙도서관으로 향했다. 추운 날엔 냉동생선마냥 흐리멍덩해지는 그였지만 이날만은 도서관을 들어서는 얼굴에 묘한 열기가 차올라 있었다. 고진은 한다미의 석사 논문을 검색해 대출 신청을 했다.

「이탈리아 르네상스 미술 말기의 경향」이라는 타이틀이었다. 이탈리아 르네상스 미술의 정점과 종막을 동시에 고했던 말기에 해당하는 16세기 화가들의 경향을 특정 사조별로 나누지 않고 열거식으로 정리, 분석한 내용이었다. 화풍에 따라 카테고리를 만들지 않고 작가별로 작품을 분석하고 특징을 파악하는 데에 주력한 점이 눈에 띄었다.

라파엘로, 조르조네, 베로네제, 카라바지오, 아르침볼도, 브론치노, 틴토레토, 바사노, 미슐레……. 나열적인 구성이었지만 한다미 논문의 전반에는 당시 이탈리아의 정치적 혼란으로 르네상스 미술의 전성기가 오래 지속되지 못한 아쉬움이 배어났다. 그렇지만 아쉬움은 자간에 숨기고 16세기 중엽부터 나타난 동적이고 극적인 바로크 양식의 싹과 함께 세련과 기교가 넘치는 마니에리스모라 불리는 주관주의 양식 화가에 대해서도 상세히 소개하고 있었다. 한다미가 사랑해 마지않던 중세 이탈리아의 르네상스 미술은 16세기에 위 두 경향이 교차하며 끝장나 버렸지만 한다미는 그 미술과 화가들의 특징에 대해서도 저자의 감정선과 일정한 거리를 두고 객관적이고 담담하게 기술할 뿐이었다.

몰입하여 한다미의 석사 논문을 읽어 내려가던 고진은 자신도 모르게 담배를 한 개비 끄집어냈다. 옆자리에 앉은 20대 여성이 놀라 고진을 흘겨보았다. 고진은 차가운 그 눈길에 이곳이 도서관 열람실임을 깨닫고는 슬그머니 담배를 집어넣었다. 논문을 덮은 고진은 고개를 번쩍 들었다. 얼굴에는 오싹한 웃음이 떠올라 있었다. 그는 혼잣말로 중얼거렸다.

"그렇다면 이것도…… 설명이 될 수 있어……."

옆자리에 앉아 책에 빠져 있던 20대 여성은 중얼거리는 고진을 재차 흘겨보았다. 고진은 그 여성을 향해 작은 눈을 찡긋해 보이고는 벌떡 일어섰다.

고진은 다시 도서를 마구 검색하더니 몇 권의 도서를 안고 원래의 자리로 돌아왔다. 20대 여성은 돌아온 고진을 보더니 오만상 얼굴을 찌푸렸다.

고진은 민폐를 반성한 듯 곧 책에 빠져들었다.

류경아가 학동사거리 뒷길의 카페에 들어섰을 때, 고진은 혼자 종이에 무언가를 열심히 쓰고 있었다.

"카페에서 공부하시는 거예요?"

류경아가 농을 걸었으나 흡연석에 앉아 담배를 뻑뻑 내뿜는 고진의 표정은 진지했다.

"모든 게 뒤죽박죽이어서 말이야. 요즘엔 이렇게 종이에 쓰지 않으면 정리가 안 돼."

"뭐 하시는데요."

"모든 게 처음부터 이치에 맞지가 않았어. 이제야 겨우 알 것 같아. 사건을 되짚어 보는 거야. 일종의 검산이지. 이치에 닿게 재구성해 보고. 이제는 정말 한 줄기 설명을 찾아낼 수 있을 것 같아. 이탁오 박사의 선물도 있었고 말이야."

횡설수설하던 고진은 마침내 허리를 펴며 말했다.

"됐다. 역시 이것들을 한 가지로 다 연결할 수 있어."

고진의 메모

— 1년 전

한다미가 방황하다가 정신자살연구소를 찾아가 시술을 받은 무렵임.

길영인의 아내 한다미는 태정우와 불륜 관계에 있었고, 한다미의 그림 동호회 멤버 중 김도열, 프리버드도 당시 한다미와 특별한 친분이 있었음.

김도열은 고해성사를 받으며 도덕적으로 한다미를 압박했고, 답답한 한다미는 여자 행세를 한 프리버드에게 연락을 취함. 프리버드는 진천에서 한다미를 만나 유혹했고, 한다미가 거절함. 프리버드는 홧김에 휴대폰을 눌러 길영인에게 알림(프리버드의 진술).

한다미는 진천 시골집에서 살해됨.

진천 시골집을 아는 사람은 길영인, 한다미, 태정우.

알 가능성이 있었던 사람은 김도열, 프리버드, 한초록 그리고 이탁오, 신재인(상담 과정에서).

— 현재

길영인이 정신자살연구소를 방문, 시술받음.

그 무렵 태정우의 아내 천나영이 펜션에서 살해당함.

안방 창문으로 남자에게 격렬하게 화내는 여자의 모습이 비침, 태정우가 그날 밤 프런트로 빠져나가는 것이 목격됨.

천나영이 타고 온 차는 그대로 둔 채였음.

태정우는 다음 날 양평 숲 속 차 안에서 피살.

길영인에게 태정우가 있는 곳을 알리는 메모가 전달되어 길영인이 찾아갑. 차에는 카메라가 돌고 있었고 길영인을 함정에 빠뜨리려 세팅된 것이었음(이 부분은 길영인의 수기에 의함).

길영인이 진천 시골집에서 신재인과 같이 한다미의 시체 발견.

고진과 이유현이 길영인을 발견하고 쫓았으나 신재인의 집에서 연기처럼 증발.

경찰이 진천 시골집에 내려갔을 땐 한다미의 시체가 사라져 있었음.

며칠 뒤 경찰로 시체의 사진이 우송되어 옴. 언제 촬영된 것인지는 불명.

— 정신자살연구소

이탁오 박사는 우호선을 딸처럼 아끼는 듯.

우호선은 4년 전 갈등을 빚고 있던 남편 박재성을 살해한 혐의를 받고 있으나 증거를 갖출 수 없어 처벌할 수 없는 상태.

우호선은 모습과 이름을 바꿔 신재인으로서 박사의 비서로 일하고 있음.

신재인은 연구소 고객인 길영인과 친밀한 사이가 되어 남녀 관계로 발전하는 듯 보임.

"어휴, 들여다만 봐도 복잡하네요. 이것들이 한 가지로 다 설명이 된다고요?"

찬찬히 읽어 보던 류경아가 고개를 절레절레 흔들었다.

"응, 단 한 가지 사실만으로 이 모든 잡동사니를 단번에 꿰뚫어 버릴 수 있단 말이야. 난 오늘에서야 겨우 그걸 깨달았고."

"그럼, '겨우'라도 깨닫지 못한 사람들은 뭐가 되는 거예요, 명탐정님."

류경아가 비꼬는 투로 속삭이듯 말했다.

"하하, 그중에서 가장 어리석은 건 나였어. 모든 실마리에 가장 가까이 있었던 게 나니까. 우리 중 이탁오 박사하고 가장 가까운 사람도 나잖아."

"이탁오 박사가 관련이 있어요?"

고진은 대답 없이 씩 웃고는 애매모호한 말로 답했다.

"지금 벌어진 천나영, 태정우 살인, 길영인의 도주 이런 것들은 모두 1년 전으로 거슬러 올라간 한다미의 죽음에서 실마리를 찾을 수 있어. 그리고 4년 전 박사가 연출했던 박재성 살인 역시도 인과가 연결되어 있고."

"그래요? 그럼 얘기해 주세요. 난 관계없는 사람이지만 꽤 궁금하네요."

류경아가 상체를 구부려 고진의 귓가에 은근한 어조로 재촉했다. 고진은 빙긋 웃더니 류경아에게 이야기를 건넸다. 류경아는 작은 탄성을 울리더니 점차 놀라움으로 눈을 빛냈다. 얼마 후 그녀의 얼굴에 미소가 파문처럼 번져 갔다.

"놀라운 이야기네요. ……그럼 이탁오 박사는 변호사님을 놀린 게 되나요?"

"배를 잡고 웃었겠지. 하여간에 괘씸한 박사야."

"아아, 왠지 커피 대신 알코올이 마시고 싶네요."

"그럴 줄 알고 미리 아이리시 커피를 주문해 놓았지."

류경아는 고진이 시켜 놓은 커피 잔을 들어 조용히 기울였다. 뜨겁고 검은 액체를 삼키는 류경아의 오밀조밀한 입술을 바라보며 고진은 담배를 꼬나물었다. 그러다가 문득 정신을 차리고 말을 꺼냈다.

"잘하면 길영인을 만날 수 있을 것 같아."

"어떻게요?"

"본인이 아쉬운 부분을 공략하는 거지. 이젠 그게 무언지 알겠거든. 오늘 만나자고 한 건 실은 그 때문에 부탁이 있어서야."

"또 뭐예요."

고진은 피던 담배를 비벼 끄고 진지한 얼굴로 류경아의 귀에 대고 몇 마디를 건넸다.

"좋아요, 그 정도야 뭐."

류경아는 흔쾌히 수락했다. 고진은 류경아에게 길영인의 휴대전화 번호를 건넸다. 예전 류경아가 정신자살연구소에서 가져온 장부에 기록된 길영인의 인적 사항에 적혀 있던 번호다. 류경아는 고진의 휴대전화를 건네받아 길영인의 휴대전화에 전화를 걸었다. 전원이 꺼져 있고 음성사서함으로 연결되었다. 류경아는 고진이 알려 준 대로 음성 메시지를 남겼다.

'난 태정우의 시체가 있는 곳을 가르쳐 준 사람이에요. 당신 아내를 살해한 사람도 알고 있어요. 모든 걸 알려 줄 테니 나흘 뒤 오후 4시에 남이섬 선착장으로 와요.'

송진처럼 끈적하게 가라앉은 목소리로 메시지를 남긴 류경아는 수화기를 내려놓고 고진을 바라보며 웃었다.

"뭔가 신비의 여인 콘셉트로 말을 남겨 놨는데, 과연 이 정도로 통할까요?"

"물론. 경찰은 길영인을 용의자로 낙인찍고 뒤만 쫓고 있어. 그래서는 아마 영영 찾아내기 힘들 거야. 길영인은 확신에 찬 도망자가 아니란 말이지. 혼란에 빠져 있거든. 이 메시지를 듣는다면 설령 함정이라고 생각한다 해도 찾아올걸. 이 반장 말로는 길영인은 이틀에 한 번꼴로 휴대폰을 켜서 확인하고 있다더군. 나흘의 말미를 주었으니 분명히 메시지를 들을 거야."

고진은 자신 있게 다짐하듯 고개를 끄덕였다. 그러다 갑자기 퍼뜩 무언가 생각난 듯 말했다.

"아, 참. 그리고 내일, 가능하다면 모레도 한 번 더 같은 메시지로 부탁할게."

"내일하고 모레도요?"

류경아는 의아한 표정으로 고진을 바라보다 이내 무언가를 납득한 얼굴로 고개를 끄덕였다.

22

하얀 기둥에 상고머리처럼 얹힌 검은 기왓장이 눈길을 잡아끄는 남이섬 선착장. 통로 옆 기둥 한편에 등을 기댄 채 류경아가 홀로 서 있었다. 허리 라인이 깊은 하얀 알파카 반코트와 그 사이로 흘러내린 빨간색 머플러, 과감한 붉은 테의 선글라스, 그리고 그것으로도 감추지 못한 그녀의 미모는 눈에 띄었다. 약속한 상대방의 눈에도 필경 그럴 것이다.

고진의 사주로 길영인의 휴대전화에 모든 것을 알고 있으니 만나자는 묘한 메시지를 남겨 놓은 지 나흘 뒤 오후였다. 겨울의 밑바닥은 지나고, 오랜만에 피부에 와 닿는 볕이 기분 좋은 포근한 날씨였다. 바람도 거의 불지 않았다. 남이섬을 향한 때 이른 상춘객들이 정겨운 대화를 흘리며 드문드문 지나갔다.

그 길영인이 정말 올까. 고진의 부탁에 약속 장소에 나서면서도 류경아는 반신반의했다.

"안 나오면 어떡해요. 낮잠이나 더 잘걸. 괜히 겨울바람에 피부 트러블이 생기지나 않을까 몰라."

"그럼 내가 남이섬 데이트를 신청한 거라고 생각해 줘."

"직접 만나시면 안 될 이유라도 있을까? 고 변호사님 얼굴을 보고 위험을 느낄 사람은 없을 텐데."

"내가 나서면 경계해서 모습을 드러내지 않을지도 몰라. 지난번에 이 반장하고 같이 쫓은 일도 있고, 혹시 기억을 하고 있을지도 모르거든. 아니더라도 첫 대면에는 나 같은 철지난 겨울 고목보다는 경아 씨가 훨씬 낫지. 그래서 메시지도 경아 씨한테 부탁한 거잖아."

때때로 구름이 지나며 그림자가 들판의 빛을 지웠다. 약속 시간 4시를 훨씬 넘겨 지루한 기다림의 진창에 빠지려 할 무렵 멀리서 관광객 같지 않은 신중한 걸음걸이가 느껴졌다. 작은 점이었던 그 인물은 천천히 걸어오며 가시적인 형체를 만들더니, 선착장 입구 못 미쳐 서 있는 큰 나무 옆에 멈춰 섰다. 부스스한 머리, 검은 선글라스, 검은 코트가 시야에 들어왔다. 우울하다는 느낌을 빼고 나면 꽤 멋스러운 코디라고 류경아는 생각했다. 완전히 다가오지 않는 것은 남아 있는 경계심의 표현일 터였다. 앙상한 나무 아래 기대선 나그네는 생명력을 잃어 가는 목피 같았다.

"저 앞쪽 나무 아래에 서 있는 자가 길영인이야."

선착장과 떨어진 곳에서 몇 명의 관람객에 섞여 기다리던 고진은 류경아에게 휴대전화를 걸어 속삭였다. 류경아는 휴대전화를 닫고서 그쪽으로 다가가 말을 건넸다.

"길영인 씨죠?"

"……"

"제가 메시지를 남긴 사람이에요."

"……당신은 누굽니까."

낮고 쉰 목소리였다. 밤새워 일한 듯이 피로감에 절어 있는 음성이었다.

"전 사실 심부름꾼이에요."

"그럼 대체 누가……. 경찰?"

"아뇨, 도망치지 마세요. 경찰은 없어요. 경찰이라면 구차하게 저를 보냈겠어요? 잠복했다가 덮쳤을 거예요. 오늘 당신을 만나려는 사람은 고진이라는 변호사예요. 아마 당신과도 구면일 거예요. 보시면 알겠지만 해롭지도 위험하지도 않은 사람이에요. 그 사람은 절대 경찰에 알리거나 하지 않았어요. 고 변호사님을 한번 만나 보세요. 그분이 모든 걸 알려 줄 거예요. 한다미 씨의 죽음에 얽힌 진실까지도요."

'한다미의 죽음에 관한 진실'이란 대목이 결정적으로 발을 묶어 버린 듯했다. 외투 주머니에 손을 넣었다 뺐다 하며 주춤거리는 모습에서 극심한 갈등이 엿보였지만 이미 말의 덫에 사로잡혀 그 자리를 떠나기는 어려워 보였다.

진회색 모직 코트를 걸치고 깃을 세운 고진이 조심스럽게 얼굴을 드러냈다. 고진은 마치 반가운 사람을 만나기라도 한 듯 만면에 웃음기를 가득 띠고 두 사람이 선 곳으로 천천히 걸어왔다. 경계심을 촉발하지 않도록 조심하는 몸짓 때문에 휘청거려 보이기도 했다. 검은 선글라스 너머로 긴장이 전해졌다. 하지만 어떠한 움직임은 없었다. 류경아가 약간 뒤쪽으로 물러섰을 뿐이다. 억세 보이지 않는 고진의 풍채를 보고는 안심이 되는 모양이었다. 고진은 커다란 웃음을 지으며 친근하게 인사했다.

"반갑습니다. 길영인 씨."

"……."

"안심하십시오. 오늘은 저하고 이 여성분 두 사람만이 왔다는 걸 먼저 말씀드립니다. 절대 경찰도 아니고, 세계 정복을 꾀하는 악당 무리도 아닙니다. 길영인 씨에게 어떠한 악의도 갖고 있지 않습니다. 오히려 돕기 위해서라고 말씀드리는 것이 정확하겠네요. 이야기가 좀 길고 충격적일 수 있지만 길영인 씨가 반드시 들어야 할 이야기입니다. 전 고진이라고 하는 변호사이고, 이 여성분은…… 제 조수입니다."

조수로 전락한 류경아는 질책을 담아 고진을 쏘아보았지만 고진은 그 눈길을 무시했다.

"길영인 씨는 태정우와 그 아내 천나영의 피살 건으로 경찰에 수배 중인 것으로 알고 있습니다. 하지만 저만은 그것이 길영인 씨의 범행이 아님을 분명히 알고 있습니다. 아, 물론 길영인 씨는 그런 것보단 아내인 한다미 씨의 가출과 죽음에 대해 더 알고 싶으시겠지요. 그렇지 않습니까? 그리고 요즘 기억이 가물가물한 시간이 늘어나면서 어떤 무서운 생각이 들지 않았습니까? 혹시 자신이 아내의 죽음이나 살인사건에 책임이 있는 게 아닐까 하는 그런 의혹들 말이죠. 저는 길영인 씨의 그런 오해를 해소시켜 주러 나왔습니다. 물론 솔직히 말씀드리면, 길영인 씨를 만나 저의 가설을 확인하고 궁금증도 풀고 싶은 마음이 제 마음 한구석을 차지하고는 있습니다만. 어떻습니까? 제가 모든 것을 알려 드리겠습니다. 진실을요. 받아들일 준비가 되셨습니까?"

고진의 말투는 온화하고 따뜻했지만 상대의 의심과 두려움을 완전히 지우지는 못했다. 짙은 선글라스 너머로 겁에 질린 눈동자가 내비쳤다. 고진은 류경아를 돌아보며 말했다.

"경아 씨는 힘들 테니 근처 찻집에라도 가서 쉬는 게 어때?"

"좋아요. 제 역할은 끝났으니 이제 두 분이서 긴 정담을 나눌 시간이에요."

류경아는 방긋 웃더니 경쾌한 발걸음으로 어디론가 사라져 갔다. 고진은 천천히 고개를 돌렸다.

"어디서부터 이야기할까요. 아, 좀 지루하시겠지만 먼저 제가 사건에서 품은 의문부터 시작해야겠네요. 처음부터 설명해 나가지 않으면 길영인 씨 또한 납득도 되지 않고 결론을 받아들이려 하지 않으실 테니까요. 지난번에 경찰이 집에 찾아와서 길영인 씨가 도망간 적이 있었죠? 그중 한 명이 실은 저였습니다. 아, 걱정하지 마세요. 그때도 체포하려던 의도가 아니었고, 지금도 마찬가지입니다. 더구나 지금 이 자리엔 설사 길영인 씨가 죄가 있다 해도 체포할 수 있는 공권력을 가진 사람은 없어요. 안심하십시오. 단지 사건의 의혹을 풀기 위한 거니까요.

우리가 당신을 추격했을 때 당신은 신재인 씨 집에서 연기처럼 증발해 버렸습니다. 그건 대체 어느 분의 아이디어였습니까? 길영인 씨인가요, 신재인 씨인가요? 마음의 맹점을 찌른 묘수였습니다. 정말 탄복했어요. 우리를 감쪽같이 따돌리고 실컷 비웃었을 걸 생각하니 뭐 기분이 썩 좋진 않습니다만 솔직히 그것보단 전 개인적으로 감탄이 더 큽니다. 그날 이유현 반장, 아 그때 같이 뒤쫓았던 형사입니다만, 그 친구하고 전 열려진 창문을 보고 뒤 오솔길로 도망친 줄 알고 한참을 쫓았습니다. 그날 무지하게 춥지 않았습니까? 고

생이 심했습니다. 오솔길에서 등산로로, 어두운 산속을 한참 방황했어요. 길영인 씨를 찾아서. 아무 이유 없는 바보 같은 산행이었죠. 오솔길엔 물론 아무도 없었고 등산로에서 만난 등산객 누구도 길영인 씨를 본 사람이 없더군요. 아무리 어두운 산길이라고 하나 아래위로 외길이었고 눈이 쌓인 날 검은 외투에 검은 선글라스를 낀, 흰 돌 안의 검은 돌처럼 튀는 복장의 인물을 못 볼 수는 없지요. 그렇다면 창을 넘어 오솔길로 달아난 것은 분명 아니란 얘기였습니다. 그걸 인정해야 했지요. 그래서 좀 더 단순하게 생각해 보기로 했습니다. '혹시 그냥 집 안에 잘 숨은 건 아닐까?' 하고 말이죠. 전 며칠 동안 곰곰이 생각한 끝에야 겨우 깨달았습니다. 방 안에 분명히 사각지대가 있었어요. 옷장, 장롱 서랍을 다 빼 놓고 옷을 내던져 놓은 건 바로 그 심리의 사각지대를 만들기 위한 연출이었어요. 신재인 씨는 '길영인 씨가 방 안에 들어와서 무언가를 심하게 뒤지더니 창문을 통해 나갔다.'라고 이야기했지만 이것 역시 연출의 한 부분이었고요. 분하게도 그게 그때의 우리한텐 확실히 먹혔습니다. 진상은 이렇게 된 거였죠? 그 방 안엔 6단짜리 길고 큰 서랍장이 있었어요. 물론 서랍은 앞쪽까지 다 빠져나와 있었고요, 당신은 그 빠져나온 서랍과 옷장 뒷면 사이의 공간에 들어가 웅크리고 있었던 겁니다. 어떻습니까?"

검은 코트 깃 사이로 미세하게 끄덕이는 고갯짓이 보였다.

"숨을 곳은 그 공간밖에는 없어요. 이게 참 묘한 사각지대예요. 6단의 서랍을 다 앞으로 빼 놓으면 그 뒤로 충분히 사람이 들어갈 공간이 생기는데도 쉽게 생각해 내기 어렵습니다. 신재인 씨가 도와주었겠죠. 서랍을 일단 다 빼서 당신이 들어가 쪼그려 앉도록 하고는 서랍을 다시 살짝 걸치도록 끼워 놓았어요. 길영인 씨가 마구 뒤진 양 방 안의 서랍이란 서랍은 다 빼 놓고요. 위장이었죠. 실상은 사람이 숨기 위해 서랍이 앞으로 밀려나 있었던 건데, 마치 방 안을 냅다 뒤지면서 서랍을 빼 놓은 것이라고 생각하게끔 유도했어요. '길영인 씨가 방 안을 마구 뒤졌다.'라는 말에 낚여 버린 겁니다. 우리는 깨끗하게 한 방 먹었고요. 그런데…… 사실 여기서 훨씬 중요한 점은 길영인 씨가 그곳에 숨어서 추적자를 따돌렸다는 사실이 아니라, 왜 그랬나, 아니, 왜 그랬어야 했나 하는 것입니다."

고진은 잠시 말을 끊고 해적선장 같은 기묘한 웃음을 지었다.

"당시에는 의문이 들었지만 금세 잊어버렸어요. 그런데 계속되는 수수께끼에 연이어 맞닥뜨리게 되었습니다. 나중에야 깨달았지만 이 모든 것이 하나의 설명과 해답을 암시하고 있었어요.

이 사건에서 가장 먼저 제가 품은 의문부터 시작할까요? 태정우의 아내 천나영 씨가 펜션에서 피살된 사건 아시죠? 태정우는 그날 밤 11시 20분경 펜션 종업원 이영아에 의해 목격됩니다. 우연히 저도 목격하게 되었지만요. 그 시각 태정우로 보이는 남자의 그림자가 침실 창에 비친 거죠. 천나영 씨가 그 남자에게 격렬하게 화를 냈고, 천나영 씨는 그 직후 피살된 것으로 보였습니다. 태정우는 새벽 1시 30분에 로비를 통해 펜션을 빠져나갔죠. 그런데 이상한 건 말이죠. 천나영은 흰색 인피니티를 타고 왔는데 그 차가 그대로 주차장에 있었단 사실입니다. 태정우는 살인을 한 뒤 그 추운 겨울날 차를 버려두고 걸어서 도주했단 얘기가 됩니다. 이게 첨부터 납득이 가지 않았어요. 과연 그럴 사람이 있을까? 추위도 추위지만 사람을 죽였으면 한시라도 빨리 현장을 벗어나고 싶을 텐데 차를 버려두고 두 다리로 걸어 나갔다? 천나영의 인피니티는 물론 기름도 충분했고 고장 난 것도 아니었습니다. 차에 문제가 있었던 건 아니었어요. 여기서 전 생각을 달리해 보았습니다. '태정우는 왜 차를 타고 가지 않았을까.'에서, '태정우는 그 상황에서 차를 타고 가지 않았을 리가 없다.'라고. 그렇다면 '태정우는 역시 차를 몰고 간 것 아닐까?', 여기서 다시 '태정우는 애당초 천나영과 별개로 차를 가지고 온 것이 아닐까?', 이렇게 이어졌죠. 그렇다면 '태정우, 천나영은 각각 차를 갖고 와서 체크인을 했는가?'인데, 분명 천나영은 체크인 한 다음 로비에서 같이 온 일행이 주차하고 오기를 기다렸다가 같이 들어갔다고 합니다. 일행의 얼굴은 종업원이 보지 못했지만요. 천나영과 일행은 한 차로 왔단 얘기죠. 그럼 어떻게 된 것이냐. 여기서 어떤 가설이 떠올랐습니다. 처음부터 천나영과 같이 체크인 한 일행은 태정우가 아니지 않을까, 천나영은 그 제3의 동행인과 같이 인피티니를 타고 펜션에 왔고, 태정우는 나중에 따로 자신의 BMW로 펜션을 찾아온 것이 아닐까 하는 겁니다."

고진은 또 말을 잠시 끊고 상대방의 표정을 살폈다. 굳은 얼굴은 돌에 새겨진 부조처럼 반응이 없었다.

"하긴 천나영 사건은 길영인 씨는 이 시점에서는 별 관심이 없겠군요. 그럼 다른 의문으로 넘어가 보죠. 죽어 가던 모든 의혹을 무덤에서 꺼내 되살린 열쇠입니다. 길영인 씨는 정신자살연구소의 고객이었죠? 그리고 당신의 아내 한다미 씨 역시 1년 전 정신자살연구소를 찾았습니다."

이 대목에서는 상당한 동요가 전해져 왔다. 고진은 이야기를 계속 했다.

　"저는 개인적으로 이탁오 박사와 친분이 있습니다. 이탁오 박사가 힌트를 주더군요. 아, 오해는 마십시오. 그분이 환자의 병력이나 비밀을 공개한 건 아니고 단지 고객이었다는 사실만을 알려 주었을 뿐입니다. 박사가 의도한 건 아니었을지 몰라도 결국은 길영인 씨를 위한 결정적인 정보였습니다. 이 점도 미리 사과를 드립니다만 길영인 씨가 쓴 수기를 우연히 읽게 되었습니다.

　아, 또 한 가지 중요한 시사점이 있군요. 당신은 이탁오 박사의 충실한 비서, 신재인 씨하고 가까운 사이인 걸로 알고 있습니다. 신재인 씨 쪽에서는 길영인 씨보다는 한층 더 남녀 관계에 가까운 애정을 갖고 있는 것 같더군요. 신재인 씨의 과거에 대해 제가 좀 알고 있죠. 개인적인 친분은 없고 단지 4년 전 어떤 사건을 계기로 약간 알게 되었을 뿐입니다. 신재인 씨는 남편과의 트러블 때문에 괴로움을 겪었던 여성입니다. 그 남편은 어떤 사정으로 지금 살아 있지 않습니다만. 신재인 씨는 현재 혼자란 거죠. 그분이 현재 길영인 씨를 사랑하고 있습니다. 이성의 감정으로."

　"……그게 무슨 문제가 됩니까?"

　쥐어짜듯 힘들게 목소리가 흘러나왔다.

　"문제는 전혀 없습니다. 오히려 무서울 정도로 아름다운 이야기지요. 아무래도 먼저 결론을 말씀드려야겠네요. 이런 모든 의문은 단 한 가지 사실로 모순 없이 설명이 됩니다. 아니, 이 한 가지 외에는 설명이 불가능합니다."

"……그게 뭡니까. 설마 저 길영인이 아내를 죽였다는 건 아니겠지요?"

그 목소리가 덜덜 떨려 나오기 시작했다. 고진은 고개를 잠깐 숙였다 들고는 할 수 없다는 표정으로 천천히 말했다.

"길영인 씨는 한다미 씨를 살해하지 않았습니다. 살인범은 따로 있습니다."

"……그럼 누가?"

"살인범은……."

고진은 참으로 내키지 않는 어투로 툭 던지듯 말했다.

"당신입니다."

23

이유현은 그 시각 홀로 양평에 와 있었다.

사건을 장악해 수사를 이끌어 가지 못하고 체포 소식만을 기다리고 있으려니 영 기분이 찜찜했다. 다소 여유가 생긴 이날 오후 양평으로 차를 돌렸다. 교수가 논문을 거듭 읽을수록 새 의미를 터득하듯이, 경찰은 현장에 오면 올수록 영감을 얻을 수 있다. 뭔가 놓친 것이 없을까. 오늘은 현장이 새로운 말을 건네주지 않을까, 답답한 마음에서 피어오른 막연한 기대였다. 특정한 볼일이 있는 게 아니니 강력팀 형사는 데리고 오지 않았다.

멀지 않은 가평의 펜션에서 천나영이 살해되었고, 태정우의 시체가 지방도로 변 숲에서 발견되었으며, 유력한 용의자인 길영인의 집뿐 아니라 이탁오 박사와 신재인의 집도 가깝다. 그만큼의 사건이 벌어졌는데도 수확물이 별로 없다.

이유현은 펜션에 들러 빈 103호를 다시 둘러보기도 하고 종업원을 다시 불러 보기도 했다. 잊었던 새로운 증언을 제공하기는커녕 숫제 귀찮아하는 기색이 역력했다.

태정우의 시체가 차와 함께 발견된 숲 속에도 찾아가 보았다. 이젠 깔끔히 치워진 현장에는 시원하고 맑은 숲의 공기가 청량하게 감돌 뿐이었다.

그 현장에서 신재인의 집이 가깝다. 차를 달리다 방향을 틀어 찾아 들어가니, 마침 집에 있는 듯했다. 늦은 오후인데도 거실 불이 환하게 켜져 있다. 숲 속이라 어둡기도 하겠지만 아무래도 혼자 사는 여자라서 무섬을 많이 타는 모양이다.

이유현은 현관 벨을 누르려다 멈칫하고는 발길을 돌렸다. 물을 수 있는 말은 기껏해야 '길영인 씨한테서 무슨 연락이 없었습니까?' 정도다. 무의미한 질문이다. 그 밖에는 딱히 용건이 생각나지 않았다.

길영인의 집에 한번 들러 볼까.

이유현은 핸들을 돌렸다.

24

"내가…… 살인자라고요? 도대체 무슨 소리를 하는 겁니까."

살인범으로 지목된 상대는 검은 선글라스 아래 가쁜 숨을 몰아쉬며 항의했지만 목소리에는 힘이 없었다.

"당황스러우시겠지만 현실을 똑바로 보셔야 합니다."

"아까는 아내를 살해한 사람은 내가 아니라고 해 놓고, 사람을 갖고 노는 겁니까? 난 분명히 아닙니다. 그건 내가 누구보다 잘 알아요. 아내의 살인범을 혹시 알 수 있을까 해서 힘들게 나왔더니 결국 잠꼬대뿐이었군."

미간을 일그러뜨린 채 뒤돌아서려는 상대를 향해 고진이 말했다.

"기다리세요. 진실을 알고 싶지 않으십니까."

"당신이 꾸며 낸 진실은 알고 싶지 않아."

"이대로 가시면 당신은 얼마 안 가 살해당할 수 있어요."

고진이 갑작스럽게 꺼낸 말에 상대는 움찔했다. 몸을 돌려 고진을 정면으로 보고 날카롭게 소리쳤다.

"뭐요? 그건 또 무슨 헛소립니까? 누가 날 죽인단 말이오."

"일찍이 당신을 한 번 죽였던 사람."

"도무지 무슨……."

"바로 당신 자신이지요."

25

고진이란 남자가 무서운 이야기를 한다.

내가 아내를 죽이지 않았다는 걸 안다고 했다.

그런데 내가 아내를 죽였다는 건 또 무슨 소리인가?

그리고 내가 얼마 뒤 나 자신에게 살해당한다니?

그리고 나 자신이 이미 한 번 나를 죽였다는 건?

아아, 혼란스러워 더 이상 생각하고 답할 기력도 없다.

고진이란 남자는 제정신인가?

그렇지 않다고 보기에는 너무 확신을 가지고 이야기한다. 그 확신
이 무섭다.

왜 난 그의 말을 미친 소리로 치부하고 자리를 떠나지 못하는 걸까.

기묘한 의식이 밑바닥에서 소용돌이친다.

나 역시…… 답을 이미 알고 있는 듯한 설명할 수 없는 이 기분.

잠 속에서 들리듯 아련하게 고진이라는 남자의 목소리가 들려온다.

참 이상하다.

마음속은 덜덜 떨리지만 나도 모르게 그 목소리에 답하고, 항의하
고 있다.

26

 상대는 잠시 할 말을 잃은 듯했다. 오후의 마지막 햇살이 쨍 하고 비치는 듯하더니 한 줄기 바람이 머리 위를 스치며 지나갔다. 두 사람은 잠깐의 정적 속에 멈췄다. 혼란스러운 침묵이었다. 힘들게 말이 흘러나왔다.

 "⋯⋯내가 날 죽인다? 이건 어떤 의미의 문학적 표현입니까?"

 "전 문학과는 담을 쌓은 사람입니다. 적어도 창작하고는요."

 "아무래도 당신네의 고전적인 수법 같군요. 변호사란 사람들은 쉬운 답보다는 극적인 연출을 좋아하지요. 어떤 소설을 쓸지 호기심은 일지만 이제 그만 듣고 싶네요. 돌아가겠습니다."

 등을 돌리는 상대를 향해 고진이 느긋한 목소리를 던졌다.

 "그냥 가시지 않는 게 좋을 겁니다. 한다미 씨."

 이번의 충격은 컸다. 상대는 서서히 몸을 돌렸다. 정수리부터 등까지 가늘게 떨리고 있었다.

 "지금 날 뭐라고 불렀습니까?"

 "한다미 씨요. 당신은 한다미입니다."

 "대체 무슨 소리를⋯⋯."

어안이 벙벙해진 상대를 향해 고진의 말이 이어졌다.

"거듭 말씀드리죠. 당신은 한다미입니다. 길영인이 아니라."

"아내는 죽었어요, 살해당했습니다!"

"아뇨, 죽은 사람은 길영인입니다."

"뭐라고요!"

상대는 외마디를 남기고 그대로 굳어 버렸다.

"이해합니다. 하지만 받아들이셔야 합니다. 당신은 한다미입니다. 지금 인격은 길영인이지만요. 쉽게 말씀드리죠. 1년 전 한다미가 길영인을 죽였습니다. 그리고 그 자책감과 충격에서 길영인의 인격이 태어났습니다. 지금의 당신은 길영인의 인격을 지닌 한다미입니다."

"말도 안 돼……."

"이렇게 받아들이시기 힘들까 봐 제가 이 사건에서 이치에 닿지 않던 점을 미리 말씀드렸던 겁니다. 속는 셈 치고 하나하나 차분히 들어 보시기 바랍니다. 당신, 아니 아직 받아들이시지 못하니 한다미라는 3인칭을 사용하겠습니다. 이탁오 박사가 힌트를 주더군요. 그 양반 악취미도 참……. 한다미는 1년 전에 남편 길영인을 살해하고는 자살에 이르는 정신적 방황 끝에 정신자살연구소를 방문하게 되었어요. 그때는 아직 길영인으로의 인격전이가 발생하지 않은 상태였습니다. 그 내면의 괴로움은 내가 다 짐작 못 하겠지만, 아마도 태정우와의 불륜과 남편 살해에 따른 충격이 나날이 커져 차라리 죽고 싶었던 것 아닐까요. 그래서 '해리성 주체성 장애'가 발생하기 쉬운 상태였을지도 모르고요. 아, 해리성 주체성 장애는 달리 말해 다중인격으로 알려진 증상입니다. 나름대로 서초동 국립도서관에서 책을 좀 찾아봤죠. 정신적 외상의 후유증으로 다중인격이 나타난다는 건 많은 연구로 검증된 바 있더군요. 정신적 외상이란 마음의 심연을 뒤흔드는 강렬한 상처죠. 그건 아동기의 학대나 죽음의 공포 같은 것일 수도 있지만, 본의 아닌 학살의 경험이 깊은 정신적 외상으로 발전하기도 한답니다. 살인, 말입니다. 베트남 전쟁에서 귀환한 병사들이 심각한 정신적 외상을 입은 것도 같은 맥락입니다. 그런 강렬한 기억들이 반복적이고 침입적으로 고통스럽게 떠올라 계속 재경험되면, 중증으로 진행됩니다. 의지로는 멈출 수 없는 죽음에의 본능이죠. 한다미 씨는 원래 착한 사람 아니었습니까? 그래서 살인이라는 자신의 행위에 대한 가책과 자각이 두드러졌을 겁니다. 그렇더라도 가족이나 주위 사람들이 위로해 주고 보호해 준다면 다중인격으로까지 발전하지는 않는데, 한다미 씨는 철저히 혼자였죠. 한초록 씨라고 동생이 있고 혈육의 정도 있지만 개인성이 강해 별로 대화가 없는 사이였고, 태정우라는 연인이 있지만 보아하니 상처 입은 한다미 씨를 다독여 줄 위인은 못 되었던 것 같습니다. 그래서 마침내는 한다미 씨에게 자신이 누군가 하는 주체성에 대한 해리마저 일어나게 되어 버린 거죠.

전문가가 아니라 잘은 모르겠지만 여기서 어떤 우연이 결정적 역할을 했다고 생각합니다. 바로 정신자살연구소와의 만남이죠. 다중인격은 최면에 의해 만들어지는 의원성(醫原性) 증상이라는 견해가 많더군요. 최면은 다중인격과 비슷한 현상을 만들어 낼 수 있다는 임상 결과도 많습니다. 아시다시피 이탁오 박사의 정신자살 시술은 최면요법입니다. 정신적 외상을 입고 벼랑 끝에 대롱대롱 매달린 한다미의 정신에, 이탁오 박사의 최면 시술이 방아쇠를 당겼다고 봅니다. 하필 이 무렵 우연히 인터넷 검색으로 찾아가게 된 이탁오 박사의 정신자살연구소에서의 시술은 죄책감에 시달리던 당신에게서 엉뚱하게 당신이 죽인 남편 길영인의 인격을 태어나게 했던 겁니다. 그 당시는 이탁오 박사도 당신에게서 인격전이가 일어났다는 사실은 알지 못했어요. 길영인으로서 잘못 각성한 때의 당신은 스스로 검은 외투에 검은 선글라스, 빗지 않은 덥수룩한 머리를 하고 외양도 그에 가깝도록 꾸몄습니다. 낮고 쉰 목소리까지도요. 거리에서나, 가게에서나, 세상 사람들에게 그때의 당신은 작고 어두운 인상의 남자로 비쳤을 겁니다. 저도 처음 봤을 때 참 음침한 남자라고 생각했습니다. 아, 정신자살연구소에서 저하고 스쳐 지나간 적 있는데 혹시 기억 안 나십니까? 아무튼, 박사 입장에서는 그 시술은 의도하지 않은 '실패'였죠. 박사가 자인한 정신자살 시술의 유일한 실패입니다."

"말도 안 돼……."

'길영인'은 새하얗게 질린 얼굴로 같은 말만 반복할 뿐이었다.

"아시다시피 정신자살연구소는 자멸에의 의지를 가진 소수의 환자만을 상대로 은밀하게 운영되는 곳입니다. 길영인 씨도 인터넷 검색을 하다가 실로 우연히 발견하게 되었죠? 그런 정신자살연구소라는 극소수에게만 알려진 괴상한 곳을 부부가 1년의 터울을 두고 각자 다른 계기로 찾아간다? 조금 전에도 얘기했지만 참 이상하죠? 확률적으로 그런 우연의 가능성이 현저히 낮지 않습니까? 여기에 어떤 필연은 없을까, 전 곰곰이 생각해 보았습니다. 여기서 곧장 끌어

내진 못했지만 답은 간단했죠. 두 사람이 같은 인물이었기 때문입니다. 따라서 내면의 흐름도 자연스럽게 같았던 겁니다.

사람의 버릇이란 건 참으로 놀랍습니다. 세월이 지나 같은 상황에 닥쳐 보면 결국 같은 것을 반복하게 됩니다. 우리네 가련한 인생은 좋은 선택도 나쁜 실수도 계속해서 거듭합니다. 학창 시절 기억나지 않습니까? 틀린 문제는 계속 틀리죠. 우리 마음은 레코드판의 미세한 홈과 같지 않을까요? 자유의지의 껍질을 뒤집어썼지만 마음의 행로는 그 루트를 벗어나지 못합니다. 한다미 씨도, 인격이 변한 길영인 씨도 아마 무의식중에 같은 마음의 골을 따라갔던 겁니다. 한다미 씨도, 길영인 씨도 그 마음이 자살의 친구가 될 정도로 괴로움에 처하자, 같은 방식으로 인터넷 검색을 했습니다. '정신자살'이라는 문구에도 일제히 울컥하고 반응했을 거고요. 1년 전의 한다미 씨와 1년 후의 길영인 씨 모두 같은 마음의 길을 따라 걸어간 겁니다. 박사와 신재인은 1년 만에 또다시 방문한 당신을 보고 놀랐겠지만 자신을 길영인이라고 말하며 행동하는 걸 보고 곧 내막을 알아챘습니다. 정신자살 시술의 결과 엉뚱하게 한다미에게서 길영인의 인격이 태어났다는 걸 박사는 금방 꿰뚫어 보았죠.

이탁오 박사는 무척 흥미롭게 여겼을 겁니다. 박사는 길영인의 인격체로 찾아온 당신에게서 3000만 원이라는 시술비를 더 받아 냈죠. 신재인은 당신을 좋아해서 개인적인 도움을 주려 노력한 것 같습니다만, 이탁오 박사에게는 오로지 흥미로운 실험체일 뿐이었을 겁니다. 정신자살 시술의 실패로 태어난 다중인격. 재미있는 환자였죠. 추측이지만 제가 아는 이탁오 박사에 비추어 판단하면, 박사로서도 3000만 원이라는 돈이 목적은 아니었을 겁니다. 어차피 한다미로 인격이 되돌아온 뒤에는 이중 지출된 그 돈을 다시 찾으러 올 테니까요. 박사는 3000만 원이라는 거액을 시술비로 요구하면서 환자들이 되돌아갈 수 있는 다리를 만들기 위해서라는 둥 둘러댔지만 그건 실은 흥미로운 연구 대상인 당신, 한다미를 다시 만나 보기 위한 장치였을 거라고 생각합니다. 한다미로 돌아간 뒤에는 정신자살 사무실로 돈을 돌려받으러 올 테니까요. 실제로 박사는 사무실로 방문한 한다미에게 두말없이 돈을 돌려주었어요. 그러면서 한다미로서의 당신과 많은 대화를 나누었으리라 짐작됩니다. 한다미는 그 돈을 길영인, 한다미 부부의 공동계좌로 다시 입금했고, 길영인의 인격체로서 그 계좌를 본 당신은 어느새 되돌아온 돈에 깜짝 놀랐겠지요. 길영인으로서 정신자살 시술을 위해 방문했을 때 박사는 실제로 아무런 시술을 하지 않았을 겁니다. 아마 접대용 차에 수면제 같은 거라도 넣어서 잠이나 좀 재우고 최면 시술을 마쳤다면서 돌려보내지 않았을까요?

한다미는 길영인의 인격을 알고 있었지만, 길영인은 한다미의 존재를 몰랐어요. 다중인격에는 서로의 인격을 아는 경우도 있고, 서로 모르는 경우도 있지만, 한쪽만이 일방통행으로 다른 쪽 인격을 인지하는 경우도 있어요. 당신은 후자 쪽입니다. 그건 정황을 보면 분명합니다. 어떤 것이냐 하면······."

"내가 아내고, 아내가······ 나를 죽였다고? 아니, 이건 대체 무슨······ 전부 말이 안 돼."

'길영인'이 더듬거리자 고진은 쩝 하고 입맛을 다셨다.

"아직도 받아들이지 못하시는군요. 그럼 순서를 바꿔 먼저 당신, 한다미가 남편인 길영인을 살해한 사건부터 이야기해야겠군요. 한다미는 태정우와 1년도 훨씬 전부터 불륜 관계에 있었죠. 불륜이라는 단어가 너무 진부하다면 연인 사이라고 해 두죠. 한다미의 마음 한구석에는 가책도 있었어요. 그래도 남편인 길영인에 대해 미안한 마음은 있었죠. 갤러리 기획전으로 알게 된 김도열 같은 도덕의 전사에게 찾아가 고해성사를 한 걸 보면 그 자책감은 꽤 큰 부분이었던 것 같습니다. 김도열은 변비처럼 꽉 막힌 인물이었어요. 그는 빗줄기를 피해 찾아든 어린 새 한다미를 감싸 주는 대신 엄히 나무라고 다그쳤습니다. 적당히 한다미의 고뇌를 어루만져 주기는커녕 세찬 심판을 내렸어요. 무형의 언도에 당신은 압착기에 눌리듯 괴로움만 더해 갔습니다. 어땠습니까? 원래는 태정우 같은 거친 남자가 이상형에 가까웠던 겁니까? 길영인은 동생 한초록 씨 말마따나 틈새의 일시적 위안이었다가 결혼 적령기라는 환경적 인자의 작용으로 그만 결혼으로까지 묶여 버린 남편이라는 이름의 상대에 불과했습니까? 아, 오해 마십시오. 저는 여기서 부부간의 신의니 정절이니 하는 이야기를 해서 감당치도 못할 좋은 사람 흉내를 내려는 건 아닙니다. 솔직히 말해서 그런 부분에는 일말의 관심도 없습니다. 오히려 당신이 만약 그때 저에게 찾아왔더라면 이런 말을 해 주었을 겁니다. '결혼 제도만이 경쟁 시스템의 예외여야 할 이유가 있습니까? 자격 미달의 배우자는 도태되어야 합니다. 그래야 결혼의 자격도, 배우자의 수준도 진화합니다. 지금이라도 영혼의 짝을 만났습니까? 그렇다면 축하합니다!'라고요. ……농담이고요. 아, 이건 이 상황에 좀 어울리지 않았군요."

이야기가 딴 데로 새어 버린 걸 깨달은 고진은 헛기침을 했다.

"각설하고, 안 그래도 양심에 부대껴 하던 한다미는 김도열 같은 성인군자를 카운슬러로 택하면서 더 힘들어했습니다. 그러다가 김도열이 두물머리 그림을 가지러 양평 집에 온 날 대판 싸우고는 괴로운 마음과 홧김에 프리버드라는 닉네임을 쓰는 비루한 사기꾼에게까지 의지하게 돼 버렸죠. 물론 그때만 해도 프리버드가 여자인 줄 알았고요. 프리버드란 녀석은 어설픈 카사노바 워너비였어요. 카사노바의 비열한 현대 한국 버전이랄까요. 여자인 척하며 경계심을 무장 해제시켜 한다미에게 접근했죠. 급기야 한다미는 남편이나 태정우와의 은밀한 밀회 장소였던 진천에서 프리버드를 만나기로 약속하게 됩니다. 프리버드는 진천 터미널에서 한다미에게 정체를 드러냈죠. 그리고 남녀 관계로 돌입하자며 구슬립니다. 어찌 보면 참 서툴고 무식한 녀석이에요. 당신에게 그런 접근은 먹히지 않을 텐데 말이죠. 한다미는 속았다는 생각에 맹렬히 거부하죠. 정열만은 진짜였던 카사노바보다 아득히 질이 낮은 녀석이었습니다. 욕망이 거부당해 눈이 뒤집힌 프리버드는 한다미의 핸드폰을 빼앗아 마구잡이로 1번 단축키를 누릅니다. 1번에는 남편인 길영인이 연결되어 있었고, 프리버드는 거기다 대고 '지금 진천인데 한다미와 같이 있다.'라고 말해 버립니다. 결국 비열한 프리버드의 농간으로 격분한 길영인은 당장 진천으로 부랴부랴 떠나게 됩니다. 당연히 진천 시골집에 당신들이 있을 거라고 생각하고 말이죠. 결국 진천 시골집에서 남편과 만난 당신은 다툼 끝에 결국 우발적으로 길영인을 살해하고

맙니다.

아, 또 다른 가능성도 있습니다. 어디까지나 제 상상입니다. 허락해 주시면 다른 소설을 써 보겠습니다. 프리버드가 일을 저지르고 가 버린 그때 당신은 어쩔 줄 모르고 태정우에게 도움을 청했을 수도 있습니다. 그렇다면 결국 진천의 그 시골집에서 길영인, 한다미, 태정우 세 사람이 만나게 되었겠죠. 각각 분노한 상태로요. 이런 상황에서 살인이 일어났던 걸 수도 있을 겁니다.

어쨌든 실제 일어난 사건은 경찰이나 당신이 알고 있는 것과는 달랐어요. 길영인이 한다미를 죽인 것이 아니라 한다미 쪽이 길영인을 살해한 겁니다. 물론 우발적인 살인이었을 겁니다. 그 살인에는 태정우가 가담했던지 아니면 최소한 살인이 있은 후에 시체 처리라도 도와주는 역할을 했으리라고 확신합니다.

물론 이야기의 상당 부분은 제 창작입니다. 하지만 그 무렵 진천 집에서 살인이 벌어졌다는 사실, 그리고 죽은 사람은 길영인이라는 사실, 두 가지만은 확실합니다."

"아니야, 말도 안 돼! 내가 다미의 시체를 눈으로 보았어!"

'길영인'이 부르짖었지만, 고진의 말투는 변함이 없었다.

"길영인으로서의 당신은 선입견과 상황논리에 사로잡혀 있었던 겁니다. 아내를 찾아다니면서 은연중에 혹시 아내가 죽은 게 아닐까하는 생각이 한구석에 있었을 겁니다. 그러다가 아내와 둘만의 집, 지하실 벽에서 미라처럼 변한 시체와 맞닥뜨렸어요. 머리카락은 죽은 후에도 자라죠. 길어진 머리에 아내의 옷까지 입은 시체입니다. 손가락에는 아내의 결혼반지를 끼었고요. 그 상황에서는 시체가 선뜻 아내라고 믿어 버리는 것도 무리가 아니지요."

"아아……."

말문이 막힌 '길영인'은 신음 소리를 낼 뿐이었다.

"길영인의 사체는 찾지 못하고 있습니다. 소위 '진실을 찾는 자'가 경찰에 보내온 사진뿐이죠. 그래서 실제 어떤 방법으로 죽였는지 확실히는 알 수 없습니다만, 사진상으로는 칼로 찌른 것 같다고 하더군요. 경찰의 의견입니다. 실제 칼로 찌른 사람은 한다미일 수도 있고, 태정우일 수도 있겠죠. 지금 여기 있는 사람은 아무도 알 수 없습니다. 당신은 지금 '길영인'이니까요. 하지만 태정우가 범행에 깊이 가담했다고 믿는 데에는 이유가 있습니다. 일단 현장에 있을 수 있었던 인물이고, 그 지하 와인 저장고 한 벽을 허물어 시체를 집어넣고, 다시 벽에 얇게 시멘트를 바르는 일은 한다미 혼자서는 무리죠. 태정우가 했을 겁니다. 물론 태정우는 제 두 번째 추측에서처럼 그날 진천 집 현장에 있었을 수도 있고, 한다미가 범행을 저지른 후에 연락을 받고 내려와 시체은닉을 도와주었을 수도 있습니다. 아무튼 간에 태정우가 이 범행에 깊이 관여했기에 그 이후의 사건도 벌어질 수 있었던 겁니다."

"……이후의 사건이라니?"

"한다미가 태정우의 아내이자 고교 동창인 천나영을 펜션에서 살해하고 태정우에게 죄를 뒤집어씌운 사건입니다."

"내가, 아니 아내가 천나영을 죽였다고?"

"그렇습니다. 그것 역시 우발적인 살인이라고 생각합니다. 그건 사후 처리 과정을 보면 알 수 있어요. 남편을 죽인 후 그게 못내 꺼림칙했던 한다미, 즉 당신은 줄곧 은둔 생활을 했어요. 공범이었던 태정우를 제외하고는 아마 당신의 동생인 한초록 씨만이 유일하게 알고 있었다고 생각합니다. 남편 살해 후의 충격을 혼자서는 추스르기 힘들었겠죠. 동생을 찾아가 하소연도 했을 겁니다. 한초록과 이야기하는 과정에서 전모를 숨겼다 하더라도 그녀는 언니가 형부를 죽였다는 걸 어느 정도는 눈치챘을 겁니다. 정작 언니가 길영인의 인격으로 변해 자신에게 찾아와 언니의 소재를 물었을 때는 억장이 무너져 울었겠지요. 물론 태정우 씨도 그런 당신을 보고 기가 막혔을 거고요. 당신이 쓴 수기를 보면 그 두 사람이 얼마나 기막혀했는지 알 수 있겠더군요. 사람을 피하던 한다미는 자신의 휴대폰도 사용하지 않았습니다. 뭐 은둔 생활 중에 별로 전화를 이용할 일도 없었고요. 아마 은연중에 자신이 죽은 것으로 꾸며 존재를 지우려는 생각을 이미 품고 있었다고 추측됩니다만. 어쨌든 한다미는 천나영과 약속을 정할 때도 공중전화를 쓰거나 직접 찾아갔거나 했을 겁니다. 아마 그날 펜션에는 공유한 연인인 태정우를 놓고 못다 한 둘만의 대화를 하기 위해 투숙했겠지요.

천나영 씨하고는 어떤 분위기였는지 어떤 대화를 하였는지 구체적인 짐작은 할 수 없지만 아무래도 애증이 개재되다 보니 심한 다툼이 생겼던 건 확실합니다. 한다미는 착한 여자지만 아무래도 예술가의 광기가 숨어 있었던가 봅니다. 당신, 한다미는 우발적으로 천나영을 펜션에 구비되어 있던 부엌칼로 찔러 살해했어요. 두 번째 충동살인입니다. 경찰은 밤늦게 침실 창에 다투는 장면이 목격된 뒤에 살인이 있었다고 판단했지만 실은 살인은 그보다 전에 일어났습니다. 한다미는 큰일 났다 싶었죠. 그때 급히 머리를 굴렸어요. 제일 먼저 머리에 떠오른 건 자신이 천나영과 같이 펜션에 묵었다는 걸 아무도 본 사람이 없다는 점이었을 겁니다. 체크인 할 때 종업원과 마주치지 않았어요. 그렇다면 처음부터 천나영과 남편인 태정우가 같이 묵은 것으로 만들자는 발상이 자연스럽게 따라왔습니다.

그때부터 자신의 어떤 '장기'를 살렸지요. 펜션 뜨락에 쓰레기가 든 검은 봉지를 버려 놓고는 종업원에게 인터폰을 하여 뜰에 동물 시체가 있는 것 같다며 치워 달라고 했습니다. 그건 종업원에게 목격자이자 증인 역할을 시키기 위함이었습니다. 종업원을 103호 앞 뜰에 불러 놓고는 천나영이 남자와 다투는 것처럼, 정확히는 태정우와 다투는 것처럼 창에 비치게 했어요. 그 조금 전에는 길영인의 휴대폰으로 태정우에게 전화를 걸었어요. 절박한 말로 설득해 태정우로 하여금 펜션으로 급히 오게 했지요. 태정우는 길영인의 살해에 깊이 개입되었기에 한다미의 강한 요구는 늘 거절하기 어려웠겠지요. 물론 둘은 공범이지만 한다미는 사건 이후로 심한 정서적 갈등을 겪다가 급기야 자신을 길영인으로 착각하는 지경에까지 이를 정도로 불안한 정신 상태였기에 태정우로서는 어느 정도 선에서 말을 들어주면서 달래는 수밖에 없다고 판단했을 겁니다. 그래도 아마 그때 한다미는 천나영을 죽이고 말았다는 이야기를 태정우에게 하지 않았을 겁니다. 그랬다면 태정우는 자기가 혐의를 받을 수 있는 그런 방식으로 펜션을 출입하지는 않았을 테니까요. 한다미도 그런 우려 때문에 천나영의 죽음은 숨겼을 거고요. 당신은 아마 어떤 이유를 둘러대서는 태정우로 하여금 펜션 로비를 통하지 않고 뜰 쪽으로

와서 103호 베란다 창문으로 들어오도록 시켰을 겁니다. 태정우를 범인으로 몰려면 밤늦은 그 시간에 펜션에 들어오는 태정우의 모습은 로비의 종업원에게 목격되지 않아야 했어요. 다시 말하지만 태정우는 약점이 있어서 한다미의 말을 순순히 들을 수밖에 없는 입장이었습니다.

태정우는 베란다 창을 거쳐 103호에 들어와서는 자기 아내의 시체를 보고 깜짝 놀랐을 겁니다. 당신은 적당한 말로, 혹은 울고불고 사정해서 설명하고는 태정우를 먼저 펜션 로비 쪽으로 내보냈어요. 이때 당신의 의도대로 종업원이 펜션을 나가는 태정우를 목격한 겁니다. 다시 말하면, 태정우는 주차장에서 뜰을 거쳐 베란다 창을 통해 103호로 들어왔고, 로비를 거쳐 밖으로 나가 주차장까지 갔어요. 그것이 그날 밤 태정우의 이동 경로입니다. 펜션 종업원이 태정우를 직접 본 건 새벽에 나갈 때뿐입니다. 하지만 그 때문에 체크인 할 때도 당신과 같이 왔다고 믿어 버린 거지요. 이로써 태정우는 천나영과 같이 체크인 했다가 천나영을 살해하고 새벽녘에 펜션을 빠져나갔다는 일련의 가정이 사실로 성립되어 버린 겁니다.

당신은 뒤이어 로비를 통하지 않고 몰래 103호를 나갔어요. 물론 종업원에게 목격되지 않기 위해서죠. 103호의 뜰 쪽 창문은 모두 안에서 잠가 놓아야 했습니다. 그래야 그 방에 투숙한 남자가 범행을 하고서 현관문을 통해 빠져나갔다는 정황이 만들어지니까요. 당신이 나갈 땐 분명 옆방을 이용했을 겁니다. 103호 현관을 나가, 104호든 102호든 다른 빈방으로 들어갑니다. 그곳 베란다 창을 열고 뜰로 나가 주차장에서 태정우와 합류했겠지요. 그날 우연히 나도 거기 투숙을 했기에 잘 알고 있습니다. 그 펜션은 들어올 때 보니 환기 때문인지 빈방 문을 다 열어 두었더군요. 당신도 들어올 때 그 사실을 보았을 거고, 당신은 옆방을 거쳐 종업원의 눈에 띄지 않게 빠져나간다는 계획을 세울 수 있었던 거죠. 그리고 태정우와 당신, 두 사람은 주차장에서 합류해서 태정우가 몰고 온 차를 타고 같이 펜션을 떠난 겁니다…….”

“잠깐.”

‘길영인’이 고진의 말을 끊었다.

“그런 살인은…… 반드시 다미가 아니라도 가능한 거 아닙니까? 나, 아니 그러니까 길영인이 할 수도 있는 거지. 길영인이 어떤 이유로 천나영과 같이 투숙해서 다투다가 우발적으로 살해할 수도 있고. 아님 그 둘이 아닌 다른 사람이라도……. 그런 살인이 반드시 다미일 필요는 없잖아요? ……내가 요즘 기억이 없는 때가 많아요. 그런 생각이 자꾸 들어요. 내가 기억이 없는 사이에 큰일을 저질렀을 수도 있다고. 그 사건도 내가 했을 수도…… 아니, 당최 그것보다 내가 아내라니 무슨 말도 안 되는…….”

고진은 단호하게 말했다.

“한다미일 수밖에 없습니다. 길영인도 다른 어느 누구도 아닌 한다미요. 우선 그건 그날 밤 길영인의 휴대폰에서 태정우로 전화를 건 사실이 분명히 말해 주고 있어요.”

“휴대폰 통화가……?”

“그렇습니다. 사건이 있던 밤 길영인이 태정우에게 전화를 걸었다는 사실 때문에 길영인은 경찰로부터 참고인으로 주목을 받았고, 나중에는 몇 가지 사실이 더 겹치면서 용의자로까지 등급이 상승되었지요. 뭐, 저 역시도 얼마 전까지 그렇게 생각해 왔고요. 하지만 길영인은 이미 죽었고, 한다미가 곧 또 다른 길영인이라는 걸 알고서부터 그 의미는 180도 달라졌습니다. 즉, 그날 밤 길영인의 휴대폰으로 태정우에게 전화를 걸 사람은 펜션에 있던 한다미 외에는 설명이 안 된다는 겁니다. 아까도 말했듯이 자기 존재를 지워야 할 한다미는 흔적을 남기지 않으려 휴대폰을 갖고 다니지 않았습니다. 하지만 길영인의 인격은 자신의 휴대폰을 사용했지요. 그래서 길영인의 휴대폰은 품에 지니고 있었어요. 그날 밤 한다미가 태정우에게 전화할 때에는 불가피하게 길영인의 휴대폰을 사용할 수밖에 없었어요. 범행을 전가하기 위해 태정우에게 펜션으로 오라는 연락은 반드시 해야 했어요. 하지만 한다미는 휴대폰을 소지하지도, 사용하지도 않습니다. 그렇다고 펜션에 공중전화가 따로 있지도 않았습니다. 103호 실내의 전화기를 사용할 수도 없었어요. 103호 전화로 태정우에게 전화를 건다면 태정우가 그때 103호 내에 있지 않았다는 게 자동으로 증명되어 버리니까 말이죠. 그래서 길영인의 휴대폰을 이용할 수밖에 없었던 겁니다. 거꾸로 말하면, 그때 죽은 길영인의 휴대폰으로 태정우에게 전화를 걸 수 있고, 걸어야 했던 사람은 한다미 씨밖엔 없었다는 결론인 거죠.

한다미 씨일 수밖에 없는 더 중요하고도 재미있는 점이 있습니다. '범인'은 천나영을 우발적으로 살해하고서 그다음 어떻게 종업원에게 태정우와 싸우고 있었던 양 연출하고 가장해서 그에게 혐의를 돌렸을까요? 종업원은 침실 창문에 비친 태정우의 그림자를 보았다고

진술했습니다. 종업원은 안방 창에 비친 그림자는 사람 모양의 종이 따위가 절대 아니라고 확신했어요. 사람이라고 믿고 있더군요. 실은 저 역시 목격자 중의 한 사람입니다. 하필 그날 우연히 펜션에 묵었다가 같이 목격했지요. 제가 이 사건에 관심을 갖게 된 계기이기도 합니다만. 비록 얇은 흰 커튼을 사이에 두고 비친 영상이었지만 입체감, 양감, 볼륨감을 가진 거친 남자의 얼굴이었어요. 정황상 그건 분명 태정우의 얼굴이 창가에 비친 것으로 보였죠.

하지만 전 사건의 실체에 접근해 가면서 그때 실제의 사람이 있었던 건 아닐 수도 있지 않을까 하고 의심하게 되었습니다. 태정우가 처음부터 천나영과 같이 체크인 한 게 아니라 나중에 범인이 불러서 뒤늦게 찾아온 인물이라는 제 가설에서라면 창가에 있었던 인물은 태정우가 아닐 테니 말이죠. 거기서 추리를 진행시켜 보았습니다.

그땐 범인이 천나영을 살해한 후였고, 그 펜션 103호 안에 살아 있는 사람은 범인 혼자였습니다. 태정우의 그림자를 향해 화를 낸 건 천나영이 아니라 범인의 연기였죠. 그렇다면 죽은 천나영을 창가에 앉혀 그 장면을 연출했을까요? 분명 그것도 아니었습니다. 창가에 비친 터프한 그림자는 선이 고운 천나영이란 여성과 큰 거리가 있었습니다. 그렇다면 범인은 남자 머리의 조각상을 준비해서 비치게 했을까요? 하지만 우발적 살인에서 미리 그런 준비를 한다는 건 있을 수 없지요. 하긴 생각해 보면 사람이 아니라 그림자만 비치게 하는 것이니 생각보다 그리 어려운 작업은 아닐 수 있다고 생각하면서도 어떤 것일지 쉽게 떠오르지 않았어요. 보통 사람에게는 어렵지만 범인으로서는 그 일촉즉발의 순간에 쉽게 떠올릴 수 있는 능력과 작업의 종류일 것이다, 그 정도로만 생각할 뿐이었죠. 그런 고민 중에 한다미 씨의 이중인격을 알게 되었습니다. 그리고 그날 펜션에 있었던 사람이 바로 한다미 씨가 아닐까 하는 생각이 들게 되자 한 줄기 빛이 보이더군요. 전 한다미 씨의 전공 분야에 생각이 미쳤습니다. 보통 사람에겐 어렵지만 한다미 씨에겐 쉬운 분야라면 그녀의 전공인 미술이 우선 떠올랐던 거죠. 전 그 추운 날에 국립중앙도서관에까지 가서 한다미 씨의 석사 논문을 찾아 읽었습니다. 저도 고생깨나 했죠? 16세기 이탈리아 미술이 주제더군요. 읽어 내려가던 중에 역시! 그 인물이 눈에 확 들어왔습니다. 천재가 난무하던 중세 이탈리아 미술계에서도 극히 유별나고 이단적인 존재, 아르침볼도 말이죠. 유명한 이중 그림, 그러니까 과일이나 채소 그림을 이리저리 조합해서 사람의 얼굴 형상을 그려 낸 괴이한 화가입니다. 트릭아트의 선구자라고나 할까요. 물론 저보다 백배는 더 잘 아시겠지만요.

그날 밤 아마 한다미 씨는 펜션에 투숙한 지 얼마 안 돼 곧 천나영을 죽이고 말았을 겁니다. 살인을 저지른 직후 한다미 씨는 용의자를 대체할 인물을 형상화하기 위해 광속으로 머리를 굴리다가 마침내 500년 전의 화가 아르침볼도를 떠올렸습니다. 그리고 기막힌 창의적 예술의 변용을 보여 주었죠. 천나영과 한다미 씨는 펜션에서 1박을 하기 위해 슈퍼마켓에서 채소, 과일 같은 걸 샀습니다. 종업원도 천나영이 체크인 할 때 채소, 과일이 잔뜩 든 검은 비닐봉지를 보았다고 진술했더군요. 그렇게 식용으로 사 들고 왔던 과일, 채소 따위를 이용해서 사람 얼굴 모양을 만들어 냈다면 어떨까요? 아르침볼도의 3차원적 변용이죠. 파마머리, 광대뼈 등 굴곡이 뚜렷한 태정우의 얼굴은 거기에 딱이었을 겁니다. 무나 사과, 배 같은 건 얼굴 뼈대로, 감자 같은 건 광대뼈에 박고, 파나 양배추는 머리카락 대용으로, 어떻습니까? '내 집처럼 편안히'를 모토로 한 그 펜션에는 비닐랩이라든지 이쑤시개 같은 온갖 주방 소품도 구비되어 있었어요. 아마 그런 것으로 채소나 과일을 이리저리 묶고 연결하지 않았을까요? 침실 창은 사람의 허리 높이 정도에 창턱이 있었지요. 얼굴만 만들어 창가 테이블 위에 올려놓으면 바깥에서는 앉아 있는 남자의 얼굴로 비치는 겁니다. 하얀 속 커튼을 드리워 실루엣만 비치게 했으니 그 효과는 더 확실했죠. 물론 실제 사람의 얼굴과는 확연히 다르겠지만, 그 상황에서 목격한 사람은 창에 비친 그림자가 당연히 사람의 그림자이겠거니 하는 선입견을 갖고 봅니다. 가까이서 보지 않는 한 그것은 사람의 얼굴로 목격자의 감각 속에서 재구성되는 법이

주세페 아르침볼도의 「여름」   주세페 아르침볼도의 「채소 기르는 사람」

죠. 그런 트릭아트를 현실의 범죄에 응용한 솜씨에는 정말 탄복했습니다.

사실 전 한다미 씨의 재능이 너무 아깝습니다. 개인적으로 아르침 볼도의 그림을 보고 실제로 과일과 채소로 사람 얼굴을 만들 수 있지 않을까, 만든다면 어떤 작품이 나올까 궁금해한 적이 있었거든요. 비록 그림자만이지만 한다미 씨의 작품을 제 눈으로 직접 보았습니다. 두 분이 투숙한 때가 밤 9시쯤이라고 하니 직후에 살인이 벌어졌다 하더라도 그림자가 연출된 밤 11시 20분경까지는 겨우 두 시간 정도입니다. 한정된 시간과 재료로 만든 대단한 작품입니다. 그런 발상과 작업은 아마추어로서는 결코 불가능하겠죠? 그런 걸 할 수 있는 사람은 길영인 씨가 아니라 미술 전공의 한다미 씨입니다. 천나영이 체크인 할 때 종업원이 보았던 비닐봉지와 내용물들이 사건 현장에서는 발견되지 않았어요. 펜션에 원래 있던 것이 아니면서 사건 현장에 남은 것이라곤 시체와 피밖에 없었습니다. 범인은 비닐봉지뿐 아니라 가지고 온 물건 일체를 쓰나미처럼 쓸어가 버린 겁니다. 그건 실은 범행 연출에 쓰인 채소, 과일의 잔해 따위를 수거하는 데에 목적이 있었습니다. 현장에서 그것만 사라진다면 주목을 받게 되니 다소 힘들더라도 가져온 짐 전부를 들고 가 그 작은 행동의 의미를 숨긴 것입니다. 결국 아무도 비닐봉지에 담긴 과일의 미시적인 행방에 신경 쓰지 않았으니 성공이지요. 자, 이렇게 보면 창가에 비친 터프한 남자의 정체도 설명이 됩니다. 그렇다면 그 채소 인간을 향해 격렬히 화를 낸 연기를 한 자가 범인이 됩니다. 그리고 그 범인은 종업원도 저도 보았듯이, 아, 물론 역시나 그림자에 불과했지만 분명히 살아 있는 '여자'였습니다.

길영인의 전화로 태정우에게 전화를 걸 수 있고 걸어야 했던 사람, 과일과 채소를 조합하여 사람의 얼굴을 만들어 내는 작업을 할수 있고 또 그런 발상을 할 수 있었던 사람, 그리고 그 그림자인간을향해 분노의 열연을 펼친 창가의 그 여성. 여기서 그 여성이 길영인도 아니고 다른 누구도 아닌 한다미 씨일 수밖에 없음을 더 설명해야 할 필요가 있을까요?

제일 먼저 제가 의문을 품었던 부분, 그러니까 우리가 당신을 추격했을 때 당신이 신재인의 집에서 연기처럼 사라진 일 또한 추론의근거가 돼 주었습니다. 사실 이상했어요. 제가 알기로는 길영인 씨는 왕년에 육상 단거리 선수까지 했던 남자입니다. 그런 식으로 서랍 뒤에 숨다니요. 쫓기는 상황에서라면 육상 선수의 경력이 있는길영인 씨로서는 일단은 무작정 달리는 쪽을 선택하는 게 자연스럽지 않을까? 왜, 어떤 이유에서 그런 방식을 택했을까? 아니라면 혹시 그래야만 할 이유가 있었던 건 아니었을까? 뭐 이런 의문이었습니다. 육상 선수 출신이 저희 같은 느림보 일반인이 뭐가 무서워서서랍 뒤 사각지대에 숨겠습니까? 다른 근거와 연결해 보면 그 답이완전히 이해됩니다. 인격은 길영인이었지만 당신의 육체 능력은 한다미였기에 그랬던 겁니다. 의식 안에서, 몸속 깊은 곳에서 자신의육체의 한계를 알고 있었던 거죠.

아, 참. 길영인이 사실은 한다미가 아닐까 하고 의심하게 된 더 먼계기는 그거였습니다. 신재인 씨 말입니다. 신재인 씨는 예전 우호선이라는 여성으로, 남자보다는 여성 친구에게 더 애정을 쏟는 분이었어요. 그래서 남편과 갈등이 생긴 나머지 큰 사고로까지 이어져 남편을 잃은 분입니다. 그 당시 박사가 얼핏 '부부간에 성적인 문제가 있었다.'라는 말을 흘린 적이 있었지요. 그런데 그 갈등의 결과 남편을 잃어도 무방하다는 극단의 지점까지 간 걸 보면 그 트러블은 굉장히 심각한 수준이 아니었을까 하고 짐작됩니다. 신재인 씨는 단순히 친구에게 집착하는 수준을 넘어서 양성애적 성향, 좀 더 정확히는 레즈비언 성향을 다분히 가진 분이 아닐까 하고 나름대로 이해했습니다. 그런데 사건이 벌어지면서, 그리고 길영인의 수기를 읽으면서 신재인 씨가 '길영인'을 진심으로, '이성을 향한 감정'을 갖고 좋아한 것 같더군요. 신재인 씨가 완전히 이성애자로 변신한 걸까요? 그런 취향은 변하는 게 아니죠. 그래서 "'길영인'이 실은 '여자'가 아닐까?' 하는 옅은 의문이 떠올랐습니다. 길영인의 수기를 읽어 보니 길영인으로 변신해 방황하는 한다미 씨에 대한 신재인 씨의 애절한 마음이 역력히 엿보이더군요.

이야기 순서가 뒤죽박죽되어 버렸네요. 사실, 부끄럽습니다만 전 바로 얼마 전까지 미망에 싸여 있었어요. 결국 실마리는 이탁오 박사가 준 진료 차트에 있었습니다. 거기에 한다미 씨가 1년 전에 정신자살연구소에 찾아갔다는 기록을 보고서야 비로소 모든 걸 되돌려 생각해 볼 수 있었던 겁니다.

'부부가 각각 이 괴상한 연구소에 들른 게 과연 우연일까?' 하는 물음에서 시작해, 이성보다 동성을 더 좋아하는 신재인 씨의 '길영인'을 향한 깊은 애정, 지난번 우리가 쫓아갔을 때 신재인 씨의 집에서 감쪽같이 증발한 사건을 대조해 보면서 의혹은 깊어졌고, 펜션에서 일어난 천나영 살인사건의 진상에 나름대로 도달하게 되면서 모든 의문이 완전한 사실로 모습을 갖추었죠. 길영인, 천나영, 태정우 모두 당신이 죽였습니다. 한다미로서요."

"잠깐, 태정우도 다미가 죽였다고?"

"당연하죠. 아님 누구겠습니까. 태정우와 펜션을 빠져나온 직후 인근 국도 변에서 태정우가 차 안에서 살해당했습니다. 한다미는 천나영 살인을 최종적으로 확실하게 뒤집어씌우기 위해서 태정우를 죽였습니다. 그를 죽임으로써 한 편의 연극을 완성했습니다. 아마도 평소에 애증이 교차했으리라 여겨집니다. 남편까지 죽여서 차지하려 했는데 태정우는 여전히 천나영과 이혼하지 않고서 자신을 버렸다는 미움이 크지 않았을까요. 그러다 결국 천나영까지 살해하게 되어 버렸어요. 이 모든 게 태정우의 배신 때문이다. 정신적으로 불안정한 한다미의 증오가 폭주했을 겁니다. 천나영은 우발적으로 죽였을지 몰라도 그 직후 태정우에게 연락할 때는 이미 혐의를 뒤집어씌운 다음 살해하여 연극을 완성하리라는 계획을 품지 않았을까 싶어요."

"잠깐…… 그건 말이 안 돼. ……태정우의 죽음을 내게 알려 준 사람은 따로 있어. 날 범인으로 만들려고 덫까지 장치해 놓고."

"알고 있습니다. 수기를 읽었으니까요."

"그럼 말이 안 되잖아. 범인은 날 상대로 함정을 팠는데, 내가 다미고 다미가 태정우를 죽였다면 그럴 리가 없지……. 자기가 자기를 고발할 리가 없잖아. 아, 당신…… 내 수기가 거짓이라고 생각하는군."

"아뇨, 수기는 사실대로 쓴 겁니다."

402

"그럼, 태정우의 시체가 있는 곳을 알려 준 사람은……?"

"당신이죠."

"나…… 라고?"

"그렇습니다. 물론 한다미로서의 당신 말이죠. 한다미 씨는 마음이 여린 일면, 참으로 냉정하고 무서운 면도 있더군요. 당신이 꾸민 최후의 시나리오는 그거였습니다. 아마 1년 전 길영인을 살해할 때부터 어느 정도는 막연한 그림을 그리고 있지 않았나 싶습니다만."

"다미의 시나리오…… 그게 뭐요?"

"한다미가 남긴 가출을 알리는 자필 메모, 태정우의 시체가 있는 곳을 알린 메시지와 돌고 있던 블랙박스 카메라, 경찰로 보내온 진천 집의 시체 사진, 그리고 진천 집에서 발견된 인쇄된 수기……. 이것들을 보면 명백하지 않습니까?"

"……뭐가?"

"한다미는 길영인의 인격에게 죄를 뒤집어씌우고, 길영인을 소멸시킨 다음 자신은 최종적으로 사라지려고 했던 겁니다."

"그, 그건…… 내가…… 나를?"

'길영인'은 한동안 말을 잇지 못했다.

"그녀의 시나리오는 그랬어요. 가장 중요한 출발점은 물론 그거죠. 1년 전의 살인사건이 길영인의 죽음이 아니라 한다미의 죽음인 것으로 위장하는 것. 죽은 길영인은 이때부터 살인자의 역할을 맡도록 자신도 모르게 지명되었던 겁니다. 최근 있었던 돌발적인 천나영 살해는 순간의 기지로 태정우의 짓으로 돌렸습니다. 태정우의 살해는 다시 길영인의 범행으로 만들었어요. 길영인은 아내를 뺏긴 입장에서 커다란 동기를 갖고 있었고 행적이 불분명하니 안성맞춤이었죠. 한다미는 태정우의 시체가 있는 곳을 곧 나타날 길영인의 인격에게 메모로 가르쳐 주었습니다. 길영인이 된 당신은 그 메모를 보고 태정우의 시체가 있는 곳에 갔다가 한다미가 장치해 놓은 블랙박스 카메라 영상에 찍혀 고스란히 범행을 뒤집어쓸 뻔했죠.

길영인 씨로서는 모르겠지만, 한다미는 자신의 옷을 입혀 진천 시골집 지하에 묻어 두었던 길영인의 시체를 어딘가로 숨겨 두고는 사진을 찍어 경찰로 보냈습니다. 한다미가 살해당했다는 과시입니다. 한다미는 경찰이 그 범인으로 길영인을 지목해 주기를 바랐고, 경찰은 그대로 걸려들었습니다. 백골이 실제 발견되면 DNA 검사로 한다미가 아니라 길영인임이 금방 밝혀지니까 사진만 보낸 겁니다. 길영인이 한다미를 죽인 것처럼 보이려는 작업의 일환이었죠. 내가 한다미의 의도를 눈치챈 건 여기에서였습니다. 길영인의 수기를 보면 벽을 뜯어내 한다미의 시체를 발견했다고 되어 있어요. 한다미의 의도가 엿보였습니다. 물론 그것도 한다미가 곧 길영인이란 걸 깨우친 다음부터였지만요. 시체는 길영인이지만 한다미의 옷을 입고 한다미의 결혼반지를 끼고 있었지요. 묻을 때부터 길영인을 한다미로 위장하려는 의도가 명백했던 겁니다. 습한 벽 속에서 오랫동안 썩으면 어차피 얼굴은 못 알아볼 거고, 작고 마른 길영인은 체형만으로는 한다미로 오인될 여지도 있었고요. 그렇다면 시체를 촬영한 건 언제인가? 수기에는 벽이 덧댄 것 같다고 했지만 새로 바른 것처럼 묘사하지는 않았어요. 그렇다면 사진은 길영인이 신재인과 같이 시체를 발굴한 뒤에 촬영했다고 봐야 합니다. 길영인은 당연 아니니까 그럼 신재인일까요? 길영인을 사랑한 신재인이 그런 짓을 할 리는 만무하죠. 수기에는 벽을 다시 덮었다는 얘기는 없었습니다. 그럴 필요도 없었고요. 길영인 씨는 시체가 튀어나온 벽을 그대로 놔두고 떠나갔습니다. 그렇다면 그 사진을 촬영한 사람은 본래의 인격으로 복귀한 한다미일 수밖에 없겠죠. 한다미는 사진을 찍은 뒤 시체는 따로 은닉했습니다. 뼈만 남은 시체를 꺼내는 건 그리 어렵지 않았을 거라고 생각합니다. 렉스턴은 시체를 운반하기에 충분히 큰 차고요. 한다미가 길영인을 모함하려 했다는 정황으로서는 충분하지 않습니까?

그것 말고도 한다미가 장치한 최후의 안배가 있었습니다. 진천 집에서 컴퓨터로 타이핑된 길영인의 마지막 수기가 그것입니다."

"진천 집에서? 거기선 수기를 쓴 기억이 없는데……?"

"물론 그럴 겁니다. 현재 길영인 씨인 당신은 컴퓨터로 수기를 쓴 기억이 없으시죠? 더구나 진천에서는 말이죠. 그것은 한다미가 만든 겁니다. 수기에는 묘하게 기억이 사라져 간다는 식으로 적혀 있었어요. 은근히 길영인에게 혐의가 가도록 한 거죠. 길영인은 일정한 정도 기억을 잃고 있다, 그 기간 동안 어떤 범행, 이를테면 한다미와 태정우의 살인 같은 일을 저지르지 않았을까 하는 의혹을 교묘히 남겼습니다. 노골적이지 않게 말이죠. 경찰로 하여금 길영인을 의심하도록 추리를 유도했어요. 그런데 왜 그 위조된 수기만은 손으로 쓰여 있지 않았을까요? 다시 말해 한다미는 왜 굳이 컴퓨터 워드프로그램으로 써서 출력했을까요? 그건 이유가 있었습니다. 바로 필체가 탄로 나기 때문입니다. 그거 아십니까? 다중인격자들은 인격마다 필체가 달라지는 경우가 흔합니다. 좋아하는 음식이나 알코올 도수, 피우는 담배까지 달라지기도 합니다. 한다미와 길영인의 경우도 그랬죠. 두 인격의 필체가 완전히 달랐어요. 그런데 한다미로서 수기를 쓰게 되면 아무리 위장해도 길영인 인격의 필체를 흉내 낼 수 없어요. 고유한 한다미의 필체도 여실히 드러나죠. 그래서 컴퓨터를 이용할 수밖에 없었던 겁니다. 또 한다미는 양평 집에서 '길영인'의 수기 중 마지막 부분을 찢어 냈더군요. 그 내용은 추측할 수밖에 없지만 오늘 전 확실히 알 것 같습니다. 당신, 그러니까 '길영인'이 한다미가 1년 전 정신자살연구소의 고객이었다는 사실을 알게 된 내용 아니었습니까? 역시 그렇죠? 오늘 한다미 씨가 1년 전 정신자살연구소를 들렀다는 얘기를 내가 했을 때 당신은 그닥 놀라지 않았어요. 이미 알고 있었다는 거죠. 당신, 그러니까 '길영인'이 수기에 쓰고 한다미가 찢어 버려야 할 내용은 그것밖에는 없습니다. 한다미가 1년 전에 정신자살연구소를 찾아왔다는 건 '길영인'이 곧 한다미라는 사실에 도달하기 위한 결정적 단서가 될 수 있으니까요.

길영인이 모든 죄를 뒤집어쓸 준비는 끝났습니다. 이미 죽은 길영인이 용의자인 한 한다미는 표면에 등장하지만 않으면 영원히 안전하게 됩니다. 한다미는 죽은 것으로 해 놓고 다른 인물로서 남은 인생을 살 결심을 마쳤던 거지요.

시체 사진을 본 후 경찰은 길영인을 용의자로 수배하고 열심히 찾았는데 왜 흔적도 없었을까요? 길영인은 이미 없기 때문이죠. 당신이 길영인의 인격을 지닌다 해도 외모가 변하는 건 아니죠. 그냥 액세서리와 스타일의 도움을 빌려 보통의 남자를 연출할 뿐입니다. 제가 길영인을 만난 건 사무실 앞에서 스쳐 지나간 것하고 집에 들렀다가 도망치는 길영인을 흘긋 보고 쫓아간 게 전부입니다. 덥수룩한 머리, 선글라스와 검은 외투 깃. 얼굴보단 그것이 특징이었죠. 경찰은 더합니다. 저하고 같이 쫓았던 이유현 반장은 도망가는 차 안의 당신 옆모습을 아주 잠깐 보았을 뿐입니다. 나중에 수배하기 위해 길영인의 사진을 확보했다 하더라도 그게 다른 사람이라고는 도저히 알 수 없었던 거죠. 경찰이 그렇게 혼동해서는 이미 죽어 썩어버린 길영인을 죽도록 찾았으니 행방이 묘연할밖에요. 그래서 당신, 한다미는 더 안심했습니다. 적어도 일이 마무리될 때까지는 길영인의 인격이 체포되지 않을 거라 자신했겠죠.

재산 같은 것도 전혀 문제가 없습니다. 한다미의 재산은 원칙상 남편인 '길영인'이 상속권이 있지만 남편이 아내를 살해했다면 법적으로 상속권이 박탈됩니다. 따라서 동생인 한초록이 상속하게 되는데 한초록은 냉정하기는 해도 언니가 살아 있다는 걸 알고 감싸 준 혈육이에요. 얼마든지 언니에게 야금야금 재산을 건네줄 수 있겠죠. 길영인과 한다미 부부는 통장도 공동으로 썼던 모양인데, 결국 한다미는 길영인의 재산까지도 사용할 수 있다는 얘기니 신분만 위장한다면 평생 돈에 구애받지는 않을 거고요. 이제는 가짜 길영인, 그러니까 길영인의 인격을 서서히 없애는 일만 남았을 테지요."

'길영인'은 하얗다 못해 파리해진 낯빛으로 안간힘을 쓰며 끝까지 부정해 보려 했다.

"당신 말이 다 맞다고 쳐도, ……어떻게 길영인을 없앤단 거요?"

"다중인격에 관한 책을 찾아보니 그렇게 되어 있더군요. 한 인격

의 소멸은 다른 인격의 특성을 반복적으로 강화함으로써 가능하다
고요. 예전의 사례인데요, 프랑스어를 하는 인격과 이탈리아어를 하
는 인격이 교대로 출현하는 여성이 있었습니다. 이탈리아어 인격 쪽
이 더 건강했기에 의사는 이탈리아어 인격으로 통합시키기 위해 단
테의『신곡』50편을 낭독시키는 방법을 이용했습니다. 그럴 때마다
이 여성은 이탈리아어 인격으로 전환되었고, 결국에는 이탈리아어
인격으로 통합되면서 정신병적 증세 또한 치유가 되었다고 합니다.

아까도 말했듯이 한다미의 인격은 길영인의 인격을 알고 있었지
만, 길영인의 인격은 한다미의 인격을 몰랐어요. 이 상황의 장점을
최대한 이용하려 했던 거죠. 한다미 씨는 그렇게 길영인에게 죄를
전가해 놓고 조만간 길영인의 인격을 그런 방법으로든, 어떤 방법
으로든 서서히 소멸시키고 잠적하려 했던 겁니다. 한다미 씨의 특기
인 그림을 마구 그려 댄다든지. 아, 이건 제 공상에 불과하고요. 어쨌
건 한다미 씨는 아마 몇 번의 시도 끝에 어떤 유효한 방법을 찾아냈
을지 모릅니다. 그건 '길영인' 씨 수기 중에 신재인 씨 집에서 기억
이 나지 않는 시간이 늘어나고 있다며 쓴 부분에서도 알 수 있고, 한
다미가 이번에 전면적으로 길영인을 용의자로 부상시켰다는 데서
도 알 수 있습니다. 시간은 걸리겠지만 얼마 안 가 길영인을 완전히
지울 자신이 있었던 거죠. 그래서 한다미는 자신도 모르게 늪 속으
로 빠져 들어가듯이 저지르고 만 일련의 살인으로부터 완전히 도망
치려 했던 겁니다. 길영인이 자신을 살해한 것으로 꾸미려는 의도는
오래전, 그러니까 남편을 죽인 때부터 있었다고 생각합니다. 수기
에 끼여 있던 메모지를 보았죠. '미안해, 나를 찾지 마.'라는 한다미

의 자필 메모. 역시 한다미가 가출을 위장하려 미리 만들어 놓은 거 겠지요. 이게 전부터 존재했다는 것은 위장하려는 의도 또한 적어도 그 이전부터 있었다는 증거입니다.

아, 여기서 한다미 씨의 동생인 한초록의 역할에 대해서도 간략히 말씀드려야겠네요. 한마디로 말하면 '적극적 묵비(默秘)'의 역할이라 고나 할까요. 언니와 완전히 짜고 행동했던 건 아닙니다. 경찰을 속 이는 일에 적극적이지는 않았어요. 하지만 그렇다고 언니의 잘못이 나 정체에 대해서도 절대로 입을 열지는 않았지요. 기본적으로는 한 다미에게 큰 아군이었습니다. 한초록은 언니가 형부를 죽이고 만 걸 눈치는 챘지만 어디까지나 언니 편이었어요. 언니의 정신적 문제도 어느 정도는 미리 알고 있었을 겁니다. 설마 했지만 정작 언니가 형 부의 인격에 빙의되어 찾아왔을 때는 냉정하던 한초록도 울었습니 다. 형부 때문이 아니라 언니가 불쌍해서요. 경찰에도 은근히 언니 가 피살되었다는 뉘앙스를 풍겨 언니를 도왔어요. 진천 집 사진 속 의 시체를 보고 언니라고도 증언해 주었죠. 입을 다무는 정도로 거 리를 유지하던 그녀였지만 경찰이 사진을 들고 왔을 때야 언니라고 말해 줄 수밖에 없었겠죠. 그렇지 않다면 언니의 모든 위장이 탄로 날 테니까요. '길영인'의 인격에서야 섭섭하시겠지만 팔은 안으로 굽고 피는 물보다 진한 것 아니겠습니까? 저는 한때 한초록이 한다 미의 변신한 인물이 아닐까 하고 오해한 적도 있습니다. 하하하.

내가 진상에 다다른 건 겨우 나흘 전입니다. 그 뒤에 어떤 여성분 을 통해 길영인 씨의 휴대폰에 메시지를 남겼죠. '태정우의 시체가 있는 곳을 가르쳐 준 사람이다, 아내의 죽음에 대한 진실을 알려 주겠다.'라는 내용으로 말이죠. 경찰은 그런 식으로 당신을 꾀어낼 생각을 하지 않았습니다. 길영인이 범인이고, 따라서 길영인의 수기는 몽땅 거짓이라고 생각했기 때문이죠. 하지만 저는 믿었어요. 그래서 길영인이 못 견디게 궁금해하는 부분이 무엇인지 알았던 겁니다. 제가 그런 메시지를 남긴 건 길영인에게 답을 알고 있다며 유인하려는 것도 있었지만 한다미가 아니라 길영인의 인격인 당신을 만나고 싶어서 그랬던 것이기도 합니다. 한다미라면 그 메시지를 듣고 나오지 않았겠죠. 자신이 태정우의 시체가 있는 곳을 알려 준 사람이자 곧 범인이니. 그리고 메시지는 일부러 두 번, 세 번 반복해서 남겼어요. 만약 한다미가 그 메시지를 먼저 듣는다면 아예 메시지를 삭제해 버릴 테니까요. 당신, 그러니까 길영인 씨가 들을 수 있도록 반복해서 남겼던 겁니다. 다행히 메시지가 당신에게 도달해서 여기에서 만나게 되었군요. 아, 길영인 씨 입장에선 반드시 다행이라 여기지 않으실 수도 있겠습니다만."

고진은 말을 마치고 '길영인'의 얼굴을 살피듯 찬찬히 쳐다보았다. 한다미, 아니 '길영인'은 고개를 떨어뜨렸다. 가만히 서 있었지만 일그러진 얼굴에는 온갖 감정의 소용돌이가 부딪치고 있었다.

'길영인'이 선 쪽으로 길게 그늘이 졌다. 모처럼의 햇볕이 어느새 물러가고 강 쪽에서 찬 기운이 몰려왔다. 사람들도 보이지 않았다.

한동안 시간이 흐른 뒤 '길영인'은 고개를 숙인 채 깊게 쉰 목소리로 쥐어짜듯 말을 내뱉었다.

"……아무리 그래도 이건 말도 안 돼, 내가 아내라니…… 난 길영인이야, 당신은 무서운 거짓말을 하고 있어!"

뒷걸음질 치던 '길영인'은 몸을 획 돌렸다. 그러고는 고진이 붙들 새도 없이 그가 걸어왔던 방향으로 뛰어가기 시작했다.

"돌아와요, 한다미 씨!"

고진이 소리쳐 불렀지만 소용없었다. 달려 나간 '길영인'은 곧 시야에서 사라지고 텅 빈 풍경만이 남았다.

고진은 쓸쓸한 얼굴을 하고 한동안 목석처럼 서 있었다. 퍼뜩 정신이 든 듯 담배 한 개비와 지포라이터를 꺼내 불을 붙였다. 무상감(無常感)을 지우듯 투명한 겨울 공기 안에 보랏빛 연기가 가늘게 피어올랐다. 연달아 몇 개비를 피웠을까. 어느새 그의 곁에는 류경아가 다가와 있었다.

"마치 연인이라도 떠나보낸 것 같네요."

류경아가 생긋 웃으며 말했다. 고진이 킥 하고 힘없이 웃었다.

"하긴…… 그렇게 보이기도 하겠군."

류경아는 길영인이 사라진 곳에 눈길을 보내며 물었다.

"길영인은 진실을 받아들이지 못했나 봐요?"

"훗, 실은 나도 자신이 없어."

"뭐가요."

"저 여인이 한다미인지 길영인인지."

"후후, 하긴 길영인이 이긴다면 길영인인 거겠죠."

고진은 미간에 주름을 잡으며 기억을 떠올리려 했다.

"……그거 무슨 시였더라? '나'라고 하는 현상은 유기교류전등의 하나의 푸른 조명에 불과하다, 뭐 그랬던……."

"미야자와 겐지의 「봄과 수라」 아니에요? 예전에 읽은 적이 있어요."

고진은 길게 담배 연기를 뿜어내며 중얼거렸다.

"그렇군. ……어쩌면 나라는 의식은 전등의 깜박임에 불과할지도 몰라."

"기운 내요, 고 변호사님. 그래도 우리가 네온사인보단 낫지 않겠어요? 전구는 술을 마실 수 없으니."

류경아는 특유의 친근한 웃음으로 고진의 착잡한 기분을 위로했다. 고진은 금세 흰 이를 드러내며 씩 웃었다.

고진은 품에서 휴대전화를 꺼내 이유현에게 전화를 걸었다. 건조한 말투로 간략한 설명을 했다. 기가 막힌 이유현이 버럭 소리를 질렀다.

"그럼 피살된 사람이 한다미가 아니라 길영인이고, 그 길영인이 바로 한다미였다, 이겁니까? 이런, 아니 그건 그렇고 한다미를 그렇게 놓아주면 어떡합니까!"

"난 경찰이 아니잖아. 한다미가 현행범인 것도 아니고. 난 체포권이 없어."

이유현은 할 말이 없었다.

"그래도 만날 거면 미리 얘기라도 해 주든가요."

"경찰이 어른거렸으면 그녀는 안 나타났을 거야. 비록 정신적으로 문제가 있는 상태라 해도 엄청나게 영민한 여자야. 경찰이 무디어 터진 폭력배들 상대로 하듯 대충 잠복해서 잡을 수 있는 여자가 아니야."

"또 숨어 버리면 잡기 힘들 텐데, 참 이거. 이제는 길영인이든 한다미든 꼬셔 낼 말도 없을 테고."

"적어도 지금은 그녀가 어디로 갔는지는 알 것 같아. 자네가 빨리 달려가 보게."

"어디로요?"

"지금은 길영인으로서 심적으로 궁지에 몰려 있어. 본능으로 움직일 거야. 그렇다면 필시 신재인에게 가지 않았을까. 지난번처럼."

"그럴 수도 있겠네요. 안 그래도 마침 지금 혼자 양평 근처에 와 있어요. 형님도 남이섬이니까 가깝네요. 일단 근처에서 만나서 같이 가 보죠. 아직 나도 무슨 소린지 머리가 혼란스러운데 형님이 가면서 설명을 좀 해 주세요."

30분쯤 뒤 이유현의 차가 모습을 보였다. 류경아는 저녁 시간에 맞춰 가게를 열기 위해 서울로 먼저 출발하고 없었다. 고진은 이유현의 차에 올랐다. 두 사람은 두말없이 곧장 신재인의 집으로 달렸다.

27

신재인의 집 창문은 죄다 컴컴했다. 실오라기 같은 불빛 하나 보이지 않았다. 숲 속의 불 꺼진 집이란 얼마나 으스스한 건지 새삼 실감이 났다.

신재인의 집은 잠겨 있었고, 아무리 벨을 누르고 두드려도 응답이 없었다. 커튼이 쳐져 있지 않은 거실과 침실 창문을 통해 손전등을 비추었다. 사각지대까지 구석구석 눈을 부릅뜨고 살폈지만 아무도 없었다. 들여다볼 수 없는 곳은 화장실이지만 그곳에 두 사람이 숨어 있을 것 같지는 않았다.

이유현이 조금 전 초저녁에 들러 보았을 땐 거실 불이 환하게 켜져 있었다. 그렇다면 분명 얼마 전에 불을 끄고 외출했다는 이야기다. 신재인은 차를 가지고 있지 않다. 이 밤에 차도 없이 혼자서 걸어 나갈 일은 좀처럼 없다. 택시를 불러 나간 거라면 모르되, 그렇지 않다면 분명히 한다미가 차를 가지고 여기에 들렀고, 두 사람이 다시 한다미의 차를 타고 어디론가 떠났다는 이야기다.

한발 늦은 건 분명했다. 얼마만큼 늦은지는 모르지만.

이유현은 미련이 남아 지난번 낭패를 겪었던 뒤쪽 오솔길까지 어슬렁거리다 돌아왔다. 이유현의 허탈한 표정은 옆에서 보기에도 민망했다. 고진은 약간의 미안함을 느끼고서 말했다.

"두 사람이 같이 사라진 걸 보면 아마 이탁오 박사한테로 가지 않았을까."

"박사한테요? 거기도 경찰에게 장소가 알려진 곳인데."

"한다미가 신재인에게 도움을 청했다면 그다음 순서로 신재인은 박사에게 도움을 청하러 갈 거야."

"글쎄요, 그렇다면야 일이 얼마나 쉽겠어요. 아무튼 지금은 다른 방법이 없네요. 박사한테로 한번 가 보죠."

이유현은 고개를 갸웃거렸지만 현 상황에서 별다른 뾰족한 방법도 없음을 인정해야 했다. 고진이 말했다.

"난 안 갈 거야."

"나 혼자 가라고요? 형님이 경찰은 아니지만 없는 것보단 나을 텐데. 어쨌건 상대는 세 명이잖아요."

"어차피 지금 자네가 가도 소용이 없어."

"왜요?"

"경찰이 갖고 있는 건 길영인에 대한 영장이잖아. 이젠 소용없게 돼 버렸어. 한다미에 대한 영장을 새로 발부받아야지."

"참, 그러네요. 제기랄, 한시가 급한데! 영장 신청해 보고 늦게 나오면 그냥 영장 없이 긴급체포 해 버리죠, 뭐."

"그건 알아서 하고. 그런데 왠지 불안해. 차라리 그 둘이 박사한테 가지 않았으면 하고 바라는 마음이야. 이탁오 박사가 두 사람을 도와준다고 해도 정상적인 방법은 아닐 것 같아. 느낌이 좋지 않아. 박사가 어떤 인물인지 이번에 다시 한 번 확인했거든. 또 어떤 짓을 저지를까 겁나. ……한다미도 어떻게 보면 참 불쌍한 여자야, 우발적으로 남편을 죽이고 해리성 장애까지 얻어 다중인격으로까지 간 걸 보면 원래는 마음이 고운 여자 같기도 하고. 물론 박사의 시술이 방 아쇠를 당긴 거지만. 그녀가 체포당하는 것까지 보고 싶진 않아. 그건 경찰 일이지. 내가 끼어들 만한 일은 끝난 것 같아. 난 돌아가겠네. 끝나면 소식이나 좀 줘."

고진은 기차를 타고 돌아가겠다며 양평역에서 내렸다.

이유현이 급하게 몇 가지 일을 처리하고 가볍게 저녁 식사를 마친 때는 그로부터 서너 시간이 경과한 때였다.

고진으로부터 전화가 걸려왔다. 소식을 기다리다 감질난 목소리였다.

"길영인, 아니 한다미는 체포했나?"

"아뇨, 아까 본서에 한다미 영장을 새로 받으라고 연락했는데 이제야 겨우 영장이 나왔대요. 하긴 뭐 그것도 보통 경우보단 초특급으로 나온 거긴 하지만요. 아직 양평에 있습니다. 영장은 일단 팩스로 전송받아 놓고 강력팀 형사들을 기다리는 중이에요. 조금 전에 출발했다는데 여기까지 오려면 시간이 좀 걸릴 겁니다. 저녁이라 차가 많이 막혀서요."

"자네답지 않게 너무 여유를 부리고 있군."

고진이 나무라듯 말했다. 이유현이 불만스럽게 말했다.

"어차피 박사한테 갔을지도 불확실하잖아요. 어디 있는지 확실하기만 하면야 당장 달려가 긴급체포 하겠지만, 소재가 분명한 것도 아닌데 이왕이면 영장을 정식으로 받아 체포해야지요."

"박사한테 갈 건 확실해. 한다미는 신재인한테 갔어. 아까도 말했지만 신재인은 절대적으로 박사를 믿고 의존하는 여자야. 궁지에 몰린 여자 두 사람이 따로 도주의 길을 택할 거라고 보기 힘들어. 일단은 자신이 믿고 따르는 박사한테로 데리고 갈 거야. 그리고 도움을 청하겠지.”

“꼭 그렇게 확신할 수 있을까요? 이제 연구소도 폐쇄했고, 더 이상 박사가 고용주도 아닌데. 가족도 아니고 그렇게까지 기대하겠습니까?”

“그럴 이유가 있어.”

“뭔데요.”

“신재인은 4년 전의 우호선이야.”

“넷?”

이유현은 깜짝 놀랐다.

“얼굴도 같고 이름도 바꾸고 딴사람 행세를 한 거야. 그녀에게 박사는 상담자이면서 동시에 지긋지긋한 남편을 해치울 수 있도록 길을 터 준 사람이야. 경찰도 손댈 수 없도록 완벽하게 말이야. 물론 박사의 의도는 엉뚱한 데에 있었지만, 어쨌든 신재인에게 박사는 가족 이상이지. 물론 박사 쪽에서도 신재인을 특히 아꼈고. 신재인은 지금까지 박사의 조수로서 옆에서 의지해 왔어. 어떻게든 자신을 보호해 줄 거라고 믿을 거야. 벼랑 끝에 몰렸을 때 가장 먼저 떠올릴 사람일 수밖에 없어. 왠지 불안해.”

“그래도 그새 무슨 일이야 있겠습니까.”

“벌써 몇 시간이나 지났잖은가. 그들은 정신적으로 불안. 넘칠 듯 찰랑거리는 물 같은 상태야. 이런 두 사람이 이탁오 박사한테 갔으니 어떤 일이 벌어질지 알 수 없어. 제길, 박사한테 또 시간을 주다니. 이탁오 박사는 도움을 구하는 그들에게 과연 손을 내밀까…… 4년 전과 같은 일이 또 벌어지는 게 아닐까."

고진은 좀 과하다 싶을 만큼 우려를 드러냈다. 이유현의 마음속에는 고진이 한다미와 신재인을 걱정하고 있는 게 아니라는 의구심이 피어올랐다. 고진은 또다시 이탁오 박사에게 패배하고 트라우마를 짊어지게 될까 봐 두려워하고 있다. 이번에는 바로 그의 눈앞에서 벌어지는 일이다…… 그렇게 보였다. 그런 조급함에서 비롯한 기우라고 생각했지만, 이유현 역시 '형님, 신경과민입니다.' 하며 껄껄 웃어넘길 수는 없었다.

"하긴 박사는 4년 전에도 살인교사를 저질렀죠."

"아니, 박사는 살인교사는 하지 않았어. 박사는 흔한 살인자 따위가 아니야. 그렇다고 미치광이도 아니고. 하긴 박사에겐 그런 구분의 의미도 없지…… 여유 부리다가 무슨 일이라도 생기면 어떡할 거야. 나도 저녁 먹느라 아직 양평이야, 형사들은 나중에 박사 집으로 곧장 오도록 하고, 우리 둘이서 먼저 박사의 집으로 같이 가 보지."

고진은 한다미의 체포를 보고 싶지 않다며 느긋해하던 조금 전과는 많이 달라져 있었다. 지체된 해결에 비례해 불안감이 피어올랐던 모양이다.

해는 완전히 저물었다. 양평역 주변은 바람이 거셌다. 고진은 양평군청 방면으로 조금 걸어 내려와 사거리에서 이유현을 기다렸다. 소박한 거리는 점점이 켜진 몇 개의 네온사인으로 꽤나 화려하게 변모해 있었다. 이유현이 사거리에 도착하자 고진이 손을 번쩍 들었다. 이유현은 고진을 태우고는 핸들을 틀어 박사가 있는 청평으로 차를 향했다. 두 사람을 태운 차는 빛의 거리를 떠나 어둠의 숲을 향해 내달렸다.

언덕 아래 어둠에 잠긴 이탁오 박사의 저택은 낮과는 또 다른 음산한 얼굴을 드러냈다. 멀리서도 노란 불빛이 뚜렷이 보였다. 마을 특유의 시멘트 길은 여전히 좁고 미끄러웠지만 이유현은 과감히 액셀러레이터를 밟았다. 잠자던 눈가루가 차가 일으키는 세찬 바람에 날아올랐다.

허겁지겁 이탁오 박사의 집 앞에 다다른 고진과 이유현은 예상대로 한다미와 신재인이 이탁오 박사에게 도움을 청하러 간 것을 분명히 확인했다. 찬 기운에 맑아진 그들의 눈에 맨 먼저 들어온 것은 마당에 세워진 '길영인'의 렉스턴이었다. 돌진하다 기력이 쇠해 주저앉은 코뿔소처럼 어둠 속에 큰 덩치를 웅크리고 있었다.

"차량수배에도 그동안 감감무소식이어서 차는 이용 안 하고 있다고 생각했는데."

이유현이 '길영인'에게 마치 섭섭하다는 듯 중얼거렸다.

"지금 저걸 끌고 온 걸 보면 어지간히 궁지에 몰린 거야."

이유현이 혹시나 싶어 차 안을 기웃거렸지만 안은 비어 있었다.

박사의 집 거실 창에서 노란 불빛이 흘러나오고 있었다. 한다미와 신재인 두 사람, 아니 이탁오 박사까지 세 사람 모두 이 집 안에 있음에 틀림없다.

"한다미로서 찾아왔을까, 아니면 길영인이 되어 왔을까?"

고진은 나지막한 목소리로 자문하며 걸음을 틀었다.

이유현과 고진은 주위를 두리번거리며 현관으로 향했다. 눈을 뭉갠 몇 개의 발자국이 이미 어지러이 나 있었다. 아담하고 좁은 보폭. 그녀들의 것이 분명했다.

벨을 여러 번 눌렀지만 응답이 없었다. 이탁오 박사가 거실에 있다면 리모컨으로라도 문을 열어 줄 텐데. 거절인가?

"이탁오 박사님!"

이유현이 큰 소리로 외쳤지만 잠잠했다. 이유현과 고진은 서로 얼굴을 마주 보았다.

"분명히 안에 있을 텐데."

이유현이 참지 못하고 현관문을 열어젖혔다.

마치 기다리고 있었다는 듯 철컹하고 쇳소리가 나며 문이 활짝 열렸다. 손아귀에 과도하게 넣은 힘이 헛돌 만큼 손잡이는 쉽게 90도로 돌아갔다. 현관문은 잠겨 있지 않았다. 굳이 잠그지 않은 건 실수인가, 자신감인가. 꽤 거칠게 문을 열었건만 아무도 나와 보지 않았고, 그래서 더 조심스러웠다.

"이거 좀 느낌이 이상한데요."

그 말을 중얼거리는 이유현의 몸이 벌써 안으로 들어서고 있었다. 고진도 그 뒤를 따랐다.

고진은 현관을 먼저 살폈다. 박사의 것으로 보이는 커다란 갈색 구두와 단화가 한 쌍씩 놓여 있고, 그 옆에 눈과 진흙으로 더러워진 두 쌍의 운동화가 더 보였다. 사이즈와 상태로 보아 운동화는 분명

한다미와 신재인의 것이다.

집 안은 귀가 멍할 만큼 고요했다. 고진과 이유현은 신발을 벗고 천천히 조심스럽게 걸어 들어갔다. 거실 쪽으로 발을 옮기자 더운 기운이 확 뻗쳐 왔다. 거실 불은 샹들리에부터 스탠드까지 모두 환하게 켜져 있고 벽난로도 타고 있었지만 사람의 모습은 보이지 않았다. 고진의 눈에 익숙한 집안 내부였지만 인간의 부재는 처음 와 보는 듯한 생경함을 안겨 주었고 그 이유 없는 느낌에 소름이 돋았다.

고진은 맨 먼저 사냥총을 눈으로 찾았다. 이 집 안에서 이탁오 박사 다음으로 위험한 물건이다. 총은 다행히 박제된 사슴 머리 아래 얌전히 벽에 기대여 있었다. 혹시나 하고 염려했지만 박사는 역시 총을 들고 설치며 사람을 상대로 사냥 취미를 발휘할 야만성은 없는 것이 분명했다.

실내는 따뜻했다. 벽난로 불의 열기만이 아닌 사람이 있었던 온기가 공간을 채우고 있었다. 창을 등진 커다란 1인용 소파와 벽과 나란히 놓인 2인용 소파가 기역 자로 대치하고 있고, 가운데에는 티테이블이 놓여 있다. 티테이블 위에는 빈 물컵 몇 개가 놓여 있었다. 바로 얼마 전까지 여기서 이탁오 박사와 신재인, 한다미가 무언가 대화를 나누었다는 얘기다. 세 사람은 어디로 갔을까. 무언가 예상대로 흘러가고 있지 않다는 불길한 느낌.

더워진 고진은 코트를 벗어 거실 의자에 걸쳐 놓았다. 그러고는 거실에서 나와 복도 쪽을 바라보았다. 안으로 길게 뻗은 어두운 복도가 시선의 끝을 삼켰다. 불이 켜져 있지 않은 복도는 거실 불빛이 비스듬하게 스며들어 어슴푸레했다. 복도 양옆으로 두 개씩 늘어선 방문은 모두 닫혀 있었다.

"이탁오 박사님!"

고진이 어둠을 향해 큰 목소리로 불렀으나 희미한 메아리가 되어 울릴 뿐 아무런 응답이 없었다.

신경을 거스르는 메스꺼운 공포감이 깨닫지 못하는 사이에 두 사람에게 깃들기 시작했다. 긴 복도 저편에서 정체 모를 음산한 기운이 뻗쳐 왔다. 복도 끝 왼쪽에 아래에서 올라오는 계단이 보였다. 지하실로 연결되는 계단이었다. 두 사람에게 돋아난 불쾌하고 음산한 느낌은 분명 눈이 지하실을 인식하고서부터였다. 혼탁하고 누런 불빛이 아래에서 뻗쳐 올라와 있었다.

이유현은 힐긋 고진을 쳐다보았다. 고진은 이계(異界)에 발을 내디딘 사람처럼 상기되어 있었다. 좀처럼 없던 긴장이 전해져 왔다.

"모두 다 지하실에 있는 것 같은데요."

이유현이 신중한 어조로 말했다.

두 사람의 눈길이 허공에서 부딪혔다. 이유현이 고개를 가볍게 끄덕였고, 고진은 천천히 복도를 향해 걸음을 뗐다. 이유현은 자신도 모르게 수갑과 영장을 점퍼 안주머니에서 끄집어냈다.

고진이 발걸음을 뗀 것과 동시에 복도 끝 벽에 언뜻 그림자가 어른거렸다. 지하실에서 비쳐 온 그림자였다. 삐걱삐걱하는 소리가 불규칙하게 들렸다. 누군가가 지하실의 나무계단을 걸어 올라오는 모양이었다.

고진과 이유현은 그 자리에 멈춰 섰다. 그림자의 모양새가 이상했다. 사람의 모양이 아니었다. 더 커다랗고 복잡한 외양이었다. 도대체 무엇의 그림자가 비친 건지 한눈에 파악이 되지 않았다. 덩어리 바깥으로 불쑥불쑥 무언가가 삐져나와 있는 것 같기도 했다.

터덕, 턱, 쿵.

발소리는 느리고 제각각이었다. 지하실의 나무계단이 불규칙하게 삐걱대는 소리와 뒤섞여 느리지만 더없이 불길한 리듬을 연주하고 있었다.

알 수 없는 '그것'의 그림자는 점차 작아져 갔지만 형체는 더 그로테스크해졌다. 고진과 이유현은 그 자리에 얼어붙은 것처럼 꼼짝없이 서서, 탈피하듯 꿈틀거리는 그림자를 노려볼 뿐이었다.

계단 끄트머리에서 그림자는 서서히 실체를 드러냈다. 답답하리만치 느렸다. 마침내 본래의 형상을 드러냈을 때.

이해할 수도 없고 상상하지도 못한 광경에 고진과 이유현은 자신들의 눈을 의심했다.

거미?

거대한 거미 같은 생물체가 어기적어기적 복도 끝 계단에서 걸어, 아니 기어 나오고 있었다.

이건…… 꿈인가?

팔 다리 각각 네 개, 머리 두 개의 괴생명체.

"으헉, 저게 뭐야!"

이유현은 자신도 모르게 날것의 비명을 질렀다.

"으음……."

고진도 짓눌린 신음을 뱉어 냈다.

거미나 괴물이 아니었다. 그건 인간이었다.

머리가 두 개 달려 있었다. 하나는 한다미, 다른 하나는 신재인.

신재인의 눈은 시뻘겋게 핏발이 서 있었고, 잡아먹을 듯 입을 일 그러뜨린 채 "히, 히." 하고 공기가 새는 듯한 웃음소리를 토해 내고 있었다. 다른 쪽에 붙어 있는 한다미의 창백한 얼굴은 식어 버린 시체 같았다. 거의 감은 한다미의 눈에서 흘러내리는 한 줄기 눈물만이 그녀가 살아 있다는 걸 알게 해 주었다.

커다란 거미처럼 보였던 생물체는 두 인간을 이어붙인 것이었다. 한다미와 신재인 두 사람은 팔 아래 겨드랑이 부분부터 허리까지의 몸통 옆 부분이 얼기설기 수술용 실로 접합되어 있었다. 미처 마무리가 덜 된 듯, 옆이 찢어진 환자복 사이로 노출된 두 사람의 몸통 옆 생살을 꿰맨 연결 부위에서는 끊임없이 새빨간 피가 쿨럭쿨럭 흘러나왔다. 두 몸통은 서로 부대껴 각각 양옆으로 기우뚱 무너져 있고, 팔과 다리는 그것을 떠받치려 복도 벽을 짚어 대며 버둥거렸다. 합체에 익숙지 못한 네 개의 다리는 걸어 보려 했으나 어기적거리기만 할 뿐 제대로 박자를 맞추지 못했고, 네 개의 팔은 허공에서 허우적거리는 것처럼 보였다.

"후후후."

복도 저편에서 음산한 웃음소리가 먼저 들렸다. 뒤이어 계단에서 이탁오 박사가 천천히 모습을 드러냈다. 그의 백발만큼 흰 가운에는 군데군데 피가 묻어 있었다. 손에는 피 묻은 메스가 쥐여 있고, 수술용 장갑조차 끼지 않은 그 손은 핏물 단지에 푹 담갔다가 꺼낸 것처럼 흥건한 피로 적셔져 있었다.

그는 거미 같은 덩어리를 형성하고 있는 인간 둘을 성큼성큼 지나쳐 그 앞에 섰다. 마치 고진과 이유현의 진입을 저지하려는 듯이. 깊게 파인 눈에서는 형형한 안광이 화살처럼 뿜어져 나왔다.

곧이어 그의 입에서는 죽을 듯한 웃음이 터져 나왔다.

"와하하하하하하하하하."

고진과 이유현은 넋을 잃고 거미처럼 변해 버린 두 인간과, 피 묻은 손을 닦지도 않은 채 버티고 선 박사를 번갈아 쳐다보았다. 박사는 마침내 몸까지 떨어 가며 처절할 정도로 웃어 젖혔다.

"경찰 따위가 내 아이들을 체포하도록 내버려 두진 않아! 왕년 의 대생 시절의 봉합수술 실력을 좀 발휘해 봤지. 다미와 재인이는 이제 한 몸이야. 다미를 체포할 순 없어. 다미를 잡아넣으려면 무고한 재인이도 체포되는 거니까 말이야. 혹시 영장이란 거 믿고 왔나? 그게 뭐든 간에 다미는 몰라도 재인이까지 덤으로 끌고 가지는 못하지! 하하하. 법률이란 그렇게 바보 멍청이 같은 거라고. 내가 둘의 사랑을 이어 주었어!"

이유현은 태엽이 풀려 버린 인형처럼 멍하니 서 있었다. 박사의 말대로였다. 한다미는 분명 살인을 했지만, 영장으로든 긴급체포든 간에 그녀를 살인죄로 체포하는 건 이제 법률상 불가능해졌다. 한다미를 체포하는 것은 그녀와 한 몸이 되어 버린 무고한 시민, 신재인 또한 체포하는 일이 되기에. 이탁오 박사는 한다미의 체포를 피하기 위해 그녀를 연모하는 신재인과 몸을 이어 버린 것이었다. 증거를 찾기 힘든 살인도 많고, 도망쳐 종적을 감춘 살인자도 많다. 지금까지 경찰의 과제는 그런 범인을 알아내고 찾아내는 일이었다. 하지만, 뻔히 범인을 눈앞에 두고도 체포할 수 없다는 일 따위는 들은 적도 없다. 이탁오 박사는 인간을 인간으로 생각했다면 아무도 상상하지 못했을 방법으로 또 한 번 법을 비웃고 있었다.

눈이 풀려 버린 고진이 겨우 힘들게 쥐어짜듯 입을 뗐다.

"……박사님, ……도대체 인간을, 뭐로 생각하신 겁니까."

백발 아래 박사의 얼굴은 점차 귀기에 젖어 갔다.

"다미도 동의했어. 살인자로 평생을 감옥에서 썩는 것보단 재인이와의 새 삶이 백배 낫지 않은가? 재인이는 말도 못 하게 기뻐했지. 드디어 사랑하는 사람과 한 몸이 되어 영원히 헤어지지 않을 수 있게 되었다면서. 내가 그들에게 주었어. 감옥으로부터의 자유, 진정한 사랑, 영원의 행복을! 과연 세상이 이 둘에게 내가 준 이상의 것을 줄 수 있나? 하하하하하! 고진 변호사, 당신도 잘 알겠지? 법률로는 이 두 사람을 어떻게 할 수 없다는 것을. 체포도 물론 할 수 없고, 두 사람이 동의하지 않는 한 분리수술을 강제할 수도 없어. 인간의 하찮은 법률로는 내 아이들을 절대 건드리지 못해. 한 몸이 된 한다미와 신재인! 내가 창조해 낸 신세계의 인류야, 어떤가, 내 작품이? 하하하하하하하하!"

박사는 자신이 창조한 전율의 신생명체를 뒤에 두고 백발이 흔들리도록 미친 듯이 웃어 댔지만, 박사의 말대로 고진과 이유현은 제지하거나 나설 수 없었다. 한다미에 대한 영장만으로 몸이 붙어 버린 한다미와 신재인 두 사람을 같이 체포할 수 없다는 법률상의 문제만은 아니었다. 그 이전에 몸으로 떨려 오는 원시의 공포가 그들을 가로막았다.

고진은 입을 다물지 못하고 그 자리에 못이 박힌 듯 석고상처럼 창백하게 굳어 버렸다. 정신이 아득해진 이유현은 들고 있던 수갑과 함께 휴지 조각으로 변해 버린 체포영장을 자신도 모르게 떨어뜨리고 말았다.

한다미는 이제야 비로소 정신의 자살을 이룬 것일까. 한 덩어리가 되어 버린 두 인간은 박사의 뒤편에서 무언가를 호소하듯 팔다리를 꾸물거렸다. 겨울의 마지막 외침과도 같은 거센 바람 소리가 창밖의 어둠에 실려 왔다. 그 소리에 호응하듯 텅 빈 공간을 뒤흔드는 박사의 웃음소리만이 오랫동안 이어졌다.

〈끝〉

정신자살

1판 1쇄 펴냄 2017년 9월 14일
1판 4쇄 펴냄 2022년 8월 31일

지은이 | 도진기
발행인 | 박근섭
편집인 | 김준혁
펴낸곳 | 황금가지

출판등록 | 2009. 10. 8 (제2009-000273호)
주소 | 06027 서울 강남구 도산대로 1길 62 강남출판문화센터 5층
전화 | 영업부 515-2000 편집부 3446-8774 팩시밀리 515-2007
홈페이지 | www.goldenbough.co.kr

도서 파본 등의 이유로 반송이 필요할 경우에는 구매처에서 교환하시고
출판사 교환이 필요할 경우에는 아래 주소로 반송 사유를 적어 도서와 함께 보내주세요.
06027 서울 강남구 도산대로 1길 62 강남출판문화센터 6층 민음인 마케팅부

© 도진기, 2017. Printed in Seoul, Korea
ISBN 979-11-5888-326-3 04810
ISBN 979-11-5888-124-5 04810(set)

㈜민음인은 민음사 출판 그룹의 자회사입니다.
황금가지는 ㈜민음인의 픽션 전문 출간 브랜드입니다.